Isingsee
Eiswüste
Drachenhorst
Avakur
Dunkelwälder
Meerenge von Lyras
Kathmarin
Titanengebirge
Krallenfestung
Nangarsümpfe
Schwarzes Gebirge
Calahadin
Der leere Raum

Menduria
Der Weg der Erinnerung

1. Auflage 2016

ISBN 978-3-7641-7064-6

Lektorat: Angela Iacenda
Umschlaggestaltung: formlabor, Hamburg
unter der Verwendung von Fotos von shutterstock.com / © pio3; © pavila; © Hein Nouwens; © the palms; © Morphart Creation; © ARaspopova; © Christos Georghiou; © Katja Gerasimova; © Tianat5
Druck und Bindung: GGP Media GmbH, Pößneck
Gedruckt auf Papier aus geprüfter nachhaltiger Forstwirtschaft.

www.ueberreuter.de

Ela Mang

Menduria

Der Weg der Erinnerung

ueberreuter

»Dem Schicksal zur Seite thront der Wille
als leitende Macht.«

PYTHAGORAS VON SAMOS

Prolog

Der Schneesturm wollte und wollte sich nicht legen. Wütend pfiff der Wind um das Langhaus, sang sein schauriges Lied von Kälte und Eis und machte es Deidra unmöglich, zu schlafen. Seit Stunden schon lag sie wach und lauschte diesem Konzert der Urgewalten. Es kam ihr vor, als kündete das Unwetter, das gestern am späten Nachmittag das Tal erreicht hatte, von nahendem Unheil. Aber sie hütete sich, über diese Befürchtung zu sprechen. Arlen würde sie belächeln und ihr übertriebene Ängstlichkeit vorwerfen. Er hielt nichts von Vorahnungen und Prophezeiungen. Für ihn musste eine Gefahr real und greifbar sein, damit er sich ihr stellen konnte. Und das tat er wenn nötig auch, furchtlos und mit aller Härte. Zum Glück war das lange nicht mehr nötig gewesen. Seit vielen Jahren lebten sie nun schon mit den Nachbarclans in Frieden. Die größte Gefahr, die ihnen in den letzten Jahren gedroht hatte, war der Ernteausfall vor zwei Sommern gewesen und der damit verbundene Hunger im Winter darauf. Und trotzdem konnte sich Deidra dem nagenden Gefühl in ihrem Inneren nicht verschließen. Arlen schien davon nichts zu spüren. Ihr Mann lag bequem zur Seite gerollt neben ihr und schnarchte.

Deidra seufzte. Sie musste aufstehen und das Baby füttern. Kaum hatte sie sich aus den warmen Felldecken erhoben, traf sie die Kälte. Ein eisiger Lufthauch strich um ihre nackten Füße und ließ sie zittern. Hoffentlich war es nahe der Feuerstelle, dort wo die Kinder schliefen, wärmer. Sie schob den Vorhang beiseite, der die Schlafstatt der Eltern vom restlichen Haus abtrennte, und trat hindurch. Nur noch eine orangerote Glut war in der Feuerstelle zu sehen und half ihr im vollkommen finsteren Raum, den Weg zu finden. Sie würde noch ein paar Holzscheite nachlegen müssen, damit das Feuer nicht ganz erlosch, später, nach dem Stillen.

Die Binsen auf dem Boden raschelten unter ihren Füßen. Sie fühlten sich unangenehm feucht an. Aber je näher sie der Feuerstelle kam, umso wärmer wurde ihr. Ihre beiden Söhne lagen nebeneinander mit den Köpfen in Richtung des wärmenden Feuers. Flachsblondes Haargewirr, das war Koun. Ihr älterer Sohn hatte den Daumen in den Mund geschoben und nuckelte daran. Deidra ging neben ihm in die Hocke und zog lächelnd an seiner Hand. Beinahe sechs Winter war er jetzt alt, viel zu alt zum Daumenlutschen. Koun ließ ein schmatzendes Geräusch vernehmen, das von einem leisen Murren begleitet wurde. Deidras Lächeln wurde breiter. Koun war Arlens ganzer Stolz. Der Sohn, der einmal in seine Fußstapfen treten sollte, den er zum Krieger ausbilden wollte, so wie er einst einer gewesen war, vor der Zeit des Friedens. Arlen wäre nicht begeistert gewesen, wenn er Koun beim Daumenlutschen erwischt hätte. Collin, ihr Zweitgeborener, wurde von Arlen bei Weitem nicht so gefordert. Auch Deidra liebte ihre beiden Söhne, aber ihr ganzes Glück war Evina. Ihr kleines Mädchen, das schon bei der Geburt dasselbe nachtschwarze Haar wie sie selbst gehabt hatte. Deidra wusste, wie wichtig Söhne waren, und deshalb hätte sie es niemals laut ausgesprochen, aber sie hatte sich nichts sehnlicher gewünscht als eine Tochter. Im letzten Sommer, einen Tag nach Lughnasa, war ihr dieser Wunsch erfüllt worden. Die Geburt war schwer gewesen und hätte sie beinahe das Leben gekostet. Sie würde nie wieder Kinder bekommen können, das hatte ihr Fhina, die Heilkundige, danach erklärt. Das war nicht so schlimm. Sie hatte ja nun bereits drei Kinder. Sie hatte ihr Mädchen. Und die Kleine entwickelte sich prächtig. Ein leises Quengeln riss Deidra aus ihren Gedanken. Evina war also doch schon hungrig. Sie zog Collin die Felldecke wieder bis zur Nase hoch, und strich ihm vorsichtig durchs Haar. Erneut war ein unterdrücktes Quengeln zu hören, das sich mit dem Heulen des Windes vermischte und nicht aus der Richtung zu kommen schien, in der Evinas Wiege stand. Deidra schalt sich eine Närrin, erhob sich und umrundete die Feuerstelle. Neben dem Korb ging sie in die Hocke und griff nach ihrer Tochter. Sie griff ins Leere. Mit zittrigen Fingern tastete sie den Boden des mit Stroh ausgelegten Holzkorbes ab, während ihr Herzschlag sich sprunghaft beschleunigte. Wo war ihre Tochter? Sie hatte sie doch eben noch gehört. Hatten die Jungen sie zu sich ins Bett genommen? Gehetzt fuhr sie herum und versuchte, Evinas schwarzen Schopf zwischen den Decken ihrer beiden Söhne auszumachen.

Da hörte sie das Quengeln erneut. Es kam von der Tür. Deidra wirbelte herum und erstarrte. Ein Dämon stand dort und stierte sie aus glutroten Augen an. Seine Haut dunkel, seine Augenbrauen und sein Haar schlohweiß. In der einen Hand hielt er ein Schwert, in der anderen ein Bündel – Evina.

Deidra hatte nie zuvor in ihrem Leben mehr Angst gehabt. Trotzdem erhob sie sich, nahm all ihren Mut zusammen und machte mit ausgestreckten Händen einen Schritt auf den Dämon zu, ihre Stimme ein gebrochenes Flüstern. »Bitte, gib sie mir wieder.«

Der Dämon neigte den Kopf zur Seite, ohne sie aus den Augen zu lassen. Sein Schwert, das er wie seine verlängerte

Hand benutzte, berührte nun beinahe Deidras Brust. Für einen winzigen Augenblick dachte sie, der Dämon würde sich ihrer erbarmen. Doch dann verzogen sich die wulstigen Lippen zu einem bösartigen Grinsen und brachten spitze Zähne zum Vorschein. Die Tür flog auf und mit ihr drang beißende Kälte ins Haus. Der Dämon wandte sich in einer blitzschnellen Bewegung um und verschmolz mit dem Toben des Schneesturms, der an seinem Haar und seinem Umhang zerrte und ihm die Kapuze vom Kopf riss. Für einen Augenblick konnte Deidra einen Blick auf seine Ohren erhaschen. Sie waren spitz. Das Heulen des Windes vermischte sich mit ihrem Schrei, geboren aus Angst und Verzweiflung, ehe sie zusammenbrach. Wie durch einen Schleier nahm sie wahr, dass Arlen plötzlich neben ihr stand, das Langschwert in seiner Rechten.

Er sprach beschwörend auf sie ein, während sich Koun und Collin ängstlich in eine Ecke drückten.

»Deidra, bei allen Göttern, was ist geschehen?«

Sie war nicht fähig zu antworten. Am ganzen Körper unkontrolliert zitternd wies ihr Finger auf die leere Wiege, während sie sich wie betäubt fühlte.

»Deidra, was ist …?«, begann Arlen erneut.

»Ich hab ihn gesehen, Vater.« Kouns Stimme zitterte. »Es war ein dunkler Elf. Er hat Evina geraubt.«

»Ein Dunkelelf?« Arlen klang skeptisch.

»Ja, Vater, ein Dunkelelf mit spitzen Ohren und spitzen Zähnen.«

Arlen wandte sich an seine Frau. »Deidra, stimmt das? Sagt der Junge die Wahrheit?«

Deidra nickte. »Ja, Arlen, ein Dunkelelf.«

Arlen reagierte sofort. »Koun, lauf hinüber zu deinem Onkel und erzähl, was passiert ist. Sag ihm, dass ich seine Hilfe brauche. Wir werden sie suchen.«

»Ja, Vater.« Koun nickte, warf sich einen Umhang über die

Schulter und lief hinaus in die Nacht, während Arlen sich anzog und für die Suche rüstete. Sein Langschwert, das er so viele Jahre nicht gebraucht hatte, nahm er mit.

Die Stunden bis Sonnenaufgang waren die quälendsten, die Deidra je durchlebt hatte. Koun hatte ein paar Holzscheite von draußen geholt und das Feuer wieder entfacht. Nun saß er mit überkreuzten Beinen, das alte Übungsschwert seines Vaters in Händen, und hatte den Blick starr auf die Tür gerichtet. Er war verteidigungsbereit. Deidra zweifelte nicht einen Augenblick daran, dass ihr kleiner Sohn es im Ernstfall tatsächlich versuchen würde. Collin hatte sich auf ihrem Schoß zusammengerollt und war irgendwann wieder eingeschlafen. Auch Deidras Blick war auf die Tür gerichtet, während sie ihrem Sohn unaufhörlich durchs Haar strich. Sie hoffte, sie bangte und sie betete. Aber je mehr Zeit verstrich, umso lauter wurde die Stimme, die sich in ihr Bewusstsein geschlichen hatte. Sie werden Evina nicht zurückbringen. Instinktiv spürte Deidra, dass ihr Kind nicht mehr in dieser Welt zu finden war. Als schließlich die Tür aufging und Arlen mit leeren Händen zurückkehrte, wurde ihre Befürchtung zur traurigen Gewissheit. Es musste einen Kampf gegeben haben. Ihr Mann war verletzt. Während sie seine Wunden versorgte, erfuhr sie, was im Wald geschehen war. Evina war nicht das einzige Baby, das die Dämonen in dieser Nacht geraubt hatten. Arlen und seine Männer hatten die Dunkelelfen verfolgt, und sogar gestellt. Deidra wusste, dass die Männer des Dorfes gute Kämpfer waren. Doch allesamt wären sie jetzt tot, wenn ihnen nicht völlig unerwartet eine Gruppe Krieger zu Hilfe geeilt wäre. Auch das mussten Elfen gewesen sein. In jeder Hand ein Schwert, hatten sie sich den Dunkelelfen gestellt. Einer von ihnen hatte schwarze Klingen mit silbernen Zeichen darauf geführt. Doch auch diese Elfenkrieger waren den Dunkelelfen nur durch ihre Überzahl gewachsen gewesen. Die rotäugigen Dämonen hatten schließlich die Flucht durch ein Tor ergriffen, durch das sie von den Elfenkriegern verfolgt wurden. Arlen wäre ihnen gefolgt. Aber der Weg dorthin hatte sich geschlossen, ehe sie das Tor erreicht hatten. Evina war nun gefangen in dieser anderen Welt, die für Menschen unerreichbar schien. Über ihr Schicksal wagte Deidra nicht einmal nachzudenken.

Die ganze Zeit über hatte sie ihrem Mann zugehört, ohne ein Wort zu sagen, während in ihr etwas gestorben war. Deidra konnte nicht verstehen, dass ihre Götter so etwas zuließen. Sie konnte keinen Sinn darin erkennen, keine Gerechtigkeit. Evina war doch noch ein Baby. Was hatte sie getan, um ein solches Schicksal zu verdienen? Und während der Glaube an das Gute in ihr starb, wurden Wut und Verzweiflung übermächtig. Sie wollte Genugtuung, wollte, dass diese elenden Dunkelelfen für ihre Tat bezahlten.

Deidra erhob sich, griff sich ihren Wollumhang und verließ das Langhaus. Der Schnee knirschte unter ihren Füßen. Sie spürte nicht, dass ihre Füße bald vollkommen durchnässt und eiskalt waren, dass sie am ganzen Körper schwitzte. Sie beachtete die kahlen Sträucher nicht, die ihr ins Gesicht schlugen, kümmerte sich nicht um den Schmerz, der ihr durch den Körper fuhr, als sie sich das Knie beim Sturz auf dem rutschigen Waldboden aufschürfte. Sie war nur noch von einem Gefühl getrieben. Rache.

Sie erreichte die kleine Steinhütte im Wald in einem atemberaubenden Tempo. Ohne anzuklopfen stürmte Deidra durch die Tür. Die Hexe sah nicht zu ihr auf. Sie kauerte auf dem Boden vor einer Feuerstelle und blickte auf ein Bild aus Runentäfelchen und Knochen. »Ich grüße dich, Deidra. Setz dich zum Feuer, du musst frieren.«

Wortlos folgte Deidra der Anweisung der Kräuterhexe. Erst jetzt, da sie die Wärme der Hütte umfing, bemerkte sie, wie sehr sie tatsächlich fror. Erschöpft ließ sie sich auf einen kleinen Schemel fallen und streckte ihre Hände und Füße dem Feuer entgegen. Augenblicklich setzte das schmerzhafte Pochen und Kribbeln ein, das durch ihre plötzlich wieder durchbluteten Gliedmaßen jagte. Deidra beobachtete Fhina, die sich immer noch auf die Knochen konzentrierte. Sie hatte die Kräuterhexe bei Evinas Geburt das letzte Mal gesehen. Damals hatte Fhina ihr und dem Baby das Leben gerettet. Wie so oft zuvor wunderte sich Deidra, dass die Kräuterhexe, die bereits ihr selbst in diese Welt geholfen hatte, immer noch so jung wirkte. Zwar hatte ihr Haar bereits die Farbe eines blausilbernen Gewitterhimmels angenommen, aber ihre Augenbrauen waren immer noch schwarz, der Glanz ihrer graublauen Augen immer noch kraftvoll und die rosige Haut nur leicht gefurcht. Fhina war eine zeitlose, Ehrfurcht einflößende Erscheinung. Nun richtete sie sich auf und blickte Deidra forschend an. »Bist du ganz sicher, dass du tun möchtest, weshalb du gekommen bist?«

Deidra nickte.

»Es wird dir Evina nicht zurückbringen.« Bedauern schwang in der Stimme der Hexe mit.

»Ich weiß.«

Fhina seufzte. »Deidra, ich verstehe deine Beweggründe. Ich bin sogar dafür, dass du es tust. Diese Bastarde sollen ihre Strafe erhalten. Aber ich werde keinen unumkehrbaren Fluch für dich aussprechen. Dieser Fluch würde auf dich zurückfallen und dir nur noch mehr Unglück bringen.«

Deidra empfand die Worte der Kräuterhexe wie eine Ohrfeige. Sie würde ihr also nicht helfen. Mühsam erhob sie sich und wandte sich zum Gehen.

»Wo willst du hin?« Fhina hielt sie zurück.

Nun fiel Deidra sogar das Sprechen schwer. »Du hast gesagt, du hilfst mir nicht. Also habe ich hier nichts mehr zu suchen.«

Fhina vertrat ihr den Weg. »Setz dich und hör mir zu!«

Deidra gehorchte.

Fhina brachte ihr einen Becher dampfenden Salbeitee und setzte sich dann zu ihr. »Ich habe nicht gesagt, dass ich dir nicht helfe. Ich sagte nur, dass ich dir nicht helfe, einen unumkehrbaren Fluch auszusprechen.« Deidra wollte etwas erwidern, aber die Hexe brachte sie mit einer energischen Handbewegung zum Schweigen. »Weißt du, es kommt allein auf die Formulierung an. Du musst es dem Schicksal so schwer wie möglich machen, den Fluch aufzuheben, verstehst du?«

Deidra verstand nicht. Es war ihr auch egal. Alles, was sie gehört hatte, war, dass Fhina ihr helfen würde, also nickte sie.

»Sag mir, was du möchtest«, forderte Fhina sie nun auf. »Wie soll dein Fluch lauten?«

Deidra straffte die Schultern. Sie war bisher kein ungerechter Mensch gewesen, nicht bösartig oder rachsüchtig. Aber ihr Schmerz ließ sie nun die dunkelste Seite ihrer Seele entdecken. »Ich möchte, dass sie mit Kinderlosigkeit gestraft werden, diese verfluchten Dunkelelfen, sie und ihre ganze Welt. Kein einziges Kind soll dort mehr das Licht der Welt erblicken.«

Fhinas Augen weiteten sich unmerklich. »Das ist ein mächtiger Fluch. Ist dir das klar? Du bestrafst eine ganze Welt für die Tat einzelner.«

Deidra nickte. »Ich weiß, aber das ist es, was ich will.«

»Du wirst diesen Fluch bereuen. Früher oder später wird es dir leidtun. Aber das soll dann nicht mehr meine Sorge sein.« Fhina entfernte drei Knochen aus dem Runenbild, das immer noch auf dem Boden zu ihren Füßen lag, brach einen kleinen Teil eines Stechginsterbüschels ab und wickelte alles in ein Stück Stoff. Dann trat sie an die Feuerstelle und sprach die Worte, die das Schicksal einer anderen Welt besiegeln sollten.

Auf dem Heimweg dachte Deidra über die Worte der Kräuterhexe nach. Fhina hatte die andere Welt zur Kinderlosigkeit verdammt, so wie Deidra es verlangt hatte. Die Umkehr dieses Fluches konnte niemals gelingen, dafür hatte Fhinas Formulierung gesorgt. Die Worte der Kräuterhexe klangen Deidra noch im Ohr. »Erst an dem Tag, an dem eine noch unberührte Frau aus der Blutlinie deiner Tochter einem Dunkelelfen freiwillig in seine Welt folgen und ihm dort ein Kind schenken wird, soll dieser Fluch gebrochen sein.« Trotz des Schmerzes, den Deidra immer noch empfand, musste sie schmunzeln. Fhina war genial. Das war ein Fluch, der so gut wie unumkehrbar war. Evina war ihre einzige Tochter, Deidra würde keine weiteren mehr bekommen, und ihr kleiner Schatz war verloren. Einmal ganz abgesehen davon würde keine Frau dieser Welt einem dieser rotäugigen Dunkelelfen folgen. Deidra war so in ihre Gedanken vertieft, dass sie nicht auf den Weg achtete, der hier ganz knapp an der Schlucht entlangführte. Plötzlich fanden ihre Füße auf dem vereisten Boden keinen Halt mehr. Mit einem Entsetzensschrei stürzte sie in die Tiefe.

Deidra starb ungefähr zur selben Zeit, als eine Elfenkriegerin das Tor zwischen den Welten passierte. Bogen und Pfeile steckten in ihrem Köcher, den sie auf dem Rücken trug. Ein Pfeil, abgeschossen von diesem Bogen, hatte die verhasste Kreatur zur Strecke gebracht, die sie in den Dunkelwäldern knapp vor der Küste verfolgt hatte. Nun war sie auf dem Weg, um das zurückzubringen, was der Nachtmahr geraubt hatte. Isweren, Jägerin der Attanar, wickelte das Schöpferkind in ihren Umhang, der es vor der Kälte schützen sollte, und legte es vor die Türschwelle des äußersten Langhauses dieser Schöpfersiedlung. Aus den Wipfeln einer Fichte beobachtete sie, wie ein kleiner Schöpferjunge die Tür öffnete und das Baby ins Haus brachte. Isweren seufzte. Es war nur ein halber Sieg. Denn außer diesem kleinen Mädchen hatten sie kein anderes Baby zurückbringen können. Die anderen hatten die Nachtmahre mit in die Eiswüste genommen. Sie waren verloren.

Erste Bilder

Über das monoton surrende Geräusch der elektrischen Zahnbürste hinweg konnte Benjamin ein drängendes Klopfen an der Badezimmertür vernehmen. Die Stimme seiner Schwester war nicht minder drängend. »Mach auf, Ben, bitte, schnell!«

Kaum hatte er die Verriegelung der Tür geöffnet, stürzte Lina ins Bad. Die Hand vor den Mund gepresst und kreidebleich im Gesicht, schaffte sie es gerade noch bis zur Kloschüssel. Es war mittlerweile ein gewohntes Bild für ihn geworden.

»Ich dachte, die Kotzerei hat endlich aufgehört?« Obwohl er versucht hatte, gelassen zu klingen, konnte er den besorgten Unterton nicht ganz aus seiner Stimme verbannen.

Lina ließ sich erschöpft zur Seite kippen, lehnte sich mit dem Rücken gegen die Wand und lächelte gequält. »Dachte ich auch.«

Benjamin hasste es, seine Schwester in diesem elenden Zustand zu sehen. Hätte er sich so oft übergeben, wie es Lina in den letzten Wochen getan hatte, er wäre gestorben. Aber sie schien die morgendliche Übelkeit mit einer trotzigen Gelassenheit hinzunehmen. »Man gewöhnt sich an alles«, hatte sie einmal zu ihm gesagt. Benjamin glaubte ihr nicht.

Dabei hatte er gedacht, sie hätte diese erste Zeit jetzt endlich überstanden. Wenn er es richtig mitbekam, hatte sie sich seit gut zwei Wochen nicht mehr übergeben. Es schien ihr besser zu gehen, bis eben.

Benjamin stand mit verschränkten Armen ans Waschbecken gelehnt und musterte seine Schwester eingehend. Langsam kehrte Farbe in ihr Gesicht zurück. Sie saß mit angewinkelten Beinen, die Hände um die Knie geschlungen, und hatte das Kinn auf ihren Armen abgestützt. Ihre Gedanken waren weit weg. Benjamin wusste, wo. Sie war in Menduria, bei Darian. Warum nur hatte sie sich nicht in einen Mann aus dieser Welt verlieben können? Beziehungen waren doch auch so schon kompliziert genug. Das hatte er selbst bereits des Öfteren am eigenen Leib erfahren dürfen. Er musste an Debby denken, die ihm vor nicht ganz einem Monat eröffnet hatte, dass sie keine gemeinsame Zukunft für sie beide sehen würde. Benjamin hätte nicht gedacht, dass er es so schwer nehmen würde. Dabei hatte Debby vollkommen recht. Sie passten nicht zueinander. Debby war selbst für seine Begriffe viel zu oberflächlich. Dass sie allerdings kaum eine Woche später einen durchtrainierten, solariumgebräunten Studienkollegen als ihren neuen Freund präsentiert hatte, war Benjamin dann doch sehr sauer aufgestoßen. Er war sich immer noch nicht ganz sicher, ob es der Verlust seiner Freundin oder sein verletztes Ego war, das ihn seither quälte. Aber es hatte auch sein Gutes. Nun hatte er wenigstens mehr Zeit, sich um Lina zu kümmern. Denn seine Schwester hatte ungleich größere Probleme. Sein Blick war immer noch auf sie gerichtet, als er tief seufzte und sie damit aus ihren Gedanken riss. Lina hob den Kopf, als ob sie seine stumme Frage erahnt hätte. »Wieso übergibst du dich schon wieder?«

»Ich bin nervös.«

»Wieso denn?« Das war eine eher rhetorische Frage. Sie hatte tausend Gründe, nervös zu sein. Sie war schwanger. Der Vater des Kindes war ein Dunkelelf aus einer anderen Welt, zu dem sie unter allen Umständen zurückkehren wollte. Und sie hatte es ihren Eltern noch nicht gesagt. Obwohl Ariana und David vor gut einem Monat aus den USA zurückgekommen waren, hatte Lina ihnen noch nichts von ihrer Schwangerschaft erzählt. Lange ließ sich das bestimmt nicht mehr verheimlichen, selbst mit den weiten Shirts, die sie trug. Ihr Vater war zwar schon wieder unterwegs. Er hatte einen Fotoauftrag in den Karpaten angenommen und würde erst in den nächsten Tagen zurückkommen. Aber ihre Mutter war hier. Dass sie noch nichts mitbekommen hatte, konnte nur daran liegen, dass sich Lina im Moment extrem zurückzog und ihre Mutter auf Distanz hielt. Benjamin fand das traurig. Denn Lina hatte immer ein sehr inniges Verhältnis zu ihrer Mutter gehabt. »Das Buch der Welten«, das Buch ihrer Mutter, hatte alles verändert, und Benjamin wünschte nicht zum ersten Mal, dass es dieses vermaledeite Buch niemals gegeben hätte. Nicht den Bestseller ihrer Mutter und nicht das Gezeitenbuch, dessen Geschichte ihre Mutter, ohne es zu wissen, niedergeschrieben hatte. Er wünschte, dass es ganz Menduria nicht geben würde. Immer wieder, wenn er daran dachte, hatte er das Gefühl, dass diese Welt ihm eines Tages seine Schwester rauben würde.

Lina erhob sich und riss ihn damit aus seinen Gedanken. »Der Arzttermin heute Nachmittag macht mich nervös.«

»Oh.« War das heute? Das hatte Benjamin ganz vergessen. Dabei hatte Lina oft genug davon gesprochen. Fünfter Monat, Ultraschall. Benjamin lag bereits eine dumme Bemerkung über spitze Ohren auf der Zunge. Aber ein Blick in Linas besorgtes Gesicht ließ ihn schweigen.

»Du kommst doch mit, oder?« Der bange Unterton war unüberhörbar.

Benjamin grinste. »Klar komm ich mit. Das lass ich mir doch nicht entgehen.«

»Danke, Ben. Dann lass ich dich jetzt alleine und komm später wieder.«

Lina schob sich gerade an ihm vorbei, doch er hielt sie am Arm zurück und suchte ihren Blick. »Lina, wann sagst du es ihnen?«

»Bald.«

Benjamins Frage geisterte immer noch durch ihren Kopf, als sie sich in ihrem Zimmer aufs Bett sinken ließ. Sie wusste, dass sie das Gespräch mit ihren Eltern nicht mehr lange hinauszögern konnte. In Gedanken hatte sie es schon einige Male getan. In der Küche, beim Frühstück. »Schöner Tag heute, nicht wahr? Ach ja, ihr werdet übrigens Großeltern. Habe ich schon erwähnt, dass der Vater meines Kindes ein Dunkelelf aus Mutters Buch ist?«

Lina lachte gequält. Auch wenn sie es bestimmt nicht mit diesen Worten sagen würde, es liefe aufs Gleiche hinaus. Insgeheim hatte sie gehofft, dass sie einen Weg zurück nach Menduria finden würde, ehe sie sich dem Gespräch mit ihren Eltern stellen musste. Aber so wie schon in den drei Jahren zuvor waren die Tore, die sie kannte, verschlossen. Ganz abgesehen davon war Weglaufen nicht ihre Art. Sie musste sich alledem stellen. Bloß war ihr noch nie in ihrem Leben etwas so schwer gefallen wie dieses Gespräch. Ihr Vater würde Ende nächster Woche zurückkommen. So lange wollte sie noch warten. Bis jetzt wussten nur zwei Menschen von ihrer Schwangerschaft. Ihr Bruder Benjamin und Johanna Steinmann. Ihre Nachbarin hatte sich in den letzten Wochen als eine weitaus bessere Freundin entpuppt, als Lina jemals vermutet hätte. Hilfsbereitschaft und Verständnis hatte sie im Promenadenweg Nummer 18, dem alten Häuschen schräg gegenüber, schon erfahren, als Oma Steinmann noch gelebt hatte. Johanna war anders, aber nicht minder einfühlsam. Johanna hatte es nicht krummgenommen, dass Lina mit ihr nicht über den Vater ihres Kindes sprechen wollte. Ihre Mutter würde das nicht akzeptieren.

Lina schob diesen Gedanken beiseite, um sich einem anderen widmen zu können. Ihrer Vision von letzter Nacht. Es war immer die gleiche, seit sie wieder hier in der Schöpferwelt war. Es war das Bild der weißen Magierin, die ihr ein Tor öffnete. Lina hoffte inständig, dass es nicht nur Wunschdenken war, und dass sich Lupinia nicht mehr allzu lange Zeit damit lassen würde. Je öfter diese Vision wiederkehrte, umso intensiver und klarer wurde sie. Zum ersten Mal hatte sie das Bild der weißen Magierin auf dem Rückflug von London gesehen. Es hatte ihr Hoffnung auf eine baldige Rückkehr nach Menduria gemacht. Seither waren drei Monate vergangen. Monate, in denen sie ihre kleine Tochter immer intensiver wahrgenommen hatte, lange noch bevor sie ihre ersten Bewegungen gespürt hatte. Lina würde sie Aljana nennen.

Ein kräftiger Tritt gegen ihre Bauchdecke zauberte ihr ein Schmunzeln ins Gesicht. »Schon gut, ich weiß, dass ich spät dran bin. Aber sei ehrlich, das Genuschel von Professor Albrecht versteht doch sowieso niemand. Da könnten wir doch genauso gut einen langen Spaziergang im Wald machen.«

Mit der linken Hand auf ihrem Bauch lauschte sie. Reglose Stille herrschte plötzlich in ihrem Inneren. Und da begann sie plötzlich zu lachen. Ja, sie würde die heutige Vorlesung sausen lassen. Griechische Mythologie war sowieso nicht ihr Lieblingsthema, und schon gar nicht, wenn sie von Engelbert Albrecht vorgetragen wurde. Wer jemals einem volltrunkenen Zentauren beim Witzeerzählen zugehört hatte, konnte die endlos langen und mit theoretischem Wissen vollgestopften Vorträge Albrechts nur belächeln. Überhaupt stellte sich Lina in letzter Zeit immer wieder die Frage, wozu sie überhaupt noch zur Uni ging. Sie hatte sowieso nicht vor, in dieser Welt zu bleiben. Das Studium erschien ihr sinnlos. Nur die leise Stimme des Zweifels in ihr ließ sie die Vorlesungen weiterhin besuchen. Was, wenn sich ihre Vision doch nicht bewahrheitete? Wenn die Hilfe, die sie aus Menduria erwartete, doch nicht kam und sie auf sich alleine gestellt eine Möglichkeit finden musste, ein Tor zu öffnen. Immerhin war es bereits vorgekommen, dass sich eine ihrer Visionen als falsch erwiesen hatte. Nein, Lina würde weiterhin zur Uni gehen, schon alleine der Ablenkung wegen. Aber für heute beschloss sie, eine Ausnahme zu machen und den Kurs zu schwänzen.

Lina erhob sich und ging ins Badezimmer, das Benjamin mittlerweile geräumt hatte. Wie jeden Tag stand sie nun vor dem großen Badezimmerspiegel und betrachtete sich kritisch. Wenn sie ein weites Shirt trug, sah man ihr nicht an, dass sie schwanger war. Sie zog das Shirt aus und ließ es achtlos zu Boden fallen. Mit gerunzelter Stirn drehte sie sich zur Seite. So war ihr Bauch unübersehbar, seltsam spitz, wie der eines Kobolds. Lina fand, dass sie ulkig aussah. Was Darian dazu wohl gesagt hätte? Ihr Grinsen verwandelte sich in ein wehmütiges Seufzen. Das war einer ihrer immer wiederkehrenden Gedanken. Er wusste gar nicht, dass er Vater wurde. Lina konnte sich an den verträumten Glanz in seinen Augen erinnern, als sie von Kindern gesprochen hatten. Er hätte sich bestimmt darüber gefreut. Ihm nicht sofort zu sagen, dass sie schwanger war, war ein Riesenfehler gewesen. Er hätte den Schwur im Drachenfeuer nicht geleistet. Davon war sie felsenfest überzeugt. Sie hätten gemeinsam einen Weg gefunden, der sie in eine sichere Zukunft geführt hätte. Die Drachenmagierin musste sich geirrt haben.

Aber es war müßig, darüber jetzt noch nachzudenken. Sie

musste zusehen, dass sie aus dem Haus kam, bevor ihre Mutter aufstand. Lina hatte ein schlechtes Gewissen, weil sie ihrer Mutter ständig aus dem Weg ging. Sie vermisste die herzlichen Umarmungen von früher. Noch an diesem Wochenende würde sie mit ihr sprechen, das nahm sie sich fest vor. Nur den Arzttermin wollte sie noch abwarten. Sie wollte wissen, ob mit dem Baby alles in Ordnung war.

Lina hatte bereits die Klinke der Haustür in der Hand, als ihre Mutter im Vorzimmer erschien. Ariana wirkte übernächtigt. Das blonde kurze Haar zerzaust, immer noch Kissenabdrücke im Gesicht, musste sie eben erst aufgestanden sein.

»Warte einen Moment, Lina, ich will mit dir sprechen.«

»Ich bin spät dran, Mama. Können wir das nicht heute Abend tun?« Ohne eine Antwort abzuwarten, zog Lina die Tür hinter sich ins Schloss. Auf der Straße angekommen, sah sie zu, dass sie eiligen Schrittes aus dem Sichtfeld des Hauses kam. Eine Woge schlechten Gewissens brach über ihr zusammen. Nein, das musste aufhören. Sie war nicht für Unehrlichkeit geschaffen. Egal wie schwierig dieses Gespräch verlaufen würde, sie musste mit ihrer Mutter reden.

Ihr Weg führte sie nicht zum Bus, der sie in Richtung Innenstadt gebracht hätte, sondern auf einem Umweg um den gesamten Häuserblock hinauf in den Wald. Herbstlich verfärbte Laubbäume umfingen sie mit ihrer stillen Energie. Es war ein Herbst wie vor drei Jahren, als sie zum ersten Mal den Weg nach Menduria gefunden hatte, und doch hatte sie das Gefühl, ein ganzes Leben würde zwischen diesen beiden Zeitpunkten liegen. Lina streifte den ganzen Vormittag durch den Wald, wobei sie sich abseits der ausgetretenen Wege hielt. Hier suchte und fand sie die Entspannung, die sie nur fern der hektischen Zivilisation finden konnte. Laub raschelte unter ihren Füßen, würzig feuchte Herbstluft füllte ihre Lungen und gab ihr das Gefühl von Weite. Sonnenlicht, das sich in goldenen Strahlen einen Weg durch das bunte Laubdach bahnte, streichelte ihre Haut und erwärmte ihr Herz. Lina schaffte es, für ein paar Stunden ihre Sorgen am Rande des Waldes zurückzulassen und die Zeit zu genießen. So lange, bis sie einen vibrierenden Piepton vernahm, eine SMS. Sie zog ihr Telefon aus der Tasche und las die Nachricht. Sie war von Benjamin. »Sehe dich um zwei Uhr beim Arzt. LG Ben.«

Erschrocken blickte sie auf die Uhr. Schon so spät! Sie würde sich beeilen müssen, wenn sie nicht zu spät kommen wollte.

War es zu Anfang nur ein leichtes Grummeln im Magen gewesen, hatte Lina, je näher sie der Arztpraxis kam, immer mehr gespürt, wie ihre Magennerven zu rebellieren begannen. Mittlerweile hatte sie Herzklopfen und konnte kaum noch still sitzen. Benjamin wartete bereits vor der Praxis auf dem Gehsteig sitzend.

»Bereit, ein paar spitze Ohren fotografieren zu lassen?«

Es hätte witzig und aufmunternd klingen sollen, bewirkte aber genau das Gegenteil. Lina war davon überzeugt, dass es ihrer Tochter gut ging. Aber was, wenn bereits auf dem Ultraschallbild deutlich zu erkennen war, dass ihr Baby eine Halbelfe war? Deshalb hatte sie den Termin bei Dr. Mantler auch so lange wie möglich hinausgeschoben. Stattdessen hatte sie sich über den normalen Schwangerschaftsverlauf im Internet schlau gemacht, der vierzig Wochen dauerte. Aber wer konnte schon sagen, wie lange eine Schwangerschaft bei einem Halbelfenbaby dauerte. Darauf hätte ihr vermutlich nicht einmal Yatlyn antworten können, da in Menduria seit vielen Tausend Jahren keine Kinder mehr geboren worden waren.

»Normalerweise sind es die Väter, die hier so unruhig auf und ab marschieren«, konnte Lina die amüsierte Stimme der Arzthelferin vernehmen.

Erst jetzt wurde ihr klar, dass sie die ganze Zeit über wie ein Tiger im Käfig auf und ab gewandert war. Sie wollte gerade etwas erwidern, als sich die Tür zum Arztzimmer öffnete, und Dr. Mantler den Kopf suchend ins Wartezimmer steckte.

»Wittmar?«

Lina fuhr herum und stürzte ins Arztzimmer, in dem die Ärztin bereits wieder hinter ihrem Schreibtisch Platz genommen hatte. Sie wollte die Untersuchung einfach nur hinter sich bringen. Benjamin, der die Ruhe selbst war, reichte Dr. Mantler die Hand, ehe er sich neben Lina in den Sessel sinken ließ.

»Der Vater, nehme ich an?«, erkundigte sich die Ärztin und schenkte ihm ein freundliches Lächeln.

»Nein, der Bruder«, stellte Benjamin klar.

»Ah, und der Vater ist …?«

»Verhindert.« Linas Stimme klang schrill, selbst in ihren eigenen Ohren.

›Nur mit der Ruhe‹, bedeutete Benjamin ihr mit einer für Dr. Mantler nicht sichtbaren Geste an.

»Nun, Frau Wittmar, Sie kommen reichlich spät für eine Erstuntersuchung«, stellte Dr. Mantler nach einem Blick auf die Unterlagen fest.

»Ja … ich …« Lina begann zu stottern.

»Wir waren bis vor Kurzem in London«, half ihr Benjamin aus der Verlegenheit.

Unauffällig griff Lina unter dem Tisch nach seiner Hand und drückte sie. Was würde sie bloß ohne ihn machen?

»Verstehe.« Die Ärztin nickte, ehe sie in einem beruhigenden Tonfall fortfuhr. »Ich denke nicht, dass das ein Problem ist. Soweit ich sehe, ist alles in Ordnung. Wenn es Ihnen recht ist, beginnen wir dann gleich mit dem Ultraschall. Die Untersuchung können wir danach machen.«

Lina erhob sich und folgte den Anweisungen der Ärztin. Nur Augenblicke später lag sie mit entblößtem Bauch auf einer Liege und starrte auf einen Monitor, während ihr Herz wie wild hämmerte.

Dr. Mantler drückte ihr kurz die Hand. »Das wird Ihnen gefallen. Es ist die neueste 3D-Ultraschalltechnik. Damit können wir alles gut erkennen.«

Lina nickte nur, unfähig ein Wort zu sagen.

Und dann kamen die ersten Bilder. Mit einem Mal war jegliche Nervosität verflogen. Nichts war mehr wichtig für Lina, sie sah nur noch ihre Tochter auf dem Monitor. Die Bilder waren anders, als sie erwartet hatte. Ganz deutlich konnte Lina die Gesichtsform und die Arme erkennen. Aljana nuckelte an ihrer Faust, ehe sie sich aus dem Bild drehte.

»Ein sehr aktives Baby«, stellte Dr. Mantler amüsiert fest, ehe sie einen Druckknopf am Monitor betätigte und ein Bild einfror. »Möchten Sie wissen, welches Geschlecht Ihr Kind hat?«

»Das weiß ich bereits«, sagte Lina, die sich ein beinahe entspanntes Lächeln erlaubte.

»Sie behauptet, es wird ein Mädchen.« Benjamin, der die ganze Zeit über schweigend danebengestanden hatte, blickte die Ärztin zweifelnd an.

»Nun, sie hat recht«, bestätigte Dr. Mantler. »Es ist ein Mädchen.«

»Sind Sie ganz sicher?« Benjamin klang immer noch skeptisch.

Lina wusste, dass es ihm nicht darum ging, lieber einen Neffen anstatt einer Nichte zu bekommen. Das war Benjamin egal. Er konnte es nur nicht vertragen, wenn sie so überaus selbstsicher, ohne einen logischen Beweis etwas behauptete, und dann auch noch recht behielt.

»Ich bin sicher.« Die Ärztin bedachte ihn mit einem mitleidigen Blick, nickte dann aber zufrieden. »Soviel ich sehen kann, ist alles in Ordnung.«

Sie wollte das Gerät gerade wegpacken, als Benjamin plötzlich fragte: »Was ist mit den Ohren. Sind die auch normal?«

Dr. Mantler sah ihn verständnislos an. »Was sollte denn mit den Ohren nicht stimmen?«

Benjamin zuckte mit den Schultern. »Keine Ahnung, vielleicht sind sie spitz?«

Lina hörte sich selbst nach Luft schnappen. Was um alles in der Welt tat Benjamin denn da? Die Ärztin schien seine Frage als Scherz aufzufassen. »Wieso, ist der Vater ein Vulkanier?«, erkundigte sie sich und erwiderte dabei Benjamins süffisantes Grinsen.

»Nein, ein Elf.« Lina wusste selbst nicht so genau, wieso sie das mit einer derartigen Genugtuung sagte.

Dr. Mantler nahm es einfach als schlagfertige Antwort. »Ich sehe schon, zumindest die Familie mütterlicherseits liebt es, zu scherzen. Aber um Ihre Frage zu beantworten. Nein, die endgültige Ohrenform würde man in diesem Schwangerschaftsstadium noch nicht erkennen. Aber wenn es Sie beruhigt, der Rest ihres Kindes ist vollkommen gesund.«

Sie reichte Lina ein Tuch, mit dem sie sich das Kontaktgel abwischen konnte, und verstaute das Ultraschallgerät.

»Ich schreibe Ihnen ein Rezept für ein Vitaminpräparat, und wenn der lustige Onkel in der Zwischenzeit draußen warten würde, könnten wir dann noch den Rest der Untersuchung erledigen.« Dabei schenkte sie Benjamin ein aufforderndes Lächeln. Ohne ein Widerwort verließ er den Raum.

»Bist du mir böse wegen der Bemerkung mit den Ohren?«, erkundigte sich Benjamin, als sie auf dem Heimweg waren.

»Nein.« Lina saß neben ihm im Auto und war einfach nur erleichtert, dass alles in Ordnung war. Aljana hatte die normale Größe und Entwicklung eines Babys im fünften Monat. Sie hatte nicht mehr oder weniger Organe als jeder andere Fötus. Alles war normal. Ob ihre Ohren spitz waren oder nicht, war ihr vollkommen egal.

Lina dachte schon, sie hätte die größte Aufregung des heutigen Tages hinter sich. Aber dann betrat sie das Haus und sah sich ihrer Mutter gegenüber, die im Türrahmen zur Küche lehnte und auf sie wartete. Wie angewurzelt blieb Lina im Vorzimmer stehen, während Benjamin hinter ihr das Haus betrat. Der Gesichtsausdruck ihrer Mutter sprach Bände. Sie wusste Bescheid.

»Dr. Mantler hat eben angerufen. Du hast dein Rezept vergessen.« Arianas Stimme zitterte. »Wann hattest du denn vor, es mir zu sagen?« Die Worte trafen Lina wie ein Schlag. So viel Enttäuschung schwang darin mit.

Lina war das Schuldbewusstsein in Person. »Ich wollte es dir sagen, aber ich wusste nicht, wie.«

»Und du, Benjamin?« Der Blick ihrer Mutter wanderte über Linas Schulter hinweg und blieb auf ihrem Bruder haften. »Du wusstest Bescheid und hast auch nichts gesagt.«

»Ich …« Benjamin hob die Hände zu einer entschuldigenden Geste.

»Ihn trifft keine Schuld«, mischte sich Lina nun ein. »Er musste mir versprechen, nichts zu sagen.«

»Ich verstehe.« Sie klang bitter, als sie fragte: »Und möchtest du jetzt vielleicht mit mir sprechen, Lina?«

Lina nickte und ging langsam an ihrer Mutter vorbei in die Küche. Dort ließ sie sich am Küchentisch auf einen Stuhl sinken. Sie hörte nur mit halbem Ohr hin, als Benjamin verkündete, dass er sich nun besser nach oben verziehen würde. Alles, was sie hörte, war ihr eigenes Blut, das getrieben durch ihren rasenden Pulsschlag in ihren Ohren rauschte. Die Stunde der Wahrheit war gekommen.

Ihre Mutter nahm ihr gegenüber Platz. Lange Zeit sagte sie nichts, musterte Lina nur. Und da wurde Lina bewusst, wie lange sie ihre Mutter schon nicht mehr genauer betrachtet hatte. Ariana hatte dunkle Ringe unter den Augen. Sorge und Enttäuschung waren ihr ins Gesicht geschrieben. Lina verspürte einen schmerzhaften Stich im Magen.

»Es tut mir leid, Mama. Ich wollte es dir sagen, ganz ehrlich.«

»Dann stimmt es also, du bist schwanger?« Es klang, als würde ihre Mutter sich immer noch nicht ganz mit dem Gedanken abgefunden haben.

Lina nickte.

»Und wer ist der Vater? Ich meine, du hast nie erwähnt, dass du einen Freund hast.«

Lina schüttelte nur den Kopf. Da war sie, die gefürchtete Frage, die unweigerlich hatte kommen müssen. Die Frage, auf die sie keine Antwort geben würde. Gott, sie wünschte so sehr, Darian wäre jetzt hier, würde sie bei diesem Gespräch unterstützen, einfach nur ihre Hand halten, und ihr dadurch Rückhalt geben. Warum konnte das nicht laufen, wie es in Millionen von Fällen lief, in denen ein Paar gemeinsam den eigenen Eltern verkündet, dass sie Großeltern werden, in denen sich alle freuen und glücklich sind? Warum konnte in ihrem Leben denn rein gar nichts so verlaufen, wie es das bei normalen Menschen tat?

»Weißt du, es ist nicht die Tatsache, dass du ein Kind erwartest, die mich schockiert«, sagte Ariana schließlich. »Es ist dein Mangel an Vertrauen, der mich so trifft.«

Lina kämpfte mit den Tränen. Etwas Schlimmeres hätte ihre Mutter nicht sagen können. Dabei hätte sie sich ihr doch so gerne anvertraut. Aber das war unmöglich. Lina hätte es auf sich genommen und erneut versucht, Ariana von der Wahrheit ihrer Geschichte zu überzeugen. Sie hielt es sogar für möglich, dass ihre Mutter ihr diesmal Glauben schenkte. Aber das hätte bedeutet, dass sie auch die Existenz der Ariana anerkennen müsste, die sie einst gewesen war. Die Ariana, die ihr Leben als Andavyan aufgegeben hatte, um in der Schöpferwelt wiedergeboren zu werden. Die Ariana, die ihre Tochter in eine Vergangenheit geschickt hatte, und gewusst haben musste, welche Konsequenzen ihr Handeln haben würde. Die so wie es aussah, das Wohl Mendurias über das des Mädchens gestellt hatte, das einmal ihre Tochter werden würde. Lina hatte beschlossen, die Andavyan gedanklich von der Frau, die ihre Mutter jetzt war, zu trennen. Ihre Mutter hätte ihr das niemals angetan, hätte sie niemals wissentlich in einen solchen Kummer gestürzt, wie das Ariana, die erste Hüterin Jandamers getan hatte. Die Worte der Andavyan klangen ihr wieder im Ohr: »Es tut mir so leid. Dein Weg hat erst begonnen.« Ja, Ariana, hatte es gewusst. Lina wollte ihrer Mutter nicht die Schuld aufladen, die sie unweigerlich empfinden musste, wenn sie Linas Geschichte als wahr anerkannte.

Lina seufzte. »Ja, es stimmt. Ich bekomme ein Baby. Aber ich werde nicht sagen, wer der Vater ist. Und ich bitte dich, das zu akzeptieren.« Damit erhob sie sich und verließ die Küche. Sie konnte den Blick ihrer Mutter in ihrem Rücken spüren, konnte ihre stumme Frage beinahe aus der Luft greifen: »Warum vertraust du mir nicht?«

Sich so kaltherzig zu verhalten, fiel Lina unglaublich schwer und kostete sie all ihre Überwindungskraft. In ihrem Zimmer angekommen, fiel sie auf ihr Bett und ließ den Tränen endlich freien Lauf, die sie schon die ganze Zeit zurückgehalten hatte. Nicht einmal das aufgeregte Gestrampel in ihrem Bauch konnte ihr in diesem Moment Trost spenden. Das hätte allein Darian gekonnt. Aber er war unerreichbar für sie.

Das letzte Tor

Die nächsten Wochen wurden für Lina zu einer nervlichen Zerreißprobe. Ihr Vater hatte sie, kaum dass er heimgekommen war, in ihrem Zimmer aufgesucht. Er hatte vollkommen anders reagiert, als sie es von ihm erwartet hatte. Er hatte ihr keine Vorwürfe gemacht. Er hatte sich ihr gegenüber in den Sessel gesetzt und sie lange Zeit schweigend angesehen. Dann hatte er nur einen Satz gesagt: »Lina, sprich mit uns, bitte.«

Es hatte Lina fast das Herz gebrochen, als sie geantwortet hatte: »Es tut mir leid, Papa. Ich kann nicht.« Er hätte es noch viel weniger verstanden als Ariana. David Wittmar stand mit beiden Beinen auf dem Boden der Tatsachen. Elfen, Trolle, Zwerge, das waren für ihn die Geschöpfe aus dem Reich der Fantasie, die in seiner Welt nur so weit existierten, als sie in den Büchern seiner Frau vorkamen. Er war zu sehr Realist, um die Existenz Mendurias auch nur im Entferntesten in Betracht zu ziehen.

David hatte sich erhoben. »Lass dir Zeit, Lina. Wenn du soweit bist, erklärst du uns alles. Einverstanden?«

Lina hatte genickt, dankbar dafür, dass er sie nicht bedrängt hatte. Ihre Mutter war nicht so gnädig gewesen. Natürlich wollte sie wissen, wann das Baby erwartet würde. Zumindest das konnte Lina ihr sagen. Mitte Februar. Aber auf alle weiteren Fragen konnte Lina ihr nicht antworten. Weder wer der Vater des Kindes war, verriet sie, noch wie sie sich ihr weiteres Leben vorstellte. Irgendwann hatte Ariana eingesehen, dass es keinen Sinn hatte, Lina weiter zu bedrängen. Und das früher so warme und herzliche Verhältnis zu ihrer Mutter kühlte weiter ab. Nur Benjamin hielt uneingeschränkt zu ihr. Er war es, dem sie ihre Hoffnungen anvertraute, und ihre größte Angst.

Die Bäume hatten längst ihre Blätter verloren. Ein warmer Oktober war einem nasskalten nebeligen November gewichen, der Lina fürchterlich aufs Gemüt geschlagen hatte. Und dann war Anfang Dezember bereits der erste Schnee gefallen. In dem Maße, in dem ihr Bauch wuchs, fühlte Lina, dass ihr die Zeit davonlief. Und zu allem Übel hatte sie seit Wochen keine Visionen mehr gehabt. Langsam machte sich in ihr der Gedanke breit, dass es vielleicht nur Wunschdenken gewesen war, die weiße Magierin ein Tor öffnen zu sehen.

Lina saß in ihrem Lehnstuhl und starrte hinaus ins Schneetreiben, ohne die weiße Pracht überhaupt wahrzunehmen. Vor ihrem inneren Auge lief ein Film ab. Sie dachte an die Zeit, die sie mit Darian in den Dunkelwäldern verbracht hatte, versuchte sich jede einzelne Begebenheit wieder ins Gedächtnis zu rufen. Sie wollte nur ja nichts davon vergessen. Manchmal sprach sie auch zu Aljana davon. Sie hatte festgestellt, dass ihre ungeborene Tochter bereits auf ihre Stimme reagierte.

Es klopfte an der Tür. Lina richtete sich auf: »Ja!«

Es war Benjamin. Mit einem Augenzwinkern und einem überaus schelmischen Grinsen ließ er sich auf ihr Bett fallen. »Hallo, Mutterschiff, wie geht es dir?«

Niemand teilte Frechheiten auf eine solch charmante Art aus wie ihr Bruder. Lina begann zu lächeln. »Danke, mir geht's gut.«

»Und wie geht's meiner Spitzohrnichte?«

»Aljana geht es auch gut. Siehst du das?« Lina zog ihr Shirt hoch und zeigte auf eine Ausbeulung an der rechten Seite ihres Bauches, der für ihre Begriffe bereits riesig war.

»Ich werd verrückt. Ist das ein Fuß?« Benjamin schien nicht glauben zu können, was er sah.

Lina nickte. »Jedes Mal wenn ich ihn zurückdrücke, erscheint der Abdruck wieder.«

»Sie scheint stur zu sein wie ihre Mutter«, meinte Benjamin.

»Ich bin nicht stur«, verteidigte sich Lina, die sehr wohl wusste, dass diese Bemerkung nicht scherzhaft gemeint war. Benjamin wollte auf irgendetwas hinaus.

»Lina, ich denke, es ist Zeit, dass du mit Mama sprichst. Sag ihr die Wahrheit.«

»Das geht nicht, Ben. Ich hab es dir doch schon erklärt. Ich glaube nicht, dass Mama die Wahrheit verkraften würde.«

Ganz langsam drückte Ariana Linas angelehnte Zimmertür auf und betrat mit einem Stapel Wäsche in der Hand das Zimmer. »Wieso überlässt du es nicht mir, zu entscheiden, was ich verkrafte und was nicht?«

»Mama?!« Lina blickte sie aus schreckgeweiteten Augen an.

»Es tut mir leid, ich wollte nicht lauschen. Aber die Tür war nur angelehnt und … das ist ja jetzt auch vollkommen egal. Ich finde, Benjamin hat recht. Sprich mit mir.«

Für einen Augenblick herrschte absolute Stille. Lina hatte den Mund bereits geöffnet, schien etwas sagen zu wollen, als sie von der Klingel der Haustür unterbrochen wurde.

Alle drei hatten es gehört, aber keiner rührte sich. Es war, als ob die Zeit stillstehen würde. Erst als es erneut läutete, setzte sich Ariana in Bewegung. »Ich bin gleich wieder da.«

Wer auch immer das war, er kam zum absolut ungünstigsten Zeitpunkt. Lina hatte sich endlich überwunden, mit ihr zu sprechen. Immer zwei Stufen auf einmal nehmend, hastete sie zur Haustür und riss sie viel schwungvoller auf als geplant. Vollkommen perplex blickte sie die Frau an, die vor der Tür stand. Sie war groß, eine beeindruckende Erscheinung, und vollkommen in Weiß gekleidet. Selbst ihr Haar war weiß. Ein unergründliches Lächeln lag auf ihren Lippen. »Hallo, Ariana. Ich freue mich, dich wiederzusehen.« Ihre Stimme klang wie die eines jungen Mädchens.

»Kenne ich Sie?« Ariana hatte das Gefühl, den Boden unter den Füßen zu verlieren.

Das Lächeln der Frau wurde breiter. »Möchtest du mich nicht hereinbitten? Dann werde ich dir alles erklären.«

Verunsichert trat Ariana zur Seite. Sie hatte das Gefühl, diese Frau zu kennen, wusste aber nicht, woher. Und dann hörte sie Schritte die Treppe herunterpoltern. Es war Lina.

»Lupinia?!« Die Stimme ihrer Tochter überschlug sich beinahe. Und im nächsten Augenblick stürzte sie sich in die Arme der fremden Frau, die Linas Umarmung erwiderte. »Ich wusste, dass du kommst. Ich habe es gesehen.«

Lina löste sich aus ihrer Umarmung und suchte den Blick der Fremden. »Darian. Ist er …?«

»Keine Sorge. Es geht ihm gut«, antwortete die Frau. »Aber das erzähle ich dir später.« Lina fiel ihr erleichtert gleich noch einmal um den Hals und vergrub den Kopf an ihrer Schulter.

Benjamin stand plötzlich neben seiner Mutter. Mehr zu sich selbst sagte er: »Ich glaub, mich tritt ein Pferd. Sie ist tatsächlich gekommen.«

Ariana blickte ihren Sohn an. Ihre Augen verrieten die wachsende Verunsicherung, die sich in Panik zu verwandeln begann. »Du kennst diese Frau?«

»Ja, das ist Lupinia, die weiße Magierin.«

Ariana schnappte hörbar nach Luft. Genau so hatte sie sich die weiße Magierin vorgestellt, als sie ihren Roman geschrieben hatte. Ein Gefühl, als ob etwas aus der Vergangenheit nach ihr greifen würde, ließ ihr einen kalten Schauer über die Arme laufen, bis ihr jedes einzelne Haar zu Berge stand. Die Geschichte stimmt, sagte ihr Herz. Aber ihr Verstand weigerte sich immer noch, das zu glauben. Sie, die sich in dieser aufgeklärten Welt, in der Technik und Fortschritt regierten, so sehr nach ein bisschen Magie gesehnt hatte, zweifelte nun und konnte nicht zulassen, was ihr Gefühl sagen wollte. Nein, es musste sich um einen schlechten Scherz ihrer Kinder handeln.

»Das ist kein Scherz, Ariana.« Die grünen Augen der weißen Magierin waren auf sie gerichtet, ein offenes Lächeln lag auf ihrem zeitlosen Gesicht. Aber die Stimme, die sie hörte, war nur in ihrem Kopf. »Hinterfragt hast du früher schon alles, aber so sehr gezweifelt hast du nie.«

Die nächsten Worte sprach sie für alle hörbar, während sie die Haustür hinter sich schloss: »Es ist Zeit, dass du die ganze Wahrheit erfährst.«

»Nein!« Panik klang in Linas Stimme mit. »Ich will das nicht.«

»Warum nicht?« Lupinia blickte Lina fragend an.

»Ja, das würde mich auch interessieren.« Auch Ariana sah ihre Tochter nun eindringlich an. »Wieso weigerst du dich, mit mir zu sprechen? Wieso hast du kein Vertrauen mehr zu mir?«

»Weil …« Lina schien mit sich zu ringen. »Weil du mit den Entscheidungen leben müsstest, die du in einem früheren Leben getroffen hast.«

Dann war es also immer noch die alte Geschichte. Lina war davon überzeugt, dass »Das Buch der Welten« keine fantastische Geschichte erzählte, sondern der Wahrheit entsprach. Ariana hatte das Gefühl, den Boden unter den Füßen zu verlieren. Seufzend beschloss sie, sich für einen Moment auf diesen Gedanken einzulassen.

»Ich finde es schön, dass du mich schützen willst, Schatz.

Aber denkst du nicht, dass ich selbst entscheiden sollte, was ich verkrafte und was nicht?«

Lina sah Hilfe suchend zu Lupinia. Aber die weiße Magierin schüttelte nur den Kopf. »Du kannst ihr das nicht ersparen, Lina. Sie muss es sehen. Und ich bin gekommen, um es ihr zu zeigen.«

Dann wandte sie sich an Ariana. »Bist du bereit, alte Freundin?«

Ariana nickte zögerlich. Auch wenn ihr Verstand immer noch rebellierte, konnte sie sich dem Gefühl der Vertrautheit nicht entziehen, das die Stimme dieser Frau in ihr auslöste.

»Du solltest dich vielleicht setzen«, schlug Lupinia vor. »Es könnte etwas unangenehm werden.«

Ariana steuerte auf die Küche zu, wo sie sich einen Stuhl heranzog und sich darauf niederließ, ohne Lupinia aus den Augen zu lassen. Die weiße Magierin ging vor ihr in die Hocke und umfasste ihre Hände.

Plötzlich spürte Ariana Linas Hände auf ihren Schultern, spürte die Heilkräfte, die die erste Hüterin an ihre Tochter weitergegeben hatte. Ariana erinnerte sich nur allzu gut an die Zeilen, die sie damals mit so viel Freude niedergeschrieben hatte. Wenn Lina glaubte, über diese Kräfte zu verfügen, würde sie versuchen, damit zu helfen. Ihr Blick wanderte über die Schulter und suchte den ihrer Tochter. Lina stand mit einer selbstverständlichen Entschlossenheit hinter ihr und hatte die Augen bereits halb geschlossen. Sie war überzeugt von dem, was sie tat. Doch dann öffnete sie noch einmal die Augen. »Bist du ganz sicher, Mama?«

»Ja, Lina, das bin ich.« Wenn es eine größere Wahrheit gab, dann wollte sie sie sehen, jetzt.

»Entspann dich, ich werde dich zum verborgenen Wissen deiner Andavyanseele führen.« Lupinias Stimme war jetzt nur noch in ihrem Kopf. Ariana schloss die Augen. Trotzdem konnte sie Lupinia immer noch sehen. Die Magierin sprach Worte in einer Sprache, die Ariana nicht verstand. Auch Lina war da. Ganz deutlich konnte sie die Präsenz ihrer Tochter spüren. Sie war wie ein Licht in der Dunkelheit, die sie umfangen hatte. Und dann zerriss der Schleier. Bilder überfluteten sie, Gedanken und Stimmen. Sie sah sich selbst in einem riesigen Saal stehen, spürte Angst und Unsicherheit. Sie war nicht alleine. Neben ihr stand eine sehr junge Frau, beinahe noch ein Mädchen, mit weißem Haar. Sie bewegte ihre Lippen nicht. Trotzdem konnte Ariana ihre Stimme hören: »Wie machst du das bloß, Ariana? Immer ziehst du das bessere Los. Fürst Enril sieht nicht mal schlecht aus.« Ein Kichern war in ihrem Kopf, glockenhell und schalkhaft. »Siehst du, wem ich zugeteilt bin? Da drüben, der große Kerl, der neben dem Drachen steht. Drogonn. Er soll ein richtiges Ekel sein.«

Wie in einem Schnelldurchlauf folgten Bilder, Geräusche, Gerüche, Gefühle. Ein ganzes Leben wurde vor ihr aufgerollt. Glück, Trauer und Schmerz, während viele Jahre an ihrem inneren Auge vorbeizogen. Eine unglaubliche Liebesgeschichte, die in einer Katastrophe endete. Ein Kampf um eine Welt, die einmal die ihre gewesen war. Und immer die weiße Magierin an ihrer Seite, mit der sie eine tiefe Freundschaft verband. »Das war Andavyan, unsere alte Welt«, ließ sich Lupinia leise vernehmen. Ihrer Stimme war anzuhören, dass auch sie diese Bilder nach wie vor quälten. »Und das ist Menduria. Dorthin sind wir geflohen.« Wieder begannen die Bilder zu laufen. Ariana konnte spüren, wie sich Linas Finger zu verkrampfen begannen, als sie Menduria in Arianas Gedanken erblickte. Diese Welt war unberührt und ursprünglich, ganz anders als Andavyan. Ein blutroter Mond stand hier am Himmel, begleitet von zwei kleineren Trabanten. Nur eine Sonne. Diese Welt lag am anderen Ende des Gezeitenmeeres, weit genug entfernt, um nicht von den Haegoth gefunden zu werden. Ariana konnte spüren, wie die ersten Jahrhunderte, die sie in Menduria verbrachte, die Wunden langsam heilen ließen, die ihr das Leben geschlagen hatte. Sie, die mächtigste Heilerin ihres Volkes war nicht fähig, sich selbst zu heilen. Das vermochte nur die Zeit. Sie fand Frieden in Menduria und eine neue Aufgabe. Hier musste sie ihre Kräfte nicht für Krieg und Zerstörung einsetzen, sondern ausschließlich, um zu heilen. Ganze Völker entstanden, geschaffen von den Schöpfern, so unterschiedlich und vielfältig, dass selbst die uralten Andavyan darüber staunten. Doch nicht alle dieser Völker waren von friedlicher Natur. Die Nachtmahre wandten sich gegen ihre eigenen Schöpfer und beendeten mit dem Raub der Schöpferkinder das erste Zeitalter. Der Schöpferfluch, der Menduria daraufhin traf, veränderte diese Welt. Als klar wurde, dass auch die Andavyan davon betroffen waren, beschloss der Weisenrat, Menduria zu verlassen, um sich erneut auf die Suche nach einer passenden Welt für die Andavyan zu machen. Nur wenige ihres Volkes blieben. Mit ihnen blieb der mächtigste Clan der Drachen, um Menduria zu beschützen. Denn Galan, die jüngste der Seherinnen, hatte eine Aufgabe von großer Bedeutung für die Andavyan in Menduria vorausgesehen. Auch Ariana blieb und fand ihre Aufgabe in Jandamer, dem jüngsten Teil Mendurias, dem sie sich zutiefst verbunden fühlte. Sie wurde zur Obersten Hüterin der Gedankenströme der Schöpfer. Dort war sie glücklich. Umgeben von magischen Welten, in deren Herzen das alte Wissen der Andavyan lagerte, fühlte sie sich wohl. Doch dann tauchte dort das Gezeitenbuch auf, das nicht nur ihr Schicksal besiegeln sollte. Sie sah sich Jahr um Jahr mit dem Buch ringen, fühlte den Ärger und die Frustration über ihre Unfähigkeit, das Buch zu entziffern. Fühlte den Triumph, als sie es nach Jahrhunderten schließlich doch schaffte. Konnte das Entsetzen immer noch ihren Nacken hochkriechen fühlen, als das Wissen um die Zukunft wieder wie damals in ihren Gedanken explodierte. Das Gezeitenbuch hatte ihr die Wahl gelassen, ob sie diese Aufgabe annehmen würde oder nicht. Es war eine Entscheidung, die nicht nur ihr eigenes Leben beeinflussen würde. Nicht sie war es, die das Buch auserkoren hatte, Menduria zu verändern. Es war ihre Tochter und deren Tochter. Ariana war es, die diesen Weg in die Zukunft mit ihrer Entscheidung erst möglich machen würde. Sie hatte geschworen, Menduria zu beschützen. In dem Wissen, ihrer zukünftigen Tochter eine schwere Bürde aufzuladen, traf sie die Entscheidung, versiegelte wie befohlen das Buch und übergab sich dem Schicksal, das ihre Seele in eine andere Zeit führte, in die Welt der Schöpfer, um zu werden, was sie nun war, ein Mensch.

Ariana konnte das Schluchzen nicht verhindern, das aus ihrer Kehle aufstieg. Sie zitterte am ganzen Körper, während in ihr der Sturm der Gefühle immer noch tobte.

»Was habe ich getan?« Sie hatte die Hand vor den Mund geschlagen. Ihre Stimme klang brüchig.

»Sieh mich an, Ariana«, forderte die weiße Magierin. »Du hast getan, was du für richtig gehalten hast. Es war die einzige Entscheidung, die du treffen konntest.«

Sie spürte, wie sich Linas Hände von ihren Schultern lösten. Da wurde Ariana klar, dass der Sturm der Gefühle, der in ihr tobte, noch viel heftiger gewesen wäre, wenn Lina ihn nicht gemildert hätte.

Auch Lina ging nun vor ihr in die Hocke. Schwerfällig ließ sie sich auf die Knie sinken und blickte sie ruhig an.

»Darian ist der Vater deines Kindes. Ich hab dich in die Vergangenheit geschickt, damit sich dort dein Schicksal erfüllt. Das war es, was du mir nicht sagen konntest.«

Lina nickte langsam.

Tränen liefen ihrer Mutter über die Wangen. Ihre Stimme ging in einem Schluchzen unter. »Es tut mir so leid.«

»Das muss es nicht, Mama.« Sie hatte dieselben Bilder gesehen wie ihre Mutter. Es war sehr erkenntnisreich für Lina gewesen. Sie hatte sich immer gefragt, ob es reine Pflichterfüllung gewesen war, die Ariana den Schritt ins Menschsein hatte machen lassen. Jetzt wusste sie, dass es mehr war als das. Es war die Liebe ihres Lebens, die sie in der wiedergeborenen Seele David Wittmars gesehen hatte. Dann war also auch ihr Vater einst ein Andavyan gewesen. Ariana hatte die Chance auf ein Leben mit ihm gesehen und sie genutzt. Und genau darin lagen ihre Schuldgefühle begründet. Aber es war genau diese Tatsache, die Lina ein wenig beruhigte. Es würde ihr das Fortgehen leichter machen.

»Mama, es ist in Ordnung, genauso wie es ist. Du hast mir den Weg in die Vergangenheit ermöglicht. Dafür bin ich dir dankbar.« Wem sie tatsächlich zürnte, und das auf eine Weise, die für sie selbst erschreckend war, das waren Drogonn und Anta-Dragona. Aber das war jetzt nicht das Thema. Dem würde sie sich stellen, wenn sie nach Menduria zurückkehrte.

»Ich hätte das trotzdem nicht tun dürfen, Schatz.«

Neben ihr erhob sich Lupinia. »Ariana. Du weißt, was jetzt kommt, nicht wahr? Ich werde Lina mitnehmen. Und sie wird nicht mehr zurückkehren.« Die Worte, so behutsam wie möglich gesprochen, ließen Ariana trotzdem hochfahren.

»Nein, das geht nicht. Ich kann doch mein Kind nicht einfach so gehen lassen.« Schützend hatte sich die Hand ihrer Mutter um ihre gelegt, während ihr Blick abwehrend auf die weiße Magierin gerichtet war.

»Das musst du aber. Du weißt, dass sie gehen wird. Das hast du im Gezeitenbuch gelesen, nicht wahr?«

»Nein.« Arianas Worte klangen trotzig. »Ich weiß, dass Linas Schicksal nicht so verlaufen wird, wie sie sich das vorstellt. Ihr größter Kampf steht ihr noch bevor. Egal was ich damals entschieden habe, ich will so ein Leben nicht für sie.« Ihr Blick wanderte von Lupinia zu Lina.

»Mama, ich muss zurück zu ihm. Das verstehst du doch? Das ist wie mit Papa und dir. Was auch immer mich in Menduria erwartet, werde ich akzeptieren. Aber hierzubleiben, würde mich ein Leben lang unglücklich machen. Das darfst du nicht von mir verlangen.«

Unter Tränen nickte Ariana. »Ich weiß, Schatz. Ich weiß.« Schwerfällig erhob sie sich und schloss Lina in die Arme. Nun konnte auch Lina die Tränen nicht mehr zurückhalten. Sie hatte den Tag so sehr herbeigesehnt, an dem sie zurückkehren würde in ihre Welt, denn die Welt der Menschen war nicht länger die ihre. Und nun, da es endlich so weit war, fiel es ihr doch schwer. Aus dem Augenwinkel sah sie, wie Benjamin die Küche verließ.

»Ich will euch wirklich nicht hetzen. Aber die Zeit drängt«, sagte die weiße Magierin. »Das Gezeitenbuch ist dabei, das Tor wieder zu schließen. Wir werden es nicht mehr lange offen halten können. Und eine zweite Chance wird es nicht geben.«

Lina löste sich aus der Umarmung ihrer Mutter. »Ich hol nur schnell ein paar Sachen.« Und noch ehe ihre Mutter etwas erwidern konnte, verließ auch sie die Küche, um ein letztes Mal hinauf in ihr Zimmer zu gehen.

Es war nicht viel, was sie mitnahm. Ein kleines Fotoalbum, ein paar Bücher, ihren Stoffhund, den sie von ihrem Vater bekommen hatte, als sie einmal krank gewesen war. Und »Das Buch der Welten«, das vollkommen zerfledderte Romanexemplar ihrer Mutter würde sie nach Menduria mitnehmen. Erinnerungen an zwanzig Jahre in einen kleinen Rucksack gepackt. Das war schon ein seltsames Gefühl. Schnell, um nicht noch nachdenklicher zu werden, verließ sie ihr Zimmer und schloss die Tür. Benjamins Zimmertür stand halb offen. Lina klopfte und trat langsam ein. Auch ihr Bruder packte.

»Was tust du da?« Lina blickte ihn verwirrt an.

»Siehst du doch. Ich packe.«

»Wozu?«

»Wozu wohl? Ich komme mit dir.«

Lina stellte den Rucksack ab und trat auf ihren Bruder zu. »Nein, Ben. Du bleibst hier.«

»Tu ich nicht. Ich lass dich doch nicht alleine in diese verrückte Welt gehen.«

Lina seufzte lautstark, um ihre Rührung dahinter zu verstecken. »Das ist wirklich lieb von dir, Benjamin. Aber das geht nicht. Menduria ist nicht deine Welt. Du gehörst hierher. Du musst dich jetzt um Mama kümmern und ich denke mal, auch Papa wird es nicht ganz leichtfallen, die Tatsachen zu akzeptieren. Wir können sie nicht beide verlassen.«

»Und wer wird auf dich achtgeben?«

»Darian wird das tun.«

»Bist du sicher?« Benjamin setzte ein schiefes Grinsen auf. »Ich meine, der Kerl ist mir nach wie vor nicht ganz geheuer. Und du bist doch meine kleine Schwester.«

Lina umarmte ihren Bruder, dessen Humor ihr ganz bestimmt am meisten fehlen würde. »Ganz so klein bin ich nun auch nicht mehr. Und möglicherweise ist es ja nicht für immer. Wer weiß, vielleicht gibt das Gezeitenbuch die Tore ja eines Tages wieder frei.«

»Das hoffe ich.« Benjamin gab sich geschlagen. »Aber ich werde dich zumindest bis zum Tor begleiten.«

»Das würde mich freuen.« Lina kramte in ihrem Rucksack und streckte Benjamin dann einen Thermoprintausdruck entgegen. »Ich möchte, dass du das bekommst.«

»Die erste Aufnahme meiner Spitzohrnichte«, stellte er überrascht fest. »Bist du sicher, dass du das nicht mitnehmen willst?«

»Nein, ich nehm ja das Original mit«, sagte Lina und strich über ihren Bauch.

Den Weg zum Park legte Lina in dem Wissen zurück, dass sie ihn zum letzten Mal in ihrem Leben gehen würde. Ganz bewusst versuchte sie, alle Eindrücke in sich aufzunehmen und sie somit zu einer bleibenden Erinnerung zu machen. Liebevoll streifte ihr Blick das alte Haus im Promenadenweg. Sie würde das alte Haus mit dem steilen Spitzdach, den Buntglasfenstern und der efeubewachsenen Veranda vermissen. Trotzdem zweifelte sie nicht einen Augenblick an ihrer Entscheidung, nach Menduria heimzukehren. Doch wie würde es dort aussehen? Hatte Xedoc gesiegt? Oder herrschte bereits Frieden? Tausend Fragen jagten durch ihren Kopf. Alle mussten sie warten.

Die Straßen waren wie ausgestorben an diesem Spätnachmittag im Dezember, an dem der Winter endgültig Einzug zu halten schien. Der Wind hatte sich gelegt. Dicke Schneeflocken fielen und hüllten die Welt in einen weißen Mantel. Nur das Knirschen des frischen Schnees war unter ihren Füßen zu hören, als sie den Park betraten. Der Spielplatz war leer, der alte Pavillon trug bereits ein kleines Schneehäubchen. Lina ging neben ihrer Mutter und hielt ihre Hand. Ariana war in Schweigen versunken, seit sie das Haus verlassen hatten. So konnte Lina nur erahnen, was in ihr vorging. Lupinia und Benjamin folgten ihnen. Lina vermutete, dass die weiße Magierin mit ihrem Bruder auf der Gedankenebene sprach, denn Benjamin gab immer wieder leise Antworten, fragte aber nicht. Friedlich und still lag die kleine Insel inmitten des Teiches, als die kleine Prozession dort ankam. Auch die kahlen Äste der mächtigen Trauerweide waren bereits mit Schnee bedeckt und verliehen ihr ein beinahe gespenstisches Aussehen. Unberührt lag die Schneedecke vor ihnen, die sich über die Insel und die kleine Steinbrücke gelegt hatte. Lupinia schritt nun voran, direkt auf den kahlen Baumgiganten zu, der, wie Lina wusste, ein Tor nach Menduria war. Ihre weiße Gestalt verschmolz beinahe mit der Winterlandschaft. Eine fließende Bewegung ihrer Arme, begleitet von einem Wort der Magie, teilte das tiefhängende Geäst der Weide, die sich wie ein Vorhang erst wieder hinter ihnen schloss, als sie alle hindurchgetreten waren. Das dichte Geäst der Weide schützte sie nun vor dem Schneefall und gab Lina das Gefühl, zwischen den Welten zu stehen. In einem Teppich aus buntem Laub stand sie umringt von ihrer Familie und sah zu, wie Lupinia die magische Formel sprach, um das Tor nach Menduria zu öffnen. Hier auf dieser Insel, ihrer Insel, hatte sie das Phänomen zum ersten Mal gesehen, als Serendra vor ihren Augen durch dieses Tor gegangen war. Benjamin war durch dieses Tor aus Menduria zurückgekehrt. Ganz gleich, wie oft sie es noch sehen würde, es würde immer ein beeindruckender Anblick bleiben. Die Welt zerriss, der Stamm der Trauerweide bog sich zur Seite und gab den Blick auf eine Ebene frei. Doch es war nicht saftig grünes Gras und der Duft von Frühlingsblumen, der sie empfing, so wie Lina es in Erinnerung hatte. Ödes Land lag vor ihr. Die Erde verbrannt, der Himmel bleigrau und unheilschwanger. Vereinzelt ragten Bäume wie tote Gerippe in den Himmel, dem das Sonnenlicht zu fehlen schien. Nur einmal in ihrem Leben hatte sie eine solche Landschaft gesehen. In der Calahadin. Hatte das Tor seinen Standort geändert? Oder sah es in ganz Menduria nun so aus? Ein kalter Schauer lief ihr den Rücken hinab. War es das, wovor ihre Mutter sie gewarnt hatte? Doch noch ehe sie Lupinia danach fragen konnte, wurde ihre Aufmerksamkeit auf einen Elf gelenkt, der jenseits des Tores stand, das Schwert verteidigungsbereit erhoben. Sein Blick war nicht auf das Tor gerichtet, sondern in die Umgebung, die er in höchster Konzentration absuchte. Sein blondes Haar wurde von einer Windböe erfasst. Wind, der den scharfen Geruch nach verbranntem Holz durch das Tor trug. Er war nicht alleine. Erst als er sich umdrehte, erkannte Lina ihn. »Sichert das Tor, ich bin gleich wieder hier«, befahl er seinen Begleitern, ehe er durch das Tor in die Welt der Schöpfer trat.

Es war ihre Mutter, die ihn als Erste ansprach. »Endorven?«

Ein Lächeln, das Wehmut und Freude zugleich widerspiegelte, veränderte Endorvens Gesicht vollkommen. Plötzlich wirkte er nicht mehr so unnahbar, wie Lina ihn in Erinnerung hatte. Vor Ariana sank er auf ein Knie. »Herrin, es ist lange her.«

Lina erinnerte sich, dass Endorven einer der Hüter im Wächterturm Jandamers gewesen war, der Ariana gedient hatte. Aber so wie er ihre Mutter ansah, musste es weit mehr als das gewesen sein.

Ihre Mutter lächelte unsicher. »Bitte steh auf, Endorven. Ich glaube, das habe ich früher schon nicht gewollt.«

Endorven erhob sich und wandte sich an die weiße Magierin: »Wir müssen uns beeilen, Lupinia. Ich fürchte, sie haben uns entdeckt, und es wird bald dunkel.«

Lupinia nickte und wandte sich an Lina. »Es wird Zeit.«

Sie würde den Abschied schnell hinter sich bringen müssen. Zuerst umarmte sie ihren Bruder. Benjamin und sie brauchten keine Worte, um sich zu verständigen. Ein Blick alleine genügte. Selbst wenn sich die Tore schlossen, sie Welten trennten, zu ihrem Zwillingsbruder würde immer eine Verbindung bestehen bleiben.

Bei ihrer Mutter, deren Augen in Tränen schwammen, war das weitaus schwieriger. »Ich wünschte, es wäre anders gekommen.«

Lina schloss ihre Mutter in die Arme. »Es ist in Ordnung, so wie es ist. Wir müssen beide unserem Herzen folgen.« Das klang kitschig, selbst in Linas Ohren. Aber es entsprach der Wahrheit, sie hätte es nicht anders ausdrücken können.

»Ich weiß, mein Schatz. Und trotzdem fällt es mir so schwer.« Ein Ruck ging durch ihren Körper, als sie geräuschvoll die Nase hochzog und sich straffte, um Fassung bemüht. Ihre Hände ruhten nun auf Linas Schultern. Als sie erneut zu sprechen begann, hatte Lina beinahe das Gefühl, Ariana, der ersten Hüterin, gegenüberzustehen, nicht ihrer Mutter. »Hör mir zu, Lina. Es wird keine leichte Zeit werden, die dich erwartet. Du darfst auf keinen Fall zweifeln, wenn alles verloren scheint. Du musst stark sein, für euch beide.«

Lina wollte ihre Mutter um eine Erklärung bitten. Was hatte dieser Satz zu bedeuten? Doch Lupinia zog sie mit sich. Das Tor begann bereits an den Rändern zu flackern. Die Magie, die es offen hielt, brach in sich zusammen.

»Sei ihr eine ebenso gute Freundin, wie du es mir gewesen bist, Lupinia.« Arianas Stimme war nun fest und sicher. Die Autorität einer Andavyan sprach aus ihr, als sie sich an Endorven wandte. »Auch für dich habe ich noch eine letzte Aufgabe: Steh meiner Tochter und ihrem Kind zur Seite, und schütze sie, wenn es sein muss, mit deinem Leben, so wie du es einst bei mir getan hast.«

Endorven nickte. »Ja, Herrin, es wird mir eine Ehre sein.«

Dann ging alles sehr schnell. Ein Schritt nur war es, der Lina nach Menduria brachte. Als sie sich umdrehte, um einen letzten Blick auf ihre alte Welt zu werfen, sah sie Benjamin, der seine Arme schützend um die Schultern seiner Mutter gelegt hatte. Er sah tatsächlich aus wie eine jüngere Version ihres Vaters. Und da fiel Lina noch etwas ein. »Sag Papa, dass ich ihn lieb habe.«

»Das werde ich. Mach's gut, Kleine.« Benjamins letzte Worte konnte sie nur noch hören. Wie ein Nachhall klangen sie in ihren Ohren, als sich das Tor bereits geschlossen hatte.

»Du auch, Ben«, murmelte Lina. »Du auch.«

Heimatlos

Wir werden uns hier trennen«, sagte die weiße Magierin. »Serendra wird euch den Weg nach Jandamer öffnen.« Trotz der Anspannung schmunzelte Lupinia, als sie den nächsten Befehl gab. »Verhaltet euch so laut und auffällig wie möglich, stellt euch einfach vor, ihr wärt eine Horde Zwerge.«

Endorvens Gesicht zeigte milde Belustigung, während die anderen Lichtelfen die weiße Magierin ansahen, als hätte sie sie beleidigt.

»Und was wirst du tun?«, erkundigte sich Endorven.

»Ich werde mit Lina die Barriere überfliegen und sie nach Kathmarin bringen, bevor es dunkel wird.«

Vor Linas Augen vollzog die weiße Magierin eine Wandlung, die Lina ebenso faszinierte wie damals, als sie es vor drei Jahren zum letzten Mal gesehen hatte. Lupinia wurde zu Pegasus, dem geflügelten Pferd. Es war diese Verwandlung, die Lina aus ihrer Erstarrung riss und ihr bewusst machte, dass sie tatsächlich nach Menduria zurückgekehrt war.

»Wieso sind wir in der Calahadin?«, erkundigte sie sich daher.

Es war Endorven, der ihr antwortete. »Das ist nicht die Calahadin. Wir sind im südlichen Teil der Eldorin.«

Lina war entsetzt. Sie hatte die Eldorin ganz anders in Erinnerung. Saftig grüne Wiesen, goldgelbe Weizenfelder, tiefgrüne Wälder. Doch das hier sah aus wie der Vorhof zur Hölle. »Aber wieso …?«

»Später, Lina. Ich werde dir später alles erklären. Aber jetzt müssen wir aufbrechen. Die Nacht ist hier draußen unser Feind. Also steig bitte auf.« Lupinias drängende Stimme hallte in Linas Gedanken.

»Selbstverständlich.« Obwohl ihr tausend Fragen auf der Zunge brannten, würde sie sich gedulden.

Ohne ein Wort zu verlieren, sank Endorven vor Lina auf ein Knie und hielt ihr die verschränkten Hände als Aufstiegshilfe entgegen. Ein bisschen schwerfällig gelangte Lina so auf den Rücken des Pegasus.

»Wirst du das schaffen?« Endorven blickte sie besorgt an.

»Natürlich, ich bin schwanger, nicht todkrank.« Das Letzte, was sie wollte, war, wie ein rohes Ei behandelt zu werden.

Der Anflug eines Lächelns erschien auf Endorvens Gesicht. Er schien ihr den barschen Tonfall nicht übel zu nehmen. »Selbstverständlich nicht.«

Lupinias Stimme erklang in Linas Kopf. »Daran wirst du dich gewöhnen müssen. Er hat deiner Mutter versprochen, auf dich achtzugeben. Und Endorven pflegt seine Versprechen zu halten. Außerdem bist du die erste schwangere Frau, die er in seinem Leben zu Gesicht bekommt.«

Beschämt senkte Lina den Blick. Weitaus versöhnlicher sagte sie: »Mach dir keine Sorgen, Endorven. Es geht mir gut.«

»Gut, dann sehen wir einander in Kathmarin.« Während Lupinia ihre Flügel ausbreitete, machte Endorven kehrt und setzte sich an die Spitze des Elfentrupps. Lupinia flog nahe am Boden. Mit kräftigen Flügelschlägen erhöhte sie das Tempo, bis Lina ein scharfer Wind um die Ohren wehte, und sie sich so flach wie möglich an den Pferdehals schmiegte. So weit das Auge reichte, war das Land verdorrt. Sosehr sie die Frage nach der Ursache dieser Veränderung auch interessierte, es gab eine noch wichtigere und die konnte einfach nicht mehr länger warten. »Lupinia, wo ist Darian?«

»Irgendwo in den Dunkelwäldern.«

Dann war er also in seine Heimat zurückgekehrt. Lina fand den Gedanken schön. Sie wusste, wie sehr er sich danach gesehnt hatte. Und trotzdem war sie enttäuscht, dass es nicht er gewesen war, der sie zurückgeholt hatte. Wieder einmal schien die weiße Magierin ihre so offensichtlichen Gedanken gelesen zu haben.

»Hab noch ein klein wenig Geduld, Lina. Ich werde dir alles erklären. Aber jetzt lass uns erst einmal die Barriere heil überfliegen.«

»Welche Barriere?«

»Die magische Barriere, die uns vor Xedoc und seinen Verbündeten schützt. Sie verläuft quer durch die Eldorin. Siehst du die Lichtreflexion vor uns? Das ist sie. Dahinter sind wir einigermaßen in Sicherheit.«

Jetzt, da die weiße Magierin sie darauf aufmerksam gemacht hatte, bemerkte Lina die Lichtspiegelung, die sich am Horizont zu beiden Seiten erstreckte. Je näher sie kamen, umso deutlicher konnte Lina die Barriere erkennen. Der Anblick war beeindruckend. Sie sah aus wie ein pulsierender Wasserfall von unglaublichen Ausmaßen. »Wer hat diese Barriere errichtet?«

»Die Drachenmagierin.«

»Anta-Dragona?« Ein Schwall negativer Emotionen kochte in Lina bei dem Gedanken an die Drachenmagierin hoch.

»Ja. Woher kennst du sie?« Lupinia klang verwundert. Lina wollte gerade antworten, als ein Kreischen die Stille zerriss.

»Harpyien!« Lina erinnerte sich an ihren letzten Zusammenstoß mit den Vogelweibern. Ihr Magen verkrampfte sich. Beängstigende Erinnerungen an ihren letzten Flug mit Lupinia kamen ihr in den Sinn. Auch damals waren sie von Harpyien angegriffen worden, und von Xedoc. Diesmal war von Xedoc keine Spur und Lupinia schaffte es, den Harpyien zu entkommen. Kaum hatten sie die Barriere überflogen, fielen die Vogelweiber zurück. Nur ihr boshaftes Kreischen verfolgte sie noch eine Weile, bis es schließlich gar nicht mehr zu hören war. Langsam entspannte sich Lina wieder. Sie betrachtete die Landschaft, die unter ihnen lag. Das war die Eldorin, so wie Lina sie in Erinnerung hatte. Zwar waren die Bäume bereits kahl, aber das Laub, das in den buntesten Farben den Boden bedeckte, sagte ihr, dass hier die gewohnten Jahreszeiten ihren Lauf nahmen. Grüne Wiesen lagen unter weißem Reif und die Abendluft war frisch und klar. Lina seufzte erleichtert, als sich ein Gefühl von Vertrautheit in ihr ausbreitete. Ihr Blick schweifte in die Ferne, wo die Ausläufer des Titanengebirges sie willkommen hießen. Die Bergspitzen lagen bereits unter einer Schneehaube. Dort auf der anderen Seite des Gebirges lag ihr wahres Zuhause. Dort lagen die Dunkelwälder. Dort war Darian. Wie immer löste der Gedanke an ihn ein flattriges Gefühl in ihrem Magen aus. Auch Aljana schien es zu spüren. Ihre Tochter schlug Purzelbäume und machte es Lina damit nicht gerade leicht, eine angenehme Sitzposition auf dem breiten Pferderücken zu finden. Sie schmunzelte und richtete ihre Aufmerksamkeit auf die Stadt, die vor ihnen lag. Kathmarin. Auf der Ebene davor hatten sich die Wunden bereits geschlossen, die die Schlacht ihr gerissen hatte. Nicht so in Kathmarin selbst. Obwohl die alte Hauptstadt wie Phönix aus der Asche wiederauferstanden war, erinnerten doch noch viele Ruinen an das Schicksal, das Kathmarin ereilt hatte. Die weiße Magierin überflog die Wehrmauer, deren Explosion Lina damals gesehen hatte. Sie war wieder vollkommen intakt. Zwerge patrouillierten auf der Mauer. Lina konnte sehen, dass ein Teil des Hafens und ein großes Areal am Fluss vollkommen zerstört waren. Ausgebrannte Häuser ragten dort wie Mahnmale in den Abendhimmel. Dann hatte sie die Schlacht also nicht verhindern können. Wieso nicht? Sie hatte die magische Triade doch vor Xedoc gewarnt? Jede Frage zog eine weitere nach sich und erzeugte ein wahres Gedankenwirrwarr in Linas Kopf, während Lupinia auf die Hohe Festung zusteuerte. Der Balkon, auf dem Lina damals von Lugathus festgehalten worden war, ehe Set-Dragon ihn mit einem Feuerstoß gesprengt hatte, fiel Lina ins Auge. Auch er war wieder errichtet worden.

Vorsichtig landete Pegasus auf der freien Grünfläche, die dem Gebirge zugewandt war. Mit einem Seufzer der Erleichterung rutschte Lina vom Rücken des geflügelten Pferdes und streckte ihren steifen Rücken, während Lupinia neben ihr wieder ihre menschliche Gestalt annahm. Erst jetzt nahm sie sich die Zeit, um Lina in die Arme zu schließen. »Willkommen zu Hause.«

»Ich danke dir.« Lina war gerührt.

Mit einem Augenzwinkern hakte sich Lupinia bei ihr unter. »Komm, lass uns hineingehen. Du hast bestimmt eine Menge Fragen.«

Auch wenn der Hohen Festung von außen nicht mehr anzusehen war, wie sehr sie während der Schlacht um Kathmarin in Mitleidenschaft gezogen worden war, so waren die Spuren im Inneren noch nicht ganz beseitigt. Sie wirkte wie ein Patient, der nach schwerer Krankheit auf dem Weg der Genesung war. Auch Arianas Wohnräume, die Lina von nun an bewohnen würde, waren von der Zerstörung nicht verschont geblieben. Ein Feuer musste hier gewütet haben. Der jahrhundertealte Blauregen, der eine duftende Laube um das Bett mit den Steinsäulen gebildet hatte, war fast zur Gänze vernichtet. Es tat Lina in der Seele weh, die rußgeschwärzten Wurzelstrünke zu betrachten, die am Boden der Säulen kauerten. Sie sank vor dem Bett auf die Knie und betastete die jungen Triebe, die bereits wieder begannen, die Säulen hinaufzuranken.

Lupinia war hinter sie getreten. »Dieser Blauregen ist wie Menduria. Er gibt sich nicht so leicht geschlagen.«

Mühsam erhob sich Lina wieder und blickte die weiße Magierin nun direkt an. »Sag mir, Lupinia, was ist geschehen, nachdem ich durch das Tor gegangen bin?«

Lupinia führte Lina zu einer bequemen Couch und setzte sich neben sie. »An diesem Tag stand Menduria wahrlich am Rande des Abgrunds. Du bist durch das Tor von Arvakur verschwunden und hast es versiegelt zurückgelassen. Damit hast du Xedoc den Weg in die Schöpferwelt abgeschnitten. Der Blutmond hat die Sonne Stück für Stück wieder freigegeben, sodass die Vampire gezwungen waren, sich in die Sicherheit der dunklen Höhlen in den Eldorinwäldern zurückzuziehen. Und trotzdem hätte Xedoc gesiegt, wenn nicht …«

»Aber ich verstehe das nicht«, unterbrach Lina sie. »Ich habe euch doch bei der Ernennung der Hüter vor ihm gewarnt. Das Gezeitenbuch hat mich doch zu diesem Zweck in die Vergangenheit geschickt. Erinnerst du dich nicht?«

Lupinia nickte. »Doch, ich erinnere mich. Aber es ist sehr kompliziert. Es scheint so, als hätte das Schicksal sich einen anderen Weg gesucht, um zu dieser Schlacht zu gelangen. Sie muss vom Schicksal vorherbestimmt gewesen sein.«

»Aber das kann nicht sein! Als ich in meine Welt zurückgekehrt bin, war meine Mutter am Leben und mein Vater war niemals auf der Dämonenklippe! Nur Benjamin und ich erinnern uns an diese Vorkommnisse. Ich verstehe das einfach nicht!«

Lupinia nickte verständnisvoll. »Das ist auch nicht einfach zu verstehen. Und um ehrlich zu sein, fällt es selbst mir schwer, es zu verstehen. Ich werde versuchen, es dir so zu erklären, wie es die Drachenmagierin mir erklärt hat. Es hat etwas mit sich überlagernden Zeitlinien und Möglichkeiten zu tun. Es ist das, was Galan im Gezeitenbrunnen sieht. Die Drachenmagier sehen es noch viel deutlicher. Du selbst hattest auch schon Visionen. Manche davon sind veränderbar, andere nicht.«

Lina nickte bestätigend. Sie selbst hatte schon Bilder aus der Zukunft gesehen, die sich nicht oder nur teilweise erfüllt hatten.

»Das ist es, was Ariana damit meinte, wenn sie immer sagte: ›Das Schicksal lässt sich nicht bezwingen, aber man kann es ein bisschen verbiegen.‹«

Wieder stimmte Lina zu. Diesen Spruch hatte sie von ihrer Mutter oft gehört.

»Du konntest diese Schlacht nicht verhindern. Und du musstest die Ereignisse so erleben, wie du sie in Erinnerung hast.« Lupinias Stimme wurde sanfter. »Du musstest den Mord an deiner Mutter verzeihen, um das letzte Siegel öffnen und im Gezeitenbuch lesen zu können. Das war der wahrscheinlichste Weg in die Zukunft. Er ist in Menduria Realität geworden. Daneben gab es aber noch einen anderen möglichen Weg. Einen, der die Schöpferwelt niemals betroffen hat. Er hätte dich niemals nach Menduria geführt, deinen Vater niemals auf die Dämonenklippe und deine Mutter wäre niemals gestorben. Aber dieser Weg hätte Menduria unweigerlich in den Untergang geführt. Denn wir hätten ihn ohne dich und die Hilfe des Gezeitenbuches gehen müssen. Als du im Gezeitenbuch gelesen hast, ist dieser Weg für deine Welt zur Realität geworden. Diese beiden Zeitlinien existieren seither gleichzeitig, oder wenn du so willst, sie liegen übereinander. Aber du und Benjamin, ihr seid die einzigen Schöpfer, die den ersten Weg, den Weg Mendurias, gehen müssen. Das ist der Grund, weshalb auch nur ihr beide euch daran erinnert. Deine Mutter hat es immer gespürt, deshalb hat sie dieses Buch geschrieben, ohne zu wissen, dass sie einfach nur eine andere Möglichkeit der Realität niedergeschrieben hat.« Lupinia schwieg, um Lina die Zeit zu geben, das Gehörte zu verarbeiten.

»Bedeutet das, mein Vater war jahrelang ein Gefangener Xedocs und gleichzeitig war er es nicht? Meine Mutter wurde von Xedoc getötet und gleichzeitig hat sie überlebt? Das ist doch verrückt!« Lina schüttelte nachdenklich den Kopf. Obwohl ihr Verstand mit dieser Erklärung immer noch große Schwierigkeiten hatte, glaubte sie Lupinia jedes Wort. Es war, als hätte sie diesen anderen Weg mit eigenen Augen gesehen. Die Bilder waren zum Greifen nahe und doch konnte sie sie nicht festhalten. Wie war das nur möglich?

»So könntest du es nennen«, sagte Lupinia schmunzelnd. »Oder du nennst es die Magie des Gezeitenbuches. Du bist damals nach Menduria aufgebrochen, weil du deine Mutter retten wolltest. Diesen Wunsch hat dir das Gezeitenbuch erfüllt. Und es hat dir deinen Vater zurückgegeben. Auf welchem Weg es das tut, lässt sich das Gezeitenbuch nicht vorschreiben.«

Lina nickte nachdenklich. So gesehen hatte Lupinia recht. Es war ein Wunder und Lina war dankbar dafür, auch wenn sie Menduria das Schicksal dieser Schlacht gerne erspart hätte.

»Was mich nur wundert«, sagte Lupinia und riss Lina damit aus ihren Gedanken, »ist, dass du von alledem nichts weißt. Du hast doch im Gezeitenbuch gelesen. Du müsstest es wissen.«

Bedauern lag in Linas Stimme, als sie sagte: »Ich kann mich nicht erinnern, sosehr ich es auch versuche.« Die Worte, die sie damals im Steinkreis von Arvakur im Gezeitenbuch gelesen hatte, waren ihr wie selbstverständlich über die Lippen gekommen, auch wenn sie ihre Bedeutung nicht verstanden hatte. Diese Worte hatten ein Tor in die Vergangenheit geöffnet, sie zu Ariana und zur Ernennung der Hüter geschickt. Das Nächste, woran sie sich erinnerte, war, dass sie in ihrem Bett im

Promenadenweg aufgewacht war, in der Schöpferwelt. »Vielleicht verstehe ich es, wenn ich jetzt einen Blick in das Buch werfe. Ist es hier?« Sie blickte Lupinia erwartungsvoll an. Doch die weiße Magierin schüttelte bedauernd den Kopf.

»Das Gezeitenbuch ist mit dir verschwunden. Ich hatte gehofft, dass es nach wie vor in deinen Händen wäre. Aber da auch du es nicht hast, ist es wohl wieder dorthin zurückgekehrt, woher es damals gekommen war.«

»Und das wäre wo?« Eine Frage, die Lina brennend interessierte. Woher war das Buch gekommen, mit dem es möglich war, in den Strom der Gezeiten einzugreifen?

Ein entschuldigendes Lächeln begleitete Lupinias Achselzucken. »Das weiß niemand. Darüber haben sich bereits auf Andavyan die wildesten Spekulationen und Geschichten gerankt. Manche meinen, es sei nur ein Kanal zu einem universellen Wissensspeicher, andere sagen, es sei das Schicksal selbst, das sich in Form eines Buches manifestiert.« Nun war es Lupinia, die seufzte. »So wie es aussieht, müssen wir wohl von nun an ohne das Gezeitenbuch auskommen. Und ich hatte gehofft, dass es dir einen Blick in die Zukunft gewährt hätte.«

Wenn das so war, konnte sich Lina auch daran nicht erinnern. Im Augenblick war es ihr allerdings viel wichtiger, zu erfahren, was nach der Schlacht in Menduria geschehen ist. Dieser Gedanke musste offensichtlich für Lupinia gewesen sein, denn sie begann ungefragt weiterzuerzählen. »Menduria wäre ohne das Eingreifen der Drachenamazonen und die Hilfe der Drachenmagierin an diesem Tag in Xedocs Hände gefallen. Anta-Dragona hat ihre Magie dazu verwendet, die große Barriere zu errichten, nachdem wir Xedocs Heer bis dorthin zurückdrängen konnten. Aber die Verluste waren unglaublich hoch. Und Anta-Dragona hat sich von dieser Tat nicht mehr erholt.«

Die Erwähnung der Drachenmagierin ließ Linas Gesichtszüge gefrieren. Augenblicklich hatte sie die Geschehnisse im

Drachenhorst wieder vor Augen. »Weißt du, mein Mitgefühl für Anta-Dragona hält sich stark in Grenzen.« Aber Drogonn traf die gleiche Schuld. Auch wenn er Lupinias Gefährte war, würde Lina ihn zur Rechenschaft ziehen. »Wo ist Drogonn? Ist er hier? Ich habe etwas mit ihm zu klären.«

Lupinia senkte den Blick. Ihre Stimme hatte jegliche Freude verloren. »Er ist tot.«

»Oh.« Damit hatte Lina nicht gerechnet. Sie musste an die letzten Bilder denken, die sie gesehen hatte, ehe sie damals in das Tor gezogen wurde. Eine böse Vorahnung machte sich in ihr breit. Die nächste Frage kostete sie einige Mühe. »Wie ist das geschehen?«

»Darian hat ihn getötet.«

Lina fühlte, wie die Luft aus ihren Lungen entwich. Dann war es also keine Sinnestäuschung gewesen. Sie hatte tatsächlich gesehen, wie Darian Drogonn das Schwert in die Brust gestoßen hatte. »Warum hat er das getan?« Die Antwort auf diese Frage ängstigte sie zutiefst. Sie empfand tiefste Verachtung für Drogonn, hatte ihn nicht erst einmal verflucht, für den Verrat, den er an ihr und Darian begangen hatte, aber den Tod hatte sie ihm trotzdem nicht gewünscht. Ihr Entsetzen schien ihr ins Gesicht geschrieben zu sein, denn Lupinia legte eine Hand auf die ihre.

»Drogonn hat das von ihm verlangt. Er hat Darian regelrecht angefleht, nachdem er einen Vampirangriff nicht abwehren konnte und gebissen wurde. Die Verwandlung war nicht mehr aufzuhalten gewesen. Und davor fürchtete sich Drogonn mehr als vor dem Tod. Darian trifft keine Schuld.«

»Das tut mir leid für dich, Lupinia, ganz ehrlich.« Es war die Wahrheit. Und trotzdem konnte sie die spontan aufwallende Wut, die sie jedes Mal überkam, wenn sie an den letzten Kriegsherrn der Andavyan dachte, selbst unter diesen Umständen nicht verhindern. Verlegen senkte sie den Blick.

»Lina, bitte erzähl mir, was geschehen ist, als du in der Vergangenheit warst. Ich wusste nicht einmal, dass du dort warst. Erst Anta-Dragona hat mir davon erzählt. Aber sie hat sich geweigert, Einzelheiten preiszugeben. Also bitte sag du mir, was Drogonn damit zu tun hatte.«

Das zu beschreiben, fehlten Lina die Worte. Daher schloss sie die Augen und öffnete ihren Geist, damit Lupinia darin lesen konnte. »Ich glaube, es ist am besten, du siehst dir selbst an, was geschehen ist.«

»Einverstanden.« Ganz sachte nahm Lupinia die Verbindung zu ihr auf und augenblicklich tauchten vor Linas innerem Auge Bilder auf. Sie sah sich erneut an Drogonns Seite in die Vergangenheit Mendurias gehen, sah sich selbst in den Dunkelwäldern – an Darians Seite. Ein kurzer Blick auf glückliche Stunden, auf Gefahr, die ihr durch die Nachtmahre drohte, auf die Erkenntnis, dass sie schwanger war, obwohl das eigentlich in Menduria unmöglich war. Lupinia wählte sehr diskret nur jene Erinnerungen aus, die ihr halfen, sich ein Bild der Lage zu machen, in der Lina sich befunden hatte. Schließlich kam sie zum schmerzhaftesten Teil dieser Zeit. Die weiße Magierin beschwor jene Erinnerungen herauf, in denen sie sah, wie Lina im Drachenhorst darum kämpfte, den Schwur zu verhindern, den Darian im Drachenfeuer leistete. Und sie sah die Rolle, die Drogonn dabei gespielt hatte.

Lupinias Hände zitterten. Ein Gedanke jagte durch ihren Kopf und hallte wie ein Echo aus den Tiefen ihrer Seele wider. »Oh Drogonn, was hast du getan?« Langsam fügte sich aus Linas Erinnerungen ein Bild zusammen. Ariana hatte Drogonn beauftragt, Lina in die Vergangenheit zu holen. Und Drogonn hatte dieser Bitte Folge geleistet. Lupinia selbst hatte nichts davon gewusst. Es war ihnen nicht viel Zeit geblieben, ihr und Drogonn, nachdem sie endlich nach Menduria zurückgekehrt war.

Lächerliche drei Tage waren es gewesen, die sie miteinander verbracht hatten, nachdem sie Hunderte von Jahren fort gewesen war, auf der Suche nach Ariana und ihren Kindern. Und trotzdem wäre es Zeit genug gewesen, sie einzuweihen. Aber das hatte Drogonn nicht getan. Er war sich der Schuld bewusst gewesen, die er auf sich geladen hatte. Was in aller Welt hatte ihn bloß dazu getrieben? Die Andavyan hatten zwar geschworen, Menduria mit all den ihnen zur Verfügung stehenden Mitteln zu schützen. Aber das gab ihnen nicht das Recht, über den freien Willen eines anderen Individuums zu gebieten. Und genau das hatte Drogonn getan. Sie hatten über Linas Willen hinweg über ihre Rückkehr entschieden, er und Anta-Dragona. Die Drachenmagierin musste etwas in der Zukunft gesehen haben, das sie dazu bewogen hatte, Lina in ihre Zeit zurückzuschicken. Und sie hatte dafür mit ihrem Leben bezahlt, als sie gewaltsam das Tor geöffnet hatte, durch das es Lupinia möglich gewesen war, Lina nach Menduria zurückzuholen. Lupinia konnte den Zorn spüren, der immer noch in Lina tobte, wenn sie an das Geschehene dachte. Deshalb erklärte sie ihr nicht mit Worten, was mit Anta-Dragona geschehen war. Sie schickte Bilder aus ihrer Erinnerung in Linas Geist.

Lina hätte nicht für möglich gehalten, dass sie für die Drachenmagierin Mitgefühl empfinden könnte. Es waren keine schönen Bilder, die Lupinia ihr zeigte. Einen Drachen in seinem eigenen Feuer verglühen zu sehen, war eine Sache. Den Schmerzensschrei der Rotgeschuppten konnte Lina aber immer noch in ihrer Seele widerhallen hören. Rache würde sie nicht mehr nehmen können. Weder an Drogonn noch an Anta-Dragona. Seltsamerweise wollte sie das plötzlich gar nicht mehr. Der Verlust dieser beiden Leben für Menduria war groß genug. Aber Lina hätte Antworten gewollt. Warum nur hatte Anta-Dragona das gemacht? Drogonn war den Befehlen der

Drachenmagierin gefolgt, soviel stand für Lina mittlerweile fest, auch wenn es das nicht leichter machte. Sie würde mit Darian darüber sprechen müssen. Er war es, dem die beiden wirklichen Schaden zugefügt hatten. Ihm hatten sie die Erinnerungen genommen. Lina würde ihm erklären müssen, was damals tatsächlich geschehen war. Gemeinsam würden sie einen Weg finden, damit fertigzuwerden. ›Gemeinsam.‹ Ein tiefes Seufzen entrang sich ihrer Kehle bei dem Gedanken. Es war das erste Mal, seit sie wieder hier war, dass sie diesen Gedanken bewusst zuließ. Wie würde diese gemeinsame Zukunft wohl aussehen? Es war keine friedliche Welt, in die sie zurückgekehrt war.

Neben ihr räusperte sich Lupinia.

»Du wirst noch sehr viel tun müssen, wenn wir diesen Krieg gewinnen wollen. Du musst Arianas Platz einnehmen, Lina.«

Arianas Platz einzunehmen, war eine Vorstellung, die Lina erschreckte. Auch wenn sie tief in ihrem Herzen wusste, dass genau das ihre Aufgabe war. Doch Ariana war die größte Heilerin ihres Volkes gewesen. Ihr Name wurde in Menduria mit Ehrfurcht und Respekt ausgesprochen. Diesen Platz würde sie niemals ausfüllen können.

Mädchenhaftes Lachen erklang in Linas Kopf. »Sie war nicht immer die große Heilerin, und sie war nicht so unfehlbar, wie du vielleicht denkst. Ich könnte dir Geschichten erzählen …« Lupinias Gesicht hatte einen schalkhaften Ausdruck angenommen. »Sei unbesorgt, Lina. Du wirst nicht alleine sein. Ich werde dich lehren, mit diesen Kräften umzugehen. Denn das war etwas, das auch Ariana lernen musste.«

Lina zweifelte immer noch, deshalb setzte die weiße Magierin nach. »Sie hätte dir diese Aufgabe nicht übertragen, wenn du nicht dazu fähig wärst, glaub mir.«

»Wir werden sehen.« Mühsam kam sie auf die Beine und streckte ihren schmerzenden Rücken, sodass ihr Bauch noch größer wirkte.

»Wann kommt das Baby?«, erkundigte sich Lupinia unvermittelt.

»Wenn alles normal verläuft, in ungefähr einem Monat.«

»Verstehe. Was hältst du davon, wenn wir deine Ausbildung zunächst aufschieben, bis das Baby da ist, und danach weitersehen? Jetzt solltest du dich erst einmal schonen. Ich werde einen Boten zu Darian schicken und …«

»Nein, ich werde selbst in die Dunkelwälder aufbrechen, um ihn zu suchen.« Lina wollte nicht hier herumsitzen und warten. Sie konnte es nicht.

Lupinia schien nicht begeistert. »In diesem Zustand? Das halte ich für keine gute Idee.«

»Mag sein, aber ich gehe trotzdem.« Über diesen Punkt würde sie nicht verhandeln.

Lupinia seufzte. »Meinetwegen. Aber du gehst nicht alleine. Ich werde dich begleiten.«

Lina hatte gehofft, dass Lupinia so reagieren würde. »Danke, darüber würde ich mich sehr freuen.«

»Gut.« Lupinia erhob sich. »Dann ruh dich jetzt aus und lass uns morgen früh aufbrechen.«

Dagegen hatte Lina nichts einzuwenden. Eine Mischung aus Erschöpfung und Vorfreude begleitete sie in dieser Nacht in ihre Träume. Sie war beinahe zu Hause.

Vermächtnis

Darian hielt in der Bewegung inne und lauschte seinen Instinkten. Die Veränderung, die er spürte, war kaum wahrnehmbar, nicht mehr als ein zarter Windhauch im Gefüge der Elemente. Aber bald schon wurde seine Ahnung zur Gewissheit. Sie war wieder da. Eine Welle der Euphorie durchlief seinen Körper. Lina war zurückgekehrt. Ob es Drogonns Erbe war, das ihn dies mit solcher Sicherheit fühlen ließ oder einfach nur seine Elfeninstinkte, das war ihm im Moment egal. Er beschloss, die Jagd nach der blutsaugenden Kreatur, die ihn tief in die Nangarsümpfe geführt hatte, abzubrechen und machte sich auf den Rückweg in die Dunkelwälder. Mit einem Mal fiel es ihm schwer, sich auf den sicheren Pfad zu konzentrieren, der durch den tückischen Schwefelsumpf führte. Immer wieder wanderten seine Gedanken zu dem Tag zurück, an dem Lina Menduria verlassen hatte, dem Tag der großen Schlacht. Er hatte viel an diesem Tag verloren, zu viel, so schien es ihm manchmal. Seither war kein Tag vergangen, an dem er sich nicht gefragt hatte, was mit ihr geschehen war, ob sie wohlauf war. Vier Blutmondjahre waren seither vergangen. Ein Wimpernschlag im Vergleich zu seinem bisher schon so lange währenden Leben, und doch fühlte es sich wie eine unerträgliche Ewigkeit an. Aber nicht nur die Ungewissheit, was mit Lina geschehen war, quälte ihn. Auch die Erinnerung an Drogonns Tod verfolgte ihn seither in seinen Träumen. Der mächtige Andavyankriegsherr war durch seine Hand gestorben. Darian hatte ihn immer für unbesiegbar gehalten. Aber die Angst, die er in den tiefgrauen Augen des kräftigen Mannes gesehen hatte, als die Verwandlung begann, das Flehen, ihn vor diesem Schicksal zu bewahren, hatten Darian zutiefst erschüttert. Er hatte die Hand des Andavyan gehalten, während er den erlösenden Todesstoß geführt hatte. Und dann hatte er das Gefühl gehabt, die Zeit würde stillstehen.

Mit einer Kraft, die er ihm nicht mehr zugetraut hatte, hatte Drogonn Darian zu sich herabgezogen, um ihm etwas zuzuflüstern. »Ich betraue dich mit meiner Nachfolge und vertraue dir all mein Wissen an.« Das Wissen eines Andavyan, seine ganze Lebenserfahrung wurde auf diese Weise weitergegeben, davon hatte Darian gehört. Aber soviel er wusste, war das bisher immer nur innerhalb des eigenen Volkes geschehen. Wieso hatte Drogonn ausgerechnet ihn ausgewählt? Darian hatte gespürt, wie die Kraft des Andavyan auf ihn übergegangen war. Drogonns letzte Worte aber verstand Darian bis heute nicht: »Bitte verzeih mir meinen Verrat.«

Damals war keine Zeit zum Nachdenken geblieben. Lugathus war über ihn hergefallen, noch ehe Darian Drogonns Hand losgelassen hatte. Vermutlich hätte er Drogonns Schicksal geteilt, wenn nicht Xedocs Wutschrei den Vampir abgelenkt hätte. Für einen Augenblick, der zur Ewigkeit zu werden schien, war die Aufmerksamkeit aller auf den Steinkreis gerichtet gewesen und auf Lina, die sich erhoben hatte, das Gezeitenbuch in der einen Hand, die andere in den Himmel gerichtet. Ihr Blick war vollkommen entrückt gewesen, ihre Stimme seltsam verzerrt, so als ob nicht sie selbst es gewesen wäre, die Worte in einer Sprache intonierte, die in Menduria niemand kannte.

Gleißendes Licht hatte mit einem Mal das Innere des Steinkreises ausgefüllt, Sonnenlicht. Es war als hätten ihre Worte den Blutmond gezwungen, die Sonne freizugeben. Und dann war das Licht verschwunden, und Lina mit ihm. Nur ein magisches Feld war geblieben, das das große Tor im Steinkreis von Arvakur bis heute verschloss. Nach der Schlacht hatte er an der Seite der weißen Magierin gestanden, als die Drachen Drogonn die letzte Ehre mit einer Feuerbestattung erwiesen hatten. Er war nicht fähig gewesen, Lupinia in die Augen zu sehen.

Gleich nach der Feuerbestattung, die im Drachenhorst stattgefunden hatte, war Darian nach Arvakur zurückgekehrt. Dort hatte Lupinia ihn aufgespürt. Ihre Worte sollten ihm Absolution erteilen: »Es war nicht deine Schuld. Er wollte es so.«

Aber Darian fühlte sich trotzdem schuldig. »Du liest schon wieder Gedanken, die dich nichts angehen«, hatte er viel schroffer als beabsichtigt geantwortet.

Lupinia hatte nur die Achseln gezuckt und milde gelächelt. »Das werde ich mir in meinem Alter wohl nicht mehr abgewöhnen.«

»Wenn du das sagst.« Lange Zeit hatten sie schweigend dort gestanden und auf das magische Kraftfeld gestarrt.

»Wo ist sie, Lupinia? Hat sie sich in Sicherheit bringen können?« Nichts war Darian in diesem Moment wichtiger gewesen, als das zu erfahren.

»Ich denke schon. Ich spüre, dass sie lebt. Vermutlich ist sie wieder in der Schöpferwelt.«

Darian hatte erleichtert genickt. »Wird sie zurückkehren?«

»Sie kann nicht.« Lupinias grüne Augen waren auf ihn gerichtet gewesen. »Das Gezeitenbuch hat die Tore in die Schöpferwelt versiegelt, alle, nicht nur dieses.«

»Kannst du sie öffnen?« Der Gedanke, für immer von Lina getrennt zu sein, war Darian unerträglich, damals wie heute.

Bedauern war in Lupinias Stimme gelegen. »Nein, dazu

reicht meine Macht nicht aus. Aber ich werde es trotzdem versuchen. Das verspreche ich dir.«

»Danke.«

»Weißt du, auch ich vermisse sie. Ich habe sie ihr ganzes Leben lang begleitet.« Darian konnte seinen eigenen schmerzlichen Verlust in ihren Worten widerhallen hören. Er war verwundert gewesen über die offene Art, mit der die weiße Magierin ihm gegenüber ihre Gefühle gezeigt hatte. Er wollte nicht, aber er empfand trotzdem Mitgefühl und für einen kurzen Augenblick sogar so etwas wie Sympathie. Aber dann war sie wieder ganz die Alte gewesen.

»Dieser Kampf ist noch lange nicht vorbei, Darian. Du weißt das. Du musst Drogonns Platz einnehmen. Du musst unser Heer neu formieren und von nun an führen.«

Seine Antwort war überaus deutlich ausgefallen: »Vergiss es. Das kommt nicht infrage.«

Und dabei war er bis heute geblieben. Er war in die Dunkelwälder zurückgekehrt und wartete darauf, dass auch sein Volk heimkehren würde. Bis zum heutigen Tag wartete er vergeblich. Warum blieben die Dunkelelfen weiterhin an Xedocs Seite? Es war eine weitere Frage, die ihm nachts den Schlaf raubte. Aber darüber wollte er jetzt nicht nachdenken.

Den Bogen hatte er mittlerweile zurückgesteckt und eines der Schwerter gezogen. Wenn Lina tatsächlich wieder in Menduria war, musste die weiße Magierin einen Weg gefunden haben, eines der Tore zu öffnen. Er versuchte, ihr Bild vor seinem geistigen Auge heraufzubeschwören. Ihre zierliche Gestalt, das goldblonde Haar, das ihr in Locken bis weit über die Schultern fiel, ihre bernsteinfarbenen Augen, in dessen Tiefen er sich verlieren wollte. Die zarte Berührung ihrer Lippen. Er konnte kaum glauben, dass sie wieder da war. In der Zwischenzeit hatte er wieder sicheren torfigen Boden unter den Füßen. Darian beschleunigte seine Schritte.

Als Lina die Augen öffnete, erblickte sie die krummste Hakennase, die sie je bei einem Kobold gesehen hatte. Seine kleinen gelben Augen waren zusammengekniffen, die Stirn gerunzelt. Er hatte die Hände vor der Brust verschränkt und lehnte lässig an einer der Steinsäulen des großen Himmelbettes.

»Morgen, Schöpferin, gut geschlafen?«

Lina wusste nicht, ob das Verhalten des mürrischen Koboldmannes sie verwundern oder amüsieren sollte. Mit einiger Mühe setzte sie sich auf und ließ sich dann mit einem Schnaufen gegen das Kopfteil des Bettes sinken. Dabei fiel ihr auf, dass der Kobold ihren gewölbten Bauch unter der Decke unverblümt anstarrte.

»Hab noch nie eine Schöpferin mit so einer Kugel gesehen«, stellte er fest, ohne den Grashalm aus dem Mund zu entfernen, an dem er unaufhörlich kaute.

»Und ich habe noch nie einen so unhöflichen Kobold gesehen«, gab Lina zurück, wobei sie sich ein Schmunzeln nicht verkneifen konnte. Nicht einmal der rüpelhafte Kobold konnte ihr in diesem Moment die Laune verderben. Seine Anwesenheit war der Beweis für sie, dass sie nicht träumte.

Der Koboldmann schien das als Kompliment zu nehmen, denn ein kurzes Grinsen huschte über sein Gesicht, ehe er seine finstere Miene wieder aufsetzte.

Lina ließ den Kobold nicht mehr aus den Augen. Er konnte keiner der dienstbaren Geister der Hohen Festung sein, dafür war er zu gut bewaffnet. Ein Schwert hing in seinem Waffengurt, ein kürzeres steckte in seinem Gürtel, in dem auch noch zwei kleinere Messer steckten. Der Kobold stand immer noch schweigend an die Säule gelehnt und starrte auf ihren Bauch. Das wurde Lina nun doch unangenehm, deshalb beschloss sie, herauszufinden, wer er war. »Ich bin Lina, und mit wem habe ich das Vergnügen?«

»Karron, Hauptmann der Festungswache«, blaffte er.

»Ah ja. Und wie komme ich zu der Ehre?«

»Die Magierin schickt mich, ich soll mir ansehen, wie man deine Sicherheit in diesen Räumen gewährleisten kann.«

Lina griff nach dem Umhang neben ihrem Bett, schlang ihn um die Schultern und versuchte, so elegant wie möglich aufzustehen. Sie wollte den Kobold nicht merken lassen, wie sehr ihr Kreuz wieder schmerzte.

»Ich denke, das wird nicht nötig sein. Ich werde nicht hierbleiben.«

»Wirst du nicht?« Karron wirkte überrascht, aber nicht enttäuscht. Was für ein komischer Kauz. Sein Verhalten glich eher dem eines Zentauren. Lina hatte Kobolde immer als unterwürfig und dienstbeflissen kennengelernt. Selbst die Kobolde des Arkviranerordens waren ihr gegenüber höflich gewesen. Irgendwie hatte Lina das Gefühl, dem Koboldkrieger lästig zu sein.

»Nein, ich werde in die Dunkelwälder gehen und dort bleiben.«

Karron blieb für einen Moment der Mund offen stehen, der Grashalm rutschte aus dem Mundwinkel und fiel zu Boden. »Du willst in die Dunkelwälder, mit dem da?« Sein ausgestreckter Finger zeigte auf Linas Bauch.

Linas Körper straffte sich. Wie kam der Kerl dazu, so abfällig mit ihr zu sprechen? Ihr Gesicht hatte einen finsteren Ausdruck angenommen, als sie äußerst spitz entgegnete: »Ganz recht, ich habe vor, mit meiner Tochter in den Dunkelwäldern zu leben. Ist das ein Problem?«

»Kein Problem.« Karron hatte sich von der Säule abgestoßen und die Daumen in seinem Gürtel eingehängt. »Ich frag mich bloß, was du dort willst. Dort gibt's doch jetzt nichts als Wald und Schnee und ein paar kleinere Koboldclans. Andererseits …« Karron überlegte kurz. »Vampire gibt's dafür so gut wie keine dort. Das is' ein Vorteil.«

»Vampire?« Bei der Erwähnung dieser Blutsauger musste sie wieder an Lugathus denken. Ein eiskalter Schauer lief ihr über den Rücken. »Ich dachte, die gibt es nur hinter der Schutzbarriere.«

»Die meisten von ihnen ja«, gab Karron nun eher kleinlaut zurück. Vampire waren sichtlich nicht sein Lieblingsthema. »Aber diese verfluchten Harpyien schaffen es immer wieder mal, einen von ihnen über die Barriere zu fliegen. Und ist einer von ihnen erst einmal auf unserer Seite, richtet er oft verflucht viel Schaden an, bis wir ihn zur Strecke bringen können. Das is' auch der Grund, warum ich mir deine Räume ansehen soll. Die weiße Magierin rechnet anscheinend damit, dass sie es auf dich abgesehen haben könnten und wir uns deshalb auf Besuch von ihnen einstellen müssen.«

Davon hatte Lupinia am Vorabend nichts erwähnt. Aber Lina vermutete nicht zu unrecht, dass Lupinia sie nicht schon bei ihrer Ankunft hatte verunsichern wollen. Sie wollte jetzt nicht an Lugathus und seinesgleichen denken. Deshalb sagte sie: »Dann ist es ja umso besser, dass ich in die Dunkelwälder gehe.«

Karron kratzte sich genüsslich am Kinn. »Geht mich ja nix an, aber was gibt's denn dort, das es wert ist, Kathmarin jetzt vor dem Winter zu verlassen?«

»Du hast vollkommen recht, das geht dich nichts an«, erwiderte Lina viel unfreundlicher, als es ihre Art war. »Aber wenn du es genau wissen willst, ich suche Darian, und soviel ich gehört habe, soll er dort sein.«

»Du meinst den Dunkelelf?« Ein Ruck ging durch Karrons Körper. Mit einem Mal stand er beinahe stramm.

Lina nickte nur. Sie konnte nicht umhin, die Reaktion des Kobolds zu belächeln. Darians Ruf war, wie es schien, immer noch legendär.

Karron räusperte sich. »Dann wünsch ich dir viel Glück,

und wenn du Darian siehst, richte ihm doch bitte aus, er schuldet mir noch einen Humpen Zwergenmet.«

»Das werde ich«, sagte Lina abwesend. Ihre eigenen Gedanken waren bereits tief in den Dunkelwäldern, in denen sie den Weg in die Osthöhlen mit verbundenen Augen gefunden hätte. Vertraut, als hätte sie niemals woanders gelebt, waren ihr diese Höhlenkammern. In Gedanken streifte sie nun durch die Gänge, besuchte Yatlyns Kammer, in der sich der wunderbare Duft von getrockneten Kräutern mit dem der alten in Leder gebundenen Folianten mischte. Lina durchstreifte die Gemeinschaftshöhlen, die an regnerischen Tagen voll mit Leben gewesen waren. Ihre gedankliche Reise führte sie in die Dampfgrotten, und schließlich in Darians Kammer, die sie für viele Monate mit ihm geteilt hatte. Mit einem tiefen Seufzen zwang sie ihre Gedanken in die Gegenwart zurück. Die Dunkelwälder der Vergangenheit waren für sie verloren, erreichbar nur noch in ihrer Erinnerung. Darian, wie er damals war, war für sie verloren. Sie würde ihm viel erklären müssen.

Nicht lange nachdem Karron gegangen war, erschien Lupinia. Sie musste mit dem Kobold gesprochen haben. Das verrieten bereits ihre ersten Worte. »Du bist also immer noch wild entschlossen, in den Dunkelwäldern zu bleiben?«

Lina nickte. Sie trug warme Hosen und eine weite Tunika aus grauer Wolle. Ihre Füße steckten in gefütterten Wildlederstiefeln. Unter dem weiten Kapuzenumhang fiel ihr gewölbter Bauch kaum auf.

Innerlich hatte sich Lina bereits für eine Diskussion mit Lupinia gewappnet. Sie erwartete Argumente, die von Unvernunft oder Gefahr sprachen. Doch Lupinia tat nichts dergleichen. Schweigend lief sie neben Lina die Treppe hinunter, von wo aus sie die weitläufige Grünfläche im Schatten der Hohen Festung erreichten.

Die weiße Magierin verwandelte sich wieder in Pegasus, der,

wie Lina bemerkte, dieses Mal einen besonders breiten Rücken hatte und ihr das Sitzen bequemer machte. Mit kräftigen Flügelschlägen erhob sich die weiße Magierin in die Lüfte. Aljana schien der Rhythmus der Schwingen zu beruhigen, denn die heftigen Tritte, die Lina zu Beginn des Fluges gespürt hatte, wurden schon bald seltener und hörten schließlich ganz auf. Ihre Tochter schlief. Obwohl Lina sich, so gut es ging, in ihren Umhang hüllte und die Kapuze tief ins Gesicht gezogen hatte, war für sie an Schlaf nicht zu denken. Viel zu lange hatte sie diesen Augenblick herbeigesehnt. Tief in Gedanken spürte sie weder Kälte noch Wind. Selbst dem großen Tor von Arvakur, das sie vor geraumer Zeit passiert hatten, schenkte sie an diesem Tag keine Beachtung. Stattdessen versuchte sie, sich auf die Begegnung mit Darian vorzubereiten. Dass sie ihn heute finden würde, stand für sie außer Frage. Aber was würde sie ihm sagen, wo würde sie beginnen? Sie versuchte, ihre wirren Gedanken zu einer plausiblen Erklärung zusammenzufassen. Netterweise respektierte Lupinia ihre Privatsphäre diesmal und hielt sich aus ihren Gedanken heraus. Erst als sie sich dem Drachenhorst näherten, erkundigte sie sich, ob Lina eine Pause brauchte.

»Eine Pause wäre gut, aber bitte nicht hier«, sandte Lina ihre Gedanken aus. Alleine der Anblick des Drachenhorstes schnürte ihr die Kehle zu. Ob sie das Reich der Drachen je wieder betreten würde, wusste sie nicht.

So überflog Lupinia die höchste Gebirgsspitze und landete in einer windgeschützten Senke nördlich des Bergkammes. Von hier aus hatte man einen atemberaubenden Blick auf die Dunkelwälder. Die mächtigen Schwarzfichten waren bereits schneebedeckt. ›Dort unten liegt mein Zuhause‹, dachte Lina mit einem wohligen Seufzen. So hielt sie die Pause auch so kurz wie möglich. Kaum hatte sie ein paar Schritte getan, um ihre verspannten Muskeln zu lockern, drängte sie schon wieder zum Aufbruch.

Obwohl die weiße Magierin schnell war, dauerte der Ritt auf Pegasus doch weit länger als der auf dem Rücken eines Drachen. Es war bereits später Nachmittag, als endlich das Gebiet um die östliche Höhlenstadt in Sicht kam. Linas Magennerven tanzten nervös. Ihr ganzer Körper kribbelte vor Aufregung. Ihre Stimme verriet ihre Nervosität. »Ist er hier?«

»Ja, ich habe ihm gesagt, dass wir kommen.«

Für einen Augenblick verkrampften sich ihre Hände und sie zog an der weißen Pferdemähne.

»Du solltest behutsam …«

»Ja, ja, ich weiß.« Lina unterbrach die weiße Magierin und verschloss sich allen weiteren Gedanken. Sie wollte jetzt keine Ratschläge hören. Alles, was sie wollte, war Darian wiederzusehen. Der Rest würde sich ergeben.

Es hatte wieder zu schneien begonnen. Als Lupinia auf dem ehemaligen Versammlungsplatz landete, waren ihre Hufabdrücke die einzigen Spuren weit und breit. Kaum war Lina abgestiegen, verwandelte sich Lupinia in einen weißen Falken. »Ich bleibe in der Nähe, falls du mich brauchst«, waren ihre Gedanken in Linas Kopf zu vernehmen, während der Luftzug der Flügelschläge ihr Gesicht streifte. Dann war Lina alleine. Obwohl sich friedvolle Stille über den Versammlungsplatz senkte, tobte in ihr doch ein Sturm der Gefühle. Sie konnte das Rauschen ihres eigenen Blutes in den Ohren hören, ihr Herz hämmerte wie wild gegen ihre Brust und ihre Hände schwitzten, trotz der Kälte. Wie eine Statue stand sie in der Mitte des Platzes und wartete, unfähig, auch nur einen klaren Gedanken zu fassen. Sie konnte Darian spüren, noch bevor sie ihn sah.

Wie ein Schatten löste er sich aus dem Wald, seine Bewegungen geschmeidig wie eh und je. Linas Knie wurden weich, ihr stockte der Atem. Unfähig, den Blick von ihm zu wenden, stand sie da und beobachtete, wie er näher kam. Er hatte die Kapuze in den Nacken geschlagen. Schneeflocken fingen sich in seiner dunklen zerzausten Mähne. Die tiefbraunen Augen hatten einen beinahe hypnotischen Glanz. Eine Armlänge von ihr entfernt blieb er stehen.

»Darian.« Ihre Stimme war nur ein leises Zittern.

Er lächelte. »Schöpferlein.«

Ganz vorsichtig streckte er die Hand nach ihr aus, strich mit dem Daumen über ihre Wange. Eine Berührung, die ihre Haut zum Prickeln brachte. Lina wollte sich in seine Arme stürzen, war aber unfähig, sich zu bewegen. Und dann war es Darian, der sie zu sich heranzog, sie in die Arme schloss und seine Lippen auf ihre Stirn presste. Unbeschreibliche Glücksgefühle durchfluteten ihren Körper. Lina wollte gerade ihre Arme um seinen Nacken schließen, als sie seine Hände auf ihren Schultern spürte. Sanft schob er sie von sich und blickte an ihr hinab. Sein Blick war fragend. »Was ist mit dir, Kleines?«

Erst jetzt bemerkte Lina, dass es ihr mächtiger Bauch war, der ihn irritierte.

»Ich bin schwanger.«

»Du meinst …?« Darian machte einen taumelnden Schritt zurück. Er musste den Satz erneut beginnen. »Du meinst, du erwartest ein Kind?« Es war seiner Stimme anzuhören, dass er versuchte, zu begreifen.

»Ja.« Lina suchte nach Worten.

»Und du bist zurückgekommen, nur um mir das zu sagen?« Jegliches Lächeln war aus seinem Gesicht verschwunden. Er wich noch einen Schritt zurück.

»Ja, deshalb bin ich hier. Darian, es ist dein Kind, das ich erwarte.«

Bei diesen Worten zuckte er zusammen, so als hätte sie ihn geschlagen. Das Zittern seiner Stimme verriet, wie sehr er sich beherrschte. »Nein, du … Verkauf mich nicht für dumm, Schöpferlein! Was du sagst, ist nicht möglich.«

Er trat noch einen Schritt zurück. Lina streckte verzweifelt die Hand nach ihm aus und griff doch nur ins Leere. »Darian, bitte. Lass es mich erklären«, flehte sie.

»Da gibt es nichts zu erklären.« Ohne sie aus den Augen zu lassen, war er noch weiter zurückgewichen. Nun wandte er sich ganz ab und verließ die Lichtung, fluchtartig.

»Darian. Komm zurück. Ich kann es dir erklären!« Linas Stimme hallte schrill in ihren eigenen Ohren. »Darian, bitte!«

Es dauerte eine gefühlte Ewigkeit, bis sie begriff, dass er gegangen war, und eine weitere, bis ihr klar wurde, dass er nicht zurückkommen würde. Jegliche Kraft wich aus ihren Beinen. Die Knie gaben unter ihr nach und sie ließ sich einfach auf den schneebedeckten Waldboden sinken. Heiß brannten die Tränen der Enttäuschung, während die Kälte von ihr Besitz ergriff und ihr in die Glieder kroch. Lina weinte hemmungslos. Sie wusste nicht, wie lange sie so dagesessen hatte, als sie eine sanfte Berührung an der Schulter spürte.

»Darian?« Ihre Stimme war ein hoffnungsvolles Wimmern.

»Nein, Lina, ich bin es.« Lupinia kniete sich zu ihr.

Nun brach Linas Enttäuschung übermächtig aus ihr heraus. Die Worte gingen in ihrem Schluchzen unter. »Er ist gegangen. Er hat es mich nicht einmal erklären lassen.«

»Ich weiß.« Lupinia hatte ihre Arme um Lina geschlossen und strich ihr sanft über das bereits vom Schnee durchnässte Haar. »Möchtest du, dass ich ihn zurückhole? Ich könnte ihn dazu zwingen.«

»Nein.« Mit einem Ruck löste sich Lina aus ihrer Umarmung. Darians Bild, als er von Anta-Dragona in die Knie gezwungen wurde, gewaltsam seinen Erinnerungen beraubt, erstand plötzlich wieder erschreckend klar vor ihrem geistigen Auge. »Nein, niemand soll ihn je wieder zu irgendetwas zwingen.« Sie suchte den Blick der weißen Magierin. »Schwör mir, dass du dich in diese Angelegenheit nicht einmischen wirst.«

»Aber ich könnte ...« Linas verzweifelter Blick ließ Lupinia verstummen. Es wäre ihr nicht schwergefallen, Darian zur Rückkehr zu bewegen. Bestimmt hätte es einige Kraft gekostet, seine Abwehr zu durchbrechen, die durch Drogonns Erbe noch stärker geworden war. Es hätte gegen ihre Prinzipien verstoßen, aber für Lina hätte sie es getan. Für das Glück des Mädchens, das sie hatte aufwachsen sehen, das sie liebte, als wäre sie ihre eigene Tochter, hätte sie Darians ewige Verachtung auf sich genommen. Aber Linas Worte waren eindeutig gewesen. Ihre in Tränen schwimmenden Augen verlangten eine Antwort. Mit einem Seufzen zog sie Lina wieder in ihre Arme. »Ich schwöre, dass ich mich nicht einmischen werde.«

Behutsam strich sie Lina über den Kopf und wartete, bis der nächste Weinkrampf abebbte. Irgendwann zog sie geräuschvoll die Nase hoch und blickte Lupinia an. »Er hat mir nicht einmal zugehört. Ich hätte es ihm doch erklärt.«

»Gib ihm Zeit.« Lupinia hätte selbst aufheulen mögen. Ariana musste gewusst haben, was geschehen würde. Aber Lina hatte die Warnung nicht hören wollen. Lupinia hatte sie wohl vernommen, aber trotzdem gehofft, dass es anders kommen würde.

Es dämmerte mittlerweile und Lina hatte zu zittern begonnen. Lupinia musste sie hier wegbringen, schnell. Wie in Trance stieg Lina auf den Rücken des Pegasus. Die Schatten der schneebedeckten Schwarzfichten wirkten bedrohlich und kündigten die kommende Kälte der Nacht an. Lina hatte sich in sich selbst zurückgezogen wie in ein schützendes Schneckenhaus. Lupinia erschrak, als sie bemerkte, wie sich Lina plötzlich unter Schmerzen zusammenkrümmte.

»Lina, was ist mit dir?«

Die weiße Magierin bekam nur ein weiteres schmerzhaftes Stöhnen zur Antwort.

Lupinia war klar, dass sie es unmöglich bis nach Kathmarin

schaffen würden. Der Drachenhorst war ihre einzige Chance, die Nacht nicht ungeschützt im Freien zu verbringen. Doch Schneewehen, die der beißende Wind vor sich hertrieb, machten es Lupinia beinahe unmöglich, den versteckten Eingang zum Reich der Drachen zu finden.

»Ich brauche Hilfe«, schickte sie daher ihre Gedanken aus.

Die Antwort kam in Form eines grüngeschuppten Himmelspfeiles, der sie auf dem letzten Stück des Weges begleitete.

»Set-Dragon, ich grüße dich.« Lupinia war erleichtert, den engsten Vertrauten des Drachenfürsten zu sehen.

Kaum waren sie gelandet, verwandelte sich Lupinia wieder in ihre menschliche Gestalt und lud sich Lina auf den Arm.

Erst im Schutz der gigantischen Höhle streifte sie ihr die Kapuze vom Kopf, um einen besseren Blick auf sie werfen zu können. Schweißnass klebte ihr das blonde Haar auf der Stirn.

»Lina, hörst du mich?«

Ein Blick aus glasigen Augen streifte sie. Lina schien sie nicht wahrzunehmen. Im Fieberwahn murmelte sie für Lupinia unverständliche Worte. Nur Darians Name war immer wieder deutlich herauszuhören. Lupinia nahm im Geist Verbindung zu ihr auf. Plötzlich konnte sie den Schmerz deutlich fühlen, der durch Linas Körper jagte. Nur einmal hatte auch sie es gespürt, Tausende von Jahren waren seither vergangen, und trotzdem war es unvergesslich. Und nun war es Panik, die die weiße Magierin erfasste. Das Kind kam zu früh!

»Set-Dragon, ich brauche die Drachenmagierin, schnell!«

Sie hatte den Satz noch nicht ausgesprochen, als ihr eine weiche Stimme in ihrem Geist antwortete.

»Ich bin schon auf dem Weg. Bring sie in Drogonns altes Quartier.«

Den Weg in die niedrige Höhle, die einst Drogonns Quartier hier im Drachenhorst gewesen war, fand Lupinia blind. Nicht selten hatte auch sie hier ihre Nächte verbracht, damals,

als Menduria noch eine friedliche Welt gewesen war. Lupinia wischte diesen Gedanken beiseite. Lina war jetzt wichtig, und das Baby, das, so wie es aussah, nicht mehr warten wollte.

Lupinia hatte Lina auf die Lagerstatt gebettet und sie aus dem nassen Umhang befreit, als eine Lichtreflexion ihre Aufmerksamkeit zum Eingang lenkte. Das Licht der Diamantadern spiegelte sich in smaragdgrünen Schuppen wider.

Die Drachenmagierin zog den schlanken Kopf ein, als sie die Höhle betrat.

»Ich grüße dich, Lupinia.«

»Esra-Dragona.« Ein kurzes Lächeln huschte über Lupinias Lippen, ehe sie sich wieder Lina zuwandte.

»Ich hätte nicht gedacht, die kleine Magierin in einem derart schlechten Zustand wiederzusehen.«

»Die kleine Magierin?« Lupinias Blick war fragend.

»Ja, so haben wir sie damals genannt.« Esra-Dragona hatte einen Flügel über Lina ausgebreitet. Den Kopf zur Seite geneigt, schien sie erspüren zu wollen, was tatsächlich im Körper der bewusstlosen jungen Frau vor sich ging.

»Ihr Zustand ist sehr bedenklich«, stellte sie schließlich fest.

Lupinia nickte. Sie hätte es nicht zulassen dürfen, dass Lina sich in dem Wunsch, so schnell wie möglich zu Darian zu kommen, in den letzten beiden Tagen zu viel zumutete.

»Auch das Kind ist in Gefahr. Die Geburt hat bereits begonnen.«

»Das ist zu früh.« Lupinia strich sachte über Linas Hand.

»Ich weiß.«

»Kannst du es aufhalten?« Lupinia wusste, dass ihre eigenen Kräfte dazu nicht ausreichen würden. Sie war zwar eine Magierin mit beträchtlichen Kräften im Bereich der Verwandlung, aber die Kraft des Heilens gehorchte ihr nicht.

»Wenn es noch nicht zu weit fortgeschritten ist, kann ich helfen.« Esra-Dragona wiegte nachdenklich ihren Kopf, während sie ein Energiefeld um Lina aufbaute, das in smaragdgrüner Farbe zu fluoreszieren begann. »Du weißt, wieso dieses Kind so wichtig ist für diese Welt, nicht wahr?«

»Nein. Das hat mir Anta-Dragona nicht verraten. Sie sagte mir nur, dass Lina schwanger ist und dass ich sie zurückholen soll.«

Esra-Dragona schnaubte empört. Sie war mit der Handlungsweise ihrer Vorgängerin sichtlich nicht einverstanden. »Die Geburt dieses Kindes hebt den Schöpferfluch auf. Aber nur, wenn es lebend geboren wird.«

Lupinia sog hörbar die Luft ein. In ihrem Kopf überschlugen sich die Gedanken. »Weiß noch jemand davon?«

»Galan weiß es. Sie hat Linas Rückkehr im Gezeitenbrunnen gesehen. Seither durchstöbert sie den Gezeitenstrom nach Antworten.«

Lupinia war entsetzt. »Dann ist Lina in größter Gefahr!«

Esra-Dragona nickte. »Das ist sie. Das war auch der Grund, weshalb Anta-Dragona Lina in ihre Zeit zurückgeschickt hat. Sie war der Meinung, dass die beiden dort für die Zeit der Schwangerschaft sicherer wären. Ob das der Wahrheit entspricht, kann ich nicht sagen. Es gibt Lücken in Anta-Dragonas Erinnerung. Irgendetwas wollte sie selbst vor mir verbergen.«

›So tugendhaft, wie sie sich selbst gerne sahen, waren sie dann doch nicht, die Drachen‹, dachte Lupinia nicht ohne Bitterkeit.

»Weißt du, für mich spielt es keine Rolle, was dieses Kind für Menduria bedeutet. Für mich zählt einzig und alleine, was es für die kleine Magierin bedeutet. Sie hat meinem Jungen zwei Mal das Leben gerettet. Das hier ist das Mindeste, was ich für sie tun kann.«

Lupinia konnte nicht umhin, Esra-Dragona für diese Einstellung zu mögen. Es hätte Lupinia brennend interessiert, noch mehr über die Umstände des Schöpferfluches zu erfahren, aber sie wollte die Drachenmagierin jetzt auf keinen Fall in ihrer Konzentration stören. Selbst für eine Andavyan war es faszinierend mit anzusehen, wie ein Drache heilte. Nur ganz selten hatte Lupinia einen Drachen singen gehört. Aber der Heilgesang, den Esra-Dragona in dieser Nacht anstimmte, würde ihr wohl für immer im Gedächtnis bleiben. Eingehüllt in einem Kokon aus grünem Licht durchfluteten heilsame Schwingungen Linas Körper und brachten Linderung. In dem Maße, in dem ihr Körper zur Ruhe fand, beruhigte sich auch ihr Geist, bis sie irgendwann in einen tiefen Schlaf davonglitt. Es war tiefste Nacht, als Esra-Dragona ihren Gesang beendete und die Höhle verließ.

Lupinia blieb an Linas Seite. Sie ließ ihre menschliche Gestalt in weißem Nebel zerfließen und verwandelte sich in das Tier, das sie am liebsten war. Als weiße Wölfin sprang sie auf das breite Lager und schmiegte sich an Linas Seite, um sie zu wärmen. Lina und ihr Kind waren alles, was ihr geblieben war. Und sie würde alles dafür Nötige tun, um die beiden zu beschützen.

Wärme umfing Lina und rhythmisches Schnaufen drang an ihr Ohr. Als sie die Augen aufschlug, wusste sie sofort, wo sie sich befand. Drogonns Quartier im Drachenhorst. Lupinia musste sie hierher gebracht haben, denn sie lag in Gestalt der weißen Wölfin neben ihr. An den Flug in den Drachenhorst konnte Lina sich nicht erinnern. Wohl aber, dass Darian sie auf der Lichtung in den Dunkelwäldern einfach hatte stehen lassen. Lina erinnerte sich an die Enttäuschung, die Tränen und die Verzweiflung, die sie danach übermannt hatten, aber sie konnte es nicht fühlen. Es war, als ob sie in Watte gepackt worden wäre. Ihr nächster Gedanke galt ihrer Tochter, die die ganze Sache anscheinend unbeschadet überstanden hatte. Zumindest ließen die heftigen Strampelbewegungen darauf schließen. Langsam setzte sie sich auf und fuhr sich mit dem Handrücken über die Augen.

»Wie geht es dir?«

»Ganz gut … denke ich.«

Fasziniert beobachtete Lina die Verwandlung der weißen Wölfin. Nur Augenblicke später umschlossen die langen Finger der weißen Magierin die ihren. Ihr Blick war eindringlich. »Bist du sicher?«

»Ja.«

Lina schob die schweren Felldecken zur Seite und stand auf. Obwohl sie mit beiden Beinen fest auf dem Boden stand, hatte sie das Gefühl zu schweben.

»Es ging dir letzte Nacht sehr schlecht. Die Drachenmagierin hat dir geholfen«, beantwortete Lupinia ihre unausgesprochene Frage.

»Anta-Dragona?« Lina war verwirrt. »Ich dachte, sie wäre tot.«

»Ja, das ist sie. Ich habe ihren Platz eingenommen.«

Ruckartig wandte sich Lina zum Eingang, der beinahe zur Gänze von Esra-Dragona ausgefüllt wurde.

Sosehr sie diesen Ort auch verabscheute, die smaragdgrüne Drachenamazone zu sehen, erfüllte Lina mit Freude. Esra-Dragona hatte ihr immer zur Seite gestanden. Sie hatte damals ihr Bestes gegeben, Lina rechtzeitig in den Drachenhorst zu bringen. Mit vorsichtigen Schritten näherte sie sich der neuen Drachenmagierin, die ihren schlanken Kopf tief gesenkt hielt. »Du siehst bedeutend besser aus als gestern.« Die wohltuende und so vertraute Stimme Esra-Dragonas löste eine Flut von Erinnerungen in Lina aus.

»Dafür muss ich mich wohl bei dir bedanken.«

»Es tut mir wirklich leid, kleine Magierin. Ich wünschte, dass es damals anders gelaufen wäre.«

Lina senkte den Blick, um die Drachenmagierin nicht sehen zu lassen, wie sehr sie die Erinnerung immer noch schmerzte. Aber ihre vor Zorn bebende Stimme verriet sie. »Ja, das wünschte ich auch.« Schließlich hob sie den Kopf und blickte Esra-Dragona an, ihr Tonfall war fordernd: »Ich will, dass er sich wieder erinnert, Esra-Dragona. Gib Darian seine Erinnerungen wieder und mach gut, was Anta-Dragona angerichtet hat.«

Esra-Dragona schob den Kopf noch näher an Lina heran. Bedauern war in den tiefblauen Drachenaugen zu sehen. »Ich verstehe dich. Aber was du verlangst, ist nicht möglich. Auch wenn ich dir diesen Wunsch noch so gerne erfüllen würde.«

»Wieso nicht?«

»Zum einen müsste er selbst mich darum bitten. Es sind schließlich seine Erinnerungen, nicht deine. Aber ich würde es auch ihm verweigern. Darian ist bereits zweimal mit magischem Drachenfeuer in Berührung gekommen. Ein drittes Mal würde er vermutlich nicht überleben.«

Dieses Argument nahm Lina jeglichen Wind aus den Segeln. Das war ein Opfer, das es nicht wert gewesen wäre. Sie musste einen anderen Weg finden, um Darian von der Wahrheit zu überzeugen. »Hab Geduld. Er wird zu dir kommen«, hatte Lupinia gesagt. Lina konnte nur hoffen, dass sie recht behalten und er ihr dann zuhören würde.

Während sie diesen Gedanken verfolgte, wandte sich Esra-Dragona an Lupinia. »Ich weiß, dass du planst, Lina mit nach Kathmarin zu nehmen. Aber ich denke, dass sie hier besser aufgehoben ist, zumindest, bis das Kind kommt. Der Drachenhorst ist für sie zurzeit der sicherste Ort. Ich sehe, dass Xedoc die Blutsauger ausgeschickt hat, um die alte Hauptstadt anzugreifen. Sie suchen nach der kleinen Magierin.«

Lupinias weiße Augenbrauen zogen sich in höchster Konzentration zusammen. »Dann wäre es vielleicht doch das Vernünftigste …«, setzte Lupinia an, doch Lina unterbrach sie sofort.

»Findet ihr nicht, dass ich das selbst entscheiden sollte?«

»Selbstverständlich ist es deine Entscheidung«, begann Esra-Dragona. »Aber es wäre …«

»Ich werde nicht hierbleiben. Ich kehre zurück nach Kathmarin.« Obwohl Esra-Dragona versuchte, Lina umzustimmen, war jedes weitere Wort zwecklos. Der Drachenhorst war der letzte Ort, an dem sie ihr Kind zur Welt bringen wollte. Sie hatte gehofft, Aljana würde in den Dunkelwäldern geboren werden, irgendwo in der geschützten Geborgenheit der Osthöhlen, die sie einmal als ihr Zuhause betrachtet hatte. Aber wenn das nicht möglich war, so war die Hohe Festung Kathmarins Linas nächstbeste Wahl.

Den Rückflug dorthin trat sie auf dem Rücken Set-Dragons an. Der grüngeschuppte Himmelspfeil wurde von zwei weiteren Drachen begleitet. Zu dritt würden sie auf Esra-Dragonas Geheiß in den schroffen Felsklippen über der Stadt Stellung beziehen, um auf den Angriff der Vampire vorbereitet zu sein. Zumindest darauf hatte die Drachenmagierin bestanden. Ihre Worte klangen Lina noch in den Ohren: »Wenn ich diese Visionen schon über mich ergehen lassen muss, dann soll es wenigstens zu etwas gut sein.« Das verstand niemand so gut wie Lina.

Während des ganzen Rückfluges dachte Lina über diese Worte nach. Ob Esra-Dragona früher auch schon der Blick in die Zukunft möglich gewesen war?

»Nein. Das kann nur die Drachenmagierin«, meldete sich Lupinia in ihren Gedanken zu Wort. Die weiße Magierin hatte die Gestalt einer weißen Maus angenommen und war in Linas Umhang gekrochen.

»Esra-Dragona hat sich sehr verändert.« Lina hatte sie viel unbeschwerter in Erinnerung.

»Ja, sie hat ein schweres Erbe angetreten.«

Lina nickte nachdenklich. Esra-Dragona hatte Hunderte von Jahren kommen und gehen sehen, in denen sich Menduria verändert hatte, während es für Lina nur Monate gewesen waren. Mehr noch als die kurze Begegnung mit Darian hatte ihr die Drachenamazone vor Augen geführt, wie tief greifend die Veränderungen waren, die die Bewohner dieser Welt in den Jahren mitgemacht hatten. Nichts würde mehr so sein wie damals. Sie musste sich der Tatsache stellen, dass es ein anderes Menduria war, in dem sie nun leben würde. Lina hatte das Gefühl, eine Ausgeschlossene zu sein. Das musste ihre Mutter gemeint haben, als sie ihr gesagt hatte, dass es nicht leicht für sie werden würde. Müdigkeit und tiefe Niedergeschlagenheit überkamen sie bei diesem Gedanken. Sie war froh, als die Drachen endlich in Kathmarin landeten. Lina wollte jetzt nur noch alleine sein und schlafen.

Die Kopfschmerzen waren beinahe unerträglich und dennoch reichten sie nicht aus, um den anderen Schmerz zu überdecken, den er durch seine benebelten Gedanken immer noch fühlen konnte. Darian wusste nicht, wie viele Tage vergangen waren, seit er durch die Verbindungstunnel nach Darsheim ins Reich der Zwerge gekommen war. Mittlerweile floss mehr Zwergenmet als Blut in seinen Adern. Nur undeutlich nahm er die kleine gedrungene Gestalt wahr, die sich vor ihm aufbaute. Und dann traf ihn ein Schwall eiskalten Wassers.

»Was zur Hölle …?« Taumelnd kam Darian hoch und griff nach dem Angreifer. Vergebens. Sein Schlag ging ins Leere. Aber es fühlte sich an, als hätte ihm ein Troll mit seiner Keule eins über den Schädel gezogen. Und dann erkannte er die rauchige Stimme.

»Sieh zu, dass du zu dir kommst, und wenn du ein Bad genommen hast, möchte ich dich in meiner Halle sehen.« Gwindra hatte die Hände in die Hüften gestemmt und blickte in einer Mischung aus Abscheu und Mitleid auf ihn hinab.

Darian versuchte es mit einem Nicken. »Gib mir einen Augenblick.«

»Wenn du willst auch zwei.« Mit einer Wendigkeit, die man ihr in ihrem Alter nicht mehr zugetraut hätte, machte sie kehrt und verließ den *Goldenen Humpen*, die beste Kneipe in der tiefen Grotte. Im Hinausgehen wandte sie sich an einen Zwerg, der höchst konzentriert ein und dieselbe Stelle am Tresen wischte, seit sie die Kneipe betreten hatte. »Arn, du sorgst mir dafür, dass er auch wirklich nichts mehr trinkt. Tut er es doch, mach ich dich persönlich einen Kopf kürzer.«

Der entsetzte Blick des Kneipenzwerges verriet, dass er Gwindras Drohung sehr ernst nahm. »Wie du befiehlst, meine Königin.«

Kaum war Gwindra gegangen, umrundete Arn den Tresen und näherte sich Darian vorsichtig. »Du hast die Königin gehört?«

Darian schielte in den halbleeren Metkrug, was die Verzweiflung des Zwerges nur noch vergrößerte. Aber anstatt zu trinken, stemmte er sich hoch und kam wackelig auf die Beine. »Keine Sorge, Arn. Ich lass die Finger vom Zwergenmet. Wäre doch schade, wenn sie dich tatsächlich auf Koboldgröße stutzt.«

Die Erleichterung des Zwerges war nicht zu übersehen, als er Darian vor sich aus der Grottenkneipe schob. »Kann ich vielleicht sonst noch etwas für dich tun?«

»Ja, bring mich zu den heißen Quellen. Ich fürchte, ich hab den Weg dorthin vergessen.«

»Lass nur, Arn, das erledige ich.«

Darian blickte sich um. Gornik stand vor ihm. »Verflucht, ich seh dich doppelt. Und dabei ist es schon schlimm genug, dich einmal zu sehen.«

»Und das sagst ausgerechnet du. Du siehst schlimmer aus als der eitrige Auswurf eines Zentauren.«

Darian setzte ein schwaches Grinsen auf und strich sich das nasse Haar aus der Stirn. »Vielen Dank auch.«

Gornik sprach viel zu laut, jedes Wort des Zwerges drohte in seinem Schädel zu explodieren. Und trotzdem war Darian froh, Gornik an seiner Seite zu haben. Der Zwerg hatte ihn am Gürtel gepackt und führte ihn wie einen Jagdhund an der Leine. Endlos schienen die Stufen immer tiefer in den Berg zu führen. Gornik blieb bei ihm, bis er wieder halbwegs sicher auf den Beinen war, und brachte ihn anschließend in Gwindras Halle. Gornik fragte nicht nach dem Warum für den wohl schlimmsten Zwergenmetrausch seines bisherigen Lebens. Gwindra würde nicht so diskret sein.

»Ah, der dunkle Prinz weilt wieder unter den Lebenden.« Mit einer knappen Handbewegung bat die Zwergenkönigin ihn in ihre Halle. Sie wollte unter vier Augen mit ihm sprechen. Das wurde Darian klar, als Gornik sich am Eingang verabschiedete.

Mit einem Seufzer der Erleichterung ließ er sich in die Kissen der Bank sinken, die in der hintersten Ecke der Halle stand. Er fühlte sich schwach auf den Beinen, sein Magen spielte verrückt und sein Kopf drohte jeden Augenblick zu zerspringen. Was auch immer Gwindra zu sagen hatte, er hoffte inständig, sie würde es schnell tun.

»Hier, trink das.« Gwindra reichte ihm eine Glasphiole mit schwarzem, zähflüssigem Inhalt.

»Was ist das?« Darian betrachtete die Phiole misstrauisch.

»Das, mein Freund, ist das Geheimnis, mit dem ich jede meiner Schöpfungsfeiern unbeschadet überstanden habe und zwar seit 1321 Jahren.« Gwindra lächelte verschwörerisch.

Obwohl sein Gehirn nur träge arbeitete, verstand Darian, was Gwindra ihm offenbarte. Sie hatte niemals unter den Folgen von zu viel Zwergenmet gelitten, hatte immer nur vorgetäuscht, betrunken zu sein. Dann stimmte das Gerücht also doch. Es gab den sagenumwobenen Zaubertrank tatsächlich.

»Wieso gibst du mir das?« Wenn Gwindra nach so vielen Jahren ihr Geheimnis lüftete, musste es einen triftigen Grund geben. Und es war bestimmt nicht Mitleid wegen seines üblen Zustands.

Als hätte die Zwergenkönigin seine Überlegungen erraten, erwiderte sie schlicht: »Ich habe meine Gründe, aber dazu später.«

Darian nickte und kippte den Inhalt der Glasphiole in einem Satz hinunter. Augenblicklich durchlief ein Schauer des Ekels seinen Körper.

»Sieh zu, dass du das Zeug bei dir behältst. Es wird dir gleich besser gehen.«

Sie sollte recht behalten. Fasziniert stellte er fest, dass es mit jedem Atemzug besser wurde. Gwindra hatte es sich ihm gegenüber bequem gemacht und beobachtete ihn eine Weile lang schweigend. »So, und jetzt verrate mir bitte, was das hätte werden sollen. Ich meine, du kommst zu uns, sprichst mit niemandem ein Wort und säufst unseren halben Metvorrat alleine aus. Wenn du deinem Leben ein Ende setzen willst, kannst du das auch leichter haben.«

Darian wollte nicht darüber sprechen, aber er wusste, dass Gwindra ihm keine Ruhe lassen würde, ehe er sein Verhalten nicht erklärt hatte. Und sie hatte ein Recht darauf. Er war wie ein Besessener in Darsheim eingefallen, hatte ihr keinen Besuch abgestattet, wie es das Gesetz der Höflichkeit erfordert hätte, sondern war stattdessen in der Grottenkneipe verschwunden, um seinen Kummer in einem See aus Zwergenmet zu ertränken.

»Sie ist wieder da.«

»Die kleine Schöpferin?«

Darian nickte. Es wunderte ihn nicht, dass Gwindra wusste, von wem er sprach. Halb Menduria wusste, wer Lina war und wie er zu ihr stand.

»Aber darauf hast du doch gehofft. Wo liegt denn das Problem?« Gwindra hatte die Stirn in tausend Runzeln gelegt.

»Sie ist schwanger.«

»Ich verstehe.«

Darian verzog die Lippen zu einem gequälten Grinsen. »Sie behauptet, ich wäre der Vater.«

»Oh.« Nun fehlten selbst Gwindra die Worte, was höchst selten vorkam. Es dauerte einige Herzschläge lang, ehe sie ihre Sprache wiederfand. »Und bist du es?«

»Mach dich nicht lächerlich, Gwindra. Wie sollte das denn gehen?« Darian war aufgesprungen und hatte begonnen, in der Halle auf und ab zu marschieren.

»Sag du es mir.« Gwindras Blick war unergründlich. Sollte sie sich tatsächlich über ihn lustig machen, so konnte Darian es nicht erkennen.

»Selbst wenn wir den Schöpferfluch außer Acht lassen, ich hab sie seit vier Blutmondjahren nicht mehr gesehen. Und soviel ich weiß, gibt es selbst in der Schöpferwelt keine unbefleckte Empfängnis. Oder hast du von so etwas schon einmal gehört?« Die Empörung in seiner Stimme war unüberhörbar.

»Nur damit ich das recht verstehe«, Gwindra hatte den Kopf zur Seite geneigt, ihr Blick war fragend, »heißt das, ihr habt niemals …?«

»Nein, verflucht, haben wir nicht!«

In einer Geste des Unverständnisses schüttelte Gwindra den Kopf. »Du wirst tatsächlich alt, mein Prinz.«

Darian konnte sich ein flüchtiges Grinsen nicht verkneifen. »Sieht ganz so aus.«

Und während er immer noch auf und ab lief, ließ sich Gwindra nach hinten in die Kissen des Sofas sinken. »Ich nehme an, sie hatte dafür eine Erklärung?«

Darian hielt in seinem Herumgerenne inne. »Sie ... Ehrlich gesagt, ich bin gegangen, ehe sie es erklären konnte.« Tatsächlich war er geflohen, kopflos und zutiefst gekränkt. Lina hatte ihm in nur einem Augenblick den Boden unter den Füßen weggezogen, hatte ihm den schlimmsten Schlag seines Lebens verpasst. Er war doch tatsächlich so verblendet gewesen, von einer Zukunft mit ihr zu träumen. Sie hatte ihn in den wenigen Tagen, die sie in Menduria an seiner Seite verbracht hatte, gelehrt, was es bedeutet, zu lieben, hatte ihn bezaubert. Und wenn er ehrlich war, hatte sie ihn gerettet. Ihn vor dem Weg bewahrt, der ihn immer mehr verlockt hatte, den dunklen Weg an Xedocs Seite. Dafür musste er ihr dankbar sein. Vermutlich war es anmaßend gewesen, mehr von ihr zu erwarten. Sie war eine Schöpferin, in deren Adern Andavyanblut floss. Sie war eine Heilerin. Das hatte sie damals mehr als einmal bewiesen. Und er war nur ein einfacher Dunkelelf. Ein Ausgestoßener seines Volkes. Was zur Hölle hatte er denn erwartet? Er konnte ihr nicht verübeln, dass sie sich für einen Schöpfer entschieden hatte. Was er ihr aber tatsächlich verübelte, war die Tatsache, dass sie ihn für dumm hielt. Ihm einreden zu wollen, dass das Kind, das sie erwartete, seines war, grenzte an eine Beleidigung. Mehr noch, es verletzte ihn zutiefst. Aber das würde er Gwindra nicht auf die Nase binden.

»Du solltest dir anhören, was sie zu sagen hat.« Gwindra hielt dem wütenden Funkeln seiner dunklen Augen stand, ohne mit der Wimper zu zucken. Seelenruhig sprach sie weiter: »Ich bin ihr nie persönlich begegnet. Aber ich habe gehört, dass sie Arianas Tochter sein soll. Stimmt das?«

Darian nickte bestätigend. Arianas Statue im Ahnensaal der hohen Festung von Kathmarin bestätigte das.

»Die Andavyanheilerin habe ich gekannt. Und wenn Lina

auch nur im entferntesten Arianas Züge hat, solltest du ihr die Chance geben, es zu erklären.«

Darian brummte unwillig. Er wusste, dass Gwindra recht hatte. Wenn er Gewissheit haben wollte, musste er sich diesem Gespräch stellen, früher oder später.

»Was macht übrigens der Metkater?« Mit dieser Frage wechselte Gwindra elegant das Thema.

Erst jetzt bemerkte Darian, dass er sich überraschend gut fühlte. »Hat sich in Luft aufgelöst.« Sein Herz hatte der Zaubertrank zwar nicht heilen können, aber seinen Kopf und seinen Magen allemal. Ein verwegenes Grinsen entspannte plötzlich seine Züge. Er setzte einen Blick auf, der Gletscher zum Schmelzen gebracht hätte. »Könntest du mir von dem Zeug nicht ein bisschen was abtreten? Das wäre bei Verhandlungen wirklich hilfreich.«

»Vergiss es.« Gwindra warf den Kopf so heftig in den Nacken, dass ihre Krone dabei verrutschte, und begann schallend zu lachen. »Und damit wir uns da einig sind: Das hier war eine absolute Ausnahme, über die wir nie wieder sprechen werden. Sollte ich jemals gefragt werden, streite ich ab, dass es so ein Mittel überhaupt gibt.«

»Verstehe.« Darian hatte nichts anderes erwartet. Er nahm Gwindra gegenüber wieder Platz, streckte die Beine bequem von sich und verschränkte die Arme im Nacken. »Also, sag schon, was willst du von mir? Ich meine, aus reiner Nächstenliebe hast du mich bestimmt nicht aus dem Delirium geholt.«

Der geschäftsmäßige Gesichtsausdruck, den die Zwergenkönigin aufgesetzt hatte, ließ Darian vermuten, dass es sich um eine ernste Sache handeln musste.

»Ich möchte, dass du in die Calahadin zurückkehrst und in meinem Namen mit den Führern der dortigen Zwergenclans über eine Rückkehr ins Titanengebirge verhandelst.«

»Du willst was?« Darian dachte, sich verhört zu haben. Das

konnte unmöglich Gwindras Ernst sein. Lange Augenblicke hielt er dem Blick der Zwergin stand, die ihn mehr denn je beeindruckte. War sie tatsächlich bereit, den ersten Schritt zu machen und den beiden Clanführern die Hand zur Versöhnung zu reichen?

»Du kennst die beiden doch, nicht wahr?«, erkundigte sich Gwindra im Plauderton. »Kelnig und Hardfar, meine ich?«

Und ob Darian die beiden kannte. Mit Kelnig war er ganz gut zurechtgekommen, als er noch Xedocs oberster Jäger war. Hardfar dagegen war ein hinterhältiger Bastard, der nur auf seinen eigenen Vorteil bedacht war.

»Wieso willst du, dass ausgerechnet ich gehe? Wäre es nicht vernünftiger, einen Unterhändler deines Volkes zu schicken?«

Eine tiefe Sorgenfalte bildete sich auf Gwindras Stirn und verriet Darian den Grund.

»Ah, verstehe. Das hast du bereits versucht. Hat nicht geklappt.«

Gwindra nickte. »Keiner der drei Boten, die ich geschickt habe, hat sein Ziel erreicht. Die Blutsauger haben sie sofort gewittert.«

»Du hättest sie vorher baden schicken sollen.« Darian wusste, wie unangebracht diese Bemerkung war, aber er konnte sie sich einfach nicht verkneifen. Immerhin hatte Gwindra vor, nun ihn auf diese Mission zu schicken. Ihn würden die Vampire zwar nicht sofort wittern, aber die Chance, unentdeckt bis zu den beiden Clanführern der Zwerge durchzukommen, war selbst für ihn überaus gering. Es würde Xedoc ein besonderes Vergnügen sein, Rache an ihm zu nehmen, sollte er ihn in die Finger bekommen. Gwindra wusste das, und trotzdem bat sie ihn zu gehen. Selbst für so alte Freunde, wie sie es waren, war das ein großer Gefallen. Darian wusste selbst nicht genau, warum, aber er würde es tun. Nach vier Jahren würde er in die Calahadin zurückkehren.

Falsche Fährten

Eigentlich war sie in ihre Räumlichkeiten zurückgekehrt, um nachzudenken. Aber schon an der Tür hatte sie die aufgebrachte Stimme Karrons gehört. Er stritt sich mit Endorven. Lina war es mittlerweile gewohnt, selbst in ihren Räumen nicht mehr ganz ungestört zu sein. Gleich nach ihrer Rückkehr aus den Dunkelwäldern hatte Lupinia Endorven aus Jandamer zu sich beordert und ihn mit der Sicherung der Hohen Festung betraut, was Karron als persönliche Beleidigung angesehen hatte. Und obwohl Endorven nach wie vor versuchte, die Kobolde in seine Pläne mit einzubeziehen, verging kein Treffen, bei dem sich Karron und er nicht in die Haare gerieten. Wutentbrannt war Karron an ihr vorbeigestapft und hatte die Tür ins Schloss geworfen. Es kostete Lina jedes Mal ein Schmunzeln, wenn sie an den mürrischen Wächterkobold dachte. Seine unzugängliche Art war im Vergleich zu der absoluten Unterwürfigkeit, mit der sich die anderen Kobolde ihr gegenüber verhielten, sehr erfrischend. Lina nickte Erya zu und bedeutete ihr, es sich auf der Bank bequem zu machen. Die Lichtelfe, die Endorven zu Linas persönlicher Leibwächterin ernannt hatte, und die ihr seither nicht von der Seite wich, zögerte einen Moment.

»Ist schon gut, Erya. Ich gehe nur zu Endorven hinaus auf den Balkon.« Und mit einem versöhnlichen Lächeln fügte sie hinzu: »Ich lauf auch bestimmt nicht weg.«

»Gut.« Erya nickte kurz und steuerte dann ihren Schlafplatz in der hintersten Ecke des Raumes an.

Lina seufzte. Die Lichtelfe liebte es asketisch. Wenn Lina ihr einen Stuhl anbot, blieb sie lieber stehen. Ihre Schlafstatt bestand nur aus ein paar Decken. Sie gönnte sich nur wenig Schlaf und badete ausschließlich in eiskaltem Wasser. Sie war eine Kriegerin durch und durch.

Mittlerweile hatte Lina den Balkon erreicht. Endorven stand mit an der Balustrade abgestützten Armen leicht vornübergebeugt und starrte hinaus auf die Ebene vor der Stadt. Es bedurfte keiner hellseherischen Fähigkeiten, um herauszufinden, worüber er nachdachte. Der Angriff, den die Drachenmagierin vorhergesehen hatte. Würde es tatsächlich Lugathus sein, mit dem sie rechnen müssten?

Bei der Vorstellung, dem verhassten Vampir erneut gegenüberstehen zu müssen, lief Lina ein kalter Schauer über den Rücken. Sie versuchte, diesen Gedanken zu verdrängen, genauso, wie sie versuchte, die Gedanken an Darian zu verdrängen. Ein halber Blutmondzyklus war vergangen, seit sie von ihm in den Dunkelwäldern einfach stehen gelassen worden war. Beinahe jede Nacht hatte sie sich seither in den Schlaf geweint. Und jeden Morgen war sie in der Hoffnung aufgewacht, dass dies der Tag sein würde, an dem er zu ihr kommen würde, und sie ihm alles erklären könnte. Aber immer noch wartete sie vergeblich. Was, wenn Lupinia unrecht hatte? Wenn er gar nicht kam? Lina fühlte sich so einsam wie nie zuvor in ihrem Leben. Und das, obwohl sich alle solche Mühe gaben, ihr die Zeit so angenehm wie möglich zu machen. Die ganze Festung wartete mittlerweile gespannt auf ihr Baby. Vor allem die Kobolde waren so überfürsorglich, dass Lina regelrecht froh über die eher kühle Gesellschaft der Lichtelfe oder den schroffen Umgangston Karrons war. Und obwohl auch Lupinia sehr um ihr Wohlergehen besorgt war, fühlte sich Lina ein bisschen wie eine Gefangene in dieser Festung. Lupinia hielt sie von sämtlichen Besuchern, die von außen kamen, fern. Die weiße Magierin war jedem gegenüber misstrauisch. Lina musste hier raus.

»Ich möchte nach Jandamer. Denkst du, das ist machbar?«

Endorvens Blick kehrte aus der Ferne zurück und blieb an ihr hängen. »Machbar schon, aber nicht sehr vernünftig. Denk an dein Kind.« Dabei deutete er auf Linas Bauch, der ihn ebenso zu faszinieren schien wie alle anderen Bewohner der Festung.

»Ich glaube nicht, dass es in den nächsten Tagen kommen wird.« Obwohl, wenn es nach ihr gegangen wäre, hätte es lieber gestern als morgen so weit sein sollen. Lina konnte sich mittlerweile kaum noch bewegen. Sie konnte ihre eigenen Zehen nicht mehr sehen und hatte furchtbare Schwierigkeiten beim Liegen. Aljana dagegen schien es sehr bequem zu haben. Zumindest sagten ihr das die Signale, die sie von ihrer Tochter empfing.

»Ich möchte mir ansehen, wie es um die Gedankenströme steht. Und Jandamer ist ja nicht allzu weit entfernt. Also, Endorven. Was sagst du?« Lina setzte ihr hinreißendstes Lächeln auf.

Endorven seufzte. »Aber nur, wenn du mir versprichst, dass dein Kind nicht unterwegs zur Welt kommt.« Der Gedanke, dabei helfen zu müssen, schien dem sonst so zurückhaltenden Lichtelfen furchtbare Angst einzujagen. Zumindest besagte das sein Gesichtsausdruck.

Lina ließ ein befreites Lachen vernehmen. »Versprochen.«

Zuerst hatte Darian überlegt, den Drachenfürsten zu bitten, ihn über die Barriere zu fliegen, den Gedanken aber dann doch wieder verworfen. Xedocs Späher hätten den Himmelsgiganten bestimmt entdeckt. Und die Gefahr, dass Tek-Dragon von einem der frei umherstreifenden Haegoth vom Himmel geholt werden könnte, war viel zu groß. Sie selbst waren träge, aber ihre Tentakel dafür blitzschnell. Nicht erst einen Kampfgefährten hatten die Drachen in den ersten Monaten verloren, als es noch regelmäßig zu Kämpfen an der Barriere gekommen war. Immer waren die Haegoth zur Stelle gewesen, wenn einer der Drachen die Barriere überflogen hatte. Dass Galan dahintersteckte, konnte Darian nur vermuten. Aber er wusste von früher, wie verteufelt viel sie in ihrem Gezeitenbrunnen gesehen hatte. Qualvoll waren die Drachen verendet, wenn ein Rudel Haegoth über sie hergefallen war. Nichts als einen Haufen verdorrtes Fleisch und Knochen hatten sie zurückgelassen. Schließlich hatte der Drachenfürst die Angriffe eingestellt.

Darian würde den schmalen Pfad am Rande Mendurias nehmen. Breit genug für einen Mann, würde er im Schutz der Dunkelheit und eingehüllt in den Nachtmahrumhang, der ihm schon so manchen Dienst erwiesen hatte, sein Glück versuchen. Es würde nicht Hardfar sein, den er aufzusuchen gedachte. Bei ihm schätzte Darian seine Erfolgschancen sehr schlecht ein. Er würde mit Kelnig sprechen. Der Clanführer der Schwarzgebirgszwerge war für Gwindra ohnehin von größerer Bedeutung. Sein Clan war um ein Vielfaches größer. Kelnig hatte mit Gwindra wegen eines lächerlichen Streites gebrochen. Es war vermutlich Gwindras fatalste Entscheidung gewesen, Kelnig ziehen zu lassen, ohne den Versuch zu unternehmen, ihn noch einmal umzustimmen. Aber auch Kelnig hatte nicht ganz das bekommen, was er für seinen Clan erhofft hatte. Er war in der Annahme in die Calahadin gekommen, sein Clan würde die alten Zwergenhallen unter der Krallenfestung bewohnen. Doch die alten Städte ihrer Vorfahren hatte Hardfar bereits für seinen Clan beansprucht. Darian konnte sich noch gut an den Kampf der beiden Clanführer erinnern, den sie nach altem

Brauch um diese Wohnstädte ausgetragen hatten. Der Kampf hatte Hardfar zwei Finger seiner rechten Hand gekostet, aber trotzdem hatte er den Sieg davongetragen. So war Kelnig gezwungen gewesen, seinen Clan ins schwarze Gebirge zu führen. Das Gestein dort war brüchig und porös. Immer wieder stürzten Hallen ein. Die Metallvorkommen waren spärlich und Edelsteinadern gab es so gut wie keine. Trotzdem waren die Äxte der Schwarzgebirgszwerge die besten in der Calahadin. Und ganz abgesehen davon brauten sie den besten Zwergenmet Mendurias.

Auch wenn die Dunkelelfen und die Zwerge aus dem Schwarzgebirge kein besonders inniges Verhältnis zueinander hatten, so waren sie doch immer gut miteinander zurechtgekommen. Trotzdem durfte Darian nicht damit rechnen, mit offenen Armen empfangen zu werden. Ganz im Gegenteil. Es stand sogar zu befürchten, dass Kelnig ihn an Xedoc ausliefern würde, sobald er sich zu erkennen gab, immer vorausgesetzt natürlich, er würde es überhaupt ungesehen ins schwarze Gebirge schaffen. Wenn man es genau betrachtete, war dieser Auftrag der reinste Wahnsinn. Erwischt zu werden, würde den sicheren Tod bedeuten. Und genau das war es, was ihn dazu veranlasste, zu gehen. Darian war ehrlich genug, um sich das einzugestehen. Er war nun seit beinahe zwei Tagen in den unterirdischen Gängen des Titanengebirges unterwegs. Zeit, in der er mit sich und seinen Gedanken alleine war. Er sollte sich auf den bevorstehenden Auftrag konzentrieren. Aber immer wieder wanderten seine Gedanken zurück auf den Versammlungsplatz in den Dunkelwäldern, zurück zu Lina. Wie sie dort gestanden hatte, eingehüllt in die graue Tracht der Andavyan, das honigblonde Haar feucht vom Schnee. Sie hatte sich verändert, war älter geworden. Das hatte er schon von ferne gesehen. Aber ihr Lächeln, das ihrer Lippen und das ihrer Augen, war dasselbe gewesen. Niemals würde er das Bild dieses Lächelns aus seinem

Gedächtnis verbannen können. Und jedes Mal wenn er in seinen Erinnerungen an diesem Punkt angelangt war, folgte unweigerlich die darauffolgende Enttäuschung und fühlte es sich an wie ein Faustschlag in die Magengrube. Sosehr er sich auch wünschte, dass Lina die Wahrheit sagte, sosehr er nach einer möglichen logischen Erklärung suchte, die Tatsachen straften ihre Worte Lügen. Darians Gedanken drehten sich im Kreis. Zähneknirschend musste er zugeben, dass Gwindra recht hatte. Er würde noch einmal mit ihr reden müssen, würde sich ihre Erklärung anhören, so fantastisch die auch sein möge.

Der Diamant in seiner Hand begann zu flackern. Schon seit geraumer Zeit wurde das darin gespeicherte Tageslicht immer schwächer. Darian fluchte. Genau das hatte er befürchtet. Er musste schleunigst zusehen, dass er eine der Diamantadern fand, um einen neuen Stein herauszuschlagen, ehe er hier unten ganz im Dunkeln festsaß. Die Treppe zum Rongartor konnte nicht mehr allzu weit sein. Aber der Aufstieg dorthin war ohne ausreichendes Licht viel zu gefährlich. Ausgeschlagene Stufen, die sich in grotesken Windungen in die Höhe schlängelten und manchmal sogar ganz ins Leere führten, waren eine Herausforderung an Kondition und Gleichgewichtssinn, selbst bei ausreichender Beleuchtung. Diesen Teil des Titanengebirges hatte Darian schon immer gemieden. So wie die Präsenz der Vorangegangenen in den östlichsten Gebieten der Dunkelwälder am deutlichsten zu spüren war, so war es mit den Seelen der verstorbenen Zwerge im östlichsten Teil unter dem Berg. Hier schaffte es selbst Darian nicht mehr, die von den Zwergen so oft besungenen Begegnungen mit den Geistern ihrer Vorfahren zu leugnen. Mit den Jahren hatte er gelernt, dass all diese Geschichten, auch wenn sie noch so haarsträubend klingen mochten, ein Fünkchen Wahrheit enthielten. Hardfar und sein Clan hatten dieses Gebiet einst bewohnt, ehe sie in die Caladhin geflüchtet waren. Seither war dieser Teil des Titanengebirges unbewohnt. Kein Zwerg, der bei Trost war, würde hier freiwillig wohnen. Wie ein Leichentuch lag die Stille über den geisterhaft anmutenden Hallen. Schwefeliger Gestank lag in der stickigen Luft. Vermutlich hatten sich die Schwefelsümpfe auch unterirdisch ausgebreitet. Obwohl ihn seine empfindliche Nase dazu drängte, so schnell wie möglich an die frische Luft zu gelangen, zwang sich Darian, eine Abzweigung zu wählen, die ihn vom direkten Weg zur Treppe wegführte. Das Licht einer kräftigen Diamantader zog ihn an. Darian hatte sie fast erreicht, als ihn seine Instinkte plötzlich innehalten ließen. Zuerst nur ganz schwach, vom penetranten Gestank des Schwefels fast vollkommen überdeckt, nahm er jetzt einen weiteren Geruch wahr. Einen, der ihm die Haare zu Berge stehen ließ und ihn mit Abscheu und Ekel erfüllte. Blutgeruch, wie er nur den Vampiren anhaftete. Obwohl er blitzschnell reagierte, wäre es fast zu spät gewesen. Kaum hatte er die Schwerter aus den Rückengurten gerissen, stürzte sich bereits der erste Blutsauger auf ihn. Darian versuchte, seiner Verwirrung Herr zu werden und konzentrierte sich darauf, dem scharfen Schwert und den gebleckten Fangzähnen auszuweichen. Das hier war keiner der streunenden Vampire, die er sonst jagte. Kein verwandelter Zwerg, der völlig verwahrlost in irgendeiner Felsspalte hauste, seit er die Verwandlung hatte über sich ergehen lassen müssen, und auch kein Vampirkobold, der heimtückisch im Unterholz auf Beute lauerte. All diese Vampirkreaturen waren Opfer der großen Schlacht um Kathmarin geworden. Zwerge, Kobolde oder Lichtelfen, die nicht das Glück gehabt hatten, von einem Kampfgefährten erlöst zu werden, ehe sie sich verwandelt hatten. Sie waren dazu verdammt, das Schicksal zu erleiden, das Drogonn erspart geblieben war. Auch Zentauren waren in der Schlacht gebissen worden. Sie schienen aber gegen das Vampirblut immun zu sein. Zwar zeigten die Zentauren für ein bis zwei Tage den gleichen Blutdurst wie alle anderen Vampire, kehrten aber danach in ihren Normalzustand zurück. Obwohl sich die meisten Verwandelten Lugathus angeschlossen hatten, gab es einige, die es nicht getan hatten. Sie waren nicht mit dem Vampirrudel in die Calahadin zurückgekehrt, sondern streunten nach wie vor in der Eldorin und den angrenzenden Gebieten auf der Suche nach Blut umher. Aber der Vampir, der jetzt auf ihn eindrang, war einer aus Lugathus' Rudel. Einer von denen, die Darian selbst damals aus den Gedankenströmen Jandamers befreit hatte. Für einen Augenblick flammten die alten Schuldgefühle wieder auf. Aber die konnte er jetzt noch weniger gebrauchen.

»Ich glaub's ja nicht, dass ausgerechnet du mir in die Arme läufst.«

Darian kannte seinen Gegner nur vom Sehen, wusste aber, dass er ihn nur unschädlich machen konnte, wenn er ihn enthauptete. Alle anderen Verletzungen würden wieder heilen, und das in einer Geschwindigkeit, die atemberaubend war. Der Gang war ziemlich eng, sodass Darian Schwierigkeiten hatte, seine Schwerter einzusetzen. Eine Tatsache, die der Blutsauger gnadenlos ausnutzte und ihn immer weiter zurückdrängte, in Richtung der Diamantader. Wenigstens wurde das Licht heller, je weiter er zurückwich. Der Gang öffnete sich zu einer niedrigen Grotte. Darian wich schneller zurück, als ihn die Schwerthiebe dazu zwangen. Beinahe sah es nach Flucht aus. Immer noch wollte ihm nicht eingehen, was der Vampir hier zu suchen hatte. Aber was noch viel schlimmer war, Darian glaubte nicht, dass er alleine war. Es war nicht die Art der Vampire, alleine zu jagen. Sie fühlten sich im Rudel stark, und soviel Darian wusste, war dieser hier ein ziemlich hochgestelltes Mitglied des Rudels.

Das rote fransige Haar des Vampirs leuchtete im Schein der Diamantader. Blutdurst flackerte in seinen Augen. Obwohl er nicht nach hinten blickte, wusste Darian instinktiv, dass sich von dort ein weiterer Blutsauger näherte. Es war nur ein kurzer Blick, den der angreifende Vampir über Darians Schulter hinweg geworfen hatte, aber er verriet ihm, worauf der wütende Vorstoß seines Gegners abzielte. Er riss die rechte Schwerthand nach hinten, vollführte eine Halbdrehung und traf. Indis, das Eisschwert, durchschnitt Sehnen und Knorpel. Leider hatte Darian den Abstand zur Wand falsch eingeschätzt. Das Schwert trennte nicht nur den Kopf des zweiten Vampirs von dessen Schultern, sondern schlug danach auf der Diamantader auf. Diamantsplitter regneten zu Boden. Die Wucht des Schlages war so groß, dass Darian das schwarze Elfenschwert aus der Hand geprellt wurde. Sein Handgelenk war taub. Fluchend konzentrierte er sich wieder auf den ersten Gegner, der nun umso wütender auf ihn eindrang.

»Dafür wirst du bezahlen, Elfenbastard!« Speichel troff ihm aus den Mundwinkeln. »Lugathus wird dich vierteilen.«

»Lugathus ist aber nicht hier.« Darian setzte sein überheblichstes Grinsen auf und versuchte, seinen Gegner damit aus der Reserve zu locken.

»Und ob er das ist.« Mit einem schnellen Satz zurück trat der Vampir aus der Reichweite der Elfenschwerter und begann lauthals zu brüllen: »Lugathus, kannst du mich hören? Hier ist jemand, der Sehnsucht nach dir hat!«

Darian schluckte schwer. Wenn das kein Bluff war, dann hatte er ein echtes Problem. Einem weiteren Gegner würde er nicht gewachsen sein, geschweige denn, mehreren. Und was er von Lugathus zu erwarten hatte, wenn der ihn in die Finger bekam, konnte er sich ausmalen. Er musste zusehen, dass er den Blutsauger erledigte, ehe die anderen auftauchten. Aber der Vampir hatte ihn an die hinterste Wand der Grotte gedrängt und schlug wie wild auf ihn ein. Und dann wurde Darian ein wirklich dummer Fehler zum Verhängnis. Bei dem Versuch, sich unter dem Angreifer hinwegzuducken, stolperte er über den leblosen Körper des toten Vampirs. Im Fallen konnte er gerade noch das verbliebene Elfenschwert hochreißen, um den nächsten Schwerthieb abzuwehren. Ein weiterer Hieb traf Rumil, das Feuerschwert, so hart, dass es an die gegenüberliegende Felswand krachte. Darian hatte vollkommen vergessen, wie stark die Vampire der ersten Generation waren.

»Ich hätte nicht gedacht, dass ich es sein würde, der Lugathus' verhasstesten Gegner zur Strecke bringt.« Der Vampir genoss seinen bevorstehenden Triumph in vollen Zügen.

Darian spürte Panik in sich hochsteigen. Drogonns Gesicht tauchte für den Bruchteil eines Augenblicks vor seinem inneren Auge auf. Er konnte die Angst des Andavyankriegsherrn spüren, die ihn in den letzten Momenten seines Lebens förmlich gelähmt hatte, als wäre es seine eigene. Einen Nachhall des beißenden Schmerzes, den Drogonn bei der Verwandlung gespürt hatte, konnte Darian nun selbst spüren. Ausgerechnet jetzt schlugen diese Erinnerungsfetzen Drogonns in seinem Gedächtnis Wellen. Das Andavyanerbe Drogonns regte sich in ihm. Doch genau dieses Gefühl aktivierte seine letzten Reserven. Nach irgendetwas suchend, das er als Waffe verwenden konnte, tasteten seine Hände über den kalten Felsboden, während er den Schwerthieben auszuweichen versuchte. Aus dem Augenwinkel sah er etwas Leuchtendes, einen Diamantsplitter, den er aus dem Felsen geschlagen hatte. Darian bekam den Splitter zu fassen, genau in dem Moment, in dem sich der Vampir auf ihn stürzte. Fauliger Atem schlug ihm entgegen, als die Fangzähne des Blutsaugers auf ihn niederfuhren. Es würde den Vampir vermutlich nur ein Lachen kosten, doch Darian rammte ihm den Diamantsplitter so tief in die Rippen, wie er nur konnte, während er seine Schulter hochriss, um seine Halsschlagader zu schützen. Die Wucht des Bisses drückte ihn vollkommen zu Boden. Aber das Schulterpolster seines Lederharnischs hatte seine Haut vor den Fangzähnen gerettet. Schon rechnete Darian mit einem weiteren Bissversuch. Der Vampir bäumte sich auf, aber anstatt erneut zuzubeißen, ließ er einen grauenhaften Schmerzensschrei vernehmen, während er verzweifelt versuchte, den Diamantsplitter zwischen seinen Rippen herauszuziehen. Mit einem kräftigen Stoß beförderte Darian den Angreifer von sich. Ein Hechtsprung brachte ihn in Reichweite seines Schwertes, das er sofort verteidigungsbereit hochriss. Aber der Angriff blieb aus. Vor seinen Augen begann sich der Vampir in Asche zu verwandeln. Ausgehend von dem Diamantsplitter, der immer noch zwischen seinen Rippen steckte, löste sich der Vampir unter Schmerzensschreien einfach auf. Darian hatte dergleichen nur einmal gesehen. Das war, als Lugathus und sein Rudel Lina und ihn in der Calahadin gestellt hatten. Damals war es das durchsickernde Sonnenlicht gewesen, das einige von Lugathus' Kampfgefährten das Leben gekostet hatte.

»Tageslicht«, schoss es Darian durch den Kopf. »Der Diamantsplitter war angereichert damit.« Es blieb keine Zeit, genauer darüber nachzudenken, denn er konnte das Knirschen von Stiefeln auf felsigem Gestein hören und roch noch mehr Blut. Weitere Vampire waren im Anmarsch. Aber auch der Geruch nach Waffenfett und ranzigem Schweiß lag für ihn nun deutlich erkennbar in der Luft. Es blieb ihm gerade noch Zeit genug, sein zweites Schwert einzusammeln, den Nachtmahrumhang mit der Innenseite nach außen zu wenden und sich in die hinterste Ecke der Grotte zurückzuziehen. Wieder vollkommen Herr seiner Gefühle, konzentrierte er sich auf den Geruch der feuchtkalten Umgebung und tarnte sich damit, wie er es schon so oft getan hatte, wenn er auf der Jagd war.

Kaum zwei Atemzüge waren ihm geblieben, bis Lugathus an der Spitze seines Rudels auftauchte. An seiner Seite Talessa, das Miststück. Augenblicklich spürte Darian die alte Wut wieder aufkeimen, die ihn immer überkam, wenn er daran dachte, wie Lugathus und Talessa Lina gequält hatten, damals in Kathmarin auf dem Balkon der hohen Festung. Lina. Verflucht, sie hatte in seinen Gedanken jetzt keinen Platz! Sie kostete ihn seine Konzentration, die er für die Geruchstarnung benötigte. Darian schüttelte die Gedanken an sie ab.

»Verflucht, Lugathus, musst du so schnell rennen?« Keuchend tauchte ein Zwerg an der Spitze einer weiteren zum Kampf gerüsteten Truppe auf. Schweiß glänzte auf Hardfars kahl rasiertem Schädel. Der Zwerg stutzte. »Was ist denn hier passiert?«

»Das wüsste ich auch gerne.« Lugathus war von der kopflosen Leiche des einen Vampirs zurückgetreten und kniete vor dem Aschehaufen nieder, der zweifelsohne einer der Seinen gewesen sein musste. Mit der Fußspitze seines Lederstiefels stupste er den Diamantsplitter an, der inmitten der Asche immer noch leuchtete. Alleine die Lichtreflexion, die durch diese Bewegung von den Wänden widergespiegelt wurde, ließ sämtliche Vampire im Raum zusammenzucken.

Erst jetzt bemerkte Darian, dass sie alle außerhalb der Reichweite der hell leuchtenden Diamantader stehen geblieben waren.

Lugathus schien erkannt zu haben, dass es der Diamantsplitter war, der seinen Kampfgefährten das Leben gekostet hatte. Kalte Wut spiegelte sich in seinen schwarzen Augen wider. »Kannst du mir das erklären, Hardfar? Sagtest du nicht, es gäbe keine Zwerge mehr in diesem Teil des Titanengebirges?«

»Gibt es auch nicht.« Hardfar trat sicherheitshalber einen Schritt zurück.

»Wie kann es dann sein, dass zwei meiner Kundschafter tot sind, noch ehe wir den halben Weg hinter uns gebracht haben?«

»Das war keine Zwergenaxt«, bemerkte Talessa. Die Vampirfrau hatte sich neben dem Geköpften in die Hocke niedergelassen und befingerte ungerührt die Schnittstelle am Rumpf. »Keine Zwergenaxt kann einen derart sauberen Schnitt hinterlassen.«

»Geisterzwerge.« Ein Wort, kaum lauter als ein Flüstern kam über die Lippen eines der Zwerge, der hinter Hardfar stand.

Ein Raunen ging durch die Kampftruppe der Zwerge, als das Wort von einem zum anderen geflüstert wurde. »Geisterzwerge.«

»Unsinn!«, fauchte Lugathus. Auch er hatte sich den Schnitt genauer angesehen. »Das war kein Geisterzwerg, sondern eine durch und durch reale Schwertklinge.«

»Sollen wir ausschwärmen und nach dem Kerl suchen, der das getan hat?«

»Nein.« Lugathus erhob sich. »Dafür haben wir keine Zeit. Wir müssen Kathmarin bei Sonnenuntergang erreichen. Wir haben nur eine Nacht und ich möchte genügend Zeit haben, um das kleine Miststück aufzuspüren. Diesmal entkommt sie mir nicht.« Der Blick des Vampirführers schweifte noch einmal durch die Grotte, so als würde er nach etwas suchen, ehe er sagte: »Bleibt zusammen, dann werden euch die Geisterzwerge nichts anhaben können.« Ein süffisanter Unterton klang in seiner Stimme mit.

Hardfar spuckte verächtlich auf den Boden. »Das Spotten wird dir schon noch vergehen, wenn du ihnen tatsächlich begegnest.«

»Wir werden sehen.« Lugathus bleckte die Zähne, ehe er den Befehl zum Aufbruch gab. Ebenso schnell, wie er gekommen war, verschwand der Kampftrupp aus Zwergen und Vampiren wieder.

Darian brauchte einige Augenblicke, um das eben Geschehene zu verarbeiten. Lugathus, der zu Fleisch gewordene Albtraum seiner schlaflosen Nächte, war zum Greifen nahe gewesen und er hatte nichts anderes tun können, als sich tot zu stellen. Der Vampir war mit seiner Truppe auf dem Weg nach Kathmarin. Die Worte des Rudelführers klangen ihm noch in den Ohren: »Diesmal entkommt mir das kleine Miststück nicht.«

Darian wusste natürlich, wer gemeint war. Lugathus war hinter Lina her gewesen, seit sie in Menduria aufgetaucht war. Er hatte es auf ihr Schöpferblut abgesehen, von dem er sich ungeahnte Kräfte erhoffte.

Das war das einzig Gute an ihrer Abwesenheit gewesen. Außerhalb Mendurias war sie vor Xedoc und Lugathus sicher gewesen. Aber jetzt war sie wieder hier, ganz bestimmt in Kathmarin. Lugathus hatte das mit einer solchen Sicherheit behauptet, Darian musste davon ausgehen, dass es der Wahrheit entsprach. Bestimmt war ihre Rückkehr Galan nicht entgangen. Nicht zum ersten Mal dachte er, dass er dieser alten Vettel schon längst hätte den Hals umdrehen sollen, damals, als er noch in Xedocs Diensten gestanden hatte, und leicht an sie herangekommen wäre. Aber Galan war jetzt sein geringstes Problem. Darian wusste, dass es geheime Verbindungstunnel gab, die bis hinein nach Kathmarin führten. Hardfar hatte einmal im Vollrausch davon gesprochen. Es wäre ihm vermutlich auch nicht schwergefallen, der Spur der Vampire zu folgen. Aber das hätte ihm keinen Vorteil verschafft. Er musste Kathmarin erreichen, bevor die Vampire dort einfielen. Der Weg vom Rongartor nach Kathmarin würde ihn am Südrand des Gebirges entlangführen. Selbst wenn er schnell wäre, würde er dafür volle zwei Tage und Nächte brauchen. Wenn es stimmte, was Hardfar damals behauptet hatte, konnte man die Stadt über die Tunnel in der Hälfte dieser Zeit erreichen. Darian schlug den Umhang zur Seite, brach einen handtellergroßen Diamantbrocken aus der Ader und begann zu laufen. Er nahm den Weg, den er eben gekommen war. Nur dass sein Ziel nicht

Darsheim war. Er wollte nicht zu Gwindra, er musste hinauf in den Drachenhorst. Wenn ihn jemand noch rechtzeitig nach Kathmarin bringen konnte, dann waren es die Drachen. Ganz egal wie sehr Lina ihn auch verletzt haben mochte, er würde ganz bestimmt nicht zulassen, dass Lugathus sie in seine dreckigen Finger bekam. Er hatte sich in den letzten Tagen redlich bemüht, seine Wut auf sie aufrechtzuerhalten. Doch jetzt, im Angesicht der Gefahr, ging das einfach nicht mehr. Mit jedem Schritt, den er tat, stieg die Sorge, Lugathus könnte Erfolg haben. Wut tobte trotzdem noch in ihm. Wut auf sich selbst. So stümperhaft, wie er sich in dem Gefecht mit den beiden Vampiren geschlagen hatte, grenzte es an ein Wunder, dass er überhaupt noch lebte. Er war ein verflucht guter Schwertkämpfer, nein, er war der beste seines Volkes. Aber die Vorstellung, die er eben gegeben hatte, war mehr als erbärmlich gewesen. Konnte es sein, dass er die fast eintausend Blutmondjahre, die seit seiner Schöpfung bereits vergangen waren, doch in den Knochen spürte? Wurde er trotz seiner Unsterblichkeit alt? Nein, Darian wusste, dass es nicht so war. Er kannte den Grund für seine Unachtsamkeit und der gefiel ihm überhaupt nicht: Lina war es. Was zur Hölle hatte diese Frau an sich, dass er sich ihr so vollkommen ausgeliefert fühlte? Sie würde ihn noch Kopf und Kragen kosten. Er war einst Xedocs bester Jäger gewesen, Clanführer der gefürchteten Dunkelelfen. Sein Name war von der Calahadin bis tief hinein in die Noriatwüste mit Respekt ausgesprochen worden. In der Eldorin war ein Kopfgeld auf ihn ausgesetzt gewesen, dessen Höhe nichts zu wünschen übrig gelassen hatte. Sein Ruf war legendär gewesen. Und was war dann geschehen? Lina war aufgetaucht und hatte sein Leben auf den Kopf gestellt. Sie hatte einen liebeskranken Volltrottel aus ihm gemacht, und das wollte er nicht mehr sein. Das musste aufhören. Sie selbst würde ihm dabei helfen. Er würde sich ihre Erklärung anhören, so sie überhaupt eine hatte, und danach würde er seiner Wege ziehen und aufhören, an sie zu denken. Einfach so.

»Ja, als ob das so einfach wäre«, höhnte seine innere Stimme. Darian schnaubte ärgerlich. Gar nichts war mehr einfach. Sein Leben war niemals einfach gewesen, aber seit sie aufgetaucht war, war es wirklich kompliziert geworden. Geliebte kleine Schöpferhexe. Und trotzdem … Er musste seine Gedanken in eine andere Richtung lenken. Und er musste eine kurze Pause einlegen. Die Treppen, die aus den Tiefen des Berges hinauf zum Drachenhorst führten, hatten es wirklich in sich. Er hatte erst gut ein Drittel geschafft. Zumindest waren hier die lichtspendenden Diamantadern so zahlreich, dass er sich um die Beleuchtung keine Sorgen zu machen brauchte. So intensiv, wie sie zurzeit leuchteten, mussten sie von direkter Sonneneinstrahlung gespeist werden. Der Kampf gegen den Vampir fiel ihm wieder ein und der überraschende Ausgang. Darian hatte lediglich gehofft, Zeit herausschinden zu können, indem er den Diamantensplitter als Waffe eingesetzt hatte. Dass ein Treffer den Vampir töten wurde, damit hatte er nicht gerechnet. Die Diamantadern waren mit Tageslicht angereichert, das sie während der Nachtstunden an die Umgebung abgaben, so wie es auch die Bernsteineinschlüsse taten, die die Höhlen der Dunkelwälder durchzogen. Der einzige Unterschied war, dass das Licht der Diamantadern um ein Vielfaches heller leuchtete, und das Licht auch länger gespeichert wurde. Einzig Tageslicht konnte die Vampire töten, abgesehen von einer Enthauptung. Heiliger Schöpferfluch, konnte es tatsächlich so einfach sein? Konnte es sein, dass er durch Zufall auf eine Waffe gestoßen war, die gegen Vampire Wirkung zeigte?

Darian begann wieder mit Stufensteigen, immer zwei auf einmal. Er würde diese Theorie bei nächster Gelegenheit überprüfen. Jetzt aber musste er zusehen, dass er den Drachenhorst erreichte.

Die Nacht der Schreie

Lina konnte Endorven irgendwie verstehen. Wer wollte schon gerne mit einer Hochschwangeren einen Ausflug machen und sie quer durch die Eldorinebene begleiten, nur weil sie das dringende Bedürfnis verspürte, Jandamer zu besuchen? Lina hätte tausend Gründe dafür anführen können, weshalb sie dringend dorthin musste. Doch es war schlicht und ergreifend Heimweh, das sie nach Jandamer zog. Die Gedankenströme waren ein Stück ihrer eigenen Welt und somit eine Verbindung zu ihr. Lina wusste, dass sie nicht mehr zurückkonnte. Das hatte sie bereits gewusst, ehe sie an Lupinias Seite nach Menduria gekommen war. Sie musste zugeben, dass sie sich ihre Rückkehr anders vorgestellt hatte, einfacher. In blindem Vertrauen, dass an Darians Seite alles gut werden würde, dass sie dort alles ertragen könnte, hatte sie diesen Schritt getan, ohne auf die Warnung ihrer Mutter zu hören. Ob sie auch gegangen wäre, wenn sie gewusst hätte, was sie zu erwarten hatte? Es lohnte nicht, darüber nachzudenken. Sie hatte ihre Entscheidung getroffen, und dazu stand sie. Und trotzdem fühlte sie sich so unglaublich einsam. Es hätte so gut getan, jetzt mit Benjamin zu sprechen, oder mit ihrer Mutter bei einer Tasse Kaffee in der Bibliothek zu sitzen. Bestimmt hätte sich auch ihr Vater die Zeit genommen und sich zu ihnen gesetzt, wenn er nicht auf einer Fotoreise unterwegs gewesen wäre. Lina vermisste ihre Familie schrecklich.

Ein kalter Wind blies ihr ins Gesicht und ließ sie frieren. Die Sonne versank am Horizont und würde eine sternenklare, bitterkalte Nacht zurücklassen. Lina trat vom Balkon zurück ins Zimmer und zog die Tür hinter sich ins Schloss. Automatisch aktivierte sich die magische Schutzbarriere, die Lupinia über Türen und Fenster ihrer Räume gelegt hatte. Lina konnte das magnetische Feld pulsieren sehen, das ihr noch mehr das Gefühl gab, eingesperrt zu sein. »Sei nicht ungerecht«, schalt sie sich selbst. Lupinia tat das zu ihrem Schutz, nicht um sie einzusperren. Lina musste zugeben, dass sie in den letzten Tagen oft ungerecht gewesen war. Sie hatte schlimme Stimmungsschwankungen. Es war das Warten, das sie zermürbte. Warten auf Darian, denn auch wenn er sich bis jetzt nicht hatte blicken lassen, hoffte Lina immer noch, dass er es bald tun würde. Warten auf Endorven, der bis jetzt täglich neue Ausreden ins Feld geführt hatte, warum er sie nicht nach Jandamer hatte bringen können. Warten auf einen Vampirangriff, der, so hoffte sie, niemals stattfinden würde. Und schließlich: Warten auf Aljana, deren Geburt Lina mittlerweile mit einer Mischung aus Vorfreude und einer gehörigen Portion Nervosität entgegensah.

Seit Tagen schon begleitete sie ein unangenehmes Ziehen im Kreuz. Allzu lange würde ihr Kind nun wohl nicht mehr auf sich warten lassen. Auch wenn niemand genau sagen konnte, ob eine Halbelfe nicht vielleicht doch länger als neun Monate brauchte, um ausgetragen zu werden. Dieser Gedanke kostete Lina ein gequältes Lächeln.

»Lass dir bloß nicht länger Zeit als nötig, hörst du?« Sie strich zärtlich über ihren Bauch. »Ich hab jetzt schon das Gefühl zu explodieren.«

Keine Reaktion. Das Baby schien zu schlafen.

»Recht hast du«, murmelte Lina. Sie würde es ihrer Tochter gleichtun. Ein bisschen Schlaf konnte auch ihr nicht schaden. Mit einem dankbaren Lächeln schob sie sich die Kissen ins Kreuz, die ihr die Koboldfrauen massenhaft ins Bett gelegt hatten.

»Brauchst du Hilfe?« Erya hatte sich von ihrer Schlafstatt erhoben und war zu Lina getreten.

»Danke, es geht schon. Ich versuche, ein wenig zu schlafen. Du kannst dir ruhig die Beine vertreten. Wenn ich Hilfe brauche, habe ich ja hier die Koboldglocke.« Lina wusste, dass Erya lieber an der frischen Luft war, anstatt ihre Zeit in geschlossenen Räumen zu verbringen. Aber Endorvens Befehl an die Elfenkriegerin war eindeutig gewesen: Sie sollte nicht von Linas Seite weichen. Was aber nicht hieß, dass sie ihr beim Schlafen zusehen musste.

»Und du bist sicher, dass du zurechtkommst?«

»Ja. Wenn es dich beruhigt, erzähl Endorven einfach, ich hätte dich aus dem Zimmer geworfen.«

Ein schelmisches Lächeln erschien auf dem spitzen Gesicht der Elfe. »Das glaubt er mir nie.«

»Doch, wird er. Endorven kennt meine sture Seite.«

»Wenn du das sagst. Schlaf gut, Lina. Du siehst tatsächlich furchtbar müde aus.«

»Werde ich.«

Lina hatte sich bereits in den Kissen zusammengerollt, als sie leise die Tür ins Schloss fallen hörte.

Mit ein paar kräftigen Axtschlägen hatte Hardfar ihm den Weg freigemacht. Nur ein paar verkohlte Holzbalken waren zu entfernen gewesen, nachdem der Zwerg den verborgenen Tunnelausgang geöffnet hatte. Es wäre ein Kinderspiel für Lugathus gewesen, das selbst aus dem Weg zu räumen. Doch mit derartigen Kleinigkeiten gab er sich nicht ab. Schließlich hatte er es sich aber doch nicht nehmen lassen, als Erster den Fuß in die Stadt zu setzen, die es so eigentlich nicht mehr geben dürfte. Was er sah, gefiel Lugathus. Verkohlte Ruinen, die im nächtlichen Reif wie satanische Finger in die Höhe ragten, gestreichelt vom roten Mondlicht. Wenn es nach ihm ginge, sollte die ganze Stadt so aussehen. Tat sie aber leider nicht. Mit ein paar Sprüngen hatte er einen Vorsprung im Fels erreicht, von wo aus er sich einen guten Überblick verschaffen konnte. Im Licht des Blutmondes offenbarte sich ihm ein beinahe wiederhergestelltes Kathmarin. Weit drüben auf der anderen Seite konnte er die Hohe Festung aufragen sehen. Dort lag sein Ziel.

»Dort drüben werden wir sie finden, nicht wahr?« Talessa stand plötzlich neben ihm. Das Jagdfieber und der Blutdurst ließen sie nervös von einem Fuß auf den anderen treten.

Lugathus hielt witternd die Nase in den Wind. »Jahh.« Ihr Schöpferduft war unverkennbar, auch wenn er nur ganz schwach auf diese Entfernung zu wittern war.

Das ganze Vampirrudel war bereits wie Talessa vom Blutdurst angesteckt. Alle Augen waren auf ihn gerichtet, als er sich ihnen wieder anschloss.

»Wie lauten deine Befehle?«

Lugathus nickte Vittron, seinen Stellvertreter, an seine Seite. »Wir machen es, so wie wir es besprochen haben. Verteilt euch! Macht Beute, wo immer ihr die Gelegenheit dazu bekommt. Aber tötet nicht, verwandelt! Ich möchte, dass diese Stadt im Chaos versinkt. Und du, Hardfar«, Lugathus' Aufmerksamkeit galt nun ganz dem Clanführer der Zwerge. »Du und deine Leute, ihr legt Feuer, wo immer ihr könnt. Das wird die schlafenden Ratten auf die Straßen treiben und das Chaos noch vergrößern. Tut, was immer euch beliebt, aber seht zu, dass ihr rechtzeitig wieder hier seid. Wer nach Sonnenaufgang noch in der Stadt ist, bleibt zurück.«

Lugathus machte sich keine Sorgen, dass die Mitglieder seines Rudels ihn nicht verstanden hätten. Jeder Einzelne würde, wenn er dazu noch in der Lage war, wieder hier sein. Ob Hardfar seine Zwerge, die in der ganzen Calahadin für ihre Disziplinlosigkeit bekannt waren, unter Kontrolle halten konnte, stand auf einem anderen Blatt. Im Grunde war es Lugathus auch egal, solange sich nur genügend von ihnen wieder einfanden, um ihm den Weg durch die Tunnel zu weisen. Denn das musste man den Zwergen schon lassen, ihr Orientierungssinn unter dem Berg war phänomenal.

Mit einem Wink entließ Lugathus seine Vampire, die augenblicklich davonstoben. Nur Talessa hielt er zurück. »Du bleibst bei mir, Herzchen. Oder willst du dir diesen Leckerbissen entgehen lassen?«

»Ganz bestimmt nicht.«

Auch Vittron hielt sich an seiner Seite. Sie hatten den Weg zur Hohen Festung noch nicht einmal zur Hälfte zurückgelegt, als bereits die ersten Häuser in Flammen aufgingen. Die Blutnacht hatte begonnen.

Darian konnte das Signalfeuer schon von Weitem erkennen, das am höchsten Turm der Hohen Festung entzündet worden war. Eigentlich sollte ihn die Tatsache beruhigen, dass der Angriff der Vampire Kathmarin nicht so unvorbereitet traf, wie er befürchtet hatte. Tek-Dragon hatte ihm berichtet, dass die Drachenmagierin einen solchen Angriff vorausgesehen hatte. Zwei Drachen hielten sich seit Wochen in den Bergen über Kathmarin bereit. Sie hatten Befehl, die kleine Magierin, wie Tek-Dragon Lina aus irgendeinem Grund immer wieder genannt hatte, in einem solchen Fall in den Drachenhorst zu bringen. Sie war also nicht tatsächlich in Gefahr. Und trotzdem war Darian nicht beruhigt. Wieso war sie nicht gleich im Drachenhorst geblieben? Der Drachenfürst hatte ihm erzählt, dass sie sich geweigert hatte, dort zu bleiben. Nicht einmal die weiße Magierin hatte sie zum Bleiben überreden können. Darian hatte ganz vergessen, wie stur Lina sein konnte, wenn sie sich etwas in den Kopf gesetzt hatte. Es hatte ihm ein unfreiwilliges Lächeln ins Gesicht gezaubert, als er sich vorgestellt hatte, wie sich selbst Lupinia an Lina die Zähne ausgebissen hatte. Aber sie hatte eingewilligt, bei Gefahr mit den Drachen zu kommen.

Nun brannten die Warnfeuer der Stadt, der Alarmruf der Signalhörner hallte von den Felswänden wider, Häuser brannten. Die beiden Drachen zogen Kreise über der Stadt, aber von Lina war weit und breit nichts zu sehen. Darians Bauchgefühl sagte ihm, dass hier etwas ganz und gar nicht in Ordnung war. Und dann entdeckte er die ersten Vampire.

Als sie kamen, gefror Lina das Blut in den Adern. Schon einmal hatte sie sie gesehen. Schon einmal hatte sie das Gefühl erlebt, innerlich zu erfrieren. Lina wusste, wo sie war. Sie sprang von den Klippen am Rande Mendurias einem Meer von Haegoth entgegen. Eine Vision, die sie schon einmal gehabt hatte. Eine, die es nicht mehr geben dürfte, denn sie sollte der Vergangenheit angehören. Lina war bei klarem Verstand. Sie wusste, wieso sie gesprungen war. Weil Darian dort unten war. Weil sie zu ihm musste. Sie hatte das Gefühl, innerlich zerrissen zu werden. Kälte und Angst griffen nach ihr. Und dann griff noch jemand nach ihr. Hände, die warm waren und vertraut. Eine Stimme, die sie zurückholte.

»Lina, komm zu dir.«

Schluchzend holte Lina Luft. Immer noch vor Kälte zitternd.

»Es ist ja gut, ich bin da.« Die weiße Magierin saß neben ihrem Bett und hielt ihre Hände.

Langsam wich die Kälte, wich der Schmerz. Mit vor

Schreck geweiteten Augen blickte Lina Lupinia an. »Ich hatte eine Vision.«

»Ich weiß, ich hab sie in deinen Gedanken gesehen.«

Gut, so musste Lina nicht erklären, was sie gesehen hatte. »Ich hatte diese Vision schon einmal. Damals, als ich in der Vergangenheit war. Sie war der Grund, weshalb die Drachenmagierin mich zurückgeschickt hat in meine Zeit.« Nur langsam begriff Lina die Zusammenhänge. Anta-Dragona hatte ihr damals gesagt, dass Lina nicht verhindern könne, dass diese Vision sich erfüllen würde. Sie hatte ihr prophezeit, dass sowohl sie als auch Darian sterben würden, wenn sie bliebe. Das war Linas einziger Trost gewesen. Sie hatte Anta-Dragona geglaubt. Nun aber spürte sie so deutlich wie nie zuvor, dass es Bilder aus einer Zeit waren, die noch vor ihr lag. Es wäre die Vergangenheit gewesen, in der sie sicher gewesen wären, in der sie glücklich geworden wären. Anta-Dragona musste das gewusst haben. Die Erkenntnis traf sie wie ein Fausthieb. »Sie hat uns betrogen.« Linas Stimme war nur noch ein mattes Flüstern.

»Das muss es nicht unbedingt bedeuten. Die Drachenmagier sehen die Zusammenhänge der Gezeitenströme viel deutlicher. Vielleicht steckt noch mehr dahinter«, versuchte Lupinia sie zu beruhigen.

»Das werde ich nicht …« Lina holte japsend Luft, als ihr ein bohrender Schmerz ins Kreuz fuhr und sie wie in einem Schraubstock umklammert hielt. »Aau, das tat weh.« Für einen Augenblick war die Vision vergessen. Sie brauchte Lupinia nichts weiter zu erklären. Die beiden verständigten sich wortlos. Die Wehen hatten begonnen.

»Es hat bereits vor einiger Zeit begonnen, als du noch geschlafen hast. Ich fürchte, die Vision hat es ausgelöst.«

»Hättest du mich nicht erst aus der Vision holen können, wenn das hier vorbei ist?« Lina deutete in einer hilflosen Geste auf ihren Bauch. »Andererseits, schlimmer als diese furchtbaren Visionen kann so eine Geburt doch auch nicht sein.«

Aber bereits die nächste Wehe strafte ihre Behauptung Lügen. Lina versuchte tief und ruhig zu atmen, so wie sie es in den schlauen Büchern ihrer Welt gelesen hatte.

Sie wusste nicht, wie oft sie nun schon versucht hatte, Schmerzen wegzuatmen, die sich einfach nicht wegatmen ließen, als Endorven plötzlich in der Tür erschien.

Seine Miene war besorgt, als er sich an die weiße Magierin wandte. »Du wolltest informiert werden. Es ist so weit. Der Angriff hat begonnen.«

»Ich danke dir.« Lupinia wandte sich wieder Lina zu, die krampfhaft versuchte, Haltung zu bewahren.

Erst jetzt schien Endorven zu begreifen, was Linas flaches Atmen zu bedeuten hatte. Mit einem Mal wurde er kreidebleich. »Oh, verzeiht, ich wusste nicht … soll ich irgendjemanden zu Hilfe holen?«

Lina konnte ein mädchenhaftes Kichern in ihren Gedanken hören, während die weiße Magierin nach außen hin ganz ruhig sagte: »Nein danke. Wir schaffen das schon.«

»Na dann, viel Glück.« Mit schnellen Schritten entfernte sich Endorven.

Kaum hatte er den Raum verlassen, konnte Lupinia sich einfach nicht mehr beherrschen. Sie warf den Kopf in den Nacken und begann schallend zu lachen. »Ich hab noch nie einen Lichtelfen so fluchtartig verschwinden sehen. Ich fürchte, du hast ihm richtig Angst eingejagt.«

Auch Lina ließ sich für einen Moment von Lupinias Heiterkeit anstecken. Sie lachte, bis die nächste Wehe kam. Und dann wurde es richtig schlimm.

Lugathus hatte gewusst, dass er mit Verlusten rechnen musste. Sei es drum. Es war ein erhebendes Gefühl, die Panik zu spüren, die von der Stadt Besitz ergriffen hatte, als den Bewohnern klar geworden war, dass sich die Angreifer bereits innerhalb der Stadtmauern befanden. Wer auch immer die Hohe Festung verteidigte, hatte sich anscheinend nicht alleine auf die Verteidigung der Stadtmauer verlassen. Kathmarins Hohe Festung war ein Bollwerk für sich. Und trotzdem war es für Lugathus und sein Gefolge nicht schwer gewesen, sie zu überwinden. Wer Mauern beinahe senkrecht hinauflaufen konnte, den hielt so schnell nichts auf. Seine Nase führte ihn dort hinauf, in die Hohe Festung, wo er Lina schon einmal gestellt hatte. Damals hatte Darian ihn um seinen Triumpf gebracht. Ob er bereits wusste, dass sie wieder hier war? Vermutlich. Gut informiert war er immer gewesen, dieser Elfenbastard.

Mit einem kraftvollen Sprung überwand er die Wehrmauer, wobei er den Kobold im Vorbeigehen niederstreckte, der sich ihm in den Weg stellte. Obwohl er seinen Vampiren den Befehl zum Verwandeln gegeben hatte, rührte er selbst keine einzige Kehle an. Er wollte sich nicht den Appetit mit minderwertigem Koboldblut verderben. Lugathus überließ es Talessa und Vittron, für die nötige Ablenkung zu sorgen, sodass er die fensterlose Wand an der Nordseite erklimmen konnte. Von dort aus lief er über das Dach, sprang auf den um ein Stockwerk niedrigeren Trakt und balancierte dann über den schmalen Steinsims bis zum Balkon, ihrem Balkon.

»Eine magische Barriere, wie nett.« Lugathus konnte sich ein hämisches Grinsen nicht verkneifen. Die Seherin hatte mit einer derartigen Schutzmaßnahme gerechnet. Er zog sich die Lederhandschuhe über, griff in die Tasche, um den mit Haegothenergie geladenen Kristall hervorzuholen, den ihm Galan anvertraut hatte. »Berühr ihn auf keinen Fall mit bloßen Händen. Das würde sogar dich töten.« Die alte Vettel hatte das mit so zweideutiger Stimme gesagt, dass Lugathus sich nicht sicher war, ob es eine wohlgemeinte Warnung, oder ein Hinweis darauf war, dass Galan ein Mittel kannte, mit dem man Vampire auch ohne Tageslicht unschädlich machen konnte. Er zweifelte jedenfalls nicht an der Wirksamkeit des Kristalls. So achtete er sorgsam darauf, genügend Abstand zwischen sich und die magische Barriere zu bringen, ehe er in die Hocke ging und den Kristall gegen die Barriere rollen ließ. Es zischte, Funken sprühten und dann brach die Barriere in sich zusammen. Lugathus nickte zufrieden. Er erhob sich wieder, und trat auf die Tür zu. Keinen Moment zu früh, denn am roten Nachthimmel tauchte gerade ein Drachengeschwader auf, das auf die Hohe Festung zusteuerte. Mit dem Feuer dieser Bestien wollte er lieber nicht in Berührung kommen. Die Brandwunden dieser Kreaturen ausheilen zu müssen, war eine Tortur und machte ihn so richtig wütend.

Das Zimmer war in völlige Dunkelheit gehüllt. Sie hatte sich in die Tiefen ihrer Lagerstatt verkrochen und zusammengekauert wie ein ängstliches Küken. Ja, genau so wollte er sie haben. Lugathus machte ein paar Schritte auf sie zu, ehe seine Euphorie vorsichtiger Wachsamkeit wich. Es war ihr Duft, der ihn immer noch anzog wie ein Magnet, aber er war nicht rein, wurde nicht stärker, je näher er kam. Ein anderer Geruch hatte sich dazugemischt und begann, den ihren zu überlagern. Das zitternde Küken warf den grauen Umhang ab. Blondes kurzgeschorenes Haar kam zum Vorschein, ein schmales Gesicht und spitze Ohren. Es war eine Elfe, die sich in das Gewand und den Duft der Schöpferin eingehüllt hatte. Ein Elfenschwert ziehend stand sie auf und blickte ihm entgegen, angriffslustig, und ganz und gar nicht mehr zitternd.

»Enttäuscht, Blutsauger?« Hohn und Spott troffen aus ihrer Stimme. Keine Angst, kein Respekt.

Dafür würde sie bezahlen. Lugathus setzte zum Sprung an, und während seine Fangzähne aus den Kieferhöhlen fuhren, stürzte er sich auf die Elfenkriegerin.

Beißender Rauch stieg Darian in die Augen und machte ihm das Atmen schwer. An mehreren Stellen der Stadt war Feuer ausgebrochen. Er konnte die Panik förmlich riechen, die ebenso rasch um sich griff wie die Flammen. Nichts war geblieben von der nächtlichen Stille. Darian fluchte. Er hatte ein Déjà-vu-Erlebnis der schlimmsten Art. Wieder stand Kathmarin in Flammen. Wieder war ihm Lugathus zuvorgekommen. Die alte Panik, Lina nun endgültig an den Vampir verloren zu haben, machte sich wieder breit. Lugathus würde diesmal kein Risiko eingehen, keine Spielchen spielen. Er würde sie auf der Stelle töten, wenn er sie zu fassen bekam.

»Wo verflucht noch mal sind die beiden Drachen, die zu ihrem Schutz hier sein sollten?« Darian konnte seine Empörung nicht verbergen.

»Ich habe keine Ahnung.« Tek-Dragon schien ebenso irritiert wie er selbst.

Über dem Trolltor flog der Drachenfürst so tief, wie es ihm die dahinter stehenden Häuser erlaubten. Hinter ihm schwärmten die Drachen aus, die sie begleiteten. Es war nicht mehr als eine bedrohliche Geste, das wusste Darian. Sicher würde es ihnen gelingen, den einen oder anderen Vampir zu fassen, wenn dieser unvorsichtig genug war, sich aus der Deckung der Häuserreihen zu wagen. Aber die Drachen konnten ihr Feuer nicht einsetzen. Zwischen den dicht aneinandergebauten Häusern würden sie zu viel Schaden anrichten.

»Zur hohen Festung!«, rief Darian, während er die beiden Schwerter zog.

»Ich weiß, mein Freund, deine Gedanken sind offensichtlich.«

Mit dieser Bemerkung wusste Darian nichts anzufangen und es kümmerte ihn im Moment auch nicht. Er versuchte, seine Sinne zusammenzuhalten, um sich auf das vorzubereiten, was ihn erwartete. Tek-Dragon kannte die Hohe Festung gut und landete genau auf dem Balkon, der zu Linas Quartier gehörte. Kaum hatte der Drachenfürst seine Krallen auf der Steinbrüstung aufgesetzt, sprang Darian von seinem Rücken und rannte los. Im Halbdunkel des Raumes konnte er im ersten Augenblick nicht viel erkennen. Darian kannte den Raum, in dem er damals die letzte Nacht vor der großen Schlacht mit Lina verbracht hatte. Er erlaubte seinen Gedanken nicht, in diese Erinnerung einzutauchen, nicht jetzt. Mit zusammengekniffenen Augen begann er, den Raum abzusuchen. Seine Instinkte sagten ihm, dass hier Schlimmes geschehen war. Er roch Blut. Zuerst dachte er, alleine im Raum zu sein, bis er aus dem Augenwinkel eine Bewegung wahrnahm. Die Umrisse eines Frauenkörpers, der zusammengekrümmt auf dem Bett lag, wurden deutlicher, je mehr er sich an das spärliche Licht gewöhnte.

»Lina?« Darian konnte seine eigene Stimme nur dumpf und wie aus weiter Ferne hören. Er gab sich einen Ruck und trat ans Bett. Es war ihr Umhang, aber die Augen, die ihn anblickten, glasig und vom Wahnsinn erfüllt, waren nicht die ihren. Kurz geschorenes blondes Haar, spitze Ohren. Es war eine Lichtelfenkriegerin. Die Bisswunden, die sie an ihrer Kehle davongetragen hatte, begannen sich bereits wieder zu schließen.

»Wo ist Lina?« Er versuchte die Frage sachlich zu stellen, was ihm aber nicht gelang.

»Du bist Darian?«

Er nickte.

»Sie hat so gehofft, dass du kommst.«

Darian schluckte schwer. »Sag mir bitte, wo sie ist?«

»Im Wächterturm.« Nur mit Mühe brachte die Elfe die Worte hervor. »Die weiße Magierin hat sie nach Jandamer gebracht.«

Darian war bereits im Begriff, sich zu erheben, als er Widerstand spürte. Die Lichtelfe hielt ihn am Arm zurück, ihre Finger krampften, so wie ihr ganzer Körper. Der Ausdruck ihrer Augen war flehend, so wie auch ihre Stimme, während sie die Worte stoßweise hervorpresste: »Bitte, lass mich nicht so zurück. Lass mich nicht zu einem von ihnen werden.«

Darian wusste, was sie von ihm erwartete. Auch Drogonn hatte diese Bitte an ihn gerichtet. Der stolze Kriegsherr der Andavyan war der Erste gewesen, aber nicht der Einzige, seit der großen Schlacht, dem Darian diesen Dienst erwiesen hatte. Nun wollte die Elfenkriegerin, dass er sie vor dem Schicksal der Verwandlung bewahrte. Darian seufzte. Wie oft würde er das wohl noch tun müssen?

An den Wunden der Kriegerin konnte er sehen, dass sie nicht mehr viel Zeit hatte, ehe der Verwandlungsprozess abgeschlossen war. Darian setzte das schwarze Schwert genau unter dem Rippenbogen der Elfe in einem Winkel an, der ihr Herz treffen musste. Ihre blauen Augen begannen sich bereits schwarz zu färben, trotzdem hielt sie seinen Blick gefangen. Ihr Kopfnicken war klar und deutlich. »Tu es, jetzt.«

Darian stieß zu.

Er blieb bei ihr, bis es zu Ende war. »Möge Danaàn dich zu den Altvorderen begleiten.«

Darian hob das Elfenschwert, das sie geführt haben musste, vom Boden und legte es ihr in die Hand, danach winkelte er ihr den Arm vor der Brust, so wie es für eine gefallene Kriegerin der Lichtelfen üblich war. Es war der mindeste Respekt, den er ihr erweisen konnte. Sie war der Lockvogel für Lugathus gewesen. Linas Umhang, und der Ort, an dem sie gestorben war, sagten ihm das.

Ohne sich noch einmal umzusehen, verließ er den Raum. Noch während er Tek-Dragons ausgestreckten Flügel hinauflief, verstaute er die beiden Elfenschwerter wieder in den Rückengurten. »Bring mich bitte in den Wächterturm.«

Ohne weitere Fragen zu stellen, löste der Drachenfürst die

mächtigen Pranken und ließ sich rückwärts in den Abgrund fallen. Normalerweise liebte Darian dieses Manöver. Heute drehte es ihm dabei den Magen um.

Der Drachenfürst schwieg, bis sie die Stadtmauer hinter sich hatten. Nun stellte er die Frage, die Darian schon die ganze Zeit über beschäftigte: »Denkst du, Lugathus weiß, dass sie dort ist?«

Er glaubte zwar nicht, dass Lugathus sie in Jandamer aufspüren würde, aber er wollte dieses Mal kein Risiko eingehen. Das war es auch, was er Tek-Dragon erklärte. Worüber er nicht sprach, war das Gefühl, sie unbedingt sehen zu müssen. Jetzt sofort. Er spürte plötzlich so deutlich wie nie zuvor, dass sie ihn brauchte. Er hätte sich diesem Ruf nicht einmal entziehen können, wenn er gewollt hätte.

Lina hatte sich vorgenommen, stark zu sein, und den Schmerz zu ertragen. Auf keinen Fall wollte sie ein Bild des Jammers abgeben. Ein Kind zu bekommen war die natürlichste Sache der Welt, zumindest dort, wo sie herkam. Eine Zeit lang hatte sie sich auch wirklich gut gehalten. Aber je heftiger die Wehen wurden, umso größer wurde auch ihre Verzweiflung. Hilflos und alleingelassen fühlte sie sich dem Toben ihres Körpers ausgeliefert. Sie sollte sich aufs Atmen konzentrieren. Aber das ging nicht, weil ihre Gedanken vollkommen verrücktspielten und sich die Angst zu einer alles verschlingenden Bestie auftürmte. Sie würde das hier nicht durchstehen, ganz bestimmt nicht. Bis zuletzt hatte sie gehofft, dass Darian doch noch kommen würde. Alleine seine Anwesenheit hätte ihr geholfen, Haltung zu bewahren. Aber er hatte sie im Stich gelassen, dieser Mistkerl! Und dabei war es seine Schuld, dass sie jetzt in dieser Situation steckte. Er hatte sich doch ein Kind gewünscht. Völlig gleichgültig, was die Drachenmagierin mit seinem Gedächtnis angestellt hatte, das hätte er nicht vergessen dürfen!

»Ich hasse ihn!« Lina brüllte ihre Verzweiflung nun offen heraus.

»Nein, tust du nicht.« Lupinias Stimme klang wie aus weiter Ferne, dabei saß sie neben ihr und strich ihr das schweißnasse Haar aus dem Gesicht.

»Tu ich doch.« Irgendwo in ihrem Hinterkopf sagte ihr eine Stimme, dass sie kindisch reagierte und vollkommen überdreht. Gedankenfetzen trieben vorbei »... schaffe ich nicht – zu viel Verantwortung – alleine ...« Wieder eine Wehe, und gleich noch eine. Da war kein Anfang mehr und kein Ende, nur noch Schmerz, der sie zu zerreißen drohte. Lina vergrub ihren Kopf in den Kissen und schrie, schrie bis sie keine Luft mehr hatte.

»Hör auf, Lina, das geht so nicht!« Die Stimme der weißen Magierin klang streng. Und doch prallte sie ungehört an der Mauer aus Chaos ab, die Lina in ihrem Kopf errichtet hatte. Lina hörte nicht auf zu brüllen, so als ob alleine ihre Stimme dem Ganzen hier ein Ende setzen könnte.

Und da spürte sie, wie sich Lupinia gewaltsam Zutritt zu ihren Gedanken verschaffte und sie in Ordnung brachte. Wie ein weißer Schleier legte sich die Ruhe über ihren aufgewühlten Geist und glättete die Wogen.

»So und jetzt sieh mich an.«

Sie hob den Kopf und blickte in die grünen Augen der Magierin. Und plötzlich verschwamm die Welt vor ihren Augen. Lina konnte die tastenden Finger der Magierin in ihrem Kreuz spüren. Und dann, genau in dem Moment, als eine erneute Welle des Schmerzes sie erfasste, drückte die Andavyanmagierin zu.

Diesen Griff hatte sie schon so lange nicht mehr angewandt, dass sie gar nicht mehr genau wusste, ob sie ihn noch beherrschte. Wäre Lina eine Elfe gewesen, so hätte sie sich den Versuch gleich sparen können. Deren Körperbau war anders.

Elfenkinder wurden aber auch viel schmerzloser geboren. In dieser Hinsicht hatten die Schöpfer wohl sehr viel gemein mit den Andavyan. In ihrer Heimatwelt hatte es zur Ausbildung eines jeden Magiers gehört, auch bei Geburten zu helfen. Viele der minderbegabten Heiler hatten sich so ihren Lebensunterhalt verdient. Nur ganz kurz flackerte in Lupinia die Erinnerung an die Geburt ihres eigenen Kindes auf. Ariana hatte ihr damals zur Seite gestanden. Die enormen Heilkräfte ihrer Freundin hatten es ihr sehr leicht gemacht, ihren Sohn zu bekommen. Aber daran wollte sie jetzt nicht denken.

Leider war sie keine Heilerin und so konnte sie Arianas Tochter nur mit begrenzten Mitteln helfen. Die Entscheidung, Linas geistige Barriere gewaltsam zu durchbrechen, war ihr nicht leichtgefallen. Aber ein klarer Geist war die Voraussetzung für die Teilhypnose, in die sie Lina versetzt hatte. Auch der Kreuzgriff schien zu funktionieren. Lina atmete wieder ruhiger und folgte Lupinias Anweisungen, ohne Widerstand zu leisten. »Gut so, du hast es gleich geschafft.«

Noch einmal holte Lina tief Luft und presste. In die Stille hinein erklang ein erneuter Schrei, kräftig und voll wütender Empörung, Aljanas erster Schrei. Lupinia konnte spüren, wie die Zeit für einen Herzschlag lang stillstand, und Jandamer den Schrei des Neugeborenen in sich aufsog. Die weiße Magierin wusste, wie es sich anfühlte, wenn ein Fluch gebrochen wurde. Aber nie zuvor hatte sie es so intensiv erlebt. Wie die Wurzeln eines Baumes schlug sie ihren Geist in die tiefen Regionen Mendurias, um die Veränderung fühlen zu können. Es war ein tiefes Seufzen, das wie ein Windhauch über diese Welt hinwegfegte, reinigend und erlösend. Es war der Augenblick, in dem das dritte Zeitalter begann.

Lupinia war sich der Tragweite dieses Ereignisses vollkommen bewusst, und doch hatte sie nur Augen für das kleine Mädchen, das sie in weiche Tücher gehüllt, an ihre Mutter übergab. Sie wäre noch länger geblieben, wenn sie nicht die aufgewühlten Gedanken des Dunkelelfen empfangen hätte, der sich ganz in der Nähe befinden musste. Und obwohl sie versprochen hatte, sich nicht einzumischen, ließ sie die Tür geöffnet, als sie den Raum verließ.

Sie würde nicht erfreut sein, ihn zu sehen. Es wunderte Darian nicht. Serendra hatte bestimmt nicht vergessen, was er Jandamer angetan hatte. Auch er selbst hatte es nicht vergessen. Das letzte Mal, als er den Wächterturm betreten hatte, hatte er noch auf Xedocs Seite gestanden und hatte Absorbis und seinen träumeraubenden Kreaturen Zutritt verschafft. Ihm wurde bewusst, dass es genau dort gewesen war, als er Lina zum ersten Mal gesehen hatte. Nun näherte er sich auf Tek-Dragons Rücken im Sturzflug dem Kuppelsaal. Die Energiekuppel wurde für den Drachenfürsten geöffnet, sodass sie ohne Schwierigkeiten landen konnten.

»Du bist ein wahrer Akrobat der Lüfte, Fürst.« Darians anerkennendes Lob war ehrlich gemeint. Es war ihm rätselhaft, wie der Drachenfürst es schaffte, die Tunnelwände nicht zu berühren.

Tek-Dragon nickte sichtlich geschmeichelt. »Ich kehre nach Kathmarin zurück, wenn du mich brauchst, musst du nur rufen.«

»Rufen?« Darian verstand nicht.

Der Drachenfürst bedachte Darian mit ernstem Blick. »Ja, ruf mich in deinen Gedanken, und ich werde dich hören.« Und nach einer kurzen Pause fügte er hinzu: »Du solltest dich endlich mit dem auseinandersetzen, was Drogonn dir vererbt hat, mein Freund.«

Das Andavyanerbe. Darian ließ ein unwirsches Brummen vernehmen. Davon wollte er jetzt nichts wissen. Er musste an Serendra vorbei, wenn er Lina finden wollte. Allerdings sah es nicht so aus, als ob die oberste Hüterin Jandamers vorhatte, ihn vorbeizulassen. Ihre Worte bestätigten seinen Verdacht.

»Du bist hier nicht willkommen.«

Darian straffte die Schultern. »Ich will keinen Ärger, aber ich muss mit Lina sprechen.«

»Das ist kein günstiger Zeitpunkt.« Serendra machte sich nicht die Mühe, ihren Abscheu ihm gegenüber zu verbergen. Das blonde Haar flog in weitem Bogen über ihre Schultern, als sie sich dem Drachenfürst zuwandte. »Sei so nett und nimm ihn gleich wieder mit.«

»Tut mir leid, Serendra. Aber mit einem Reiter auf dem Rücken kann ich hier nicht abheben. Dazu ist der Winkel über dem Tunnel zu eng.«

Darian wusste, dass dies nicht der Wahrheit entsprach. Außerdem hätte der Drachenfürst niemals zugegeben, dass etwas für ihn unmöglich war.

›Ich schulde dir etwas‹, dachte Darian und war sehr überrascht, als er Tek-Dragons Antwort in seinem Kopf hörte: »Ich werd's nicht vergessen.« Darian hatte nicht gewusst, dass Drogonn sich auch mental mit den Drachen unterhalten konnte. Vielleicht sollte er doch einmal mit Lupinia darüber sprechen. Jetzt aber hatte er andere Sorgen und er hatte genug davon, hier als Bittsteller auftreten zu müssen. Seine Geduld war am Ende. Schlimmstenfalls musste er sich eben mit Gewalt Zutritt verschaffen, auch wenn er keine Ahnung hatte, wo er Lina finden konnte. Während er sprach, hob er seine linke Hand demonstrativ langsam über die Schulter und umfasste den Schwertgriff. »Noch einmal, Serendra, sag mir, wo Lina ist.«

Keine gute Idee. Serendra selbst blieb ungerührt in der Mitte des Kuppelsaals stehen, aber sämtliche anwesenden Hüter hatten ihre Bogen gespannt. Gut ein Dutzend Lichtelfenpfeile waren auf ihn gerichtet. Serendra wollte gerade etwas erwidern, als hinter ihr ein weiterer Lichtelf aus einem der Gänge trat.

»Lass gut sein, Serendra. Wenn du erlaubst, bringe ich ihn zu ihr.«

Darian konnte sich an den Elfen erinnern. Er hatte ihn bei der Versammlung vor der großen Schlacht an Fürst Laudrins Seite gesehen.

Die Miene der obersten Hüterin blieb versteinert. »Wie du meinst, Endorven. Aber sorg mir dafür, dass er keine Dummheiten macht.«

Endorven nickte der obersten Hüterin zu, wobei ein flüchtiges Lächeln über sein Gesicht huschte. Dann wandte er sich an Darian. »Folge mir.«

Darian ließ den Griff seines Schwertes los und folgte Endorven in einen der Gänge. Schon bald wurde ihm klar, dass er Lina niemals ohne fremde Hilfe gefunden hätte. Die Gänge des Wächterturms waren ein wahres Labyrinth. Das beruhigte ihn. Denn wenn er es nicht geschafft hätte, sie zu finden, würde es auch Lugathus nicht gelingen. Ihr Weg führte an unzähligen Portalen vorbei. Nicht alle waren aktiv. Hinter vielen von ihnen waberte immer noch der tödliche Nebel, der Jandamer beinahe zerstört hatte.

Endorven schien seinem Blick gefolgt zu sein. »Wir haben den Nebel mittlerweile eingedämmt, aber ganz besiegt haben wir ihn noch nicht.« Es klang sachlich und trotzdem verstand Darian den Vorwurf. Mittlerweile erinnerte er sich wieder daran, was Drogonn damals über Endorven gesagt hatte. Er war einer von Arianas Hütern gewesen, ehe er auf ihr Geheiß in den Gedankenströmen untergetaucht war, um dort auf Lina zu warten. Er musste das langsame Sterben der Gedankenströme also hautnah miterlebt haben. Es wunderte Darian, dass ihm der Lichtelf nicht mit offenem Hass entgegentrat, so wie Serendra das getan hatte.

»Wieso bringst du mich zu ihr?« Darian konnte sich die Frage einfach nicht verkneifen.

»Ich tu das nicht für dich, ich mache es für sie.«

Darian nickte knapp. Gut, dass sie das geklärt hatten.

»Wo habt ihr sie versteckt?«

»In den Andavyanquartieren hier im Wächterturm.«

»Aha.« Darian wusste so gut wie nichts über diesen Turm, außer, dass er die Verbindung zu den jeweiligen Gedankenströmen war, die in einem komplizierten Netzgefüge mit ihm verbunden und von hier aus überwacht wurden. Für ihn war das immer Andavyan-Hokuspokus gewesen, der weit über sein Verständnis hinausgegangen war. Es ging abwärts, soviel sagte ihm sein Instinkt. Und dann betraten sie einen Teil, in dem es keine Portale mehr gab. Hohe Holztüren, die ebenso spitz zusammenliefen wie die Portale, ersetzten diese. Darian vermutete, dass dies auch die Quartiere der Wächter waren. Schließlich blieb Endorven vor einer der geschlossenen Tore stehen. Mit einer kurzen Kopfbewegung deutet er auf die Tür.

»Von hier aus gehst du alleine weiter. Ich warte hier.«

Er kannte den Lichtelfen zu wenig, um sich sicher zu sein, aber er hätte schwören können, dass er so etwas wie Erleichterung über die Tatsache, hier draußen bleiben zu können, in Endorvens Augen hatte aufblitzen sehen. Ihm konnte es nur recht sein. Er wollte sowieso keine Zeugen, wenn er mit Lina sprach. Entschlossen trat er durch die Tür. Der Raum überraschte ihn. Er war ziemlich hoch und hatte eine abgerundete Decke. Die Luft war warm und feucht. Eine kühle Brise ließ die Vorhänge der glaslosen Fenster im Wind flattern. Ein Blick nach draußen ließ ihn vermuten, in einem der Gedankenströme gelandet zu sein. Es war eine fremde Welt, die ihn irgendwie zu locken schien. Azurblaues Meer, dessen Strand die Farbe von Elfenbein hatte und von seltsam anmutenden Bäumen gesäumt wurde. Ein Himmel, der beinahe violett war und von einer Zwillingssonne erhellt wurde. Eine Stimme in ihm, die nicht die seine war, seufzte. Andavyan. Erst da wurde ihm bewusst, dass er einen flüchtigen Blick auf die Welt warf, die einst die Heimat der Andavyan gewesen war. Diesem Anblick, so wunderschön in seiner Fremdartigkeit, konnte er sich nicht entziehen. Doch dann ließ ihn ein Schrei erstarren. Ganz automatisch zog er die Schwerter, um sich auf einen Angriff vorzubereiten. Aber er war immer noch alleine. Darian schüttelte über sich selbst den Kopf. Wieso war er bloß so nervös? Ärgerlich steckte er die beiden Schwerter wieder zurück.

Und dann hörte er ihre Stimme, laut, sich überschlagend und schmerzverzerrt. »Ich hasse ihn.«

Das war Lina. Ihrer Stimme nach zu urteilen, litt sie Höllenqualen. Darian begann zu laufen, als ihn ein erneuter erstickter Schrei knapp vor der Tür plötzlich innehalten ließ. Wie Schuppen fiel es ihm von den Augen. Bei Danaàn, sie bekommt das Kind! Nein, da konnte er jetzt auf keinen Fall hineinplatzen. Darian hatte noch niemals Feigheit vor dem Feind gezeigt, hatte sich immer durch Mut und manchmal sogar durch Leichtsinn ausgezeichnet. Aber davor, diesen Raum jetzt zu betreten, fürchtete er sich. Es war nicht sein Kind, konnte nicht seines sein. Aber er würde es trotzdem lieben, weil es ihr Kind war und weil er sie liebte. Dessen war er sich sicher. Wenn sie das wollte, würde er sie beide mit in die Dunkelwälder nehmen. Erneut setzte er an, die Tür zu öffnen, erneut zögerte er. Kinder zu bekommen und dabei zu helfen war Frauensache, zumindest nahm er das an. Unruhig begann er auf und ab zu gehen. Je länger es dauerte, umso nervöser wurde er. Verflucht noch mal, da war es ja weniger nervenaufreibend, in eine Schlacht zu ziehen! Und dann herrschte plötzlich Stille, absolute Stille. Der nächste Schrei war zitternd und schien wütend eine kalte fremde Welt anzuklagen. Es war ein Schrei, der ihm direkt in die Seele fuhr und dort auf ganz eigene Art und Weise widerhallte. Darian stockte der Atem. Er konnte die Magie spüren, die diesem Ereignis innewohnte, konnte sie aber nicht beschreiben.

Lange Augenblicke vergingen, bis sich Schritte der Tür näherten. An der Stimme erkannte er die weiße Magierin. Sie wollte er jetzt auf keinen Fall sprechen. Mit zwei schnellen Handgriffen löste er den Umhang, und wendete ihn, ehe er sich darin einhüllte und mit der Umgebung verschmolz. Lupinia bemerkte ihn nicht, als sie das Zimmer verließ. Sie hatte die Tür offen gelassen. »Ziemlich unachtsam«, dachte Darian. Aber es konnte ihm nur recht sein. Leise trat er ins Zimmer. Er wusste selbst nicht so genau, warum er den Umhang nicht abnahm, als er sich langsam näherte. Lina saß aufrecht in einem Bett, das in der Nähe des Fensters stand. Der Wind spielte mit ihrem schweißnassen Haar. Sie hatte den Kopf gesenkt und den Blick auf das Bündel in ihrem Arm gerichtet. Darian konnte nur einen dunklen Haarschopf aus den Tüchern ragen sehen. Ihre Stimme klang tränenerstickt, als sie zu sprechen begann. Zuerst dachte er, sie würde mit ihm sprechen, aber das tat sie nicht. »Weißt du, kleiner Schatz, wenn er uns nicht haben will, dann soll er sich doch zum Teufel scheren. Wir schaffen es auch ohne ihn.«

Sie hob den Kopf, und nun hatte Darian tatsächlich das Gefühl, sie würde ihn ansehen. Ihre Worte trafen ihn wie ein Faustschlag. So kraftvoll, wie sie damals ihrem Zorn auf der Dämonenklippe Luft gemacht hatte, brüllte sie ihm nun die Worte entgegen: »Hörst du mich, Darian? Wir brauchen dich nicht!«

Darian konnte sie hören, jedes Wort. Für einen Moment schloss er die Augen, unfähig, sich zu rühren, dann wandte er sich ab und verließ das Zimmer. Im Hinausgehen riss er sich den Umhang von den Schultern und schüttelte sich wie ein Hund, den man mit kaltem Wasser übergossen hatte. Er musste hier raus und zwar schnell. Endorven stand immer noch vor der Tür und wartete auf ihn. Sein Blick war fragend, als er Darian die Tür hinter sich zuschlagen sah.

»Was ist passiert?«

»Nichts.«

»Konntest du mit ihr sprechen?«

»Es war nicht der passende Zeitpunkt.«

»Nicht der passende Zeitpunkt?« Der Lichtelf blickte ihn verständnislos an.

Darian hielt dem Blick stand. Seine dunklen Augen schienen Funken zu sprühen. »Sei einfach so freundlich und bring mich zum Ausgang. Und wenn du ihr einen Gefallen tun willst, dann vergiss, dass ich hier gewesen bin. Das muss sie gar nicht wissen.«

»Und da bist du dir sicher?«

»Ja.« Darian hatte nicht vor, noch weitere Erklärungen abzugeben. Er wollte jetzt nur noch alleine sein. Er schaffte es, Haltung zu bewahren, bis Endorven ihn zum Tunnel gebracht hatte und die Barriere hinter ihm schloss. Dort begann er zu laufen. Er wollte dem Schmerz und der Enttäuschung entkommen, die ihre Worte ausgelöst hatten. Nun hatte sie ihm das zweite Mal einen K.-o.-Schlag versetzt. Ein drittes Mal würde es nicht geben. Er lief, bis er die Eldorinwälder erreichte, die Jandamer schützten. Erst dort blieb er stehen und blickte hinauf zum roten Blutmond, der voll am Himmel stand. Wie alle Dunkelelfen liebte er den Blutmond, aber heute war es ihm, als würde die alte Blutmondgöttin Danaàn ihn verspotten. Am liebsten hätte er sich in einem dunklen Loch verkrochen, aber stattdessen straffte er die Schultern und marschierte los. Er hatte einen Auftrag zu erfüllen. Er musste in die Calahadin, um einen Zwerg zu treffen.

Ihr erstes Gefühl war Erleichterung gewesen. Dann hatte Lupinia ihr ihre Tochter in den Arm gelegt und Lina hatte einen Moment des absoluten Glücks erlebt. Aljana war wunderschön, obwohl sie noch etwas zerknittert aussah. Ihre Ohren waren nicht spitz. Was Benjamin dazu wohl gesagt hätte? Lina konnte mit der Tatsache leben, dass er seine kleine Nichte wohl niemals sehen würde. Auch, dass ihre Mutter und ihr Vater eben Großeltern geworden waren, und es nicht wussten, hätte sie verkraften können. Aber dass Darian nicht gekommen war, brach ihr das Herz. Und da begannen sich die Tränen wieder selbstständig zu machen. Sie hatte immer geglaubt, dass am Ende doch alles gut werden würde. Aber dem war nicht so. Und dabei hatte sie das Gefühl, er wäre so nahe, dass sie einfach nur die Hand nach ihm ausstrecken musste, um ihn zu erreichen. Ihre Gefühle spielten ihr einen wirklich üblen Streich. Irgendwie musste sie ihrer Frustration Luft machen. Also brüllte sie eine Wand an, wieder einmal. Aber kaum waren die Worte ausgesprochen, taten sie ihr auch schon leid. Was sollte ihre Tochter denn von ihr halten? Zärtlich strich sie ihr übers Köpfchen. Ihre Finger ertasteten unendlich viele Wirbel auf Aljanas Kopf, die den dunklen Babyflaum in alle Richtungen stehen ließen. Wirbel, die sie von ihrem Vater hatte. Überhaupt sah sie ihm viel ähnlicher als ihr. Lina zog ihre Tochter an sich und drückte ihr einen Kuss auf die Stirn. »Vergiss den haarsträubenden Unsinn, den ich eben gesagt habe, kleiner Schatz. Weißt du, ich liebe deinen Vater über alles. Und ich brauche ihn, wir brauchen ihn.«

Worte, aus tiefster Überzeugung und aus dem Herzen gesprochen. Worte, die im Raum verklangen, ungehört, während irgendwo draußen eine Tür zugeschlagen wurde.

Ein Blutmondjahr

Je mehr Zeit verging, umso sicherer wusste Lina, dass Darian nicht mehr kommen würde. Sie hatte ihn verloren. So war Aljana ihr einziger Halt und ihr ganzer Stolz. Lina hatte sich auf ihre Tochter gefreut, doch sie hätte sich nicht träumen lassen, dass sie dieses kleine Mädchen so sehr lieben würde. Im Großen und Ganzen war Aljana ein wirklich braves Baby. Sie schlief viel, war nicht quengelig und wenn sie wach war, beobachtete sie die Welt mit ihren großen Babyaugen, die sich bereits nach ein paar Wochen von Tiefblau in die Farbe dunklen Bernsteins verwandelten. Egal wo Lina hinging, Aljana nahm sie immer in einem Wickeltuch mit, das sie quer vor der Brust gespannt hatte. So vertiefte sich die Verbindung zu ihrer Tochter von Tag zu Tag. Lina wusste, wann Aljana hungrig war, noch lange bevor sie dies lautstark brüllend verkünden musste. Sie wusste, wann es Zeit war, sie schlafen zu legen und sie wusste, wann Aljana Schmerzen litt. Lina konnte es fühlen. Und so, als ob Aljana es umgekehrt genauso spüren konnte, forderte sie Linas Aufmerksamkeit immer genau in den Momenten, in denen sie an ihrem Liebeskummer zu ersticken drohte. Es war oft nur ein zahnloses Lächeln, das sie aus ihren trübsinnigen Gedanken riss und die Sonne in ihrem Herzen wieder aufgehen ließ. Lina nahm sich vor, stark zu sein für ihre kleine Tochter.

So vergingen die ersten Wochen im Wächterturm, in denen die beiden abgeschieden vom Rest Mendurias lebten. Lupinia hatte Lina darum gebeten, hier zu bleiben, wo sie in Sicherheit war, und Lina hatte bereitwillig zugestimmt. Schweren Herzens hatte die weiße Magierin sich bereits zwei Tage nach Aljanas Geburt wieder auf den Weg nach Kathmarin gemacht. Sie wurde dort gebraucht. Der Angriff der Vampire hatte verheerende Verwüstungen angerichtet. Ein ganzes Viertel, in dem die dort ansässigen Zwerge gerade ihre Handwerksbetriebe wiedererrichtet hatten, war den Flammen zum Opfer gefallen. Auf Lupinias Ansuchen hin hatte Killron eine Herde Zentauren nach Kathmarin geschickt, um in der Stadt und den Wäldern der Eldorin nach umherstreifenden Vampiren zu jagen.

Die weiße Magierin hatte den Rat der freien Völker einberufen, um zu beraten, wie ein solcher Angriff in Zukunft verhindert werden könnte.

»Ich wünschte, Drogonn wäre hier«, sagte sie zu Lina, als sie zwei Tage später einen ihrer häufigen Besuche im Wächterturm machte. »Ich hab kein Talent darin, mich mit diesem Haufen aufgeblasener Gockel zu streiten.«

Lina musste grinsen. »Wieder einmal Laudrin?« Sie hatte von Lupinia schon so manchen Bericht über den Lichtelfenfürsten und sein blasiertes Benehmen gehört.

Im Hintergrund hüstelte Endorven gekünstelt, was Lina und Lupinia dazu veranlasste, einen mitleidigen Blick zu wechseln.

»Ich weiß, dass du es nicht gerne hörst, wenn wir über deinen Fürsten herziehen, aber er ist und bleibt ein Gockel.« Lupinia ließ ihr mädchenhaftes Kichern in Linas Gedanken erklingen und fügte nur für sie hörbar hinzu: »Und er denkt, er sei unwiderstehlich.«

Lina konnte sich ein Prusten nicht verkneifen. Sie hatte Fürst Laudrin noch nie zuvor gesehen, malte ihn sich aber in den farbenfrohsten Bildern aus.

»Eigentlich hätte ich erwartet, dass Darian diese Aufgabe übernehmen würde, aber er weigert sich.«

Alleine die Erwähnung seines Namens erschütterte Lina bis in die Grundfesten ihrer Seele. So beiläufig, wie es nur ging, erkundigte sie sich: »Hast du etwas von ihm gehört?«

Lupinia bedachte Lina mit einem nachdenklichen Blick. Es sah aus, als würde sie Lina etwas sagen wollen, überlegte es sich dann aber anders. »Nein, niemand weiß, wo er steckt. Selbst Gwindra nicht, oder sollte sie es doch wissen, so verrät sie es nicht.«

Seufzend erhob sich Lina und blickte liebevoll auf das Baby, das in ihren Armen herzhaft gähnte. »Es wird Zeit, Aljana schlafen zu legen.«

»Das könnte doch Endorven für dich tun. Ich möchte dir etwas zeigen.« Mit einem wissenden Lächeln wandte sich die weiße Magierin an den Lichtelfen. »Du hast doch nichts dagegen, ein wenig auf Aljana aufzupassen?«

»Nein, natürlich nicht.«

So nahm Lupinia Lina das Baby aus der Hand und legte es in Endorvens Arme. Ganz leise, sodass nur er es hören konnte, flüsterte sie: »Mach dir nichts draus. Du bist nicht der Einzige, der ihr verfallen ist.«

Endorven fühlte sich ertappt. Verlegen senkte er den Blick.

Ohne auf ihren protestierenden Blick zu achten, hakte die weiße Magierin sich bei Lina unter und zog sie mit sich. Auf dem Gang angekommen, hielt Lupinia kurz inne. Ihr Gesichtsausdruck sagte Lina, dass es keiner ihrer üblichen Spaziergänge in einen der Gedankenströme werden würde, bei denen es um

Ablenkung und Entspannung ging. Die weiße Magierin hatte etwas überaus Wichtiges auf dem Herzen.

»Ich finde, es wird Zeit, dass du dein Andavyanerbe antrittst, Lina. Es stehen uns schwere Zeiten bevor, und du wirst im Vollbesitz deiner Kräfte sein müssen, wenn es zum nächsten großen Zusammenstoß mit Xedoc und den Haegoth kommt.«

Lina wollte etwas erwidern, wollte ihrer Hoffnung Ausdruck verleihen, dass es bei diesem Patt-Zustand blieb, den die große Barriere geschaffen hatte. Sie wollte nicht an neue Schlachten denken. Aber die weiße Magierin ließ sie nicht zu Wort kommen.

»Glaub mir, nichts wäre mir lieber als dauerhafter Friede. Aber das ist eine Illusion. Haegoth-Kollektive geben sich nicht mit halben Welten zufrieden, selbst wenn wir Xedoc mit der Hälfte Mendurias zufriedenstellen könnten.« Lupinia seufzte tief. »Lina, du hast in deiner Vision gesehen, dass uns eine weitere Schlacht bevorsteht. Es wäre töricht, die Augen davor zu verschließen.«

»Und wenn sie falsch war, diese Vision? Ich habe schon einmal etwas gesehen, das sich so nicht erfüllt hat.«

Lupinias Zögern ließ Lina vermuten, dass die Magierin ihre Worte genau abwog. Schließlich sagte sie: »Anta-Dragona muss es für eine sich erfüllende Zukunftsvision gehalten haben, sonst hätte sie dich nicht wieder in diese Zeit zurückgeschickt.«

»Was willst du damit sagen?« Irgendetwas hielt Lupinia zurück.

Lupinia lächelte anerkennend. »Ich sehe, deine Intuition wird besser. Weißt du, die Drachenmagier sehen die Zeitstränge noch klarer, als das die Andavyanseher können, selbst Galan mit ihrem Gezeitenbrunnen hat nicht diesen Einblick. Anta-Dragona hat über den Schöpferfluch Bescheid gewusst. Aljanas Geburt hätte ihn auf jeden Fall gebrochen, auch damals schon. Es hätte Menduria viele weitere Kinder beschert in den letzten Jahrhunderten. Und trotzdem hat sie dich in deine Zeit zurückgeschickt. Es muss einen triftigen Grund dafür gegeben haben.«

Lina nickte nachdenklich. So oft in den letzten Monaten hatte sie sich gefragt, wie ihr Leben wohl verlaufen wäre, wenn sie in der Vergangenheit geblieben wäre. So vieles wäre anders gekommen. Darian hätte den Schwur im Drachenfeuer nicht geleistet. Ihrer aller Leben wäre anders verlaufen. Aber eines wäre sicher gewesen: Heute, hier und jetzt, wäre keiner von ihnen, weder Darian, noch Aljana noch sie selbst mehr am Leben. Dazu wäre einfach zu viel Zeit vergangen. Lina musste wieder an die Vision denken, an den Abgrund, in den sie springen würde. Schließlich sagte sie: »Weißt du, es hat auch etwas Gutes, diese Vision zu kennen.«

»So?« Lupinia blickte sie überrascht an.

»Ja.« Lina hob die Hände zu einer schicksalsergebenen Geste. »Wenn ich schon nicht an seiner Seite leben kann, so weiß ich doch wenigstens, dass ich an seiner Seite sterben werde. Denn das werden wir. Wir beide werden dort den Tod finden.«

»Das muss aber nicht zwangsläufig so sein.« Lupinia hatte ihre Hände auf Linas Schultern gelegt und blickte sie eindringlich an. »Du weißt, dass man das Schicksal verändern kann. Das Gezeitenbuch hat es dir bewiesen. Trainiere deine Kräfte, lerne sie zu kontrollieren und hab Vertrauen. So hat Ariana das immer gehandhabt. Du stehst ihr in nichts nach. Ganz im Gegenteil. Selbst das Gezeitenbuch hat dir sein Vertrauen ausgesprochen, indem es dich in ihm lesen ließ. So, und jetzt komm mit, ich möchte dir etwas zeigen, das dir dabei helfen wird, zu lernen.«

Sie legten den Weg schweigend zurück, während Lina über Lupinias Worte nachdachte. Die weiße Magierin hatte recht. Es war möglich, das Schicksal zu ändern. Und Lina würde es versuchen. Sie würde es für sich tun, und für Darian. Vor allem aber würde sie es für Aljana tun. Sie wollte nicht, dass ihre Tochter in einer Welt aufwuchs, die dem Untergang geweiht war. Sie würde tun, was in ihrer Macht stand, um dies zu verhindern.

Mittlerweile fand sich Lina ganz gut im Wächterturm zurecht und wusste, dass sie sich auf einer Ebene befanden, die bereits unter der Erde lag. Hier war sie erst einmal gewesen und das auch nur, weil sie sich verlaufen hatte. Portale zu den Gedankenströmen befanden sich hier keine mehr.

Lupinia steuerte auf eine Tür zu, die sich auf der Innenseite des Turmes befand, die einzige weit und breit. Sie war aus dunklem verwittertem Holz und wirkte eher klein und unscheinbar. Erst als sie näher kamen, bemerkte Lina, dass sie über und über mit mystischen Symbolen bedeckt war. Lupinia legte die linke Hand mit ausgestreckten Fingern in die Mitte der Tür, die weder Schloss noch Riegel besaß, während die Finger ihrer Rechten in einer scheinbar gezielten Reihenfolge zwischen den Symbolen wechselten. Ein leises Klicken war zu hören, und das Tor gab den Weg frei.

Lina hatte die Schwelle noch nicht überschritten, als ihr bereits der typische Geruch von Staub und altem Leder in die Nase stieg. Eine unwiderstehliche Duftmischung, die sie willkommen hieß wie eine alte Freundin. Und Lina wusste, dass in diesem Augenblick etwas begann, das ihr Leben verändern würde. Sie betrat die Bibliothek der Andavyan.

Nichts hätte sie auf diesen Augenblick vorbereiten können. Altes Wissen schien ihr aus jedem der Bücher entgegenzuflüstern, schien nach ihr zu greifen und sie zu locken. In einer Spirale wand sich ein nicht enden wollendes Bücherregal in die Tiefe, immer an der runden Turmwand entlang. Die Freitreppe, die gleichlaufend mit dem Regal nach unten führte, hatte kein Geländer und war doch von einer Lichtsäule begrenzt, die den gesamten Mittelteil einnahm.

»Was ist das?« Lina war so fasziniert, dass sie den Blick nicht von der goldgelben Lichtsäule wenden konnte.

»Das ist der magische Strom, der aus den Gedankenströmen in die Tiefe fließt. Von hier aus breitet er sich in einem Netz aus und speist Menduria. Direkt über uns befindet sich der Kuppelsaal. Und am Ende dieser Treppe liegt der Teil, der Bibliothek, den Ariana am liebsten hatte. Dort hat sie das Gezeitenbuch gefunden.«

Wie eine Traumwandlerin begann Lina hinter Lupinia die Treppe hinunterzusteigen, nicht wissend, wo sie ihre Augen zuerst hinwenden sollte. Die alten Bücher an der Außenwand und der magische Strom im Zentrum zogen sie gleichermaßen an. Einem inneren Impuls folgend hob Lina die Hand und wollte die Lichtsäule berühren, doch die warnende Stimme der weißen Magierin ließ sie innehalten: »Nicht. Du bist noch nicht so weit.«

Sie musste all ihre Willenskraft aufwenden, um nicht doch in den Lichtstrahl zu greifen, der wie eine verheißungsvolle Verlockung in ihr Ohr zu flüstern schien. »Was würde geschehen, wenn ich es doch täte?«

Ein vielsagendes Lächeln breitete sich auf dem Gesicht der Magierin aus. »Stell dir vor, du würdest einen Blitz mit bloßen Händen fangen, so ungefähr fühlt sich das an.«

»Oh.«

Von da an konzentrierte sich Lina darauf, sich an der Außenseite der Freitreppe zu halten. Immer tiefer stiegen sie hinab, flankiert von einer Armee von Büchern. Lina war auch in ihrer Welt schon in großen Bibliotheken gewesen, aber keine von ihnen war mit dieser hier vergleichbar. Alle Bücher schienen alt zu sein, jedes eine wertvolle Kostbarkeit für sich. Und trotzdem verblasste jedes einzelne, als sie das Ende der Treppe erreichten und sich vor ihnen ein Gewölbe auftat, in dem die Bücher in Steinnischen gestapelt waren.

»Hier lagern die Bücher, die selbst für die Begriffe der Andavyan uralt sind«, erklärte die weiße Magierin, nachdem sie eine ganze Weile lang schweigend an den Steinnischen entlanggegangen waren. Die Augen der Magierin hatten einen eigenartigen Glanz angenommen. Ein Hauch von Melancholie lag in ihrer Stimme, als sie weitersprach, während ihre Finger liebevoll von einem Buchrücken zum nächsten strichen. »Diese Bücher stammen aus der Magiaschule im Aldriongebirge. Das war die größte Bibliothek auf Andavyan. Dort wurden Ariana und ich ausgebildet. Galan übrigens auch.« Die Erwähnung der Seherin ließ das Lächeln aus Lupinias Gesicht verschwinden. »Wie auch immer. Es gelang uns, diese Bücher zu retten, als unsere Welt von den Haegoth zerstört wurde. Die Bücher der Treppenbibliothek waren immer allen Bewohnern unserer alten Welt zugänglich. Selbst die Hüter des Wächterturmes dürfen darin lesen. Sie erzählen die Geschichte unserer Heimat. Die Bücher dieses Gewölbes allerdings waren nur den ausgebildeten Magiern der Andavyan zugänglich. Drogonn hat diesen Teil des Wächterturmes immer den ›Hexenkeller‹ genannt.« Nun grinste Lupinia unverhohlen. »Ich glaube, er war ein bisschen eifersüchtig, weil Ariana und ich hier unten so viel Zeit verbracht haben.«

Lina konnte nicht anders, als dieses Lächeln zu erwidern. Es musste eine ganz besondere Freundschaft gewesen sein, die die beiden Frauen verband. Sie nahm sich vor, bei Gelegenheit Genaueres darüber in Erfahrung zu bringen. Aber jetzt schien nicht der passende Zeitpunkt zu sein. Lupinia hatte sie aus einem ganz bestimmten Grund hierher gebracht, einem überaus wichtigen Grund.

»Heute findet man hier nur noch einen kleinen Teil der ursprünglichen Bibliothek«, erklärte Lupinia mit einer das Gewölbe umfassenden Geste. »Den größten Teil der Bücher hat mein Volk leider mitgenommen, als es diese Welt wieder verlassen hat. Aber die übrig gebliebenen werden genügen, um dir das Wissen zu vermitteln, das du brauchst. Sieh sie dir in Ruhe an, lies sie und lerne daraus. Sie werden dir helfen, zu verstehen, wer du bist.«

Im ersten Moment wollte Lina erwidern, dass sie doch genau wisse, wer sie sei. Doch dann hielt sie inne. Tat sie das wirklich? Vor drei Jahren hätte sie es noch sagen können. Zwar hatte sie damals schon gespürt, dass sie nicht war wie all die anderen Jugendlichen ihres Alters. Aber sie war sich ihrer Herkunft sicher gewesen. Lina Wittmar war sie gewesen, zwar Halbwaise, aber eingebettet in die Liebe ihrer Mutter und die ihres Zwillingsbruders. Ein Mädchen an der Schwelle zur Frau, das den Kopf in den Wolken gehabt und sich nur allzu gerne in romantischen Büchern verloren hatte. Aber dann hatten sich ihr die Tore Mendurias geöffnet und ihr Leben auf den Kopf gestellt. Nun stellte sie sich tatsächlich manchmal die Frage, wer sie wirklich war.

»Das nennt man Entwicklung. Jeder von uns hat das durchgemacht. Nur hatten wir Andavyan länger Zeit dafür«, sagte die weiße Magierin schmunzelnd. Wieder einmal hatte sie in Linas offenliegenden Gedanken gelesen.

Lina schenkte ihr ein verschmitztes Lächeln. »Kann ich das auch lernen?«

»Was meinst du?«

»Du weißt schon, was ich meine.« Lina zog die Augenbrauen in gespielter Empörung zusammen. »Du hast es doch in meinen Gedanken gelesen.«

»Oh das«, meinte Lupinia beiläufig, wurde dann aber schlagartig ernst. »Ja, auch das kannst du lernen. Vor allem das musst du lernen. Du musst deine Gedanken vollkommen verschließen können, nur so bist du unangreifbar.«

»Werde ich auch lernen, die Gedanken anderer zu lesen?«

»Vermutlich bis zu einem gewissen Grad. Ariana konnte

fremde Gedanken nur lesen, wenn sie denjenigen berührte. Ob es bei dir ebenso ist, wird sich weisen. Das lässt sich jetzt noch nicht sagen.«

»Schade.«

Plötzlich sah sich Lina einem sehr prüfenden Blick der Magierin ausgesetzt. »Du möchtest Darians Gedanken lesen, hab ich recht?«

Ein wenig verlegen nickte Lina. Ja, das war es, was sie wollte. Er hatte ihr einmal einen Blick in sein Innerstes erlaubt und sie war tief berührt gewesen von der Liebe, die sie dort gefunden hatte. Damals hatte sie ihn berührt. Ob er das jemals wieder zulassen würde, wusste sie nicht. Aber sie musste einfach wissen, was von den Gefühlen von damals noch übrig war.

»Er kann seine Gedanken sehr gut abschirmen, mir gegenüber zumindest. Du müsstest ihn schon auf dem vollkommen falschen Fuß erwischen, um Erfolg zu haben. Und du erinnerst dich doch bestimmt noch daran, was ich dir über die tiefer liegende Gedankenwelt gesagt habe?«

Lina erinnerte sich genau. Es war ethisch nicht vertretbar, in die tiefer liegenden Gedanken eines Individuums einzudringen, ohne dessen Einverständnis. Das würde Lina niemals tun, auch wenn sie die Antwort, die sie dort zu finden hoffte, noch so dringend brauchte. Sie wollte diese Technik erst gar nicht erlernen. Doch da machte ihr Lupinia einen Strich durch die Rechnung.

»Lernen wirst du auch das. Es ist eine der wichtigsten Selbstverteidigungsmaßnahmen, die ein Magier beherrschen muss, genauso, wie es die dunkle Seite deiner Heilkraft ist.«

Da war es, das Thema, dem Lina bis jetzt aus dem Weg gegangen war. So wie Lupinia davon sprach, wusste sie also, dass Lina bereits Bekanntschaft mit dieser Kraft gemacht hatte. Doch sie wollte diese Kraft nach wie vor nicht.

Lupinia kehrte ihr für einen Moment den Rücken und

zog ein Buch aus dem Regal hinter ihr. »Ich kann dich verstehen, Lina«, sagte sie schließlich und legte Lina das Buch in die Hand. »Aber diese Kräfte sind wie die beiden Seiten einer Münze. Du bekommst die eine nicht ohne die andere. Die gleiche Kraft heilt oder vernichtet. Es kommt nur auf dich an, wie du sie einsetzt. Du brauchst dich aber davor nicht zu fürchten. Hier drinnen findest du alles, was du über diese Kräfte wissen musst. Es ist zwar nicht das Buch, das ich für den Anfang gewählt hätte, aber es spricht auch nichts dagegen, damit zu beginnen.«

Der Foliant war schwer. So schwer, dass Lina sich auf den Rand einer Felsnische setzen und das Buch auf ihre Knie legen musste, um es aufschlagen zu können. Aber anstatt einer durchgehenden Schrift fand sie einzelne Symbole, handtellergroß und in verschiedenen Formationen zueinander angeordnet. Lina begann die Seiten durchzublättern. Manche Seiten enthielten bis zu fünf Symbole, während auf anderen nur ein einziges abgebildet war. Alleine die Betrachtung dieser in sich verschlungenen Zeichen brachte etwas in ihr zum Klingen, die Bedeutung wollte sich ihr aber nicht erschließen. Hilfe suchend wanderte ihr Blick zu Lupinia.

»Lies es.« Die Magierin strich sich eine weiße Haarsträhne aus dem Gesicht und nickte aufmunternd.

Lina senkte den Blick wieder auf die Symbole und versuchte es erneut. Auch die Zeichen des Gezeitenbuches hatte sie nicht gekannt, war aber trotzdem in der Lage gewesen, sie zu lesen. Aber mit diesem Buch funktionierte das nicht. Schließlich gab sie mit einem resignierten Seufzen auf. »Ich würde es ja gerne lesen, aber ich verstehe die Symbole nicht.«

Lupinias Lächeln wurde breiter. Ihre Stimme hatte einen schalkhaften Unterton, als sie sagte: »Nicht mit den Augen, Lina, du musst mit den Händen lesen.«

»Mit den Händen? Ist das so etwas wie Blindenschrift?«

Lina blickte überrascht hoch, nicht sicher, ob das ein Scherz gewesen war, den sich Lupinia mit ihr erlaubte.

Nun lachte Lupinia tatsächlich. »Nein, keine Blindenschrift. Weißt du, diese Bücher sind alt. Und wenn ich ›alt‹ sage, meine ich wirklich sehr alt. Sie stammen aus einer Zeit, in der es auf Andavyan noch unzählige verschiedene Sprachen gab. Aber die Sprache dieser Symbole ist universell. Leg deine Hand einfach mit der Handfläche nach unten auf das erste Symbol, schließ die Augen und öffne deinen Geist.«

Lina folgte Lupinias Anweisungen und schloss die Augen. Augenblicklich fühlte sie sich an einen weit entfernten Ort gezogen, während ihre mit dem Buch verbundene Handfläche zu kribbeln begann. Sie konnte Energie fließen spüren. Lina fand sich auf einer Wiese sitzend wieder, inmitten einer Zuhörerschaft, die alle den Ausführungen eines großgewachsenen Mannes mit langem weißem Haar folgten. Seine Stimme war klar und von einer Intensität, dass man sofort in seinen Bann geschlagen war. Er sprach vom Ursprung aller Magie und wie sie in die unterschiedlichsten Welten hinausgetragen wurde. Worte, die für Lina vollkommen neue Denkansätze bargen, Worte, die faszinierten und mitrissen. Ganz automatisch wechselte ihre Hand von einem Zeichen zum anderen, von einem Kapitel zum nächsten. Erst als ihre Handfläche sich vom letzten Symbol löste, war es ihr möglich, ins Hier und Jetzt zurückzukehren. Die Stimme des Lehrers verstummte, und sie fand sich im Gewölbe des Hexenkellers wieder. Sie hätte danach nicht sagen können, wie viel Zeit vergangen war. Lupinia musste sich irgendwann während dieser Zeit in die weiße Wölfin verwandelt haben, denn sie lag zu ihren Füßen und döste vor sich hin. In Linas Augen war ein Glanz, der dort schon lange nicht mehr gewesen war.

Die weiße Wölfin hob die Schnauze und gähnte. »So lernen wir Andavyan. Hat es dir gefallen?«

Lina nickte begeistert. »Das war faszinierend.«

»Das dachte ich mir.« Lupinia verwandelte sich zurück, nahm neben ihr Platz und legte ihr eine Hand auf die Schulter. »Lass dich einfach von deiner Intuition leiten und nimm dir die Bücher zur Hand, von denen du denkst, dass sie dir weiterhelfen. Ich bin schon gespannt, wie viele Fortschritte du gemacht hast, bis ich das nächste Mal nach Jandamer komme.«

Lina nahm sich vor, von nun an täglich einem Buch sein Wissen zu entlocken. Doch es wurden weit mehr. Sie wurde regelrecht süchtig nach dem Wissen, das sie im Hexenkeller aufsog wie ein Schwamm. Lina lernte die verschiedenen Arten der Andavyanmagie kennen und unterscheiden. Die meisten Magier beherrschten die Elemente, konnten Blitze umleiten oder Wasserfontänen erzeugen. Die wirklich begabten schafften es sogar, Wirbelstürme heraufzubeschwören. »Magie lässt sich bis zu einem gewissen Grad erlernen«, verriet einer der Lehrmeister, der aus dem Dritten Band der Grundlagen der Magie zu Lina sprach. Diese Fähigkeit schienen alle Andavyan zu haben. Aber nur wenige wurden mit der Gabe des Formwandelns geboren, so wie es bei Lupinia der Fall sein musste. Mit ganz besonderem Interesse verfolgte sie die Abhandlung einer uralten Lehrmeisterin über Heilmagier. Auch diese Form der Magie war in geringen Mengen in jedem Andavyan vorhanden. Heilkräfte, wie sie Ariana besessen hatte, und jetzt auch Lina, gingen über diese einfache Form allerdings weit hinaus. Und diese Kräfte ließen sich noch verstärken, wenn es der Heiler schaffte, die benötigte Energie aus den ihn umgebenden Elementen zu ziehen. Die Meisterin führte das auch vor. Dieses Buch war für Lina so faszinierend, dass sie darin mehr als einmal eintauchte. Die erklärten Übungen erforderten extreme Konzentration, am Anfang zumindest. Doch Lina schien ihre Sache gut zu machen. Lupinia war mit ihren Fortschritten sehr zufrieden. Und je öfter Lina die Heilkräfte aktivierte, umso selbstverständlicher gehorchten sie ihr. Mit der richtigen Technik gelang es ihr bald, die Erschöpfungszustände, die sie bis dahin bei jeder Heilung verspürt hatte, zu beseitigen und den Schmerz, den sie dabei immer mitgetragen hatte, weitestgehend abzuleiten. Lina ließ keine Gelegenheit aus, ihre Gabe zum Wohle anderer zu nutzen. Ob es nun die immer wiederkehrenden Kopfschmerzen Benfars, einer Hüterin der zweiten Ebene, waren, eine weitere üble Schnittwunde des Koboldgehilfen aus dem Küchentrakt oder einfach nur Aljanas Bauchschmerzen, unter denen ihre kleine Tochter furchtbar litt, Lina heilte und lernte dabei. Bis schließlich der Tag kam, an dem Serendra ihre Hilfe benötigte. Die Oberste Hüterin Jandamers bat Lina um Unterstützung, als es darum ging, eine Bruchstelle im Gefüge der Barrieren zu heilen.

»Das habe ich noch nie zuvor gemacht«, gestand Lina ein wenig nervös. Serendra bat um nichts weniger, als einen Gedankenstrom zu heilen. Das war Arianas Stärke gewesen. Lina fühlte sich dazu noch nicht in der Lage. Sie hatte nicht die geringste Ahnung, wie man so etwas anstellte.

»Ich werde dich anleiten. Leg einfach deine Handflächen auf meine und verbinde deinen Geist mit meinem. Ich werde dich zu der Stelle führen.«

Lina stand der Elfe im Kuppelsaal genau dort gegenüber, wo sie einst das Gezeitenbuch zum ersten Mal gesehen hatte. Ihre Handflächen lagen auf denen Serendras. Schon bei dieser Berührung konnte sie die Kraft spüren, die von Serendra ausging und ihrer eigenen sehr ähnlich war. »Sie ist keine gewöhnliche Elfe mehr. Sie besitzt einen Teil der Heilkraft der Andavyan.« Das waren Lupinias Worte gewesen, als sie einmal über Serendra gesprochen hatten. Nun konnte Lina spüren, dass es tatsächlich so war.

»Bist du bereit?«

Lina nickte und schloss die Augen.

Mit einem Mal erschien ein Gitternetz vor ihrem inneren Auge, in das sie hineingezogen wurde, die Barrieren, die die Gedankenströme Jandamers voneinander trennten. Lina hatte das Gefühl einer geistigen Achterbahnfahrt, bis Serendra das Tempo verlangsamte und schließlich anhielt.

»Siehst du, hier. Der Nebel, den wir in diesem Bereich bereits eingedämmt hatten, bricht wieder durch.«

Lina konnte es sehen. Nur war der Nebel vor ihrem inneren Auge nicht grau, sondern schwarz. Trotzdem ging von ihm die gleiche alles vernichtende Kälte aus, die Lina einst gespürt hatte, als sie ihm in einem Gedankenstrom gegenübergestanden hatte. Dort, wo er die Barriere überflutete, brach das gelblich leuchtende Energienetz der Barriere zusammen. Lina versuchte, sich zu konzentrieren. Mit ihren Sinnen tastete sie nach den sie umgebenden Elementen. Über ihr war der klare Himmel, nur getrennt durch die Kuppel. Sie erspürte den Wind, dessen Kraft sie sich zunutze machen konnte. Und tief unter ihr konnte sie die Wärme der Erde fühlen, auf der der Wächterturm erbaut worden war. Aber da war noch etwas, das so viel Kraft versprach, dass ihr dabei ganz schwindlig wurde. Direkt unter ihren Füßen stürzte der magische Strom in die Tiefe und sickerte ins Erdreich Mendurias. Von dort würde sie die Kraft beziehen, die sie benötigte. Zuerst nur zaghaft, doch dann immer kräftiger konzentrierte sie ihren Geist auf den Energiestrom. Sie musste an Lupinias Worte denken: »Es fühlt sich an, als würdest du einen Blitz mit bloßen Händen einfangen wollen.«

Ja, Lina hatte das Gefühl, ein lebendiger Blitzableiter zu sein. Sie konnte spüren, wie gewaltige Energie durch sie hindurchfloss. Ihr Herzschlag erhöhte sich, jagte ihr Blut in rasendem Tempo durch ihre Venen. Das Atmen fiel ihr schwer und sie konnte nicht mehr ruhig stehen, so sehr kribbelte ihr ganzer Körper, während er sich immer weiter mit Energie auflud.

Serendra schien es auch zu spüren. Wie aus weiter Ferne konnte sie die Stimme der Hüterin vernehmen. »Du musst es fließen lassen.«

Lina öffnete die Schleuse in ihr und ließ los. Es war ganz einfach. So wie sie bei jeder anderen Heilung dank ihrer Vorstellungskraft Wunden schließen konnte, schloss sie die verletzte Barriere wieder. Sie ließ den Energiestrom erst verebben, als die Barriere wieder vollkommen intakt war. Nur langsam fand sie danach wieder in die Realität des Wächterturmes zurück. Dort sah sie sich dem forschenden Blick Serendras ausgesetzt.

»Das ist sie also, die ganze Heilkraft Arianas.« Die Hüterin schüttelte langsam den Kopf, so als könne sie immer noch nicht glauben, was sie eben erlebt hatte. »Du hast in Stunden vollbracht, wofür ich alleine viele Tage benötigt hätte.«

Lina zuckte in einer Verlegenheitsgeste die Schultern. Die offensichtliche Anerkennung Serendras war ihr peinlich. »Es war auch für mich eine völlig neue Erfahrung.«

»Dann freut es mich doppelt, dass ich sie mit dir teilen durfte.« Schließlich war es Serendra, die ein wenig verlegen wirkte, als sie fragte: »Darf ich von nun an öfter auf deine Hilfe zählen? Dieser Nebel ist wie ein Krebsgeschwür. Immer wenn wir denken, wir hätten ihn besiegt, taucht er unverhofft an anderer Stelle wieder auf.«

»Ich werde mein Bestes tun«, versprach Lina, ehe sie den Kuppelsaal verließ. Immer noch tief in Gedanken versunken kam sie in ihren Räumen an. Schon von Weitem konnte sie das vergnügte Quietschen Aljanas hören. Sie öffnete die Tür und glaubte, ihren Augen nicht zu trauen. Endorven hielt Aljana in seinen über den Kopf gestreckten Armen in der Luft und drehte sich mit ihr im Kreis. Aljana schenkte ihm ihr fröhlichstes Lachen, bei dem die vier Zähne, die sie bereits hatte, zu sehen waren. Das Verblüffendste an dieser Szene war allerdings, dass der Lichtelf nicht weniger lächelte als ihre Tochter. Mit einem vorsichtigen Räuspern machte Lina sich bemerkbar.

Schlagartig hielt Endorven inne. »Ich … sie hat geweint, und der Kobold meinte, dass sie dieses Spiel beruhigen würde.«

Lina musste an sich halten, um nicht laut loszulachen. Sie hatte Endorven noch nie zuvor stottern gehört. Und wenn sie sich nicht ganz irrte, hatte sich sogar seine Gesichtsfarbe verdächtig gerötet. Um Endorven nicht noch mehr in Verlegenheit zu bringen, richtete sie ihre Aufmerksamkeit auf Aljana. »Hast du gewusst, dass sie bereits ein paar Schritte gehen kann?«

»Tatsächlich?« Endorven hatte wieder zu seiner unbewegten Miene zurückgefunden, die er üblicherweise zur Schau trug.

»Ja, stell sie doch einmal auf ihre Füße, dann wirst du es sehen.«

Vorsichtig stellte Endorven Aljana auf dem Boden ab.

Mit ausgestreckten Armen ging Lina in die Hocke. »Und jetzt komm zu mir, kleiner Schatz.«

In einem atemberaubenden Tempo begann Aljana zu laufen, wobei die letzten Tapser nur noch ein unkontrolliertes Gestolper waren. Mit einem Freudenschrei stürzte sie sich in Linas Arme.

»Gut gemacht«, lobte Endorven, während Lina Aljana hochhob, um sie auf ihre Hüfte zu setzen und ihr das kastanienbraune Haar zurückstrich, das ihr in wilden Fransen in die Stirn gefallen war. Mit einer einladenden Geste führte sie den Lichtelfen zu einer bequemen Bank. »Setzen wir uns.«

Lina hatte mit Lupinia gerechnet. Dass stattdessen Endorven gekommen war, sagte ihr, dass es in Kathmarin wieder Schwierigkeiten geben musste, die Lupinias Anwesenheit dort erforderten. Lina selbst war seit ihrer Flucht nicht mehr in Kathmarin gewesen. So wie die Hüter Jandamers war auch sie auf die Boten angewiesen, die von dort kamen, um Neuigkeiten aus der alten Hauptstadt zu bringen. Meist waren es keine guten Nachrichten, die von dort kamen. Es gab eine nächtliche Ausgangssperre, denn es war den Zentauren mehr als sieben Monate nach dem verheerenden Angriff noch immer nicht ganz gelungen, das Vampirproblem in den Griff zu bekommen. Immer wieder schafften es einige der Kreaturen, neue Opfer zu verwandeln. Was der Nebel für Jandamer war, waren die Blutsauger für Kathmarin. Auch an der magischen Barriere gab es immer wieder Übergriffe von Vampiren. Die dort stationierten Lichtelfentruppen hatten mittlerweile einen Ehrenkodex unterzeichnet, der von jedem Elfen verlangte, einen gebissenen und somit infizierten Kampfgefährten durch das Schwert zu erlösen, ehe dieser sich verwandeln konnte. Lina konnte diese Maßnahme verstehen, fragte sich aber, ob sie in der Lage wäre, einen solchen Gnadenakt durchzuführen, wenn sie je in eine solche Situation geraten sollte.

Und dann war ein Gerücht bis in den Wächterturm gedrungen, das so unglaublich war, dass es zu Beginn niemand so recht glauben wollte. Ein Zwergenkind war geboren worden. In den tiefsten Hallen Darsheims. Dies sei vollkommener Unsinn, hatte Fürst Laudrin bei einer der Ratsversammlungen gemeint. Er hatte Gwindra, die voll Stolz davon berichtet hatte, sogar bezichtigt, neuerdings zu viel Zwergenmet zu konsumieren. Interessanterweise war es Fürst Laudrin selbst, der nur Wochen später von der Schwangerschaft einer Lichtelfe an seinem Hof berichtete. Schließlich kamen auch bei den Kobolden erste Kinder zur Welt. Diese Nachrichten überwogen die schlechten bei Weitem. Es herrschte so etwas wie euphorische Aufbruchsstimmung. Die Kinder des neuen Zeitalters, wie die Neugeborenen genannt wurden, gaben den freien Völkern Mendurias wieder Hoffnung.

Lina hatte Endorven gegenüber Platz genommen und lauschte seinen Worten. Aljana hatte ihren Kopf an Linas Brust gelehnt und rieb sich die Augen, die ihr bestimmt bald zufallen würden. In einem gleichmäßigen Rhythmus strich Lina der Kleinen über den Kopf und sog dabei den unwiderstehlichen Babyduft ein, den Aljana verströmte. Als sie merkte, dass Aljana eingeschlafen war, hüllte sie sie in eine Decke und lehnte sich auf der Bank so zurück, dass es die Kleine bequem hatte. Schweigend beobachteten sie und Endorven die ruhigen Atemzüge des Babys.

»Sie sind das größte Wunder, das es gibt, diese Kinder des neuen Zeitalters«, bemerkte Endorven und unterbrach damit die Stille.

»Ja, das sind sie.«

»Sie ist die Erste. Mit ihr hat es begonnen, nicht wahr?«

Lina hob den Kopf und sah sich Endorvens eindringlichem Blick ausgesetzt. Es waren nur wenige, die vom Zusammenhang zwischen Aljanas Geburt und der Aufhebung des Schöpferfluches wussten. Lina wollte, dass es so blieb. Das war mit ein Grund gewesen, weshalb sie sich mit Aljana so lange im Wächterturm verborgen gehalten hatte. Aber Lina wusste, dass sie Aljana nicht ewig von der Welt da draußen fernhalten konnte. Auch wenn es ihnen im Wächterturm an nichts fehlte, hatte Lina nun langsam das Gefühl, wieder nach Kathmarin zurückkehren zu müssen.

Endorvens Blick war immer noch fragend auf sie gerichtet.

»Ja, sie war die Erste. Ihre Geburt hat den Schöpferfluch gebrochen.«

»Wieso?«

»Weil ich eine Schöpferin bin und ihr Vater ein Dunkelelf.« Endorven hatte eine Antwort verdient. Ariana hatte ihm vertraut, also würde auch sie es tun. Und so erzählte sie ihm, was sie von Lupinia über die Ereignisse wusste, die damals zum Schöpferfluch geführt hatten, und von ihrer Zeit, die sie in der Vergangenheit bei den Dunkelelfen und mit Darian verbracht hatte.

Lina konnte förmlich sehen, wie die Gedanken sich in Endorvens Kopf überschlugen. Es war ihr nicht möglich zu erraten, was er dachte.

Schließlich hielt sie das Schweigen nicht mehr aus. »Hast du etwas von ihm gehört?« Sie hatte sich vorgenommen, nicht mehr nach Darian zu fragen, konnte sich aber einfach nicht beherrschen.

»Nein. Ich weiß, dass Lupinia nach ihm suchen lässt. Aber er ist wie vom Erdboden verschwunden.« Endorven seufzte. »Er ist ein Dunkelelf. Wenn er nicht gefunden werden will, findet ihn auch niemand. Es tut mir leid.«

»Schon gut.« Es war eine Floskel, das wussten sie beide. Gar nichts war gut. Aber das ließ sich jetzt auch nicht ändern.

Lina räusperte sich, um ihrer Stimme mehr Kraft zu verleihen und wechselte das Thema. »Verrätst du mir jetzt, weshalb du hier bist? Ich denke, nur bei Aljana babyzusitten wird wohl nicht der Grund deines Besuches sein.«

Ein flüchtiges Lächeln huschte über Endorvens Lippen, das ihn überaus sympathisch wirken ließ. »Nein, wohl nicht. Lupinia bittet dich, nach Kathmarin zu kommen. Ich denke, sie braucht deine Unterstützung bei der nächsten Ratsversammlung.«

So etwas hatte Lina sich schon gedacht. Lupinia sah in ihr Arianas Erbin, was sie ja auch tatsächlich war. Es war nur eine Frage der Zeit gewesen, bis die letzte Andavyan der freien Völker sie an ihre Seite rief. Lina musste diesem Ruf folgen.

»Wann brechen wir auf?«

»Morgen, wenn es dir recht ist.«

Lina erhob sich, um Aljana in ihr Bett zu bringen. »Gut, dann morgen.«

Licht und Schatten

Am Rande des schwarzen Gebirges stand ein Dunkelelf und beobachtete, wie das ohnehin fahle Sonnenlicht im Westen erstarb. Kühl und klar senkte sich die Nacht über das öde Land, das im roten Mondlicht noch den schönsten Anblick bot. Er hatte ein Schwert aus der Scheide gezogen, das er hinter dem Nacken an der scharfen Seite der Klinge festhielt. Der Lederhandschuh verhinderte, dass die bläulich glänzende Klinge ihm in die Haut schnitt. Einen Fuß leicht angewinkelt stand er, das Gewicht nach vorne verlagert, am Rande der Klippe und blickte in die Senke vor ihm. Ein Rudel Vampire war gerade zur Jagd aufgebrochen. Alleine schon ihr Anblick verursachte ihm ein Ekelgefühl. Aber sie waren nicht der Grund, weshalb er hier stand und Ausschau hielt. Er wartete auf einen, der einmal zu seinem Volk gehört hatte. Es war nicht das erste Mal, dass er ihn in den letzten Monaten in der Calahadin aufgespürt hatte. Und jedes Mal wenn er ihn sah, ärgerte er sich maßlos. Was, bitte schön, war mit Darian los? Legte er es darauf an, erwischt zu werden? So unvorsichtig wie er war, konnte es nur so sein. Niemand hätte den einstigen Clanführer der Dunkelelfen gesehen, wenn der es nicht gewollt hätte. Ob er etwas mit den Vampiren zu tun hatte, die spurlos verschwanden, konnte er nicht sagen. Sicher allerdings war, dass dieses Spiel nicht mehr lange gut gehen konnte. Selbst Lugathus war das Gerücht bereits zu Ohren gekommen, dass Darian in der Calahadin gesichtet worden war. Vermutlich war das auch der Grund, weshalb der Rudelführer der Vampire seither nach dem verstoßenen Dunkelelfen suchen ließ.

Eine leichte Brise wehte einen verräterischen Duft in die Nase des Clanführers. Das war doch …! Darian machte sich nicht einmal die Mühe, seinen Geruch zu tarnen. Und dann konnte er ihn für einen Augenblick sogar sehen. Nicht mehr als einen Schatten, der mit dem Wind zu tanzen schien, aber genug für Solvay, um seinen alten Freund zu erkennen. Was wollte Darian im schwarzen Gebirge? Solvay sollte das jetzt ein für alle Mal herausfinden. Er wollte gerade seinen Aussichtsposten verlassen, als eine Dunkelelfe neben ihn trat.

Ihre Augen blickten in dieselbe Richtung, in die noch einen Moment zuvor Solvay selbst geschaut hatte. Sie sprach leise, beinahe bedächtig: »Das war Darian, habe ich recht?«

Solvay nickte vorsichtig.

»Was führt ihn zurück in die Calahadin?«

»Wenn ich das nur wüsste.«

»Du weißt, dass du ihn stellen und vor den Rat der Ältesten bringen musst.« Sie blickte ihn aus großen grünen Augen an. Solvay kannte sie nun schon so lange, und trotzdem war er nicht sicher, wie er das Aufblitzen in ihren Augen deuten sollte. Sie würde wohl immer ein Rätsel für ihn bleiben.

»Ich weiß.«

»Es fällt dir nicht leicht, nicht wahr?« Ihr Blick verriet immer noch nicht, was sie dachte.

Solvay ließ das Schwert sinken und seufzte. »Nein, Thirá, das tut es nicht.«

Thirá trat ganz nahe an ihn heran, blickte ihn eindringlich an und lächelte. »Ich habe nichts anderes von dir erwartet, Clanführer.«

Solvay seufzte erneut, diesmal erleichtert. Er war sich nicht sicher gewesen, ob seine Gefährtin ihm dieses Eingeständnis nicht als Schwäche auslegen würde. Aber was Darian anging, war sie etwas nachsichtiger. Solvay erinnerte sich noch gut an die Zeit, in der Thirá keinen Schritt von Darians Seite gewichen war. Das war knapp nach Darians Schwur im magischen Drachenfeuer gewesen. Es war Darian gewesen, der sie damals im Wald gefunden hatte. Er war ihr großes Vorbild, damals. Darian selbst hatte sie im Schwertkampf ausgebildet. Solvay wusste, dass Thirá sich einige Zeit lang um Darians Gunst bemüht hatte, vergeblich. Auch wenn Darians Erinnerungen an Lina ausgelöscht worden waren, hatte er in der ganzen langen Zeit niemals sein Herz an eine andere Frau verloren. Nun war Thirá seine Gefährtin und eine Herausforderung, jeden Tag aufs Neue. Ohne ein weiteres Wort nahm er sie in den Arm. Sie ließ es zu, schmiegte sich an ihn. »Weißt du, auch wenn sie ihn alle verurteilen, er hat es richtig gemacht. Darian hat diesem abscheulichen Ort den Rücken gekehrt. Wieso tun wir das nicht auch, ehe dieses verfluchte Land uns alle noch zugrunde richtet?«

»Das werden wir.« Solvay nutzte die anschmiegsame Stimmung, in der sie war, indem er ihr vorsichtig an der Außenseite ihres Ohres entlangstrich.

Sie quittierte diese Zärtlichkeit mit einem wohligen Murren, ließ sich aber nicht vom Thema ablenken. »Wann?«

»Die Zeit ist noch nicht reif.«

»Reif wofür?«

Solvay merkte, wie sich ihr ganzer Körper anspannte. Er zog seine Hand zurück. Die Zeit für Zärtlichkeiten war vorbei.

»Das kann ich dir nicht sagen.«

»Oh verstehe, ein Clanführergeheimnis.« Sie hatte sich von ihm gelöst und blickte ihn herausfordernd an. Mit einem Appell an ihre Vernunft würde er jetzt nicht mehr weiterkommen. Also verschloss er seine Miene und sagte: »Nein, ein Schwur auf den Elfencodex«, ehe er ihr den Rücken kehrte und sie einfach stehen ließ. Das war etwas, das sie überhaupt nicht mochte. Es würde einen gewaltigen Streit geben, wenn er zurückkehrte. Solvay konnte nicht anders, als still vor sich hinzugrinsen, während er den schmalen Pfad einschlug, der ihn ins schwarze Gebirge führte. Die Aussicht auf Versöhnung mit ihr war einen Streit allemal wert.

Nicht einmal eine Horde betrunkener Zentauren konnte sich auffälliger verhalten als Darian. Und immer noch reagierte der eine nicht, mit dem er sprechen wollte. Solvay musste wissen, dass Darian wieder in der Calahadin war. Von ferne hatte er ihn sogar schon gesehen. Aber sein einstmals bester Freund reagierte nicht auf die Aufforderung, die ihm Darian mit seiner offensichtlichen Anwesenheit vermittelte. Er hätte Solvay zu gerne gefragt, weshalb er die Dunkelelfen nicht aus der Calahadin und zurück in die Dunkelwälder führte. Der Clan folgte dem Clanführer. Darian wusste, dass Solvay die Calahadin verabscheute, mehr noch als jeder andere Dunkelelf. Wieso also blieb er? Natürlich hätte Darian direkt in die Osthöhlen unter der Krallenfestung marschieren können, ins Reich der Dunkelelfen, um Solvay diese Frage zu stellen. Hinein wäre er jederzeit gekommen, aber bestimmt nicht mehr heraus. Dann hätte er sich dem Rat der Ältesten stellen und sich für seinen Verrat verantworten müssen. Das wäre Selbstmord gewesen. Darian hatte zugesagt, sich dem Ratsspruch zu beugen. Aber nicht in der Calahadin, wo dies bedeutet hätte, dass man ihn an Xedoc ausgeliefert hätte. Obwohl Darian zugeben musste, dass dieser Gedanke sogar etwas Reizvolles für ihn gehabt hatte, am Anfang zumindest. Er solle sich zum Teufel scheren, hatte Lina gesagt. Sie würde ihn nicht mehr brauchen. Diese Worte hatten ihm endgültig den Boden unter den Füßen weggezogen. Mochte schon sein, dass sie ihn nicht mehr brauchte, aber er brauchte sie. Diese Erkenntnis war beschämend. Sie zu verlieren, war die schlimmste Niederlage seines Lebens gewesen. Eine, von der er sich nicht wieder erholen würde. Er hatte seinen Auftrag erfüllt. Er hatte Lina aus den Fängen Xedocs befreit. Wozu sollte er jetzt noch ewig leben? Es war einfach nicht natürlich. Das hatten die Schöpfer für kein Volk Mendurias vorgesehen. Die Unsterblichkeit, die sein Volk einst als Segen empfand, hatte sich für ihn zum Fluch gewandelt. Er selbst konnte daran nichts ändern, aber er konnte dafür sorgen, dass es jemand anderer für ihn tat. Darian wusste, dass das höchste Kopfgeld, das jemals in Menduria ausgesetzt worden war, auf seinen Kopf ausgesetzt war. Xedoc hatte sich nicht lumpen lassen. Zumindest das fand er schmeichelhaft. Es war ihm egal, wer ihn zur Strecke brachte, nur ein Vampir durfte es nicht sein. Denn mit einer Verwandlung würde er einen Fluch gegen einen noch viel schlimmeren tauschen. Seltsamerweise empfand Darian Vergnügen dabei, dieses riskante Spiel gerade dann zu spielen, wenn Vampire in der Nähe waren. Er forderte das Schicksal heraus, Gerechtigkeit für seinen Verrat zu üben. Zweimal hätten sie ihn beinahe erwischt. In letzter Instanz war aber sein Überlebenswille doch stärker gewesen. Und nach dem letzten Zwischenfall musste Darian sich zähneknirschend eingestehen, dass er es mit dem Sterben doch nicht so eilig hatte. Noch dazu begannen die Verhandlungen, die er mit Kelnig führte, Früchte zu tragen. Der Clanführer der Schwarzgebirgszwerge schloss Gwindras Angebot nicht von vorneherein aus. Allerdings stellte er Bedingungen, die Gwindra nicht akzeptieren konnte. Darian hatte das Gefühl auf einem der Oasenbazare der Noriatwüste gelandet zu sein. Die beiden feilschten um die Schürfrechte der Eisenmienen, Zollgebühren der unterirdischen Handelswege, die durch das zukünftige Gebiet von Kelnigs Clan führen würden, und um die Truppenstärke, die Gwindra von diesem Clan für die Zwergenkampfeinheit der Armee der vereinigten freien Völker erwartete. Kelnig ließ keine Kleinigkeit unbedacht. Sogar einen der berühmten Darsheim-Bienenstöcke wollte Kelnig, um den Honig für seinen Zwergenmet zu verfeinern. Gwindra gab ihm, was sie konnte, ohne dabei ihr Gesicht vor den anderen Clans völlig zu verlieren. Und je öfter Darian sich mit Kelnig traf, umso mehr hatte er selbst das Gefühl, dass sie es tatsächlich zu einer Einigung bringen könnten.

Nun saß ihm Kelnig gegenüber und las die Papiere, die Gwindra Darian anvertraut hatte, während Darian vergeblich versuchte, den Staub der Calahadin aus seiner Kehle zu spülen. Kelnig legte die Papiere beiseite, hob seinen Humpen an die Lippen und trank ihn in einem Zug leer. Danach lehnte er sich rülpsend in seinem Stuhl zurück und strich sich genüsslich den Bart. »So weit, so gut.« Sein erhobener Zeigefinger kündigte bereits seinen Einwand an. »Da wäre allerdings noch eine Sache.«

Das hatte Darian befürchtet. Kelnig konnte den Hals einfach nicht vollkriegen.

»Wie du weißt, leidet unser Clan an einem Mangel an Zwerginnen. Ich hätte gerne für jeden Zwerg meines Clans eine Gefährtin und für mich selbst drei.« Dabei hielt er Darian die Hand mit drei ausgesteckten Fingern vor die Nase.

»Du willst was?« Darian hatte Mühe, sich nicht zu verschlucken. Er war nicht fähig, sein Entsetzen zu verbergen. »Mann, Kelnig, krieg dich wieder ein! Das ist ekelhaft. Darauf wird Gwindra niemals einsteigen.« Er wusste, dass es im Clan der Schwarzgebirgszwerge durchaus üblich war, mehr als eine Gefährtin zu haben, aber das war es bei den Zwergen Darsheims absolut nicht.

Kelnigs lüsternes Grinsen verwandelte sich in ein offenes dröhnendes Lachen. »Beruhig dich, das war doch nur ein Scherz. Ich würde sagen, wir sind uns einig. Sag Gwindra, wenn der Blutmond das nächste Mal zur Gänze vom Himmel verschwindet, kehren wir zurück.«

Das war die beste Nachricht, die Darian seit Monaten aus der Calahadin mitbringen konnte. So etwas wie Euphorie breitete sich in ihm aus, ein Gefühl des Sieges. Ein Gefühl, das er schon lange nicht mehr verspürt hatte. Im Laufschritt bewegte er sich über den Kamm einer Hügelkette, die ihm eine gute Sicht auf die Krallenfestung gewährte. Wie hatte er es dort nur so lange aushalten können? Wie hielt sein Volk es dort so lange aus? Ohne den heiligen Hain der unterirdischen Wälder wären sie alle dort schon längst zugrunde gegangen, dessen war er sich sicher. Er versuchte den Gedanken an sein Volk abzuschütteln, versuchte sich zu konzentrieren und den Geruch der Umgebung aufzunehmen. Diesmal würde er kein Risiko eingehen. Die Nachricht, die er zu überbringen hatte, musste ankommen, denn darauf wartete Gwindra seit Monaten. Die Erde hier war ausgetrocknet und hatte kaum Eigengeruch. Ein leichter Brandgeruch lag in der Luft, der von den Hochöfen in der Senke herüberwehte. Sich damit einzuhüllen, war kein Problem. Aber da war noch etwas. Darian stutzte. Ein süßlicher Geruch, der sofort alle Alarmglocken bei ihm läuten ließ. Blut. Ein Vampir musste in der Nähe sein. Ein Hauch von Waffenfett haftete dem Blutgeruch an, also keiner von Lugathus' Rudel. Ein Zwergenvampir, vermutete Darian. Er zog einen Pfeil aus dem Köcher, den er am Rücken trug, und legte ihn auf die Bogensehne. Der Zwergenvampir konnte erst kürzlich verwandelt worden sein, denn er agierte noch viel zu sehr wie ein Zwerg, nicht mit der Schnelligkeit eines Vampirs. Trotzdem hatte er Darian gesehen. Seine Augen glommen in der Dunkelheit, Blutdurst lag darin. Darian spannte den Bogen und zielte. Wie ein Stern am Nachthimmel leuchtete die Pfeilspitze aus Diamant. In geduckter Haltung kam der Vampir auf Darian zugerannt, die Zähne gebleckt, bereit zuzubeißen. Darian entließ den Bogen von der Sehne. »Nun werden wir sehen, ob deine Theorie stimmt, Grimpfnik.« Der Aufprall riss den Zwergenvampir von den Füßen, als sich die mit Tageslicht angereicherte Pfeilspitze in seine Mitte bohrte. Zuerst war Erstaunen im Gesicht des Zwergenvampirs zu sehen, dann folgten Entsetzen und Schmerz, als sich sein Fleisch von der Pfeilwunde aus in Asche zu verwandeln begann. Nur Augenblicke später war von dem Vampir nichts als ein Häufchen Asche übrig, in deren Mitte die immer noch leuchtende Pfeilspitze lag. Der Schaft selbst war ebenfalls verbrannt. Obwohl es ein Sieg war, konnte Darian keine Genugtuung empfinden. Nicht bei dieser Art von Vampir. Sie hatten einst aufseiten der freien Völker gekämpft. Bedauernswerte Kreaturen, die dieses Schicksal nicht freiwillig gewählt hatten. Und trotzdem war er erleichtert. Es hatte funktioniert, endlich! Die unzähligen Stunden, die er mit Grimpfnik gemeinsam an seiner Theorie gefeilt hatte, hatten sich schließlich doch bezahlt gemacht. Seit seinem stümperhaften Selbstverteidigungsversuch, bei dem er selbst beinahe das Schicksal des Zwergenvampirs geteilt hätte, hatte er darüber nachgedacht, wie er den Vampir damals hatte zur Strecke bringen können. Es war ein einfaches Stück Diamant gewesen. Darian war sofort klar gewesen, dass es nur am darin gespeicherten Sonnenlicht hatte liegen können. Grimpfnik, einer der erfahrensten Waffenschmiede unter den Darsheimzwergen, hatte ihm die ersten Pfeilspitzen angefertigt. Eigentlich keine Arbeit für einen Waffenschmied, der es gewohnt war, Eisen zu treiben und unzählige Male zu falten, bis die berühmten Darsheimklingen entstanden. Grimpfnik hatte das Problem gelöst, indem er Helengar, eine der besten Diamantschleiferinnen, zurate gezogen hatte. Mit den diamantspitzenbewehrten Pfeilen ausgestattet, hatte sich Darian auf die Jagd begeben. In seinem Todesmut hatte er die Pfeile gleich im Feindesland getestet, in der Calahadin. Aber zu seiner großen Enttäuschung hatten die ersten Versuche nicht funktioniert. Höllenqualen hatte der getroffene Vampir zwar gelitten, aber er war daran nicht verendet. Irgendwo war ein Fehler in seiner Theorie gewesen, der auch Grimpfnik ratlos gemacht hatte. »Ich versteh das nicht, das war der reinste Diamant, den es in Darsheim gibt! So hell wie diese Ader leuchtet keine andere.«

Der Zwergenmet war bei diesen Besprechungen in Strömen geflossen. Mittlerweile war Darian Stammgast im *Goldenen Humpen*. Auch Helengar war bei diesen Besprechungen dabei gewesen. In ihrer Art erinnerte die Zwergin Darian an Gwindra, als sie noch jung gewesen war, auch wenn es zwischen den beiden äußerlich nicht viel Ähnlichkeit gab. Helengar hatte hellbraunes Haar und war noch ein kleines bisschen stämmiger als Gwindra. Die Farbe ihrer lebhaft funkelnden Augen war grau. Ihre Augenbrauen waren so dicht, dass sie über der kleinen Nase fast zusammenwuchsen, ein Schönheitsmerkmal für eine Zwergin, wie Darian wusste. Wenn sie trank, verfärbten sich ihre Wangen dunkelrot. Zumindest was die Metmenge anging, die sie schlucken konnte, stand sie der Königin in nichts nach.

»Vielleicht geht es hier gar nicht um Reinheit«, hatte sie mehr zu ihrem Becher als zu den beiden anderen gesprochen.

»Was soll das heißen?« Grimpfnik, der noch angeschlagener war als Darian, hatte nicht verstanden, worauf die Zwergin hinauswollte. »Bei allen Waffen geht es um Reinheit. Je reiner der Stahl, umso besser die Klinge.«

Helengar hatte nicht klein beigeben wollen. Auch ein Zug, den sie mit Gwindra teilte. »Ja, aber wir sprechen hier nicht von üblichen Waffen.« Sie hatte sich an Darian gewandt, den sie unter schweren Lidern angeblickt hatte. »Sag mir noch einmal genau, wo der Angriff damals passiert ist.«

Darian hatte ihr die Grotte beschrieben.

Helengar hatte nur den Kopf geschüttelt. »Die Diamanten

dort haben die schlechteste Qualität von allen, nutzloser Plunder. Durch die Sümpfe sind die Adern dort mit Schwefel angereichert.«

Sie hatte den Satz kaum ausgesprochen, als Grimpfnik hochfuhr, gerade so, als hätte ihn ein Floh gebissen. Die beiden Zwerge hatten einander angeblickt, ein jeder die eigene Erkenntnis im Auge des anderen sehend.

»Kann es das sein?« Helengars Wangen hatten sich noch ein wenig tiefer gerötet. »Ist das die Lösung?«

Grimpfnik hatte heftig genickt. »Schwefel verstärkt das Sonnenlicht. Das muss es sein. Du bist genial, Mädchen!«

»Was heißt hier Mädchen? Ich hau dir gleich eine rein, dass du drei Tage nicht mehr sitzen kannst, du Esel!«

Funken waren zwischen den beiden geflogen. Grimpfnick hatte sich sofort entschuldigt.

»Schon gut, ich hab's nicht so gemeint. Du bist eine runzelige alte Vettel.«

»Entschuldigung angenommen.« Helengar hatte versöhnlich gelächelt ob dieses Kompliments.

Darian musste heute noch grinsen, wenn er an diese Szene dachte. Noch in der gleichen Nacht waren sie aufgebrochen, um die Stelle zu suchen.

Eben hatte Darian den ersten dieser Pfeile abgefeuert und genau dieselbe Wirkung erzielt wie damals in der Grotte. Sie hatten eine Waffe gefunden, die Vampire unschädlich machte.

Darian befüllte ein Säckchen mit der Pfeilspitze und der Vampirasche. Er befestigte es an seinem Gürtel, als ihn seine Instinkte vor erneuter Gefahr warnten. Diesmal waren es keine Vampire. Er erkannte die beiden sofort. Ausgerechtet diese beiden! Aber das traf sich gut. Mit Meglas hatte er noch eine Rechnung offen, die er schon lange begleichen wollte. Darian zog beide Schwerter.

»Ich sehe, du hast dein Schwert wieder.« Meglas kam tänzelnd näher, während Caltan sich dezent im Hintergrund hielt, aber so weit nach links auswich, dass er Darian von der anderen Seite angreifen konnte. Wenn die beiden hier waren, konnte auch Gordock nicht weit sein. Vermutlich würde er hinter ihm auftauchen. Darian sog langsam die Luft durch die Nase ein. Er konnte den Zentauren nicht riechen, was so gut wie unmöglich war. Außer …

»Wo habt ihr den Pferdearsch gelassen?« Die Frage war laut genug gestellt, um sie noch in einiger Entfernung zu hören. Wenn Gordock in der Nähe war, musste ihn diese Herausforderung aus seinem Versteck treiben. Die Antwort, die Darian erhielt, erstaunte und erleichterte ihn zugleich.

»Dem mussten wir den Gnadenschuss verpassen. Hat sich das Bein gebrochen.« Caltan sagte das ohne die kleinste Gefühlsregung. Ja, das war typisch für den Lichtelfen.

Meglas war inzwischen gefährlich nahe gekommen. Immer noch tänzelte er wie ein nervöser Wolf vor Darian auf und ab. »Wo hast du denn deine Süße gelassen? Ich hoffe, mein Geschenk hat ihr gefallen.«

Für einen Augenblick war Darian versucht, eines der beiden Schwerter fallen zu lassen, und Meglas sein schadenfrohes Grinsen mit der Faust aus dem Gesicht zu wischen. Aber darauf wartete der Bastard nur. Ein Seitenblick auf Caltan zeigte ihm, dass der zweite Lichtelf den Bogen gespannt hatte und auf ihn zielte. Die Spitze dieses Pfeils war mit Sicherheit genau mit dem Gift getränkt, das auch die Noriatviper verspritzt hätte, die Meglas Lina ins Bett gelegt hatte. Nur unter größter Anstrengung schaffte es Darian, seine Wut hinunterzuschlucken und seiner Stimme einen gelassenen Tonfall zu verleihen. »Sie lässt danken und wird sich bestimmt bei dir revanchieren.«

Meglas warf den Kopf in den Nacken und lachte. »Ha, deinen Humor hast du also nicht verloren, auch wenn sonst nicht viel übrig geblieben ist von dem, was du einmal warst.«

Darian zuckte die Schultern. »Und du quatschst immer noch so viel wie eine der Oasendirnen, bei denen du dich so gerne ausheulst.«

Schlagartig verschwand das Grinsen aus Meglas' Gesicht. Darian hatte erreicht, was er wollte. Er hatte ihm einen verbalen Tiefschlag versetzt, der den Kopfgeldjäger aus der Ruhe gebracht hatte. Aber es war auch nicht Meglas, vor dem er sich in Acht nehmen musste. Der schwang das Schwert beinahe so lausig, wie er Karten spielte. Caltan war es, der ihm Sorge bereitete. Und die Art, wie der Lichtelf den Bogen um eine Nuance mehr spannte, ließ Darian vermuten, dass er kein Risiko eingehen würde. Der Pfeil musste ihn nur treffen, irgendwo. Das tödliche Gift würde den Rest erledigen. Auf diese Entfernung konnte Caltan gar nicht danebenzielen. Darian hob das rechte Schwert über den Kopf, während er das linke in einer locker kreisenden Handbewegung auf Hüfthöhe hielt. Zumindest Meglas würde er noch mitnehmen. So viel Zeit würde ihm bleiben. Der setzte gerade zum Angriff an, als ihn ein scharfer Befehl innehalten ließ.

»Bleib, wo du bist! Dieser Verräter gehört uns.«

Darian erkannte die Stimme sofort, auch wenn er den Besitzer noch nicht sehen konnte. Der schroffe Tonfall und die Art, wie Solvay das Wort »Verräter« ausgesprochen hatte, trafen Darian tiefer, als es Meglas' Klinge gekonnt hätte.

Im nächsten Augenblick konnte Darian seinen einst besten Freund erkennen. Er war nicht alleine. Andor war bei ihm. Beide hatten sie ihre Bögen gespannt. Aber während Andors Bogen auf Caltan gerichtet war, musste Darian erkennen, dass Solvay auf ihn und nicht auf Meglas zielte.

»Wir haben ihn gestellt. Das Kopfgeld steht uns zu.« Caltans Tonfall war geschäftsmäßig. Er tat nichts, um Solvay zu provozieren.

Solvays Augen waren verengt, seine Miene wie versteinert.

»Das war überaus freundlich von euch. Aber das ist eine Angelegenheit der Dunkelelfen. Ihr könnt ihn euch abholen, wenn der Rat der Ältesten mit ihm fertig ist.«

Jetzt wandte sich Meglas an Solvay. »Und wenn uns das zu riskant ist? Die Dunkelelfen haben nicht mehr den allerbesten Stand in Xedocs Reich.«

Solvays Bogen schwenkte ein Stück nach rechts und zielte nun genau auf den Kopfgeldjäger. »Wir sind immer noch die besten Jäger in der Calahadin. Wenn du dich nicht auf der Stelle zurückziehst und deinen Freund hier mitnimmst, verspreche ich dir, dass dich der gesamte Clan jagen wird, wenn es sein muss, bis hinauf in die Eiswüste.«

»Schon gut, ich sehe, du meinst es ernst.«

Meglas trat einen Schritt zur Seite, Solvay folgte der Bewegung. Doch dadurch stand er für einen kurzen Augenblick als lebender Schild vor Darian. Mit einem Hechtsprung, der in einer Seitwärtsrolle endete, nutzte Darian die Chance. Einen Herzschlag später hatte er den Umhang von den Schultern gerissen und gewendet. Aber noch ehe er sich damit tarnen konnte, schoss Solvay.

Taumelnd kam Darian auf die Beine, schaffte es dann aber doch, sich unter dem Umhang zu verbergen und zu fliehen.

»Mann, das darf doch nicht wahr sein! Was bist du denn für ein lausiger Schütze?!« Caltan ließ den Bogen sinken und spuckte angewidert auf den Boden. Meglas war nicht minder verärgert. »Wenn euer Clanführer schon so ein miserabler Schütze ist, steht es um euch Dunkelelfen weit schlechter als angenommen.«

Andors Pfeil schlug vor Meglas' Stiefel ein, noch ehe der den Satz zu Ende gesprochen hatte. »Pass auf, was du sagst.«

Weiter als bis hinter die nächste Geröllböschung kam Darian nicht. Dort krümmte er sich unter dem Umhang zusammen, die Hand aufs linke Ohr gepresst und betete darum, dass der Schmerz nachließ, der durch seinen Körper tobte und in sämtlichen Nervenenden explodierte. Um ihn herum drehte sich alles. Ganz kurz zog er die Hand vom Ohr, nur um sie gleich wieder auf die Wunde zu pressen. Er blinzelte die Tränen weg, die ihm der Schmerz in die Augen trieb. Nur langsam sickerte die Erkenntnis in sein Bewusstsein: Solvay hatte tatsächlich auf ihn geschossen. »Verflucht, Solvay wieso ausgerechnet das Ohr?«

Zum Glück hatte der Pfeil ihn nur gestreift. Aber das Ergebnis war schlimm genug. Mit diesem Treffer hatte Solvay ein absolutes Tabu gebrochen. Aber nun wusste Darian wenigstens, wie sie zueinander standen. Nach seiner Flucht in die Noriatwüste war er sich nicht sicher gewesen. Damals war es Solvay gewesen, der ihn hatte warnen lassen. Aber die Kälte, mit der der Clanführer heute gesprochen hatte, sagte Darian, dass die Schonfrist vorbei war, die ihm Solvay eingeräumt hatte. Von nun an würde er ihn jagen, wenn er in die Calahadin zurückkehrte. Und früher oder später würde Solvay ihn stellen, darin bestand kein Zweifel.

Langsam schaffte Darian es wieder, ruhiger zu atmen. Weder die Dunkelelfen noch die beiden Kopfgeldjäger hatten die Verfolgung aufgenommen. Aber darauf durfte er sich auf keinen Fall verlassen. Er rappelte sich hoch und begann zu laufen. Selbst für die Versorgung der Wunde blieb er nicht stehen. Im Laufen fingerte er den Salbenbeutel aus der Gürteltasche und rieb die grüne Masse auf den Schnitt. Darian fluchte. Alleine schon diese Berührung sorgte für einen erneuten Schmerzensschauer bis hinunter zu den Zehenspitzen. Zum Glück entfaltete die Heilsalbe bald ihre Wirkung. Was aber noch viel wichtiger war: sie verhinderte ein Weiterbluten. Das wäre nämlich ein unwiderstehliches Lockmittel für die umherstreifenden Vampire gewesen. Auf dem Weg zur Barriere gab sich Darian dieses Mal alle Mühe, unerkannt zu bleiben.

Neue Aufgaben

Die Elfenstute tänzelte unruhig unter ihr, als sie aus dem Wald kamen. Sie konnte spüren, dass Lina vorhatte, die Ebene vor ihr im Galopp zu nehmen. Trotzdem wartete sie auf das Zeichen ihrer Reiterin, das Lina vielmehr in Gedanken als mit ihren Schenkeln geben würde. Es war derselbe Weg, den sie damals an Drogonns Seite genommen hatte. Lina hielt für einen Augenblick inne, um sich die Umgebung näher anzusehen. Die Bäume standen in vollem, saftig grünem Laub. Hatte sie sich tatsächlich so lange in Jandamer vor der Welt versteckt gehalten? Die Gedankenströme boten alles, was das Herz begehrte. Nicht selten hatte Lina eine dieser Welten besucht, um einfach an einem einsamen Strand spazieren zu gehen, oder eine verschneite Winterlandschaft in den Alpen zu durchstreifen. Erdacht von einem Schöpfer, der nichts ahnend aus seiner Fantasie in unzähligen Stunden, in denen er Wort an Wort reihte, eine ganze Welt erschuf. Immer noch fiel es Lina schwer, zu verstehen, wie das funktionierte. Sie hatte ein einfaches Wort dafür – Magie. Nun kehrte sie nach Kathmarin zurück. Dort lag ihre Zukunft, wie immer diese auch aussehen mochte.

»Soll ich Aljana nehmen?«, fragte Endorven.

»Nein, das geht schon.« Lina kontrollierte noch einmal den breiten Tragegurt, der Aljanas Sicherheit auf ihrem Rücken gewährleisten sollte, und gab der Fuchsstute die Erlaubnis loszugaloppieren. Camra war ein Elfenpferd edelster Herkunft. Fürst Laudrin hatte es Lina zum Geschenk gemacht, als Zeichen der Ehrerbietung, wie Endorven ihr versichert hatte. Eigentlich hatte sie nicht vorgehabt, ein so wertvolles Geschenk anzunehmen, aber die Elfenstute hatte es ihr vom ersten Augenkontakt an, den sie gehabt hatten, angetan. Lina würde das Pferd behalten, aber sie würde dafür bezahlen.

Es war schwer zu sagen, wem von ihnen der rasante Ritt über die Ebene vor der Stadt mehr Spaß machte. Camras Vorderläufe holten weit aus, eine Synthese aus Anmut und Kraft. Es war Lina, als könne sie die Freude an der Geschwindigkeit spüren, die das Pferd ohne Zweifel empfand. Auch Aljana quietschte vergnügt, als das Pferd zu laufen begann. Die gleichmäßige Bewegung und der weiche Rhythmus schaukelten sie aber bald sanft in den Schlaf. Sie schlief immer noch, als Lina inmitten einer Lichtelfeneskorte durch das große Trolltor in Kathmarin einritt. Lina hatte mit allem gerechnet, aber nicht mit diesem Empfang. Bis unter die Haarspitzen errötete sie, als Endorven ihr erklärte, dass all die Zwerge, Lichtelfen und Kobolde nur ihretwegen hier waren. »Die ganze Stadt kennt deine Geschichte. Sie wissen, dass du es warst, die damals das große Tor verschlossen hat.«

Ein Trupp Zentauren bahnte sich einen Weg durch die Menge, um für Lupinia Platz zu machen. Die weiße Magierin kam auf sie zu. »Willkommen zu Hause.«

Sie schickte ihre Gedanken aus. »Muss dieser Auflauf sein?«

»Ja, Lina. Das muss sein.« Lupinias Stimme klang sanft in ihren Gedanken. »Sieh sie dir an. Du bist eine Hoffnungsträgerin für sie.«

Seufzend versuchte Lina, das Beste daraus zu machen. Sie

lächelte, schüttelte Hände und bedankte sich für die Glückwünsche, die ihr zu ihrer Tochter ausgesprochen wurden. Schließlich nahmen sie die Zentauren in die Mitte und geleiteten sie hinauf zur Hohen Festung.

Die nächsten Tage verbrachte Lina damit, sich wieder in Kathmarin einzuleben. Zwar erregte ihre Anwesenheit immer noch großes Aufsehen, aber langsam gewöhnte sich die Bevölkerung daran, der Schöpferin zu begegnen. Lina besuchte die Zwergenstände und ihre Werkstätten, wo sie die Handwerkskunst des kleinen Volkes bewunderte. Sie schlenderte über den Markt der Stadt oder besuchte die Kunstgeschäfte der Lichtelfen, um deren fein gearbeitete Werke zu bewundern. Manchmal war es nur ein Plausch, der sie in eines der Teehäuser der Stadt führte. Lina genoss es, Kathmarin bis in die verwinkeltsten Gassen kennenzulernen.

Bis auf ein paar abgebrannte Ruinen, die noch an die Schreckensnacht des Vampirangriffes erinnerten, verlief das Leben in Kathmarin untertags im Großen und Ganzen normal. Aber kaum ging die Sonne unter, legte sich ein Schleier aus Nervosität und Angst über die Stadt. Die Ausgangssperre war zwar nicht mehr in Kraft, aber wer das Haus unbedingt verlassen musste, tat das mit einem von Tageslicht aufgeladenen Diamanten in der Hand. Auch auf den Fensterbrettern und Türschwellen der Gebäude waren diese Steine angebracht.

»Das hält die Vampire davon ab, in die Häuser einzudringen«, erklärte ihr Lupinia, als sie die Steine an den Fenstern von Linas Quartier überprüfte. »Es hat sich als überaus wirksamer Schutz erwiesen.«

Lina war fasziniert. »Wer ist denn darauf gekommen?«

»Gwindra hat es uns vorgeschlagen. Sie sagte, dass in Darsheim alle Zugänge aus dem Titanengebirge in die Zwergenstadt so gesichert seien. Seither haben sie so gut wie keine

Zwischenfälle mehr mit den Blutsaugern in den Hallen der Zwergenstadt.«

»Gwindra hatte immer schon tolle Ideen.« Die Erinnerung an die Zwergin entlockte ihr ein melancholisches Lächeln. »Hat sie sich sehr verändert?«, erkundigte sich Lina schließlich. Die Zwergenkönigin musste mittlerweile uralt sein, selbst für einen Zwerg.

»Das wirst du morgen selbst feststellen können, wenn du an der Ratsversammlung teilnimmst. Gwindra wird auch dort sein.« Und mit einem gequälten Gesichtsausdruck fügte Lupinia hinzu: »Fürst Laudrin hat sich ebenfalls angekündigt und er hat zurzeit übelste Laune.«

Lina war von der Aussicht, an der Ratsversammlung teilzunehmen, nicht sonderlich begeistert. Sie half jederzeit gerne, wenn es darum ging, ihre Heilkunst in den Dienst der Öffentlichkeit zu stellen. Aber so wie Lupinia ihr den Verlauf der letzten Ratsversammlungen geschildert hatte, wurde dabei nur gestritten. Dort war sie überflüssig. Lina hatte versucht, ihre Gedanken vor der Magierin zu verschließen, so wie sie das in den mentalen Übungen gelernt hatte, trotzdem schien Lupinia sie zu durchschauen.

»Es wird von dir erwartet, Lina. Sie sehen in dir Arianas Erbin. Somit bist du für sie eine Andavyan. Und deine Schöpferherkunft unterstreicht deinen Rang noch. Tut mir leid, darum kommst du nicht herum.«

»Hast du schon wieder in meinen Gedanken gelesen?«

Lupinia lachte. »Nein, aber in deinem Gesicht. Du siehst aus, als hättest du in eine Zitrone gebissen.«

»Oh.«

Ihre Gedanken kreisten immer noch um die Ratsversammlung, als Lupinia schon längst gegangen war. Erschöpft kroch Lina unter die Decke des breiten Bettes und kuschelte sich an Aljana, die dort schon friedlich schlief. Vorsichtig zog sie ihr den Daumen aus dem Mund. »Du hast es gut, kleiner Schatz. Dir werden die Koboldfrauen morgen jeden Wunsch von den Augen ablesen, während ich mich ganz bestimmt blamieren werde. Möchtest du nicht mit mir tauschen?«

Aljana seufzte im Schlaf und schob den Daumen wieder zurück in den Mund. Obwohl Lina todmüde war, konnte sie nicht aufhören, Aljana zu betrachten. Sie sah ihrem Vater so ähnlich. Das gleiche zerzauste Haar wie Darian, nur eine Spur heller und noch nicht so dicht, seine geraden Augenbrauen, selbst den leicht trotzigen Zug um den Mund hatte sie von ihm. Nur ihre Ohren sahen anders aus. Aljanas Ohren hatten zwar eine eher längliche Form, aber von einer Spitze konnte nicht die Rede sein. Dafür hatte sie ganz eindeutig seine Willenskraft. Auch wenn sie noch nicht sicher auf den Beinen war, gab es für sie kein Hindernis, das sie nicht überwunden hätte. Kriechend oder robbend, sie erreichte ihr Ziel immer. Lina hatte schnell festgestellt, dass Aljana weitaus schneller wuchs als das bei einem Menschenbaby der Fall war. In unzähligen Büchern hatte sie sich über den Wachstumsfortschritt von Kleinkindern schlau gemacht, als sie noch in der Menschenwelt gewohnt hatte. Sie schätzte Aljanas Entwicklung auf die eines etwa einjährigen Babys, obwohl sie erst vor knapp acht Monaten zur Welt gekommen war. Damit hatte Lina rechnen müssen. Immerhin war ihr Vater ein Dunkelelf. Es hätte auch anders herum kommen können. Wenn man bedachte, wie alt Dunkelelfen wurden, hätte sie auch viel langsamer wachsen können. Aber solange Aljana gesund war, war Lina egal, wie schnell oder langsam sie wuchs.

Im Schein der Diamantsteine, sah die Kleine noch bezaubernder aus. »Gute Nacht, kleiner Engel.« Lina schloss die Augen. Auch wenn sie sich untertags redlich bemühte, ihre Gedanken in eine andere Richtung zu lenken, wenn es Nacht wurde, schlich sich Darian hinein und blieb dort, bis der nächste Morgen anbrach.

Ganz alleine stand Lina am nächsten Tag in der Ahnenhalle, wo am späten Nachmittag die Ratsversammlung abgehalten werden sollte. Da Lupinia nirgends zu finden war, hatte sie Karron gebeten, ihr das schwere ebenholzfarbene Tor aufzuschließen. Der Kobold hatte sein mürrisches Gehabe zwar nicht ganz abgelegt, aber langsam hatte Lina das Gefühl, hinter der grimmigen Miene ein wenig Freundlichkeit zu sehen. Möglicherweise bildete sie sich das aber auch nur ein.

Karron hatte sich bemüßigt gefühlt, sie zu begleiten, was Lina aber dankend ablehnte.

»Ich wäre gerne einen Augenblick alleine, wenn es dir nichts ausmacht.«

»Aber natürlich, ehrenwerte Schöpferin.«

»Würdest du mir noch einen Gefallen tun?«

Karron zog die Stirn kraus, was so viel hieß wie: ›Ich hab jetzt keine Zeit für einen Gefallen.‹

Lina setzte ihr herzlichstes Lächeln auf. »Nenn mich doch bitte von nun an bei meinem Namen. Du fändest es doch bestimmt auch höchst unhöflich, einfach nur ›Kobold‹ genannt zu werden.«

Karron blieb der Mund offen stehen, während Lina ihn nach wie vor mit entwaffnender Freundlichkeit anlächelte.

»Natürlich, wie du wünschst, Lina.«

Er machte kehrt und verschwand, so schnell ihn seine kurzen Beine tragen konnten. Lina stellte verblüfft fest, dass sie einen Schwall verwirrter Gedankenfetzen aufschnappte, die von Karron stammen mussten. »… gemaßregelt von der Schöpferin … beim Namen nennen …«

Ihr mentales Training schien erste Früchte zu tragen. Von nun an würde sie noch mehr Augenmerk darauf legen. Langsam begann sie, die Reihe der in Stein gehauenen Andavyan entlangzuschreiten. Nichts unterschied diese im Aussehen von Menschen. Unterschiedliche Größen, unterschiedliches Alter.

Keine spitzen Ohren, Flügel oder sonstigen auffälligen Merkmale. Jeder Einzelne von ihnen hatte in Menduria sein Leben gelassen. Wenn man bedachte, wie viele Tausend Jahre sie hier gelebt hatten, waren es nicht viele. Lina hatte das Ende des Ganges beinahe erreicht, als sie die Andavyanfrau fand, die sie hierhergeführt hatte. Seit Lupinia ihr von der Ahnenhalle erzählt hatte, wollte sie hierherkommen, um ein stilles Zwiegespräch mit ihr zu halten. Tagelang hatte sie es hinausgezögert. Aber heute Nachmittag würde sie ihr so oder so gegenüberstehen. Darauf wollte sie vorbereitet sein. Arianas Statue war die letzte auf der linken Seite. Mit ihrem Verschwinden hatten die Kobolde sie errichtet. Ganz langsam näherte sich Lina der in Sandstein verewigten Heilerin. Unglaublich, wie natürlich sie wirkte, so, als müsse man nur mit dem Finger schnippen und die Andavyan würde zum Leben erwachen und von ihrem Podest steigen. Lina erinnerte sich daran, wie sie ihr damals begegnet war, als sie das Gezeitenbuch durch das große Tor zu ihr gebracht hatte.

»Mama«, flüsterte Lina ergriffen. In dieser Steinfigur vereinten sich für Lina die Heilerin und ihre Mutter zu ein und derselben Person. Wenn sie Lupinia richtig verstanden hatte, waren sie das auch.

Im Geiste ließ sie das kurze Gespräch noch einmal ablaufen, das sie mit Ariana damals geführt hatte. Die Andavyan hatte sich bei ihr entschuldigt für die Verantwortung, die sie ihr aufgeladen hatte. Auch über Darian hatte sie gesprochen: »Dreimal wirst du sein Herz erobern müssen, bis es dir ganz gehört«, hatte Ariana damals gesagt. Lina hatte es für eine poetische Metapher gehalten. Ein kurzes bitteres Lachen entrang sich ihrer Kehle. Zweimal hatte sie es geschafft. Am dritten Mal war sie gescheitert. Ob Ariana das damals bereits gewusst hatte? Ob sie von Aljana gewusst hatte? Ja, Lina war sich absolut sicher. Und trotzdem hatte Ariana ihr ein unglaublich großes Geschenk gemacht. Sie hatte ihr ihre Heilkräfte vererbt und somit ihrem Leben einen Sinn gegeben.

Lina verspürte so etwas wie Frieden in ihrem Herzen, als sie den Blick zu der Statue hob. »Ich werde dich stolz machen, das verspreche ich.« Ihr Lächeln schwächte sich merklich ab, als sie sich umwandte und ihr Blick auf die letzte Statue in der gegenüberliegenden Reihe fiel. Drogonn. »Ich fürchte, ich werde noch eine ganze Weile brauchen, um mit dir Frieden zu schließen.«

Ruckartig wandte sich Lina um und verließ die Halle, um in Arianas riesigem Kleiderschrank nach etwas Passendem für die Ratssitzung zu suchen.

Niemand bemerkte, wie nervös sie war, als sie am Nachmittag wiederkehrte. Sie hatte sich für eine schlichte graue Hose und eine ebenso unauffällige Tunika entschieden. Die graue knielange Jacke, die sie darüber trug, war mit silbernen Andavyanzeichen verziert und wurde mit einem weißen Gürtel gebunden. Auch die Stiefel zeigten diese Zeichen. Auf Lupinias Bitte hin hatte Lina das Andavyanschwert angelegt, das einst Ariana gehört hatte.

Die Halle war berstend voll, der Lärm ohrenbetäubend. Denn alle Führer der freien Völker hatten eine Abordnung mitgebracht. Der Koboldorden der Arkviraner hatte die fünf Ordensführer aufgeboten, und die Kobolde, die keinem Orden zugehörig waren, hatten auch zwei Abgesandte geschickt. Killron war mit sämtlichen Herdenführern aus Zardun gekommen. Fürst Laudrin hatte einen Beraterstab bei sich, der alleine den halben Südtrakt der Hohen Festung in Anspruch nahm. Nur die Zwergenabordnung war verhältnismäßig klein. Gwindra war nur in Begleitung zweier Berater erschienen.

»Ist das immer so ein Volksauflauf?« Lina fühlte sich schlichtweg überfordert. Sie war froh, Lupinia an ihrer Seite zu haben.

»Nein, aber es ist die letzte Sitzung vor der Blutmondwende. Das war immer schon so ein Zirkus. Anscheinend denken alle, was sie in diesem Jahr nicht unter Dach und Fach bringen, geschieht niemals.«

Lina und Lupinia wechselten einen Verschwörerblick. Dann konnte Lina die Stimme der Magierin nur noch in ihrem Kopf hören. »Es geht los, Laudrin hat uns entdeckt.«

Die beiden Frauen hatten den Gang der Ahnen beinahe durchschritten, als sich ein für einen Lichtelfen relativ kleiner Mann aus der Menge löste und auf sie zukam.

»Das ist Laudrin?«

»Ja.«

»Ich hab ihn mir eindrucksvoller vorgestellt.«

»Tatsächlich?«

Die belustigte Stimme der Magierin machte es Lina schwierig, die ernste Miene beizubehalten, die sie aufgesetzt hatte. Gleichzeitig löste sich Linas innere Anspannung. Das war eine der liebenswertesten Eigenschaften der weißen Magierin.

»Fürst Laudrin, es freut mich, dass du es einrichten konntest, zu kommen«, begrüßte Lupinia den Fürsten.

Der Fürst bedachte sie nur mit einem kurzen Nicken, dann wandte er sich Lina zu.

»Es ist mir eine Ehre, die ruhmreiche Schöpferin endlich persönlich kennenzulernen.«

Erst als sie zu sprechen begann, fiel Lina auf, wie still es mit einem Mal in der Halle geworden war. Alle Blicke waren auf sie gerichtet. Auch Fürst Laudrin schien sich dieser Tatsache bewusst zu sein. Lina lächelte unverbindlich. »Das ist zu viel der Ehre, Fürst Laudrin.«

Der Fürst wollte gerade etwas erwidern, als Lupinia ihn unterbrach. »Bitte entschuldige uns, ich möchte Lina mit den anderen bekannt machen.«

Das Lächeln des Fürsten gefror. »Aber natürlich.«

So lernte Lina die Führer der freien Völker kennen, einen nach dem anderen. Sie nickte höflich, lachte über die derben Scherze der Zentauren und überging die übertriebene Ehrerbietung der Kobolde. Besonders herzlich schüttelte sie die tellergroßen Hände Herdreds. Sie hatte nicht damit gerechnet, die Ordensführerin der Oase Sindwa hier anzutreffen. Schließlich stand sie Gwindra gegenüber. Die blauen Augen der Zwergin leuchteten wie eh und je. Aber ihr einst rotes Haar war schlohweiß geworden. Unzählige Runzeln zerfurchten ihr Gesicht. Es war ein langer, sehr intensiver Blickwechsel, während Gwindra Linas Hand hielt und nicht wieder losließ. Ihre Stimme klang rauchig, wie Lina sie in Erinnerung hatte. »Ich habe das Gefühl, dich schon ewig zu kennen. Ist das nicht seltsam?«

Lina lächelte. »So geht es mir auch.«

Gwindras Blick wanderte zwischen der Statue Arianas und Lina selbst hin und her. »Vermutlich liegt das an der Ähnlichkeit zu ihr.«

»Vermutlich.« Was hätte sie der Zwergin auch anderes sagen sollen?

Schließlich trat Endorven neben Lina und lenkte ihre Gedanken damit in eine andere Richtung. »Wenn du so weit bist, können wir beginnen.«

»Ich bin sicher, wir finden noch Gelegenheit, uns zu unterhalten.« Gwindra nickte ihr kurz zu, ehe sie sich zu ihrem Platz an der Tafel begab.

»Ganz bestimmt.« Diese Chance würde sich Lina nicht entgehen lassen.

Sie folgte Endorven, der sie zu ihrem Stuhl führte und danach seitlich hinter ihr Platz nahm. Sie saß der weißen Magierin auf der Stirnseite der langen Tafel gegenüber. Zwerge und Kobolde saßen zu ihrer Linken, während Fürst Laudrin den einzigen Stuhl an der rechten Seite der Tafel hatte. Neben ihm stand Killron, der Zentaur. Einer der Wächterkobolde schlug einen Gong und Lupinia erhob sich. Mit tragender Stimme eröffnete sie die letzte Ratsversammlung dieses Jahres, bedankte sich bei allen Anwesenden für ihr Kommen und verkündete mit Freude, dass es Lina von nun an möglich sein werde, an den Versammlungen teilzunehmen.

Fürst Laudrin erhob sich: »Ich denke, dass ich für alle hier spreche, wenn ich sagen darf, dass uns deine Anwesenheit ehrt. Ein jeder von uns weiß um deine Verdienste in der großen Schlacht.«

Lina lächelte unverbindlich und versuchte, ihrer Stimme einen selbstsicheren Klang zu verleihen. »Das war nicht mehr und nicht weniger als ein jeder von euch damals getan hat. Ich habe nur meinen Beitrag geleistet.«

»Hört, hört! Dann sind wir also alle Helden.« Killron lachte wiehernd.

»Ja, vor allem die Zwerge.« Fürst Laudrin hatte wieder Platz genommen und gerade so laut gesprochen, dass Gwindra ihn hatte hören müssen.

»Was willst du damit sagen?« Gwindra war auf den Stuhl gestiegen und lehnte sich mit abgestützten Armen auf dem Tisch so heftig nach vorne, dass ihre goldenen Armreifen klimperten.

»Gar nichts.« Fürst Laudrin widmete seine volle Aufmerksamkeit seinen Fingernägeln und beachtete Gwindras Drohgebärde nicht. »Ich frage mich nur, weshalb die Zwerge uns damals nicht zu Hilfe geeilt sind, als ich einen Boten zu euch geschickt und um Verstärkung beim Trolltor gebeten habe.«

Gwindras Blick zeigte Unverständnis. So, als ob sie mit einem Schwachsinnigen sprechen würde, zog sie jedes Wort in die Länge: »Weil wir die Traumkugeln in Sicherheit gebracht haben und nebenbei auch ein Tor verteidigen mussten. Aber das hast du bestimmt nur vergessen, nicht wahr?«

»War das so?« Der Elfenfürst blickte die Zwergenkönigin nun direkt an. Auch er hatte sich über den Tisch gelehnt. »Und wieso sind danach so wenige von euch hinauf zum großen Tor gekommen? Ich habe auf der Hochebene von Arvakur nicht viele Zwerge gesehen und auch ihre Königin nicht.«

Nun stand Gwindra bereits auf dem Tisch, in einer Haltung, die vermuten ließ, dass sie sich jeden Augenblick auf den Elfenfürsten stürzen würde. »Hör zu, Bürschchen! Ich habe schon Schlachten geführt, da haben die Schöpfer noch nicht einmal über so einen Missgriff wie dich …«

»Das reicht jetzt.« Lupinia erhob sich und bedachte die beiden Kontrahenten mit einem dermaßen warnenden Blick, dass beide schwiegen.

Zu ihrer Überraschung wanderte Lupinias Blick daraufhin zu Lina. »Möchtest du dich dazu äußern?«

Damit hatte Lina nicht gerechnet. Aber nun waren die Augen aller auf sie gerichtet. Man schien von ihr zu erwarten, den Streit zu schlichten. Langsam erhob sie sich. »Ich bin sicher, dass jeder Einzelne in dieser Schlacht sein Bestes gegeben hat und trotzdem hat es nicht gereicht, Xedoc zu besiegen. Also mir persönlich macht das Angst. Und trotzdem bin ich hierher zurückgekehrt. Ich denke, wir können es uns nicht leisten, uneinig zu sein. Darauf wartet Xedoc doch nur. Also wieso konzentrieren wir uns nicht auf das, was vor uns liegt, anstatt über das zu streiten, was gewesen ist? Nur so können wir aus dieser Welt wieder einen sicheren Ort machen. Wenn ihr das schon nicht für euch wollt, dann solltet ihr das doch zumindest für die Kinder dieses neuen Zeitalters wollen.«

Linas Tonfall war immer herausfordernder geworden, je länger sie gesprochen hatte. Lupinia schenkte ihr ein anerkennendes Lächeln. »Gratuliere, du hast sie an ihrem wunden Punkt erwischt«, war die Stimme der Magierin in Linas Kopf zu hören.

Zu Linas Überraschung nickte Gwindra so heftig, dass ihre Gesichtsfalten einem Meer aus wogenden Wellen auf dem Ozean glichen. »Darauf sollten wir trinken.« Sie gab einem Zwerg aus ihrer Abordnung einen Wink, woraufhin dieser ein Fass herbeischleppte, das beinahe so groß war wie er selbst. Nur Augenblicke später hatte jeder der Anwesenden einen Becher Zwergenmet vor sich stehen.

Killron hob seinen als Erstes. »Auf die Kinder des neuen Zeitalters, und darauf, dass wir Xedoc und diesen Quallenviechern kräftig in den Arsch treten!«

Im weiteren Verlauf der Ratsversammlung hielt sich Lina, so gut es ging, zurück. Aber sie hörte zu und lernte. Als Erstes folgte der Bericht des Zentauren, der damit betraut war, die Stadt und ihre Umgebung vor den Vampiren zu schützen. Er berichtete über die Fortschritte, die sie machten, seit die mit Tageslicht angereicherten Diamanten den Blutsaugern die Zugänge zu den Häusern versperrten. Leider hätten sie es immer noch nicht geschafft, den Zugang zu finden, der die Vampire damals in die Stadt geführt hatte. Er vermutete, dass sich ein Großteil der Vampire dort untertags verkroch.

Dann war Herdred an der Reihe. Die Koboldfrau berichtete, dass ihr Orden die Oase Sindwa nun endgültig aufgegeben hatte, nachdem Xedocs Truppen diesen Teil der Noriatwüste mittlerweile auch schon erobert hatten. »Es sind hauptsächlich Stiernacken, die er dort einsetzt. Die scheinen gegen die Hitze der Wüste vollkommen immun zu sein. Und nachts kommen die Vampire. Wenn das so weitergeht, werden wir bald die gesamte Noriat an Xedoc verloren haben.« Frust sprach aus der Stimme der Koboldfrau und schien sich auf die anderen zu übertragen. Wo man hinhörte, immer waren es die Vampire, die das größte Problem darstellten.

Irgendwann konnte Lina nicht mehr folgen. Zu viele Namen von Orten, die sie nicht kannte, zu viele Bereiche, von denen sie keine Ahnung hatte. Sie hatte ihre Hände unter dem Tisch auf den Schoß gelegt und begann gedankenverloren, an dem Ring zu drehen, der an ihrem linken Mittelfinger steckte. Dem einzigen Ring, den sie trug, seit Darian ihn ihr damals geschenkt hatte, und den sie seit damals nicht ein einziges Mal abgenommen hatte. Ihre Gedanken wanderten zu Aljana. Ob sie bereits schlief? Draußen war es mittlerweile dunkel geworden. Lina hätte sie gerne selbst zu Bett gebracht, auch wenn sie sicher war, dass Mirim, die Koboldfrau, die sich seit ihrer Ankunft in Kathmarin liebevoll um Aljana kümmerte, das bestimmt gut machen würde. Vielleicht könnte sie ja …? Fürst Laudrins aufbrausende Stimme, die immer mehr nach einer rostigen Tür klang, je mehr Zwergenmet er trank, ließ sie aus ihren Gedanken hochschrecken.

»Es sind meine Truppen, die an der Barriere Nacht für Nacht diesen Angriffen ausgesetzt sind. Ich weiß, wovon ich rede, wenn ich sage, es gibt kein Mittel gegen diese Blutsauger.«

»Oh doch, das gibt es.«

Lina fuhr hoch, saß plötzlich wieder kerzengerade in ihrem Stuhl. Sie erkannte seine Stimme sofort. Es war ihr nicht möglich, einen Blick auf Darian zu werfen, denn der Gang lag in ihrem Rücken.

Laudrin hatte sich erhoben, seine Miene wie versteinert. »Was hat er hier zu suchen?« Sein Blick war anklagend auf Lupinia gerichtet.

Doch die weiße Magierin zuckte nur mit den Schultern, was den Elfenfürsten nur noch mehr verärgerte.

»Er ist kein Führer, er hat nicht das Recht, hier zu sein.«

»Das sehe ich nicht so. Er ist Drogonns Erbträger. Das berechtigt ihn.«

»Päh.« Fürst Laudrin machte ein Gesicht, als hätte er sich verbrannt. »Den Beweis dafür hat er niemals erbracht.«

»Das ist richtig«, pflichtete Jarson, einer der Koboldführer, dem Fürsten bei.

Darian, der etwas außerhalb des Kreises stehen geblieben war, schien die Herausforderung nicht anzunehmen. Er klang vollkommen gelassen, als er weitersprach: »Dann willst du also nicht wissen, wie du deine Truppen schützen kannst, Laudrin?«

»Nein, nicht wenn dieses Wissen von dir kommt. Ich traue prinzipiell keinem Dunkelelfen, und dir schon gar nicht.«

»Mich würde es allerdings sehr interessieren.« Lina schenkte Fürst Laudrin ein hinreißendes Lächeln, während sie versuchte, selbstsicher zu klingen. Niemand hier im Saal sollte merken, wie sie innerlich vor Aufregung bebte.

»Aber natürlich. Wenn du das wünschst.« Der Fürst rang sich ebenfalls ein unverbindliches Lächeln ab.

Erst als Darian näher trat, konnte Lina ihn sehen, ohne den Kopf verdrehen zu müssen. Seine ganze Aufmerksamkeit galt ihr. Für einen Augenblick schien die Welt stillzustehen, als sich ihre Blicke trafen, er den ihren mit diesen dunklen Augen festhielt, von denen sie Nacht für Nacht träumte. Ihre Hände begannen zu schwitzen. Sie hatte Schwierigkeiten, ruhig zu atmen, und ihr Puls raste wie wild, während ihr Magen verrücktspielte. Er hatte immer noch die gleiche Wirkung wie eh und je auf sie.

Dann war der magische Moment vorüber, als Darian den Blickkontakt beendete und sich an Gwindra wandte. »Es hat funktioniert.« Dabei griff er an seinen Gürtel, löste einen Lederbeutel und schüttete den Inhalt für alle gut sichtbar aus. Es klapperte, als inmitten der Asche, die sich auf den ebenholzfarbigen Tisch ergoss, eine Pfeilspitze aus dem Beutel herausfiel.

»Und was soll das bitte schön sein?« Fürst Laudrin klang amüsiert. »Hast du vor, uns zum Sandspielen einzuladen?«

Der Blick, den der Fürst erntete, ließ Lina erstarren. Sie hatte selten eine solche Abneigung in Darians Augen gesehen. Trotzdem blieb seine Stimme ruhig, als er sagte: »Das war einmal ein Vampir. Und das hier«, er deutete auf die Pfeilspitze, »ist die Waffe, mit der ich ihn erlegt habe.«

Gwindra griff nach der Pfeilspitze, drehte und wendete sie und roch dann kurz daran. »Dann ist es also doch die Schwefelverunreinigung gewesen, so wie Helengar vermutet hat?«

Darian nickte. »Ganz genau.«

»Würdest du uns das bitte genauer erklären?«, bat Lupinia.

Wieder nickte Darian. Lina hätte danach nicht sagen können, worüber genau er gesprochen hatte. Alles, was für sie zählte, war, seiner Stimme zu lauschen und sich nach außen hin ihren verwirrten Zustand nur ja nicht anmerken zu lassen.

»… und weil diese Mine auf dem Hoheitsgebiet der Zwerge liegt, schlage ich vor, die weiteren Einzelheiten mit Gwindra zu besprechen.«

Als sich Darian verabschiedete, ging ein Aufschrei durch Linas Nervenbahnen. Er durfte nicht einfach so gehen, ohne dass sie die Chance gehabt hatte, mit ihm ein paar Worte zu wechseln, alleine. Aber erst als sie das schwere Tor der Almenhalle in den Angeln quietschen hörte, erwachte sie aus ihrer Erstarrung.

»Bitte entschuldigt mich für einen Augenblick.« Lina erhob sich, ohne auf die Reaktion der anwesenden Führer zu achten und eilte hinter Darian her.

»Darian, warte.« Sie hatte das schwere Tor gerade so weit aufgeschoben, um hindurchschlüpfen zu können. Der Gang vor ihr war leer. Lina lief ein paar Schritte, ehe sie stehen blieb. Wie konnte er sich nur so schnell entfernt haben? Enttäuscht ließ sie die Schultern hängen und wandte sich wieder der Halle zu. Und da streifte ihr Blick eine Nische, auf deren Steinbank er saß. Darian erhob sich und kam auf sie zu, ganz langsam. Auf halber Armlänge blieb er vor ihr stehen und blickte zu ihr hinunter.

»Lina.«

»Darian.«

»Ich wusste nicht, dass du an den Ratsversammlungen teilnimmst.«

»Das war heute das erste Mal.« Lina tat es mit einer wegwerfenden Handbewegung ab. Sie wollte nicht über Ratsversammlungen sprechen. Eigentlich wollte sie gar nicht sprechen. Sie wollte sich einfach nur in seine Arme stürzen und in seiner liebevollen Umarmung versinken.

»Ich habe gehört, du hast eine Tochter. Ich gratuliere.«

»Danke. Sie ist …« Linas Stimme brach. Sie hätte ihm so gerne von Aljana erzählt, hätte ihn eingeladen, sie zu besuchen. Doch die Kluft, die sie zwischen ihnen spürte, machte es ihr unmöglich. Was ging bloß in seinem Kopf vor? Lina schärfte ihren Geist und versuchte, seine Gedanken zu ertasten, stieß aber nur gegen eine Mauer aus Stille. Lupinia hatte wohl recht. Er verstand es, seine Gedanken zu kontrollieren. Nicht so wie sie selbst. In ihrem Kopf herrschte absolutes Chaos. Sie spürte, dass ihr die Zeit davonlief. Gleich würde er sich abwenden und gehen. Aber noch stand er da und sah sie an, auf seine ganz eigene Art und Weise. Da öffnete sich hinter ihr die Tür des Ahnensaals. Endorven trat näher, blieb aber zwei Schritte hinter ihr stehen.

»Sie warten auf dich.«

Lina hielt ihren Blick immer noch fest auf Darian gerichtet. »Ich komme gleich.«

Darian schenkte ihr ein Lächeln, so flüchtig, dass Lina nicht wusste, ob es überhaupt dagewesen war. »Lass nur, ich muss sowieso los. Pass auf dich auf.« Ohne Endorven eines Blickes zu würdigen, wandte er sich ab und lief den Gang hinunter.

»Du auch.« Wie versteinert stand Lina da und starrte ihm hinterher.

Erst als er um die Ecke gebogen war und ihren Blick nicht mehr im Rücken spürte, war Darian wieder fähig, ruhig zu atmen. Sie auf der Ratsversammlung zu sehen, hatte ihn vollkommen aus dem Konzept gebracht. Nicht einmal Fürst Laudrins Provokation hatte er so beantworten können, wie es sich gehört hätte. Es erschreckte ihn zutiefst, dass alleine Linas Anblick ihm immer noch den Atem rauben konnte. Sie hatte so souverän gewirkt, so als ob es nichts gäbe, das sie aus der Ruhe bringen könnte. Vielleicht lag es einfach nur daran, dass sie eine Schöpferin war. Ihre magischen Fähigkeiten hatten sich enorm weiterentwickelt, seit er sie das letzte Mal gesehen hatte. Zwischen dem jungen Mädchen, das sie damals gewesen war, und der Frau von heute, lagen Welten. Es ärgerte ihn, dass sie das nur noch anziehender machte.

Darian hatte sich setzen müssen, nachdem er den Ahnensaal beinahe fluchtartig verlassen hatte. Aber der Versuch, einen klaren Kopf zu bekommen, war durch ihr Erscheinen vereitelt worden. Und dann hatte sie vor ihm gestanden und hatte ihn angesehen, beinahe schüchtern. Darian hätte zu gerne gewusst, was in diesem Moment in ihrem Kopf vor sich gegangen war.

Sie hatte versucht, in seinen Gedanken zu lesen. Nicht so forsch, wie Lupinia das tat, sondern viel vorsichtiger. So behutsam, dass er es im ersten Moment beinahe nicht gemerkt hätte. Gerade noch rechtzeitig hatte er sich dagegen geschützt. Er war versucht gewesen, diesen Schutzwall einfach fallen zu lassen, und seine Gedanken und Gefühle vor ihr zu entblößen. Endorvens Erscheinen hatte das verhindert, zum Glück. Er hatte sich auch so schon lächerlich genug gemacht. Sie immer noch zu lieben, auch wenn sie ihn längst in die Wüste geschickt hatte, war beschämend.

»Idiotischer Narr! Hast du vergessen, was sie von dir hält?«, schalt er sich selbst. Ihre Worte hallten immer noch in seinen Gedanken wider.

Darian straffte die Schultern und fiel in einen gemütlichen Laufschritt. Er musste Kathmarin so schnell wie möglich verlassen. Er würde hinter dem Drachentor auf Gwindra warten und sie auf dem Weg nach Darsheim begleiten. Während der Ratsversammlung war keine Zeit gewesen, ihr Kellnigs Antwort zu übermitteln. In der Zwischenzeit würde er Potwin aufsuchen. Die alte Koboldhexe würde bestimmt eine geeignete Tinktur für sein verletztes Ohr haben. Bestimmt keine so wirksame, wie sie Yatlyn zu brauen verstand. Aber auf die Heilkünste der Dunkelelfenheilerin würde er wohl nicht mehr zurückgreifen können.

Kaum aus den Mauern der hohen Festung getreten, warf sich Darian den Umhang über und zog die Kapuze weit ins Gesicht. Sich vollkommen zu tarnen, hielt er im Dunkeln nicht für notwendig. Die Straßen waren wie leer gefegt. Die Diamantsteine an Fenstern und Türen warfen ihr Licht auf das regennasse Kopfsteinpflaster und wurden von dort reflektiert. Ein Blick zum Blutmond sagte ihm, dass dieser bereits im zweiten Drittel war. Bald würde er voll sein, das letzte Mal in diesem Jahr. Sein Volk würde die Blutmondwende im heiligen Hain begehen. Drachenblutwein würde in Strömen fließen. Solvay würde alle Jäger aus der gesamten Calahadin zurückberufen, für diesen einen Tag. Sie würden tanzen, lachen und feiern. Alle würden sie dort sein, nur er nicht, denn er war der Ausgestoßene. Ein bitteres Lächeln stahl sich auf sein Gesicht. Er fühlte sich beinahe so alleine wie damals, an dem Tag seiner Schöpfung, als er in den Dunkelwäldern erwacht war, und nicht gewusst hatte, wer oder was er war.

Danaàns Kuss

»Komm zu mir.« Der Ruf war lockend, die Stimme liebkoste ihre Haut. Lina lief bloßfüßig durch den Wald. Nur ein Umhang schützte ihre Haut, ein roter Umhang, der das Leuchten des Blutmondes reflektierte. »Komm zu mir, mein Kind.« Die Stimme wurde immer eindringlicher. Ein wunderbarer Duft und feuchte, warme Luft umhüllte sie. Lichtdurchflutete Kaskaden warmen Wassers stürzten vor ihr in die Tiefe und versickerten im Fels. Der Sprühnebel benetzte ihr Gesicht. Lina stand vor einer Felsentür. Ihre Finger bewegten sich sicher über die in Stein gehauenen Symbole. Doch gerade als sich die Tür öffnete, riss sie ein Quengeln aus dem Schlaf. Benommen setzte sie sich auf. War das eine Vision gewesen? Sie hatte seit Aljanas Geburt keine Visionen mehr gehabt. »Nein, wohl eher ein Traum«, entschied Lina und zog Aljana die Decke wieder über die Schultern.

Immer noch in Gedanken bei ihrem Traum, stand sie auf und trat ans Fenster. Der Blutmond war beinahe voll. Noch drei Tage bis zur Blutmondwende. Eine Haarsträhne fiel ihr über die Schulter, eine kupferrote. Seltsam. Sie trat vor den Spiegel und betrachtete sich darin. Ihr Haar hatte die Farbe von Kupfer angenommen. »Dreinacht«, hauchte sie. In den lebendigsten Farben standen ihr die drei Nächte wieder vor Augen, in denen sie an Yatlyns Seite auf der Suche nach Heilkräutern durch die Dunkelwälder gestreift war. Nie zuvor und auch nie wieder danach hatte sie sich so lebendig gefühlt, war sie so eins mit der sie umgebenden Natur gewesen. Sie hatte das Gehör, den Geruchssinn und den Weitblick einer Dunkelelfe gehabt. Sie seufzte wehmütig. Damals hatte sie sich für kurze Zeit wie eine Dunkelelfe gefühlt. Ihr Blick fiel auf die schlafende Aljana, die ja zur Hälfte Dunkelelfe war. Sie würde …

»Oh mein Gott!« Plötzlich fiel es Lina wie Schuppen von den Augen. Sie konnte sich noch genau an Yatlyns Worte erinnern. »Jede Dunkelelfe trinkt in der Dreinacht von diesem Wasser, noch ehe ihr erstes Schöpfungsjahr vorüber ist. Nur so bleibt unser Geruchsinn geschärft, und unsere Reaktionsfähigkeit gesteigert. Es ist Danaàns Kuss für ihre Kinder. Du bist leider schon zu alt, um diese Fähigkeiten für immer zu behalten, Lina. Aber für die nächsten drei Nächte wirst du eine von uns sein. Du wirst hören, sehen, denken und fühlen wie eine von uns, wie eine Dunkelelfe. Das ist mein Geschenk an dich.«

Nur Augenblicke später hämmerte sie an Lupinias Tür.

»Lina, was ist passiert?« Lupinia stand schlaftrunken vor ihr.

»Entschuldige, dass ich dich geweckt habe, aber es ist wichtig.« Sie klang immer noch atemlos. »Ich muss sofort in die Dunkelwälder.«

»Oh nein, Lina. Nicht das schon wieder. Du wirst Darian dort nicht finden.« Lupinias Blick war eindringlich auf sie gerichtet. Sie stutzte. »Was ist mit deinen Haaren?«

»Das ist der Grund, weshalb ich in die Dunkelwälder muss, nicht wegen Darian. Und ich muss Aljana mitnehmen. Sie muss Danaàns Kuss empfangen.«

In Lupinias Gesicht wechselten anfängliche Erleichterung mit Verwirrung und schließlich Besorgnis. »Wovon bitte sprichst du?«

»Ach, sieh es dir doch einfach selbst an.« Anstatt eine Erklärung abzugeben, für die ihr sowieso noch die Luft fehlte, öffnete sie ihren Geist. Lupinia fand die Erklärung für Linas Aufregung in den Erinnerungen ihrer Vergangenheit.

»Oh. Das meinst du also. Die Dunkelelfentaufe.«

»Wenn du es so nennen willst. Yatlyn hat es ›Danaàns Kuss‹ genannt. Mir ist beides recht. Aber es muss in dieser Dreinacht geschehen, denn im Jahr darauf ist sie zu alt dafür.« Lina selbst mochte zu alt für Danaàns Kuss sein. Aber ihrer Tochter würde sie auf keinen Fall verwehren, was ihr als Dunkelelfe zustand.

»Fliegst du mich, oder soll ich lieber einen Drachen rufen?«

Lupinia neigte den Kopf. »Mit einem Drachen wärst du schneller. Aber du denkst doch nicht im Ernst, dass ich mir dieses Ereignis entgehen lasse! Immerhin war ich doch auch bei deiner Taufe anwesend.«

»Tatsächlich?« Lina konnte kaum glauben, was sie hörte.

Die Erinnerung zauberte ein begeistertes Lächeln auf Lupinias Lippen. »Ja, stell dir vor, ich war die einzige weiße Taube dort. Und als ich eine Runde über das Taufbecken flog, ist der Priester beinahe ohnmächtig geworden vor Schreck. Er hat von einem guten Omen gesprochen, und gesagt, dass du und Benjamin etwas ganz Besonders sein müsst. War ein Blitzmerker, der Gute.« Nun lachte Lupinia schallend, während der Schalk aus ihren Augen blitzte. »Ich möchte nicht wissen, was er getan hätte, wenn ich ihm als weiße Ratte unter die Augen gekommen wäre.«

Lupinias Heiterkeit war ansteckend und hatte jede Müdigkeit vertrieben. An Schlaf war für Lina in dieser Nacht nicht mehr zu denken. Bis in die Morgenstunden war sie damit beschäftigt, alles Nötige zusammenzupacken. Als die ersten Sonnenstrahlen die Nacht endgültig vertrieben, war Aljana gefüttert, angezogen und bereit für die Reise. »Nun wirst du zum ersten Mal sehen, wo deine tatsächliche Heimat liegt«, flüsterte Lina ergriffen.

Doch so friedlich sich dieses kleine Mädchen auch während des langen Fluges verhielt, war bald klar, dass sie es nicht in einem Tag schaffen würden. Und so beschlossen sie, eine Nacht im Drachenhorst zu verbringen. Aljana zeigte nicht die geringste Scheu vor den Himmelsgiganten, im Gegenteil. Sie stampfte enttäuscht, als sie Lina nach einer halben Ewigkeit auf Tek-Dragons Rücken endlich ins Bett brachte. Vollkommen erschöpft schlief sie bereits auf dem Weg dorthin ein. Immer noch schmunzelnd wandte sich Lina an Lupinia, die sich in Gestalt der weißen Wölfin neben Aljana ausgestreckt hatte. »Ich wusste gar nicht, dass Drachen lachen können. Und dass sie sich wie kleine Hundewelpen gebärden können, war mir auch neu.«

»Na ja, er ist eben immer wieder für eine Überraschung gut, unser souveräner Drachenfürst.« Lupinias Stimme klang schläfrig in Linas Kopf. Und während Lupinia nur kurze Zeit später ein Wolfsschnarchen vernehmen ließ, dachte Lina darüber nach, wie unendlich lange die weiße Magierin den Drachenfürsten schon kennen musste.

Bei Sonnenuntergang des nächsten Tages betrat Lina die Magiasenke. Lupinia hatte sich in die weiße Wölfin verwandelt und war am Eingang zur Senke zurückgeblieben. Es hatte keiner Worte zwischen den beiden bedurft. Beide spürten sie, dass Lina von nun an alleine weitergehen musste. »Ich werde in Gedanken bei dir sein, wenn du erlaubst«, hatte Lupinia sie wissen lassen.

Lina hatte lächelnd genickt und war weitergegangen. Kaum hatte sie ein paar Schritte getan, umfing sie der feuchtwarme Nebel, und mit ihm die Magie dieses Ortes. Selbst Aljana, die bis jetzt an ihrer Schulter gedöst hatte, schien es zu spüren.

Mit einem Mal hellwach, blickte sie sich fasziniert um. Die Farben der Blumen, die in den Felsspalten blühten, zogen sie magisch an. Und als ein Schwarm Schmetterlinge aufflog und sich einer davon auf Aljanas Hand niederließ, quietschte sie vor Vergnügen. Lina wusste nicht, wie eine Elfentaufe vor sich ging. Das hatte ihr niemand erklärt. Also folgte sie einfach ihrer Intuition. Als sie mit Yatlyn hier gewesen war, hatten sie sich beide unter die leuchtenden Kaskaden des Wasserfalls gestellt. Ein Reinigungsritual. Das konnte bestimmt nicht falsch sein. Also legte sie ihre Kleider ab, zog auch Aljana aus und trat mit ihr gemeinsam unter den warmen Wasserfall. Aljana prustete, als ihr das Wasser ins Gesicht strömte. Liebevoll strich Lina ihrer Tochter die nassen Flechten aus dem Gesicht. Lina seufzte. So viele Erinnerungen waren mit diesem Ort verbunden. Unter diesem Wasserfall hatte sie sowohl in tiefster Verzweiflung als auch in größter Glückseligkeit gestanden. Heute, hier und jetzt, war es eine Mischung aus beidem. Es wäre ein perfekter Moment gewesen, wenn Darian ihn mit ihnen geteilt hätte. So aber trat sie, Aljana immer noch auf dem Arm, alleine aus dem Wasserstrahl, hüllte sich und Aljana in einen Umhang und widmete ihre Aufmerksamkeit der Felswand aus massivem Granit. Bis zu diesem Zeitpunkt war sie nicht sicher gewesen, ob sie die Pforte, die den Eingang zu Danaàns Grotte versperrte, überhaupt finden würde. Das hatte immer Yatlyn für sie getan. Aber es schien, als würde Danaàn selbst sie anleiten. Intuitiv legte sie ihre freie Hand auf den Stein und intonierte die Worte, die plötzlich ganz klar in ihrer Erinnerung auftauchten, obwohl sie gedacht hatte, sie vergessen zu haben. Es waren Worte in der alten Sprache der Dunkelelfen. Es war eine Magie, die aus der Verbindung zwischen dem Blutmond und Menduria geboren war. Worte, die Granit zum Weichen brachten. Der Spalt war gerade breit genug, dass sie hindurchschlüpfen konnten. Die Finsternis des Ganges schien

Aljana nun doch ein wenig zu ängstigen, denn sie schmiegte sich Schutz suchend an Lina.

»Keine Angst, mein Schatz, hier sind wir sicher«, flüsterte Lina.

Doch kaum hatte sie die Worte ausgesprochen, war sie sich nicht mehr so sicher, ob das auch tatsächlich der Fall war. Sie waren nicht alleine in der Höhle. Am Rande des Beckens, das vom einfallenden Blutmond erhellt wurde, stand eine Gestalt und blickte ins Wasser.

Ganz langsam wandte sie sich um. »Ich kenne dich nicht und trotzdem bin ich deinetwegen hier.« Ihr Blick war prüfend auf Lina und Aljana geheftet.

»Yatlyn.« Lina sprach den Namen mit all der Wärme und Herzlichkeit aus, die sie für die Dunkelelfenheilerin empfand.

»Wie ich sehe, kennst du mich.« Es war Yatlyn anzusehen, dass sie in ihren Erinnerungen nach einer Begegnung mit Lina suchte, aber keine fand. »Du erinnerst mich an die Andavyanheilerin Ariana. Aber sie lebte weit vor deiner Zeit. Wer bist du also, dass Danaàn dich in ihre heilige Grotte eingelassen hat?«

Ganz langsam, beinahe ein bisschen schüchtern, ging Lina auf Yatlyn zu. Je näher sie kam, umso besser konnte sie die Elfe im roten Mondlicht erkennen. Ihr Haar hatte die tiefe Rottönung angenommen, die es auch damals in der Dreinacht gehabt hatte. In diesem Augenblick schienen die Vergangenheit und die Gegenwart eins zu sein.

»Mein Name ist Lina. Ich bin Arianas Tochter. Und du hast das einmal gewusst. Ich bin hierhergekommen, um für meine Tochter Danaàns Kuss zu erbitten, bevor sie ihr erstes Schöpfungsjahr hinter sich hat.«

»Danaàns Kuss wirkt nur bei Dunkelelfen«, sagte Yatlyn vorsichtig.

Lina nickte. »Ich weiß. Aber meine Tochter ist zur Hälfte Dunkelelfe.«

»Zur Hälfte Dunkelelfe? Wie darf ich denn das verstehen?«

Lina seufzte bedauernd, als sie das Unverständnis in Yatlyns Gesicht sah. »Ich würde es dir gerne erklären. Aber ich fürchte, du wirst mir nicht glauben.«

»Wieso versuchst du es nicht einfach? Weißt du, hier in Danaàns Grotte kann nur die Wahrheit bestehen. Danaàn hätte mich nicht nach all den Jahren hierhergerufen, wenn es nicht wichtig wäre.« Yatlyn hatte sich auf den Rand des Wasserbeckens gesetzt und bedeutete Lina, es ihr gleichzutun, wobei sie Aljana die ganze Zeit über nicht aus den Augen ließ.

Ohne zu zögern, folgte Lina der Einladung. Mit Aljana auf ihren Knien begann sie, ihre Geschichte zu erzählen, in der Yatlyn keine unbedeutende Rolle gespielt hatte. Sie berichtete von ihrer Zeit, die sie an Aswans Seite zugebracht hatte, erzählte von ihren gemeinsamen Abenden bei Drachenblutwein und Honigkuchen und von der Dreinacht, die sie gemeinsam in den Dunkelwäldern zugebracht hatten. Lina ließ kein Detail aus, sodass sich am Ende ein lebendiges, farbenfrohes Bild vor Yatlyn ausgebreitet hatte, das die Augen der Dunkelelfe vor Begeisterung leuchten ließ.

»Das ist die unglaublichste Geschichte, die ich je gehört habe, und ich bedaure, dass ich mich nicht daran erinnern kann, aber ich glaube dir. Weißt du, es lässt auch die Geschichte meines Volkes in einem anderen Licht erscheinen und die unseres einstigen Clanführers. Ich habe nie verstanden, wieso er uns in diese Ödnis am Rande Mendurias geführt hat. Nun aber ergibt es einen Sinn, auch wenn der Preis, den wir bezahlt haben, wahrlich hoch war.«

»Da hast du recht.« Lina fand, dass es ein zu hoher Preis für ein Volk war, und wieder begann ihr Gehirn das »Was wäre geschehen, wenn«-Spiel zu spielen, als Yatlyn sie aus ihren Gedanken riss.

»Das heißt also, sie ist die Erste. Mit ihrer Geburt wurde der Schöpferfluch gebrochen?«

Lina nickte und strich Aljana, die mittlerweile in Linas Armen eingeschlafen war, zärtlich durchs zerzauste Haar.

»Gerüchte, dass wieder Kinder in Menduria geboren werden, sind bis zu uns in die Calahadin vorgedrungen, aber sie ist das Erste, das ich mit eigenen Augen sehe.« Ein verträumtes Lächeln umspielte den Mund der Dunkelelfe, als sie Aljanas Hand vorsichtig in ihre eigene legte. Dann fragte sie schüchtern, wie Lina das noch nie bei Yatlyn erlebt hatte: »Würdest du mir die Ehre erweisen? Darf ich Danaàn um ihren Kuss für dein Kind bitten, so wie ich es bei den anderen Dunkelelfen gemacht habe?«

»In meiner Welt wärst du damit ihre Taufpatin. Es wäre mir eine große Freude, wenn du das tun würdest.« Lina lächelte verschmitzt und auch ein bisschen erleichtert. Sie hätte sowieso nicht so recht gewusst, was zu tun war.

Ganz vorsichtig nahm Yatlyn Aljana auf den Arm und stieg mit ihr in das mit rotem Wasser gefüllte Becken. Es war ihr anzusehen, dass es auch für sie ein ganz besonderer Moment war. Yatlyn hielt zum ersten Mal in ihrem Leben ein Kind in den Händen, obwohl sie bereits so viele Jahrhunderte alt war. Ihr verzückter Gesichtsausdruck sprach Bände und führte Lina vor Augen, wie tief greifend diese Kinder des neuen Zeitalters Menduria verändern würden.

Aljana war aufgewacht, zeigte aber keine Scheu. Neugierig blickte sie zur Grottendecke, von wo aus das rote Licht des Blutmondes einfiel. Und dann geschah etwas, das Lina vollkommen die Sprache verschlug. Der Lichtstrahl schien sich zu verdichten, verwandelte sich in roten Nebel, der sich in sich selbst zu drehen begann, bis sich schließlich die Silhouette einer nebelhaften Frauengestalt herauskristallisierte.

»Danaàn«, hauchte Lina ergriffen, während Yatlyn noch

einen Schritt näher trat, sodass Aljana die Gestalt mit ihrer ausgestreckten Hand berühren konnte. Für einen Moment schienen Aljanas Finger mit der der Nebelgestalt zu verschmelzen, ehe sie sich bückte und Wasser aus dem Becken schöpfte. Die Magie des Augenblicks war greifbar und ließ Lina erstarren. Wie gebannt sah sie zu, wie Danaàn das Wasser über Aljanas Köpfchen laufen ließ und ihr danach die Lippen benetzte. Aljana gluckste und schleckte sich über die Lippen. Sie schien das Ganze für ein aufregendes Spiel zu halten. Es herrschte absolute Stille in der Grotte. Nur das leise Platschen der Wassertropfen war zu hören, als sie ins Becken zurückfielen. Und dann war eine Stimme zu hören, die nicht von dieser Welt stammte und als leiser Nachhall in den Gedanken der Anwesenden verklang. »Ich segne dich, Aljana von den Dunkelelfen.«

Tränen der Rührung liefen Lina über die Wangen. Es war einer der ergreifendsten Momente ihres Lebens und sie war dankbar, ihn mit jemandem teilen zu dürfen. Yatlyn war nicht minder gerührt. Auch ihre Augen schwammen in Tränen. Schließlich zerfloss die Gestalt wieder in den Nebel und löste sich langsam auf. Zurück blieb der klare rote Strahl des Blutmondes.

»Ich habe sie noch nie so deutlich wahrgenommen«, sagte Yatlyn mehr zu sich selbst und so leise, als hätte sie Angst, den Augenblick zu zerstören. »Es ist allerdings schon lange her, dass ich es zum letzten Mal tun durfte. Und die Dunkelelfen waren alle älter.« Wehmut lag in ihren Zügen, als sie Aljana wieder an ihre Mutter übergab.

»Ich bin sicher, jetzt wo der Schöpferfluch gebrochen ist, wirst du das wieder sehr oft tun.« Lina versuchte, aufmunternd zu klingen.

Doch Yatlyn schüttelte bedauernd den Kopf. »Dies scheint nicht für die Calahadin zu gelten.«

»Wieso kehrt ihr dann nicht zurück?« Lina verstand nicht, was die Dunkelelfen dort noch hielt.

»Das ist die Entscheidung unseres Clanführers. Und Solvay hat entschieden, noch zu bleiben.«

Solvay. Lina kannte ihn gut. Er war die Besonnenheit in Person. Wieso nur hatte er eine so seltsame Entscheidung getroffen?

»Ich werde noch einmal mit ihm reden. Ich werde ihm von dir und Aljana erzählen, wenn ich in die Calahadin zurückkehre. Ich werde es allen erzählen. Ich bin sicher, das wird sie umstimmen.«

Doch Lina wehrte ab. »Ich würde dich bitten, es nicht zu tun. Ich weiß nicht, wieso, aber ich habe das Gefühl, dass das nicht gut für Aljana wäre. Xedoc würde es irgendwie erfahren, und ich möchte, dass er so wenig wie möglich über sie weiß.«

»Ich kann deine Sorge verstehen. Es ist nicht leicht, ein Geheimnis vor Xedoc in der Calahadin zu bewahren. Aber bitte lass mich wenigstens mit Solvay sprechen. Er ist vertrauenswürdig, selbst nach all den Jahren in der Calahadin.«

Lina konnte nur hoffen, dass Yatlyn sich nicht irrte, also gab sie ihr Einverständnis.

Noch lange nachdem sie die Grotte verlassen hatte und bereits wieder auf Pegasus' Rücken saß, waren ihre Gedanken bei Yatlyn und Danaàn, die sie so noch nie wahrgenommen hatte.

»Sie ist ein mächtiges Naturwesen und eine Schicksalslenkerin«, war plötzlich Lupinias Stimme in ihren Gedanken. »Sie ist ebenso alt wie Menduria selbst und es ist ein gutes Zeichen, dass sie Aljana unter ihren Schutz gestellt hat.«

Lina nickte nachdenklich. Sie hatte gespürt, dass Lupinia die ganze Zeremonie durch ihre Augen miterlebt hatte. Es war ein schönes Gefühl gewesen, diesen Moment auch mit der weißen Magierin teilen zu können.

Machtkämpfe

Im letzten Augenblick konnte Lina den Schwerthieb abwehren. Die Erschütterung spürte sie bis in die Knie. Erstaunt über den kraftvollen Hieb blickte sie Endorven an. Das war doch sonst nicht seine Art in einem Übungskampf. Die tiefblauen Augen zusammengekniffen, blickte der Lichtelf tadelnd auf sie herab.

»Du konzentrierst dich nicht.«

Nein, in der Tat nicht. Immer wieder wanderten ihre Augen zu Aljana, die ein wenig abseits stand und mit hochkonzentrierter Miene Endorvens Schwerthiebe nachahmte. Ihr kleines Holzschwert zerschnitt zischend die Luft.

Endorven räusperte sich. »Bist du wieder bereit?«

Anstatt zu antworten, deutete Lina in Aljanas Richtung. Selbst Endorven konnte sich ein kurzes Lächeln nicht verkneifen. Dann war er allerdings gleich wieder der Schwertkampflehrer, trat zu Aljana und ging neben ihr in die Hocke. Trotzdem überragte er sie noch um ein ordentliches Stück. »Das machst du sehr gut«, lobte er. »Aber du stehst nicht auf dem richtigen Bein.« Ganz vorsichtig versuchte er, Aljanas linkes Bein ein Stück nach hinten zu schieben.

»Aber Mama steht auch so.« Die Empörung war ihr anzusehen, was Lina nur noch mehr zum Schmunzeln brachte.

»Das ist richtig. Aber auch deine Mama sollte so nicht stehen. Das versuche ich ihr schon lange beizubringen.« Ein kurzer Seitenblick traf Lina und sollte seinen Tadel unterstreichen, ehe er seine Aufmerksamkeit wieder Aljana widmete. »Weißt du, das ist eine Grundstellung der Dunkelelfen. Die kämpfen mit zwei Schwertern, dafür ohne Schild.«

Aljana überlegte kurz. »Ja, aber meine Mama sagt, ich bin eine halbe Dunkelelfe. Dann stehe ich doch richtig.«

»Aber du …« Kopfschüttelnd gab sich Endorven geschlagen. An Lina gewandt, meinte er schließlich: »Ich glaube, es genügt für heute.«

Lina nickte und steckte das Andavyanschwert wieder in die Lederscheide an ihrem Gürtel. »Sie schlägt dich bereits jetzt mit Worten, Endorven«, meinte sie schmunzelnd. »Du solltest dich in Acht nehmen, dass sie es nicht eines Tages auch mit ihrem Holzschwert tut.«

Endorven tat entsetzt. »Ich fürchte, das sollte ich.«

Der Schrei eines Falken zerriss die warme Sommerluft und ließ alle Anwesenden nach dem Vogel Ausschau halten.

»Lupinia!« Aljana ließ das Holzschwert fallen und hob den Arm, um den weißen Falken in Empfang zu nehmen. Doch die weiße Magierin landete nicht auf ihrer Hand, sondern stieß ihre Krallen in den weichen Grasboden, ehe sie sich in ihre menschliche Gestalt verwandelte.

»Wieso bist du nicht auf meine Hand geflogen?« Aljana schürzte die Lippen.

»Tut mir leid, meine Kleine, du trägst keinen Handschuh. Ich hätte dir den Arm zerkratzt.«

»Ach so. Darf ich dafür wieder auf dir reiten?«

Lupinia warf den Kopf in den Nacken und lachte befreit. »Das machen wir, wenn deine Mama in Jandamer ist. Dann haben wir dafür jede Menge Zeit. Jetzt würde ich aber gerne noch etwas mit ihr besprechen. Vielleicht siehst du in der Zwischenzeit bei Konvyn in der Küche vorbei. Wenn ich den Duft richtig gedeutet habe, dann bäckt er gerade Honigplätzchen mit Zimt.«

»Oh ja!« Das Funkeln in Aljanas Augen verriet ihre Begeisterung. Sie wollte bereits losstürmen, als Lina sie zurückrief. Unter lautem Protest ließ sie sich von Lina die Haare neu zusammenbinden. »Mamaaa.«

»Jetzt halt schon still. Wenn du aussiehst wie ein Klobesen, wirft Konvyn dich aus der Küche, noch ehe du ihm ein Honigplätzchen abgeschwatzt hast.«

Lina band die Lederschnur fest und zog Aljana in ihre Arme. Dann legte sie ihre Lippen an Aljanas Hals und prustete, so kräftig sie konnte. Aljana quietschte vergnügt.

»So, und jetzt sieh zu, dass du zu deinen Honigplätzchen kommst.«

So schnell sie ihre Beine trugen, spurtete die Kleine los, während Lina ihr verträumt hinterherblickte.

Für Lina war Aljana immer noch das größte Wunder, das ihr je widerfahren war. Was sie in den ersten Lebensmonaten ihrer Tochter bereits festgestellt hatte, setzte sich weiter fort. Aljana wuchs viel schneller, als das bei einem Menschenkind der Fall gewesen wäre. Obwohl sie erst zweieinhalb Jahre in Menduria lebten, hatte Aljana den Entwicklungsstand eines vielleicht dreieinhalbjährigen Kindes erreicht, eines sehr begabten dreieinhalbjährigen Kindes. Sie sprach beinahe fehlerfrei, hatte ein sonniges und offenes Gemüt und war äußerst wissbegierig. Alles Eigenschaften, die auch Lina als Kind nachgesagt worden waren. Von ihrem Vater hatte sie die überaus schnelle Reaktionsfähigkeit und das motorische Geschick geerbt. Im Aussehen glich sie Darian mittlerweile immer mehr. Ihre Figur war drahtig, sie hatte bereits jeglichen Babyspeck verloren. Und zu Linas Leidwesen hatte sie auch die Haare ihres Vaters geerbt.

Lina war ständig damit beschäftigt, Aljanas Zausemähne zu bändigen.

Lina wusste jetzt schon, dass sie ihren kleinen Schatz schmerzlich vermissen würde, wenn sie morgen nach Jandamer aufbrechen würde. Als Aljana noch kleiner gewesen war, hatte Lina sie immer mitgenommen, wenn sie die Gedankenströme besucht hatte. Gemeinsam waren sie an einem einsamen Strand baden gegangen oder hatten im Schnee gespielt, selbst wenn es in Menduria gerade Sommer gewesen war. Aber der Weg nach Jandamer war anstrengend und nicht ganz ungefährlich. Immer mehr Vampire streunten mittlerweile durch die Wälder der Eldorin. So nahm Lina Aljana nur noch mit, wenn sie den Weg auf Lupinias Rücken zurücklegen konnten. In der Luft war der Pegasus für die Blutsauger unerreichbar.

Leider musste Lupinia immer öfter in Kathmarin bleiben, während Lina sich mit Serendra darum kümmerte, die Barrieren der einzelnen Gedankenströme zu pflegen und gegebenenfalls zu reparieren. Immer seltener kam es vor, dass sie es mit einem Aufwallen des vernichtenden Nebels zu tun hatten. Es schien, als könnten sie den Nebel tatsächlich besiegen. Und wann immer es ihr möglich war, nutzte Lina die Gelegenheit, sich neues Wissen aus dem ›Hexenkeller‹ und der Treppenbibliothek anzueignen. Selbst wenn es nicht immer nur angenehm war, die Bücher der Andavyan zu lesen. Besonders diejenigen, die über die Haegothkriege verfasst worden waren, erschreckten Lina zutiefst. Trotzdem stellte sie sich auch diesen. Die Worte der weißen Magierin klangen ihr noch in den Ohren: »Es ist besonders wichtig, dass du dir gerade diese Bücher genau ansiehst. Nur so kannst du dir ein Bild davon machen, mit welcher Art von Feind wir es zu tun haben.«

Noch lange Zeit nachdem sie die Bibliothek im Wächterturm verlassen hatte, waren die Bilder, die ihr die Symbole der Bücher offenbart hatten, in ihrem Kopf präsent. Andavyan musste eine im Weltenmeer einzigartige Oase gewesen sein, ehe sie den Haegoth in die Hände gefallen war. Alt wie das Weltenmeer selbst waren sie wie die Heuschrecken über Lupinias Welt hergefallen. Jahrhunderte hatte der Kampf gedauert, der immer heftiger getobt und immer mehr Opfer gefordert hatte, während die Andavyan in ihrer eigenen Welt immer weiter zurückgedrängt worden waren. Schließlich hatten sich die Haegoth einen Weg ins Energienetz der Welt erzwungen, die sie bis dahin nur oberflächlich ausgesaugt hatten. Das war der Untergang Andavyans gewesen. Lina bekam einen Vorgeschmack des Schicksals, das Menduria drohte, sollten die Haegoth es schaffen, die magische Barriere zu durchbrechen. Je mehr Lina aus den Büchern erfuhr, umso mehr fragte sie sich, weshalb sich das Gezeitenbuch ihr entzogen hatte. Sie war überzeugt davon, dass dieses Buch das Schicksal Mendurias zum Guten wenden könnte. Und so war es nun sie selbst, die nach dem Buch zu suchen begann, das so viele Hunderte Jahre lang nach ihr gesucht hatte. Wann immer sie die Bibliothek betrat, hielt sie Ausschau nach dem Gezeitenbuch. Ganz bestimmt würde sie das auch dieses Mal tun.

So als hätte er ihre Gedanken gelesen, fragte Endorven: »Wann möchtest du morgen aufbrechen?«

»Bei Sonnenaufgang.«

»Ich werde bereit sein.«

»Danke, Endorven. Ich weiß das zu schätzen.«

Die Wurzeln der Bäume hatten sich über die Jahrhunderte einen Weg durch die Grottendecke gebahnt. Moos bedeckte die Wände, und Farne hatten sich in den Ritzen eingenistet. Dadurch wirkten die Dampfgrotten noch mystischer, überhaupt im Dunkeln, wenn die Bernsteine ihr sanftes Licht verströmten, und sich das von ihnen gespeicherte Tageslicht im Nebel der Grotte brach. Darian streifte seine Kleidung ab und stieg in eines der tieferen Becken, das ganz nahe am Wasserfall lag. Mit einem wohligen Seufzen versank er im warmen Wasser. Auf diesen Augenblick hatte er sich schon seit Tagen gefreut. Hier fühlte er sich seinem Volk näher als irgendwo sonst in Menduria. Hier lag seine Vergangenheit. Eine Zeit, in der die Welt noch einfacher gewesen war. Heute standen die meisten Quartiere der Osthöhlen leer, so wie die anderen Höhlenstädte auch. Nur wenige mutige Kobolde lebten in dem Gebiet, das einst das Hoheitsgebiet der Dunkelelfen gewesen war. Darian wusste, woran das lag. Die Vorangegangenen, deren Präsenz im ganzen Waldgebiet mehr als deutlich zu spüren war, machten dem kleinen Volk Angst. Dabei waren die Seelen der verstorbenen Dunkelelfen für die Kobolde bei Weitem nicht so gut wahrnehmbar wie für ihn. Besonders hier in den Dampfgrotten, wo sie durch die Wurzeln der Bäume zu ihm zu sprechen schienen. »Wann? Wann dürfen wir zurückkehren?« Darian hatte sich eingebildet, diese Frage im Wind zu hören, der durch die Felsspalten wehte. Möglich war allerdings auch, dass es am Zwergenmet lag, dem er in letzter Zeit mehr frönte, als gut für ihn war. Eigentlich hatte er versucht, die schrecklichen Bilder der von ihm erlegten Vampire damit zu verscheuchen, die ihn oft im Schlaf heimsuchten. Aber mittlerweile wusste er, dass dieses süße Teufelsgebräu seine Erinnerungen nicht betäubte, sondern ganz im Gegenteil Bilder in seinen Geist schickte, die dort gar nicht sein dürften. Immer war es Lina, die darin auftauchte. Immer war es dieselbe Szene, die er sah. Sie kämpfte gegen ihn an. Wie ein wild gewordener Zentaur trat sie nach ihm, biss ihn, versuchte, ihm die Augen auszukratzen, während er verzweifelt versuchte, ihre Lippen mit seiner Hand zu verschließen. Irgendwie war er in dieser Schreckensvision nicht er selbst. »Darian, das darfst du nicht!« Ihr Schrei zerriss diesen Traum. Mit rasendem Puls erwachte er dann, immer schweißgebadet. Auch diesmal war es nicht anders. Er war eingeschlafen, der leere Krug Zwergenmet lag neben dem Beckenrand. Darian fuhr sich mit der Hand übers Gesicht, so als könne er die Erinnerungen damit fortwischen.

»Darian, kannst du mich hören?« Die Stimme war in seinem Kopf, ganz leise nur, aber mit einer Autorität, die durch seinen benebelten Geist schnitt.

Lupinia. Die weiße Magierin versuchte bereits seit Tagen, zu ihm durchzudringen. Bis jetzt hatte er sich taub gestellt. Doch das funktionierte mittlerweile nicht mehr. Viel zu penetrant waren ihre Rufe geworden.

»Was willst du?« Darian konnte nur hoffen, dass der Unwille, den er in die Frage gelegt hatte, auch über diese weite Entfernung bei ihr ankam.

»Komm nach Kathmarin! Ich habe mit dir zu sprechen.«

»Ich wüsste nicht, was wir beide zu besprechen hätten.«

Für einen Augenblick herrschte Stille in seinen Gedanken. Beinahe hatte er zu hoffen gewagt, dass sie dies als »Nein« auffassen und akzeptieren würde. Doch das tat sie nicht.

»Ich befehle es dir! Komm nach Kathmarin.«

Darian schnaubte ärgerlich. Interessanterweise galt der größte Teil seines Ärgers nicht ihr, sondern sich selbst, weil er diesem Befehl Folge leisten würde. Es war eine Sache, die Andavyanmagierin zu ignorieren. Aber einen Befehl von ihr, der Führerin der freien Völker, zu verweigern, war etwas anderes. Auch wenn er Lupinia nicht besonders mochte, würde er nicht so weit gehen.

»Ich komme, aber das wird dauern.«

Ihre Stimme in seinem Kopf klang beinahe vergnügt, als sie antwortete. »Nimm einen Drachen, dann geht es schneller. Tek-Dragon weiß bereits Bescheid. Er schickt dir einen der seinen.«

Darian stemmte sich aus dem Wasser, und wünschte augenblicklich, er hätte es nicht getan. Sein Kopf begann wie rasend zu hämmern, ihm war schwindlig und furchtbar übel. Das durfte so nicht weitergehen. Mit Todesverachtung trat er unter den eiskalten Strahl des Wasserfalls und blieb dort stehen, bis er am ganzen Leib zitterte. Dann zog er sich an und machte sich auf den Weg in die Küche, wo er sich von den Kobolden etwas zu essen und ein starkes Röstbohnengebräu bringen ließ. Eine Prozedur, die sonst nur die Zentauren bei Zwergenmetkater praktizierten. Den Rest würde der eiskalte Wind des Titanengebirges auf dem Weg nach Kathmarin erledigen.

Die Sonne ging gerade auf, und verdrängte das Zwielicht, dem die Gefahr der Nacht anhaftete. Auch wenn Lina den Sonnenaufgang gerne in freier Natur erlebt hätte, war Endorven nicht bereit gewesen, die Stadt zu verlassen, ehe es vollkommen hell war und auch die letzten Nebel sich gelichtet hatten. Kathmarin erwachte zu neuem Leben. Die ersten Fuhrwerke rumpelten bereits über das Kopfsteinpflaster. Bald würde es auf den Straßen kein Weiterkommen mehr geben. Aus Hallnicks Schmiede war bereits das Schlagen von Hämmern auf Eisen zu hören, während auf der anderen Seite ein paar Koboldfrauen lautstark zankten. Die Geräuschkulisse entlockte Lina ein Lächeln. Auch wenn sie das geschäftige Treiben Kathmarins mochte, freute sie sich auf ein paar Tage in der ruhigen Abgeschiedenheit Jandamers.

Doch kaum hatte sie das Trolltor passiert, erfasste sie ein seltsames Gefühl. War es richtig, gerade jetzt nach Jandamer aufzubrechen? Aljana war bei Lupinia gut aufgehoben. Wieso also drängte es sie, jetzt umzukehren? Kopfschüttelnd streifte sie ihre Zweifel ab und gab ihrer Elfenstute die Erlaubnis, loszugaloppieren. So sah sie auch den Drachen nicht, der am anderen Ende der Stadt zur Landung ansetzte.

Set-Dragons Krallen bohrten sich in den lehmigen Boden, als er vor dem Drachentor aufsetzte. Er wäre auch direkt in der Hohen Festung gelandet. Aber das wollte Darian nicht. Durch die Stadt hinauf zur Hohen Festung zu gehen, gab ihm die Möglichkeit, ein Gefühl für die Stimmung innerhalb der Stadtmauern zu bekommen. Und ganz nebenbei wollte er einfach nur Zeit schinden. Er konnte sich vorstellen, was Lupinia von ihm wollte. Es war die alte Geschichte. In einem stummen Selbstgespräch äffte er die weiße Magierin nach: »Akzeptiere Drogonns Erbe … Führe die Armee der freien Völker an … bla bla bla …«

Mit dieser Geschichte kam sie ihm jedes Mal, wenn sie einander begegneten, was zum Glück nur selten vorkam. Aber zu sich nach Kathmarin hatte sie ihn noch nie zitiert. Es würde ihr trotzdem nichts nützen. War sie denn blind? Er war der ungeeignetste Führer, den es für diese Armee geben konnte! Die Lichtelfen verachteten ihn, die Kobolde ignorierten ihn, abgesehen von Herdred, die ihn, wann immer sie ihn traf, mit offener Abscheu betrachtete. Sie hatte ihm den Zwischenfall in der Oase Sindwa und den Zustand, in dem er Lina damals angeschleppt hatte, wohl immer noch nicht verziehen. Außer den Zwergen, zu denen sein Verhältnis gut war, hatte er im Rat also keine Freunde. Einzig Killron, der Zentaur, war mit genügend Zwergenmet im Blut ein vernünftiger Gesprächspartner. Und er, der es nicht einmal verstanden hatte, sein eigenes Volk zu führen, sollte diesen Haufen untereinander zerstrittener Führer zu einer schlagkräftigen Armee machen? Einfach lächerlich.

Das Drachentor zu passieren, stellte keine Schwierigkeit für ihn dar. Allein schon die Tatsache, dass er auf einem Drachen gekommen war, sagte den Torwachen, dass er in der Stadt willkommen sein musste. Trotzdem zog es Darian vor, die Kapuze so tief wie möglich ins Gesicht zu ziehen. Natürlich hätte er den Umhang auch wenden und vollkommen getarnt in die Stadt gelangen können. Doch er hatte nicht vor, sich zu verstecken. Die weiße Magierin hatte ihn zu sich befohlen, also würde er das ganz offiziell hinter sich bringen und nicht wie ein Dieb in der Nacht. Mit dem anbrechenden Tag schien das Leben in die Stadt zurückzukehren, als sie langsam erwachte. Immer noch lag ein Hauch von Angst in der Luft, den die Vampire in die Herzen der Einwohner gepflanzt hatten. Selbst die Diamantbrocken, die in den verschiedensten Formen an Fensterbrettern und Türrahmen befestigt waren, konnten daran nichts ändern. Jetzt glommen sie nur noch schwach. Sie würden den ganzen Tag dafür brauchen, um wieder genügend Sonnenlicht für die Nacht zu speichern. Noch war nicht viel los auf den Straßen. Das ermöglichte ihm ein rasches Vorankommen. Mittlerweile hatte er die Festungsmauern erreicht. Das Tor war noch geschlossen. Nur eine kleine Seitenpforte stand offen. Ein Kobold, der auf einem Podest stand, rief ihm zu: »Wer bist du, und was willst du?«

Darian streifte sich die Kapuze vom Kopf und blickte dem Kobold direkt in die kleinen gelben Augen. »Darian von den Dunkelelfen. Ich werde von Lupinia erwartet.«

Er konnte nicht umhin, die Reaktion des Kobolds zu genießen, der bei der Erwähnung seines Namens scharf die Luft einzog. Darian war sich aber auch bewusst, dass ein Dutzend Pfeile auf ihn gerichtet waren. Er konnte das Knirschen der Bogen auf der Wehrmauer hören, als sie gespannt wurden.

Ein stämmiger Kobold kam mit festen Schritten auf die Pforte zu und bellte: »Lasst ihn passieren. Er wird tatsächlich erwartet.«

Darian grinste boshaft. »Ich grüße dich, Karron. Und herzlichen Dank auch für den warmen Empfang.«

»Darian.« Der Kobold rang sich ebenfalls ein kurzes Nicken ab. »Du weißt ja, wie das mit den dubiosen Gestalten heutzutage ist. Man kann nicht vorsichtig genug sein. Und du gehörst normalerweise nicht zu denen, die durch die Vordertür hereinspaziert kommen.«

Darian beschloss, das als Kompliment zu nehmen. Er neigte den Kopf zur Seite, wobei sein Grinsen noch boshafter wurde. »Wir sollten das bei einer Runde Kerben genauer erörtern.«

Karron reagierte genau, wie Darian erwartet hatte. Mit leuchtenden Augen sagte er: »Sag wann und wo, ich bin bereit.«

»Lass mich erst den offiziellen Teil hinter mich bringen. Dann stehe ich dir gerne zur Verfügung.«

Mit einer einladenden Geste gab Karron den Weg frei. »Du kennst den Weg.«

Sich des Getuschels der Kobolde im Rücken bewusst, marschierte Darian los. Auch die Bogenschützen der Lichtelfen, die ihn von der zweiten Ringmauer aus beobachteten, entgingen ihm nicht. Die hohe Festung war angemessen gesichert, das musste Darian zugeben. Aber wie sah es mit der abgewandten Seite der Festung aus? Darian wusste selbst nicht, weshalb ihn das plötzlich interessierte. Er gab der Versuchung nach und schlug den schmalen Pfad ein, der ihn am Rande der Ringmauer auf die Rückseite brachte. Dort war eine große Grünfläche angelegt, die er sonst immer nur vom Rücken eines Drachen aus betrachtete. Zwei weit ausladende Trauerweiden dominierten die gepflegte Gartenlandschaft. Für Darians Geschmack wurde die Natur hier viel zu sehr im Zaum gehalten, eben genau so, wie es die Lichtelfen gerne mochten.

Und dann wurde seine Aufmerksamkeit auf einen Kobold gelenkt, der im hintersten Teil des Gartens mit einem Holzschwert Fechtübungen durchführte. Auch wenn er ihn nur von hinten sehen konnte, fiel Darian auf, dass irgendetwas mit der Statur des Kobolds nicht stimmte. Der Kopf war viel zu klein, das strubblige Haar viel zu lang. Auch die Art, wie er das Schwert führte, war seltsam. Nicht dass die Bewegungen ungeschickt gewesen wären, aber er führte das Schwert mit der linken Hand, nicht mit beiden Händen, wie es die Art der Kobolde gewesen wäre. Neugierig geworden, trat Darian näher. So, als ob der Kobold seine Anwesenheit gespürt hätte, drehte er sich plötzlich um. Darians Augen weiteten sich. Fassungslos blickte er den kleinen Kobold an, der niemand anderes sein konnte, als Linas Tochter. Die gleichen Augen, der gleiche neugierige offene Ausdruck darin. Ein ganz eigenartiges Gefühl beschlich ihn. Als sie ihn entdeckte, ließ sie das Schwert sinken, beinahe so, als würde sie sich dafür schämen, beim Üben beobachtet worden zu sein.

»Das war nicht schlecht. Aber wieso führst du das Schwert nicht mit beiden Händen?«

»Weil ich die andere Hand für ein zweites Schwert frei brauche.«

Darian zog die Stirn kraus. »Du hast also vor, später einmal nach Art der Dunkelelfen zu kämpfen. Das erfordert sehr viel Übung.«

Sie nickte so heftig, dass ihr einige Haarsträhnen aus dem Lederband rutschten, das im Nacken gebunden war. »Das sagt Endorven auch.«

Endorven unterrichtete sie also. Irgendwie stieß ihm das bitter auf. Warum nur? Das ging ihn doch gar nichts an. Trotzdem war er vollkommen hingerissen von dem kleinen Mädchen, das sich so offen mit ihm unterhielt, als wären sie alte Freunde.

»Endorven sagt, die Dunkelelfen üben viele Hundert Jahre, um mit zwei Schwertern kämpfen zu können«, sagte sie. Darian bemerkte, dass sie abwechselnd über seine beiden Schultern schielte, wo die Schwertknäufe zu sehen waren. Er war gespannt, wie lange es dauern würde, bis sie ihn danach fragte.

»Da hat er vollkommen recht. Dunkelelfen üben lange. Aber sag mal, wieso möchtest du denn unbedingt kämpfen lernen wie ein Dunkelelf?«

»Weil mein Papa ein Dunkelelf ist.« Eine begeisterte Geste

begleitete diesen Satz. »Er hat auch zwei Schwerter, so wie du.« Es dauerte nur einen Augenblick, bis sie weiterfragte: »Bist du auch ein Dunkelelf?«

Darian nickte langsam. »Ja, das bin ich.«

Nun war ihre Begeisterung nicht mehr zu bremsen. »Kennst du meinen Papa? Mama sagt, er ist ein ganz berühmter Schwertkämpfer, der beste von allen.«

Darian schluckte schwer. Was hatte Lina ihr bloß erzählt? »Nein, kleiner Kobold, ich kenne ihn nicht.«

Ein wildes Funkeln lag in ihren Augen, als sie erwiderte: »Ich bin kein kleiner Kobold. Mein Name ist Aljana.«

Das war doch …! Darian verschlug es den Atem. Aljana, die weibliche Form von Aljandir. Diesen Namen hatte er einst getragen. Lina war tatsächlich so weit gegangen, sie nach ihm zu benennen. Aber woher hatte sie das gewusst? Darian war sich nicht sicher, ob er sich darüber ärgern, oder sich geschmeichelt fühlen sollte.

Aljana selbst riss ihn aus seinen Gedanken. »Und wer bist du?«

»Mein Name ist Darian.«

»Hallo Darian.« Sie streckte ihm ihre Hand entgegen, so wie Lina das einst auf der Dämonenklippe gemacht hatte. Darian sank vor ihr auf ein Knie, um zumindest halbwegs mit ihr auf Augenhöhe zu sein, ergriff die kleine Hand und schüttelte sie vorsichtig.

Aljana schenkte ihm ein strahlendes Lächeln. »Mama sagt, es ist wichtig, höflich zu sein.«

»Da hat sie vollkommen recht.«

Darian hatte alles um sich herum vergessen, blickte nur noch auf den kleinen Kobold mit dem strahlenden Lächeln. Er hatte in den letzten beiden Jahren schon mehrfach Kinder des neuen Zeitalters gesehen. Hauptsächlich Zwergenkinder, aber auch ein paar Koboldkinder. Sie waren alle irgendwie niedlich gewesen. Aber dieses Kind hier war etwas ganz Besonderes. Sie war Linas Kind. Ob auch sie Heilkräfte besaß? Die Wärme, die von ihrer Hand ausging, war mehr als nur Körperwärme. Sie erwärmte sein Herz, das so sehr unter der Kälte der letzten Jahre gelitten hatte. Er wünschte, sie wäre tatsächlich sein Kind.

»Willst du zu meiner Mama?«, erkundigte sich Aljana, die bereits unruhig zu zappeln begonnen hatte.

Er hatte gehofft, Lina zu sehen. Obwohl er nicht wusste, wie sie reagieren würde. Er wusste ja nicht einmal, wie er selbst reagieren würde. Wie immer, wenn er an sie dachte, war es ein Gefühlschaos, das ihn beunruhigte. Aber das behielt er für sich. »Eigentlich suche ich Lupinia. Weißt du, wo sie ist?«

Aljana nickte. »Ich kann dich zu ihr bringen!« Verschmitzt sah sie ihn an und flüsterte dann: »Wir können eine Abkürzung nehmen. Aber da verläuft man sich leicht.«

Darian konnte sich ein Schmunzeln nicht verkneifen. Offensichtlich machte er in ihren Augen wohl nicht den Eindruck, als ob er sich alleine in der Festung orientieren könnte. »Das wäre sehr nett von dir.«

Vollkommen unbefangen griff Aljana nach seiner Hand und führte ihn zu einem niedrigen Seiteneingang, von wo aus sich eine schmale Wendeltreppe in die Höhe wand.

Aljana nahm ihren Auftrag, ihn heil zur weißen Magierin zu bringen, offensichtlich sehr ernst. Denn sie warnte ihn vor abgetretenen Stufen, niedrigen Querbalken und tief hängenden Spinnweben gleichermaßen.

»Gut, dass du nicht zu Mama willst«, sagte sie plötzlich.

»Wieso denn das?«

»Weil sie nicht da ist. Sie ist mit Endorven in Jandamer.«

Darian spürte einen Stich im Magen, der seine gute Laune erheblich trübte. Aljana schien es nicht bemerkt zu haben, denn sie plauderte munter weiter, bis sie auf einmal unvermittelt stehen blieb und sich zu Darian umdrehte.

»Wir sind gleich da. Aber bevor du zu Lupinia gehst, solltest du deine Haare in Ordnung bringen.«

Er klang amüsiert, als er fragte: »Wie kommst du denn darauf?«

Aljana blickte ihn mit forschender Miene an, so, als wolle sie herausfinden, was denn so komisch war. »Ich muss meine Haare auch immer ordentlich machen, wenn sie so zerstrubbelt aussehen wie deine.« Sie zog einen breitgezinkten Kamm aus der Tasche und überreichte ihn Darian mit ernster Miene. »Den schenk ich dir, du scheinst ihn mehr zu brauchen als ich.«

»Das finde ich aber sehr nett von dir.« Nur mit größter Mühe konnte Darian verhindern, dass sich ein Schmunzeln auf seinem Gesicht ausbreitete. Erst als sie sich umwandte, um die letzten Stufen hinaufzusteigen, gestattete er sich ein überaus breites Grinsen. Das war die erfrischendste Unterhaltung, die er seit Langem geführt hatte.

Und dann standen sie vor dem Quartier der weißen Magierin. Lupinia schien sie erwartet zu haben, denn sie öffnete die Tür, noch ehe Aljana die Gelegenheit hatte, zu klopfen.

»Darian, es freut mich, dass du so schnell kommen konntest.« Ihr herzliches Lächeln irritierte ihn. Die weiße Magierin, die ihm offen ihr Misstrauen gezeigt hatte, wäre ihm lieber gewesen. Aber seit der großen Schlacht und Drogonns Tod hatte sich ihr Verhalten ihm gegenüber vollkommen verändert.

»Lupinia.« Darians Begrüßung fiel kühl aus.

»Ich hab ihn über die kleine Treppe heraufgebracht. War das gut?«, erkundigte sich Aljana, die immer noch Darians Hand hielt.

»Das hast du sehr gut gemacht, meine Kleine.« Lupinia hatte sich zu Aljana hinuntergekniet. »Und nun sei so lieb und lauf zu Mirim. Sie hat dich schon gesucht.«

Aljana nickte. »Mach ich.« Sie schenkte Darian noch ein

Lächeln und lief dann los, leichtfüßig und mit der Wendigkeit einer kleinen Wildkatze.

Darian ließ sie nicht aus den Augen, bis sie um die Ecke verschwunden war. Erst als er sich wieder Lupinia zuwandte, bemerkte er ihren forschenden Blick.

»Ist sie nicht ein entzückendes Kind?«

»Das ist sie.« Schließlich riss er seine Gedanken von Aljana los, um sich voll und ganz auf Lupinia konzentrieren zu können. »Du wolltest mich sprechen?«

»Ja. Komm herein und setz dich.« Mit einer einladenden Geste deutete sie auf ein bequemes Sofa, wo auch sie selbst Platz nahm.

»Danke, ich stehe lieber.«

»Gut, wie du willst.«

Die weiße Magierin schien nach Worten zu suchen, aber noch ehe sie beginnen konnte, kam Darian ihr zuvor. »Ich werde die vereinigte Streitmacht nicht befehligen. Falls es das ist, was du von mir willst, hast du dich umsonst bemüht.« Seine Miene war so finster, dass kein Zweifel an seinen Worten bestehen konnte.

Lupinias Lächeln, vielsagend, beinahe ein bisschen spitzbübisch, brachte Darian für einen Moment aus dem Konzept. »Keine Sorge, Darian. Das war nicht der Grund, weshalb ich dich kommen ließ. In diesem Punkt hast du dich bereits klar ausgedrückt.«

»Gut.«

»Solange du Drogonns Erbe nicht angenommen hast, bist du nicht befähigt, die Armee zu führen.«

Darians Blick verfinsterte sich. Natürlich erkannte er die Herausforderung hinter ihrer Bemerkung. Sie wollte sein Ego locken. Aber das würde nicht funktionieren.

»Nicht, dass ich dich für einen schlechten Führer halten würde«, fuhr Lupinia unbekümmert fort. »Aber Drogonns strategisches Wissen und seine Erfahrungen während der Haegothkriege sind unverzichtbar, wenn wir siegen wollen. Dieses Wissen hat er auf dich übertragen. Es ist ein Geschenk, das du nicht zu schätzen weißt.«

»In der Tat nicht. Mir reicht mein eigenes Wissen.«

»Und trotzdem wird der Tag kommen, an dem du mich darum bitten wirst, Drogonns Wissen in das deine zu integrieren.«

Darian konnte sich ein spöttisches Lächeln nicht verkneifen. »Niemals«, sollte das heißen.

Lupinia erwiderte es, nicht weniger spöttisch. »Hast du Träume, von denen du nicht weißt, was du damit anfangen sollst? Die dir fremd sind, vielleicht sogar Angst machen?«

Darians Lächeln gefror zu einer Maske aus Abwehr. Kalte Wut stieg in ihm hoch. Solche Träume hatte er in der Tat. Nicht nur den, in dem er Lina gegen ihren Willen festhielt. Manchmal waren es Bilder, die ihn zutiefst erschreckten. Eine sterbende Welt, tiefe Traurigkeit, Verzweiflung und Angst regierten diese Träume. Träume, die er vor Drogonns Tod nicht gehabt hatte. Er wollte das nicht. Lupinia in seinem Geist herumpfuschen zu lassen wollte er aber noch weniger.

»Weißt du, es kommt nicht oft vor, dass ein Andavyan sein Wissen einem Wesen eines anderen Volkes überlässt. Drogonn muss viel von dir gehalten haben. Und trotzdem ist der Integrierungsprozess nicht einfach. Er hat darauf vertraut, dass ich dir dabei helfe, sein Wissen von seinen Erinnerungen zu trennen. Ich werde dir diese Hilfe allerdings nicht aufdrängen. Also, wenn du so weit bist, wirst du mich darum bitten. Aber wie gesagt. Das ist nicht der Grund, weshalb ich dich rufen ließ.«

»Weshalb denn sonst?«

So erfuhr Darian, was die weiße Magierin von ihm wollte. Es gefiel ihm nicht, aber er würde es trotzdem tun.

Tag der Königin

Wieder ging ein Blutmondjahr zur Neige. Das dritte, seit Lina nach Menduria zurückgekehrt war. Und immer noch hatte sie es nicht geschafft, ein klärendes Gespräch mit Darian zu führen. Er schien ihr aus dem Weg zu gehen. Das hatte Lina am Anfang wütend gemacht. Mittlerweile hatte sich die Wut gelegt. Traurigkeit war geblieben. Aber sie gab die Hoffnung nicht auf. Eines Tages würde er mit ihr reden müssen. Sie konnte nur hoffen, dass dieser Tag bald kommen würde.

Sie stand auf dem Balkon ihrer Gemächer und blickte hinauf ins Titanengebirge, über dessen Bergkamm sich der Blutmond soeben sichelförmig erhoben hatte. Eine erfrischende Brise hatte die Hitze des Tages hinweggefegt und brachte würzige Bergluft mit sich. Aljana kam hüpfend auf den Balkon. Sie trug nur eine kurze Hose und ein Leibchen, wodurch man ihre drahtige Kinderfigur noch besser sehen konnte.

»Sag mal, kleiner Engel, solltest du nicht schon längst im Bett sein?« Lina versuchte, ihrer Stimme die nötige Autorität zu verleihen, was gründlich misslang.

»Erst musst du mir noch eine Geschichte erzählen.« Aljana blickte sie aus großen Augen erwartungsvoll an.

»Oh, die Geschichte. Das hätte ich beinahe vergessen. Welche möchtest du denn hören?«

»Die vom weißen Mond.« Pfeilgerade zeigte Aljana dabei hinauf zum vollen Blutmondbegleiter. »Erzähl mir noch einmal, wie er die beiden Welten verbindet.«

»Also gut, dann setz dich zu mir.«

Aljana kletterte auf ihren Schoß und schlang die Arme um ihren Hals.

»Es war einmal eine Welt, die fühlte sich furchtbar einsam und alleine. Daher sagte sie zur Sonne: ›Liebe Sonne, ich hätte so gerne eine Freundin …‹«, begann Lina. Sie machte eine kurze Pause, in der Aljana begeistert fragte: »Das ist deine alte Welt, stimmt's?«

Lina nickte schmunzelnd und fuhr fort: »Und weil die Sonne mit der Erde Mitleid hatte, erfüllte sie ihr diesen Herzenswunsch. ›Ich werde dir eine ganz besondere Freundin zur Seite stellen‹, sagte die Sonne zur Erde. Sie wird immer in deiner Nähe sein, aber niemand wird sie sehen können.«

»Die unsichtbare Freundin ist Menduria, stimmt's?« Aufgeregt rutschte Aljana auf Linas Knien hin und her.

Wieder nickte Lina. »›Aber wenn ich meine Freundin nicht sehen kann, wie soll ich denn dann mit ihr sprechen?‹, fragte die Erde die Sonne. ›Das ist ein Problem‹, musste die Sonne zugeben. Aber dann hatte sie eine Idee. ›Ich gebe euch einen gemeinsamen Mond, der weiß leuchtet. Dieser Mond kann euch beide sehen, und ihr könnt ihn auch sehen. Wenn du dem Mond also etwas erzählst, kann er es deiner Freundin weitererzählen und umgekehrt.‹ Das gefiel der Erde und so willigte sie ein. Und von da an hatte sie eine Freundin, die keiner sehen konnte, die aber immer in ihrer Nähe war.«

Aljanas Augen glänzten, als sie zum weißen Mond hinaufblickte. »Meinst du, wenn ich dem Mond etwas erzähle, kann er es dann auf der Erde jemandem weitererzählen?«

Diese Frage erstaunte Lina, da Aljana sie noch nie gestellt hatte. »Wem möchtest du denn etwas erzählen?«, fragte sie daher vorsichtig.

»Onkel Benjamin und Oma und Opa.«

Lina seufzte wehmütig. »Was möchtest du ihnen denn sagen?«

»Dass es uns gut geht und dass wir sie eines Tages besuchen kommen.«

»Dazu müssten wir aber zuerst die Tore wieder aufschließen«, erwiderte Lina vorsichtig.

Aljana nahm den Gedanken sofort auf. »Erzählst du mir die Geschichte, wie du die Tore zugesperrt hast?«

»Ein andermal, dazu ist es jetzt schon zu spät.«

»Bitte, Mami!« Aljana setzte ihren entzückendsten Augenaufschlag ein und hätte Lina damit beinahe ins Wanken gebracht. Doch dann wurde ihre Aufmerksamkeit auf die weiß gekleidete Frau gelenkt, die im Türrahmen erschien.

»Ich weiß auch eine Geschichte«, sagte Lupinia.

»Ja? Welche?« Aljana sah ihre Chance gekommen, das unweigerliche Ins-Bett-Gehen noch etwas hinauszuzögern.

»Sie handelt von einer weißen Wölfin und einem kleinen Mädchen, das auf ihrem Rücken in ihr Zimmer und ins Bett reitet.«

Mit einem Jubelschrei sprang Aljana hoch und eilte auf die weiße Rauchwolke zu, die sich als weiße Wölfin wieder materialisierte.

»Wartest du hier, Lina? Ich bringe Aljana ins Bett und komme dann gleich wieder«, konnte Lina die Stimme der weißen Magierin in ihrem Kopf hören.

»Keine Angst, ich lauf nicht weg.« Dieser Satz kostete Lina ein Schmunzeln. Wo sollte sie denn schon großartig hinlaufen, jetzt bei Nacht?

Aljana hatte sich mit einem Satz auf den Rücken Lupinias

geschwungen und schickte Lina von dort aus eine Kusshand. »Gute Nacht, Mami.«

»Schlaf gut, kleiner Schatz.«

Lina sah ihr noch nach, bis sie durch die Verbindungstür in ihrem eigenen Zimmer verschwunden war. Und während Aljana zu Bett ging, platzierte Lina die Diamantsteine im Türrahmen, ehe sie die Tür schloss.

Es dauerte nicht lange, bis Lupinia in ihrer menschlichen Gestalt aus Aljanas Zimmer wieder zurückkam.

Mit einem Schmunzeln betrachtete Lina die kleine Phiole in ihrer Hand. Sie war der Einladung an sie beigelegt gewesen. »Mit besten Grüßen von Gwindra«, hatte Lupinia am Abend zuvor mit einem schadenfrohen Grinsen zu ihr gesagt. »Diesmal besteht sie darauf, dass du zu ihrer alljährlichen Schöpfungsfeier erscheinst.«

Lina konnte immer noch nicht glauben, dass Gwindra ihr eine Phiole Blutmondwurzelsaft geschickt hatte. Natürlich musste die Zwergenkönigin um die Geheimwatte gegen die Auswirkungen des Zwergenmets wissen. Aber mit diesem Geschenk machte sie Lina praktisch zu ihrer Verbündeten, zu einer der wenigen Eingeweihten. So wie sie das auch in den Ratsversammlungen bereits geworden war. Obwohl Lina immer versuchte, sich so neutral wie möglich zu verhalten, konnte sie die Sympathie, die sie der Zwergenkönigin entgegenbrachte, nur schwer verbergen. Denn auch wenn sich Gwindra äußerlich sehr verändert hatte, war sie tief in ihrem Herzen die junge Zwergin geblieben, die Lina so zu schätzen gelernt hatte. Selbst Gornik war der alte Haudegen mit charmanten Einschlägen geblieben, der seine Gefährtin niemals aus den Augen ließ. Umso mehr hatte es Lina gewundert, als Gwindra an seiner statt eine junge Zwergin bei den letzten Ratsversammlungen an ihrer Seite hatte. Helengar hieß sie und war eine Expertin auf dem Gebiet der Diamantenbearbeitung. Gwindra hielt große Stücke auf sie, nicht nur, weil es zum größten Teil ihr Verdienst war, dass Kathmarin und andere Städte durch die geschliffenen Diamantsteine sicherer vor Vampirangriffen geworden waren. Wie Lina schon bald feststellte, waren sich Gwindra und Helengar sehr ähnlich.

»Hätte ich eine Tochter, dann würde ich mir eine wie Helengar wünschen«, hatte Gwindra einmal während einer Pause gesagt und die junge Zwergin damit zum Erröten gebracht. Lina konnte nicht umhin, Gwindra zuzustimmen. Auch sie mochte Helengar. Was aber vor allem Lupinia große Sorge bereitete, war die Tatsache, dass Gornik nicht freiwillig in Darsheim zurückgeblieben war. In Kathmarin pfiffen bereits die Spatzen von den Dächern, dass es im Zwergenreich brodelte. Schließlich hatte Gwindra dieses Gerücht in einer sehr kleinen Runde, die nur aus Lupinia, Lina, Helengar und ihr selbst bestanden hatte, zugegeben. Es war zwischen den Unterclanführern der Zwerge bereits zu kleineren Machtkämpfen gekommen. »Sie sagen, ich bin alt und sie rechnen damit, dass ich bald zu den Ahnen gehen werde. Jeder von ihnen denkt, dass er ein Anrecht auf den Zwergenthron hat. Das ist der Grund, weshalb Gornik Darsheim nicht mehr verlässt. Er fürchtet einen Putsch, während ich fort bin.«

Gwindra hatte sehr besorgt gewirkt, und obwohl sie es stets zu verbergen versucht hatte, konnte Lina spüren, dass es um ihre Gesundheit nicht zum Allerbesten stand.

Aber all das waren Gedanken, die Lina nun für eine Weile auf die Seite schieben wollte. Sie hatte sich vorgenommen, diesen Ausflug zu genießen. Sie war in ihrem Leben erst einmal in Darsheim gewesen und hatte Gwindras Halle dort einen Besuch abgestattet. Das war an Darians Seite gewesen. Immer noch zauberte ihr die Erinnerung an seinen vorgetäuschten Zwergenmetrausch ein Lächeln ins Gesicht. Hatte er sie damals vielleicht hinters Licht geführt! Ob er auch dort sein würde? Es war so verdammt lange her, dass sie ihn zuletzt gesehen hatte, wenn man einmal von ihren Träumen absah, in denen er nach wie vor präsent war.

»Darf ich nicht doch mitkommen, Mami?« Aljanas bittende Stimme riss sie aus ihren Gedanken. Sie stand neben Lupinia und hielt deren Hand.

Lina, die im Begriff war, den Sattelgurt ihrer Fuchsstute noch einmal zu kontrollieren, drehte sich zu Aljana um. »Nicht dieses Mal, kleiner Schatz.« Sie hätte Aljana gerne mitgenommen. Aber die alljährliche Schöpfungsfeier der Zwergenkönigin war nun wirklich nichts für ein Kind. Hier in Kathmarin war sie viel besser aufgehoben. Trotzdem blieb Linas sorgenvolle Miene der weißen Magierin nicht verborgen. »Du kannst beruhigt sein. Wir beide werden eine Menge Spaß miteinander haben.« Dabei schenkte sie Aljana ein Verschwörerlächeln. »Für die nächsten Tage musst du dein Bett mit einem Wolf teilen, ist dir das klar?«

»Kaninchen«, sagte Aljana. »Das ist kuscheliger.«

»Gut, dann eben ein Kaninchen.« Lupinia hob die Hände zu einer schicksalsergebenen Geste, ehe sie sich an Endorven wandte. Der Elf hatte sein Pferd neben Linas Fuchsstute gelenkt und war bereit zum Aufbruch. »Nehmt den Pfad, der über den Granitbuckel führt. So könnt ihr den ersten Einstieg ins Zwergenreich noch vor Einbruch der Dunkelheit erreichen. Ihr seid dann zwar einen Tag länger in den Tunneln unterwegs, aber das ist sicherer. Das Titanengebirge soll zwar vampirfrei sein, aber man kann nie wissen.«

»Das hatte ich vor.« Nur wer Endorven gut kannte, konnte den leicht beleidigten Unterton heraushören.

Lupinia ging nicht darauf ein. Schmunzelnd hob sie Aljana hoch, damit sie den beiden Reitern nachwinken konnte.

Nur in ihren Gedanken konnte Lina die weiße Magierin hinzufügen hören: »Er bereitet sich bestimmt schon auf die Zwergenmetschlacht vor, der er schutzlos ausgesetzt sein wird.«

»Zum Glück ist er mit einer Heilerin unterwegs. Er wäre nicht der Erste, dem ich seinen Zwergenmetkater weggehext hätte.« Lina liebte diese Gedankengespräche.

»Wie auch immer, ich wünsche dir viel Spaß.«

»Danke, euch auch.«

Bis jetzt hatte Lina das Titanengebirge immer nur auf dem Luftweg überquert. Zu Pferd war es ein weitaus längerer Weg, der nichtsdestotrotz faszinierend war. Sie genoss die Brise, die aus dem Gebirge kühle würzige Luft mit sich brachte. Fasziniert verfolgte sie den Sturzflug eines Adlers, der sich einen Hasen zur Beute auserkoren hatte. Und wie immer, wenn sie unterwegs waren, machte Endorven sie auf die vielen Kleinigkeiten aufmerksam, die sie selbst übersehen hätte. Ob es die Spur eines Berglöwen war, der erst vor Kurzem ihren Weg gekreuzt haben musste, oder die einer Gruppe Kobolde, die im Schatten eines Felsvorsprunges übernachtet hatten, Endorven übersah nichts.

»Und wer hat hier vor uns haltgemacht?«, erkundigte er sich, als sie am späten Nachmittag auf einem Felsplateau kurz Rast machten, um die Pferde an dem kleinen Gebirgsbach zu tränken, dem sie schon eine ganze Weile lang gefolgt waren.

Lina rümpfte die Nase. »Zentauren.« Bei der Menge an Pferdeäpfeln, die sie entdecken konnte, musste es eine ziemlich große Abordnung sein.

»Gut«, lobte Endorven. »Und was fällt dir noch auf?«

Prüfend hob Lina einen der Pferdeäpfel auf und roch daran. »Die haben schon mit der Feier begonnen.« Sie erhob sich wieder und klopfte sich die grauen Lederhandschuhe gründlich aus.

»Richtig. Und das, obwohl ihnen ein ziemlich steiler Abstieg über die Marntreppe bevorsteht.«

»Killron würde das als heldenhaft bezeichnen«, meinte Lina schmunzelnd.

Endorven schnaubte. »Ich nenne es verrückt. Es würde mich nicht wundern, wenn du auf dem Weg nach Darsheim ein paar gebrochene Beine heilen müsstest.«

»So sind sie eben, die Pferdeärsche. Dafür erzählen sie dir die schmutzigsten Witze ganz Mendurias.« Lina konnte sich ein verschmitztes Grinsen nicht verkneifen, als sie hochblickte und Endorvens pikierten Gesichtsausdruck sah. »Ach, Endorven. Sei doch nicht immer so steif. Ein bisschen Spaß bringt auch einen Lichtelfen nicht um.«

Endorven rang sich ein gequältes Lächeln ab.

Zum Glück trafen sie auf dem Abstieg nach Darsheim auf keine verletzten Zentauren. Und den beiden, die, wie Lina später erfuhr, tatsächlich betrunken in den Abgrund gestürzt waren, hätte sie auch nicht mehr helfen können.

Der Abstieg über die Marntreppe hatte etwas Gespenstisches und Lina war froh, Endorven an ihrer Seite zu wissen. Es war ein Teil des Gebirges, der nur von ganz wenigen Diamantadern durchzogen war. So verlor sich das Licht der Bernsteine, die Lina und Endorven trugen, in tiefster Finsternis. Und obwohl sie um die Todesgefahr wusste, die mit einem Fehltritt auf der Treppe verbunden war, zog es Lina wie magisch an den Rand der Treppe, so als ob sie gerufen würde. Endorven schien gegen diesen Ruf immun zu sein. Da Lina aber bereits beinahe das zweite Mal gestolpert wäre, griff er nach ihrer Hand. »Du erlaubst doch?«

Lina nickte benommen.

Endorven ließ sie nicht wieder los, ehe sie die Vorposten Darsheims erreicht hatten. Ohne zu widersprechen, ließ Lina es geschehen. Kaum hatten sie die Zwergenstadt betreten, war das Gefühl der Verlorenheit wie weggeblasen, und Lina fand sich in dem rauschendsten Fest wieder, das sie je erlebt hatte. Ihr blieb gerade noch genügend Zeit, den Inhalt der Phiole hinunterzukippen, als ihr auch schon der erste Krug Zwergenmet gereicht wurde.

»Bleib dicht hinter mir. Ich bringe dich in die Königshalle.« Zielsicher schob sich Endorven wie ein Schutzschild vor ihr durch die Menge.

Lina hatte nach Endorvens Umhang gegriffen, um ihren Begleiter in der Menge nicht zu verlieren. »Warst du schon einmal auf einer Schöpfungsfeier der Zwergenkönigin?«

Der Lichtelf blickte nur kurz über seine Schulter. »Ja, aber das ist lange her.«

»Mit meiner Mutter?« In letzter Zeit hatte sich Lina angewöhnt, auch die erste Hüterin ihre Mutter zu nennen. Irgendwie war sie das ja auch. Lina hatte in den letzten Monaten oft mit Endorven über Ariana gesprochen. Immer hatte er dieses ganz besondere Leuchten in den Augen gehabt, so auch jetzt.

»Ja, mit Ariana.«

Er musste sie über alle Maßen geliebt haben. Das war Lina durch die Gespräche mit ihm klar geworden. Er liebte sie bis heute, chancenlos. So wie sie selbst chancenlos war, ihre große Liebe zurückzugewinnen. Irgendwie hatte diese Tatsache, die keiner von ihnen je laut ausgesprochen hatte, ein Band zwischen ihnen geschmiedet. Endorven war mehr als nur ein Beschützer für sie geworden. Er war ein wahrer Freund.

»Kein Wunder, dass die Zentauren für dieses Fest ihre Hufe riskieren«, meinte Endorven beiläufig, als sie eine weitere große Halle erfolgreich durchquert hatten. »Das ist wohl das einzige Fest Mendurias, bei dem die Pferdeärsche den Zwergen nicht das Wasser reichen können.«

Ob es an dem zweiten Krug Zwergenmet lag, den er im Gehen bereits geleert hatte, konnte Lina nicht sagen, aber Endorvens legere Ausdrucksweise entlockte ihr ein heiteres Lachen. Schließlich erreichten sie die Königshalle. Dort herrschte weit weniger Gedränge als in den anderen Hallen. Sämtliche Unterclanführer des Zwergenreiches und die Abordnungen der anderen Völker waren hier versammelt. Lina erkannte einige Gesichter wieder, die sie auf den Ratsversammlungen gesehen hatte. Fürst Laudrin hatte eine Abordnung geschickt, die von Kedven, der Lichtelfenbotschafterin angeführt wurde. Er selbst war nicht erschienen. Lina erwiderte das unterkühlte Nicken Kedvens gerade so, dass es nicht als Beleidigung durchging. Freunde würden die beiden niemals werden, das war klar. Herdred dagegen schenkte sie ein auffallend herzliches Lächeln. Auch wenn die Koboldfrau eine herbe Art hatte, mochte Lina sie doch sehr. Wie zu erwarten war, übertönte Killrons wieherndes Lachen alle anderen.

»Ich hätte wissen müssen, dass er selbst den Haufen Verrückter anführt«, murmelte Endorven. Seit Betreten der Königshalle hielt er sich knapp einen Schritt hinter Lina, ganz so, wie es sich für einen Leibwächter geziemte. Sie hatten die Halle noch nicht einmal zur Hälfte durchschritten, als Gwindra sie bemerkte. Die Zwergenkönigin saß umringt von anderen Zwergen auf einem Thron aus Rosenquarz.

»Wir haben dich bereits sehnsüchtig erwartet!« Gwindra hob den schweren Krug mit beiden Händen und forderte Lina mit einem Nicken auf, einen Schluck daraus zu nehmen.

Mit einem Lächeln nahm Lina den Krug entgegen und trank. »Ich bedanke mich für die Einladung und gratuliere dir zu deinem Schöpfungstag. Mögen noch viele weitere folgen!«

Als Lina den Krug zurückreichte, bemerkte sie, wie Gwindras Hände unter der Last des Kruges zu zittern begannen. Die Zwergin war am Ende ihrer Kräfte. Wenn sie das Halten eines Metkruges bereits so anstrengte, musste es um ihren Gesundheitszustand viel schlechter bestellt sein, als Lina angenommen hatte. So ergriff sie die Hände der Zwergin, die verkrampft um den Krug geschlungen waren, und hinderte sie damit, den Krug ganz entgegenzunehmen. Aus dem Augenwinkel konnte sie sehen, wie sie durch diese Geste die Aufmerksamkeit der umstehenden Zwerge auf sich lenkte. Niemand sollte bemerken, dass sie Gwindra durch die Berührung ihre Hände Energie schickte, daher sagte sie viel lauter als nötig: »Entschuldige, Gwindra. Aber dieser Zwergenmet schmeckt so vorzüglich, dass ich gerne noch einen Schluck nehmen würde.«

»Aber … natürlich.« Nur einen kurzen Moment war Gwindra die Überraschung anzusehen, die der Energieschub ausgelöst hatte.

Lina zögerte die Übernahme des Kruges so lange hinaus, wie es ging, ohne Verdacht zu erregen. Als sie den Krug das zweite Mal übergab, stellte sie zufrieden fest, dass Gwindras Hände sicher und kraftvoll zugriffen. Ihre rauchige Stimme klang kräftig wie eh und je, als sie sich an die versammelten Führer wandte: »Nachdem der offizielle Teil nun beendet ist, sollten wir nebenan weiterfeiern.«

Es war das Stichwort für diejenigen, die nicht in die Privatgemächer geladen waren, sich unauffällig zu entfernen. Killron entließ seine Begleiter, ebenso wie Herdred das mit ihren Kobolden tat. Sie selbst aber schloss sich gemeinsam mit zwei weiteren Ordensführern der Gruppe an, die Gwindras privates Reich aufsuchen würden. Gwindra wollte sich gerade auf den Weg machen, als Kedven auf sie zutrat. Die Lichtelfenbotschafterin nickte knapp. »Ich bedaure, dass wir bereits aufbrechen müssen, aber Fürst Laudrin erwartet mich in Terzina.«

»Wie schade.« Gwindra lächelte vielsagend. »Aber wie heißt es so schön: Reisende soll man nicht aufhalten.«

Das Lächeln der Lichtelfe wirkte überheblich, als sie erwiderte: »Ich danke dir für dein Verständnis. Auch ich schließe mich den Wünschen der ehrenwerten Schöpferin an. Mögen dir noch viele weitere Schöpfungsfeiern wie diese vergönnt sein.« Es klang wie: »Fahr zur Hölle, Gwindra.«

Lina sah Endorven um Fassung ringen. Sie wusste, dass er mit Kedvens Wahl zur Botschafterin nicht sehr glücklich gewesen war. Aber ein solches Benehmen schien selbst ihn zu überraschen.

»Du entschuldigst mich?« Endorven eilte hinter der Lichtelfe und ihren Begleitern her. Was auch immer er ihr sagen würde, es würden deutliche Worte werden, so weit kannte Lina Endorven mittlerweile.

Ein bisschen verloren reihte sich Lina zwischen den Zwergen ein, die Gwindra wie ein Kometenschweif folgten. Doch plötzlich war sie nicht mehr allein. Darian stand neben ihr und neigte sich dicht an ihr Ohr, seine Stimme so nah, dass nur sie ihn hören konnte.

»Du hast deine Kräfte eingesetzt, nicht wahr?«

Sie hatte ihn nicht gesehen, als sie die Halle betreten hatte. Aber er musste da gewesen sein. Wie sonst hätte er es bemerken können? Lina spürte, wie ihr alleine durch seine Anwesenheit Hitze ins Gesicht stieg. Sie hatte gehofft, ihn hier zu sehen. Dass es nun tatsächlich geschehen war, traf sie trotzdem unvorbereitet. All die verdrängten Gefühle waren mit einem Mal wieder da und raubten ihr den Atem. Sie hoffte inständig, dass ihr die Stimme nicht völlig versagen würde. Den Kopf gesenkt, versteckte sie ihr glühendes Gesicht hinter einem Schleier aus Locken. »Wie kommst du darauf?«

Ganz kurz nur trafen sich ihre Blicke. ›Für wie dumm hältst du mich?‹, schien seiner zu sagen. Tatsächlich aber sagte er: »Ich hab es an ihren Augen gesehen.«

Sie hatten den Eingang erreicht, wo das Gedränge jetzt ziemlich groß war. Darian griff nach Linas Schultern und schob sie durch die Menge, wobei er sie mit seinem Körper gegen Killron schützte, der sich lautstark Platz verschaffen wollte.

Hitze durchflutete ihren Körper. Sie hatte sich so sehr nach seiner Nähe gesehnt, auch wenn es nur ihre Schultern waren, die er berührte. Jetzt, da sie ihm so nahe war, keimte in ihr die Hoffnung auf, dass sich alles zum Guten wenden würde. Er sollte sie nur nicht wieder loslassen. Doch kaum waren sie sicher durch die Tür getreten, zog er seine Hände zurück. »Entschuldige, ich wollte dir nicht zu nahe treten.«

Nicht zu nahe treten?! Er hatte sie doch nur an den Schultern berührt! Enttäuschung strömte durch ihren gesamten Körper. Mit einem Mal spürte sie den Verlust, den sie durch seine Ablehnung erfahren hatte, wieder in aller Deutlichkeit. Linas Augen füllten sich mit Tränen. Gleich würden sie fließen. Das durfte er auf keinen Fall sehen!

»Entschuldige mich.« Fluchtartig verließ sie die Privatgemächer der Zwergenkönigin. Kopflos durchquerte sie Halle um Halle, ohne darauf zu achten, wo sie hinlief. Egal, sie wollte einfach nur alleine sein. Aber das war in der Zwergenstadt nicht so einfach und schon gar nicht, wenn gefeiert wurde. Irgendwann erreichte sie eine Treppe, an deren Ende es ruhiger wurde. Die Stufen mündeten in einen Tunnel, dessen Stille Lina einzuladen schien. Nach ein paar Schritten blieb sie stehen, lehnte sich gegen die Tunnelwand und ließ ihren Tränen endlich freien Lauf. Verflucht, wieso hatte sie bloß so überreagiert? Da hatte sie schon einmal die Gelegenheit, sich mit Darian zu unterhalten, und sie lief einfach davon. »Was bist du bloß für eine dumme Ziege?«, schalt sie sich selbst. Lina hätte sich bestimmt noch mit weiteren Schimpfnamen bedacht, wenn sie nicht von einem pfeifenden Schnaufgeräusch abgelenkt worden wäre. Ein Zwerg näherte sich und hatte unüberhörbar Probleme beim Luftholen. Erst als er auf Armeslänge an sie herangekommen war, erkannte sie ihn.

»Gornik?«

»Ja, genau dieser.« Die Worte kamen immer noch pfeifend

aus der Zwergenkehle. »Mann, Mädchen, du rennst ja, als würden die Ahnen selbst dich verfolgen. Wie soll ein alter Zwerg wie ich denn da hinterherkommen?«

Lina stutzte. »Du bist mir den ganzen Weg hierher gefolgt?«

Gornik nickte.

»Wieso?«

»Tja, auch wenn du eine Schöpferin bist, und eine verflucht gute Heilerin dazu, hatte ich doch die Befürchtung, dass du dich in den Tiefen Darsheims verlaufen könntest. Und wie ich sehe, hast du das auch getan, außer natürlich du hattest vor, Grindlheim einen Besuch abzustatten. Dort führt der Weg, den du eingeschlagen hast, nämlich hin.«

»Oh.« Beschämt blickte Lina zu Boden. Daran, dass sie den Weg zurück bestimmt nicht mehr gefunden hätte, hatte sie nicht einen Gedanken verschwendet. Mit dem Handrücken wischte sie sich die Tränen aus dem Gesicht.

Gornik tat, als hätte er es nicht bemerkt. »Was hältst du davon, wenn wir uns einen vollen Metkrug besorgen, und uns auf einen Plausch in eine ruhige Ecke verziehen?«

»Das klingt gut.«

»So hässlich bist du doch gar nicht, dass man vor dir flüchten müsste.« Helengar bedachte Darian mit einem kumpelhaften Lächeln.

»Wie es scheint, aber doch.« Darian versuchte, sich nicht anmerken zu lassen, wie ihn die erneute Abfuhr, die ihm Lina erteilt hatte, verletzte. Er hatte doch nur verhindern wollen, dass Killron sie über den Haufen trampelte. Er hatte sich doch dafür entschuldigt, ihr zu nahe getreten zu sein. Aber sie schien nicht einmal mehr diese harmlose Berührung zu ertragen. Auch Endorven hatte sie vor dem Betreten der Halle so durch die Menge geschoben, das hatte Darian gesehen, als er knapp hinter ihnen gegangen war. Das hatte ihr nichts ausgemacht. Ganz im Gegenteil. Sie hatte ihn angelächelt. Im Stillen fluchte Darian, als ihn die Erkenntnis schlagartig traf. Wieso verflucht noch mal hatte er es denn nicht schon früher begriffen? Endorven musste weit mehr als ihr Leibwächter sein. Die letzten beiden Male, als er in Kathmarin gewesen war, um Lupinia zu berichten, war sie mit Endorven in Jandamer gewesen. Endorven war auch bei ihr in Jandamer gewesen, als Lina das Kind bekommen hatte, und auch hierher hatte er sie begleitet.

Darian nahm einen kräftigen Schluck Zwergenmet, um diesen Gedanken fortzuspülen. Nein, das konnte doch nicht ihr Ernst sein! Ausgerechnet Endorven. Bis jetzt war das Einzige, das Darian an Endorven gestört hatte, die Tatsache, dass er ein Lichtelf war. Aber diese neue Erkenntnis rückte die Sache in ein ganz anderes Licht. Die Vorstellung, sein Schöpferlein, und das war sie zu seinem Leidwesen immer noch, in den Fingern dieses blasierten blonden Gockels zu wissen, verursachte ihm kaum erträgliche Übelkeit. Ein weiterer Krug Zwergenmet sollte ihn das vergessen lassen. Je länger er sich in diesen Gedanken verrannte, und je mehr Zwergenmet er trank, umso unmöglicher wurde es, die in ihm brodelnde Wut unter Kontrolle zu halten.

»Ich muss mir mal die Beine vertreten.«

Helengar, die versucht hatte, ihm etwas über die Fortschritte an dem Diamantschwert, das sie entwickelte, zu berichten, nickte nur. Die Zwergin kannte ihn mittlerweile gut genug, um zu wissen, dass er nicht wirklich zugehört hatte. »Du solltest kalt duschen gehen.«

Darian grummelte nur unverständlich vor sich hin und machte, dass er aus den Privatgemächern Gwindras verschwand. Er musste versuchen, einen klaren Kopf zu bekommen, musste zusehen, dass sich die Hallen Darsheims aufhörten zu drehen. Und dann stellte sich ihm plötzlich jemand in den Weg und verhinderte, dass er seine Ruhe fand.

»Hast du kurz Zeit? Ich hätte da etwas mit dir zu besprechen.«

Endorven stand vor ihm. Das hatte Darian gerade noch gefehlt.

»Ich wüsste nicht, was wir beide zu besprechen hätten.«

Aber Endorven schien das anders zu sehen. »Ich schon. Du verhältst dich wie der letzte Trollarsch. Und ich möchte, dass das aufhört.«

Tollarsch? Das war doch einfach nicht zu glauben! Es war schlimm genug, sich als Verlierer zu fühlen, aber sich von diesem Lichtelfen auch noch beleidigen zu lassen, ging zu weit.

»Hör zu, für mich ist Lina …«

Darian wollte sich nicht anhören, was Lina für Endorven war. Ein Fausthieb, in den er all seine Wut legte, traf den Lichtelfen am Kinn und ließ ihn zurücktaumeln. Aber gleich darauf musste Darian selbst einen Treffer einstecken, der ihn so hart an der Schläfe traf, dass er Sterne sah und die Welt für einen Augenblick im Dunkeln versank. Die übermächtige Wut, die er nun nicht mehr zurückhalten konnte, entlud sich über Endorven. Darian achtete nicht mehr auf die rundumstehenden Zwerge und Zentauren, die den Kampf als willkommene Unterhaltung sahen. Er hatte nur noch Augen für Endorven, der anscheinend genauso wenig vorhatte, klein beizugeben, wie Darian. Verflucht, war dieser Lichtelf schnell! Ob es an Darians herabgesetzter Reaktionsfähigkeit lag oder Endorven tatsächlich ein gleichwertiger Gegner war, spielte im Moment keine Rolle. Keiner von ihnen hatte ein Schwert gezogen. Nur ihre blanken Fäuste dienten ihnen als Waffen. Ein böses Knacken war zu hören, als Endorvens Nasenbein brach. Diesen Schlag bezahlte Darian mit einem Tritt in die Magengrube, der ihn in die Knie gehen ließ. Im Fallen zog er Endorven mit sich.

Da ließ die beiden ein Schrei in der Bewegung innehalten. »Aufhören! Alle beide!«

Lina stand mit schreckgeweiteten Augen und erhobenen Händen vor ihnen.

Das Gespräch mit Gornik hatte sie von ihren eigenen Sorgen abgelenkt. Zum ersten Mal hatte sie aus erster Hand erfahren, wie schlecht es um den Gesundheitszustand der Zwergenkönigin tatsächlich stand. Gornik fürchtete sogar, dass es die letzte Schöpfungsfeier für seine Gefährtin sein würde. Lina hatte ihm versprochen, sich die Königin anzusehen, auch wenn sie nicht glaubte, ihr auf lange Sicht helfen zu können. Es war ihr mittlerweile möglich, beinahe alles zu heilen. Aber das Alter und der Tod ließen sich nicht einmal von ihr besiegen. Dort waren ihren Heilkünsten Grenzen gesetzt.

Irgendwann hatte Gornik dann gesagt: »Du siehst hungrig aus. Wir sollten in die Königshalle zurückkehren und zusehen, ob wir noch etwas von dem vorzüglichen Wildschwein abbekommen, das dort serviert wird.«

So hatten sie die kleine Taverne wieder verlassen und sich auf den Weg in die Königshalle gemacht.

Den Tumult hatten sie schon von Weitem gehört.

»Da kriegen sich bestimmt wieder zwei Hitzköpfe in die Haare.« Gornik hatte entschuldigend gegrinst. »So sind wir Zwerge eben.«

Was Lina allerdings dann zu sehen bekam, hätte sie in ihren kühnsten Träumen nicht für möglich gehalten. Endorven prügelte sich mit … Darian!

Sie musste diesem Wahnsinn Einhalt gebieten. Unter Zuhilfenahme ihrer Ellenbogen verschaffte sie sich Zutritt in den Kreis der Schaulustigen.

Ihr Wutschrei hatte faszinierende Auswirkungen. Als die Zentauren und Zwerge sie erkannten, löste sich die Runde augenblicklich in Luft auf. Gornik trat demonstrativ zwischen die beiden, um den Kampf zu beenden.

Lina stand um Fassung ringend da, zwei Finger ihrer linken Hand auf ihre Schläfe gepresst. Darian hatte eine Platzwunde über dem rechten Auge, das bereits zuzuschwellen begann. Endorvens Nase war gebrochen und auch sein Gesicht war blutverschmiert.

»Könnte mir bitte einer von euch erklären, was das soll?«

»Das musst du schon ihn fragen.« Endorven erhob sich als Erster und kam unsicher auf die Beine.

Lina ging vor Darian in die Hocke, der immer noch mit auf den Magen gepresster Hand auf dem Boden saß. »Darian, was soll das? Wieso tust du mir das an?« ›Wieso liebst du mich nicht mehr?‹, hätte sie eigentlich sagen wollen. Dazu hatte ihr aber der Mut gefehlt.

Darian warf einen Blick über ihre Schulter, wo Endorven stand und auf ihn herabblickte. Spöttisch, wie ihm schien. Ihren Blick konnte er nicht deuten. Viel zu benebelt waren seine Sinne, viel zu eingeschränkt seine Sicht. Aber das musste er auch gar nicht. Ihre Frage war eindeutig genug gewesen. Wie er ihr das antun konnte? Wie er Endorven so zurichten konnte? Das war es doch, was sie gemeint hatte.

»Es tut mir leid, Schöpferlein. Ich wollte dich nicht verletzten. Aber ich verspreche dir, dass ich mich von nun an von dir fernhalten werde.«

Sie blickte ihn an, als würde sie seine Worte nicht verstehen. Aber dann zog sie einen Ring vom Finger, öffnete Darians Hand, legte den Ring hinein und schloss sie wieder. Es war eine Berührung, die ihm durch und durch ging, ihn an früher erinnerte. An das Gefühl, das ihre Nähe bei ihm ausgelöst hatte.

»Als du mir diesen Ring geschenkt hast, hast du mir ein Versprechen gegeben, das du nicht gehalten hast.«

In Darians Kopf begann sich alles zu drehen. Der Zwergenmet und die Schläge, die er hatte einstecken müssen, machten ihm das Denken schwer. Was im Namen der Schöpfer meinte sie damit? »Ich habe dir diesen Ring nicht geschenkt.« Daran hätte er sich doch bestimmt erinnert.

»Doch, das hast du. Vor sehr, sehr langer Zeit, damals in den Dunkelwäldern …«

Darian konnte ihre Worte nicht mehr verstehen, sah nur noch undeutlich, dass sie ihre Lippen bewegte. Mit aller Macht versuchte er gegen die drohende Bewusstlosigkeit anzukämpfen. Und dann tauchte plötzlich Helengar in seinem Sichtfeld auf und forderte Linas Aufmerksamkeit. Die geröteten Wangen der Zwergin, die Art, mit der sie Linas Schultern umfasste, während sie ihr etwas ins Ohr flüsterte, sprachen für die Dringlichkeit ihres Anliegens.

»Kümmerst du dich um Darian?«

Immer noch klangen ihre Worte verzerrt.

»Mach ich.«

Lina nickte, sprang auf und eilte an Gorniks Seite davon. Endorven folgte ihr wankend.

Alleine Helengar blieb zurück. Sie strecke Darian ihre fleischige Hand in einer auffordernden Geste entgegen. »Na los, du Held. Sehen wir zu, dass wir dich wieder in Ordnung bringen.«

Als Lina in den Privatgemächern der Zwergenkönigin ankam, ging es dort bereits zu wie auf einem Schlachtfeld. »Gemeinsam zu trinken, schweißt zusammen«, hatte Gwindra oft betont. Aber das hier war eine gemeinsame Vernichtung. Dass dies einmal pro Jahr stattfand, konnte Lina kaum glauben. Heilfroh, dass sie die Auswirkungen des Zwergenmets dank des Blutmondwurzeltrunkes nicht zu spüren bekam, suchte sie die kleine Halle nach Gwindra ab. Die Königin war nicht da, aber das schien niemanden zu stören. Hilfe suchend richtete sie ihren Blick auf Gornik. »Wo ist sie?«

Mit einer unauffälligen Kopfbewegung bedeutete Gornik ihr, ihm zu folgen. Durch eine kleine Seitenpforte, die so niedrig war, dass selbst Lina sich bücken musste, gelangten sie in eine weitere, eher kleine Halle. Gwindras Schlafgemach. Die Zwergenkönigin lag zusammengekrümmt auf dem Bett, die Hände zu Fäusten geballt und an die Brust gezogen, so als ob sie den Schmerz zerquetschen könnte, der dort tobte. Als sie Lina bemerkte, kehrte für einen Augenblick ein Funkeln in ihre fahlen Augen zurück. »Es geht mir gut«, presste sie keuchend hervor.

»Das sehe ich.« Lina konnte nicht umhin, die Sturheit der Zwergin zu bewundern. Ohne weitere Worte öffnete sie den goldenen Harnisch der Zwergin und legte ihre Hände auf deren Brust. Kaum hatte sie Kontakt aufgenommen, sah sie ihren ersten Verdacht auch schon bestätigt. Es war das Herz, das der Zwergenkönigin den Dienst versagte. Alt und müde war es, so wie es der gesamte Körper war, den zu heilen sie versuchte. Schon lange griff Lina nicht mehr auf ihre eigenen Kraftreserven zurück, wenn sie heilte, solange es Energie in der Umgebung gab, die sie anzapfen konnte. Erstaunt stellte sie fest, wie stark die magischen Energien hier in Darsheim waren. Wie es sie die Andavyanbücher gelehrt hatten, konzentrierte sie sich darauf, diese Energien über ihre Fußsohlen anzuziehen, in ihrem Körper zu bündeln und sie dann durch ihre Handflächen an Gwindra abzugeben, während sie sich in Gedanken das Herz der Zwergin vorstellte, wie es sich wieder in Bewegung setzte. Den Schmerz, den Gwindra fühlte, teilte sie aber immer noch mit ihr. Das war der Preis, den auch die geschultesten Andavyanheiler bezahlten. In diesem Punkt war Lina keine Ausnahme. Sie fühlte aber auch die Erleichterung, als Gwindras Herz nicht mehr unkontrolliert krampfte, sondern das Blut wieder in einem normalen Rhythmus durch den Körper zu pumpen begann.

»Das nenn ich mal eine Heilerin«, murmelte Gwindra anerkennend, als Lina sich aus ihrem Körper zurückgezogen und die Hände von ihrer Brust gelöst hatte.

Lina lächelte verlegen. Immer noch fiel es ihr schwer, mit dem Dank ihrer Patienten umzugehen. Noch dazu, wo die Heilung in Gwindras Fall nicht von langer Dauer sein würde. Dazu war die Zwergin zu alt, ihr Körper zu verbraucht.

»Wie lange habe ich noch?« Gwindra schien ihre Gedanken erraten zu haben.

»Das ist schwer zu sagen. Vielleicht noch ein paar Blutmondjahre oder nur bis morgen. Du solltest jede Aufregung vermeiden, und dich schonen. Aber wie ich dich kenne, wirst du das nicht tun.«

»Das ist die ehrlichste Aussage, die ich zu meinem Gesundheitszustand in den letzten Jahren bekommen habe.« Gwindra lächelte matt. »Dann wird es wohl Zeit, den Unterclanführern meine Entscheidung über meine Nachfolge mitzuteilen.«

»Wen wirst du erwählen?« Lina wusste, dass ihr diese Frage nicht zustand, aber sie konnte ihre Neugierde nicht beherrschen.

»Helengar.«

»Helengar? Aber sie ist keine Unterclanführerin.«

»Ja und genau deshalb möchte ich, dass sie das vereinigte Zwergenreich führt. Sie ist nicht korrumpiert, ist keinem Clan verpflichtet und hat einen messerscharfen Verstand. Ich weiß, dass sie die richtige Wahl ist.«

»Und sie ist jung, so wie du es damals warst.« Lina konnte sich ein schelmisches Lächeln nicht verkneifen, als sie an die junge Gwindra denken musste.

»Ganz genau. Ach, du hättest mich damals sehen müssen! Zeiten waren das, als wir noch gegen Nachtmahre gekämpft haben und uns nicht mit solch abartigen Kreaturen wie diesen Blutsaugern und den Lichtquallen herumschlagen mussten.« Erstaunt stellte Lina fest, wie die Lebensfreude in Gwindras Augen zurückkehrte, je mehr sie über diese guten alten Zeiten sprach.

Als Lina die Zwergenkönigin verließ, saß diese bereits wieder in der Privathalle und stemmte einen Krug Zwergenmet an ihre Lippen.

»Bei der nächsten Schöpfungsfeier ist es Lupinia, die sich dieses Theater hier antut. Mich bringt so schnell nichts mehr nach Darsheim, wenn die Zwerge feiern«, sagte Lina zu Endorven, als sie die Zwergenstadt bereits lange hinter sich gelassen und auch den Aufstieg über die Marntreppe bewältigt hatten. Es war das erste Mal seit ihrem Aufbruch, dass sie mit Endorven gesprochen hatte. Und obwohl sie die beängstigende Finsternis zu beiden Seiten der Treppe auch dieses Mal gespürt hatte, hielten sie ihre eigenen Gedanken doch viel zu sehr gefangen, als dass sie auf den Ruf der Finsternis reagiert hätte. Lina war wütend. Sie konnte immer noch nicht verstehen, was Endorven dazu bewogen hatte, sich mit Darian zu prügeln. Ein Hitzkopf, wie Darian war, traute sie ihm eine solche Auseinandersetzung ohne Weiteres zu. Aber Endorven? Er war die Beherrschung in Person. Und bis jetzt hatte er ihr nicht erklärt, wie es zu diesem Streit gekommen war. Unbewusst griff Lina nach ihrer linken Hand. Sie fühlte sich unvollständig an, ohne den Ring, den sie an ihrem Mittelfinger getragen hatte. Jetzt bereute sie, dass sie Darian den Ring zurückgegeben hatte. Er war das Einzige, was sie von ihm besaß, außer Aljana natürlich. Lina hätte ihm alles erzählt, wenn nicht Helengar erschienen wäre. Dieses Mal hätte er ihr nicht davonlaufen können. Es wäre ihr egal gewesen, wer zugehört hätte, oder ob er es ihr geglaubt hätte. Sie hätte einfach nur loswerden wollen, was sie ihm seit Jahren sagen wollte. Aber nicht einmal das war ihr vergönnt gewesen. Er würde ihr von nun an aus dem Weg gehen, hatte er gesagt. Noch mehr, als er das bisher getan hatte, war ja wohl schlecht möglich. Lina musste endlich versuchen, sich Darian aus dem Kopf zu schlagen. Sonst würde sie niemals Frieden finden.

»Er liebt dich noch immer.« Endorvens Worte klangen wie ein Trommelfeuer in der Stille.

»Das denke ich nicht.«

»Doch Lina, glaub mir, das tut er.«

»Ach, dann bist du also ein Experte auf diesem Gebiet?«

»Nein, das bin ich nicht. Aber ich erkenne Eifersucht, wenn ich sie sehe oder zu spüren bekomme.« Den letzten Teil hatte Endorven nur noch gemurmelt. Lina hatte es trotzdem gehört.

»Entschuldige, das war nicht so gemeint.« Lina hatte ihre spitzen Worte schon bereut, ehe sie sie ganz ausgesprochen hatte. Sie ließ ihren Frust an Endorven aus, was völlig inakzeptabel war. »Es ist nur … ich werd einfach nicht schlau aus ihm.« Ganz toll, jetzt musste Endorven auch noch als Seelentröster herhalten.

Der aber zuckte nur die Schultern, während ein für ihn untypisches Grinsen in seinem zerschrammten Gesicht erschien. »Dunkelelfen eben. Aus denen wird niemand schlau.«

»Ja, wem sagst du das!«

Geheimnisvolle Freundschaft

Mit einem Freudenschrei war Aljana in die Arme ihrer Mutter gestürzt, als diese endlich wieder aus dem Reich der Zwerge heimgekommen war. Wie ein Wasserfall plapperte sie los. Alles, was in der Zwischenzeit in Kathmarin geschehen war, erzählte sie ihrer Mutter. So gerne hätte sie ihr auch von ihrem neuen Freund erzählt. Aber das ging nicht. Das war ein Geheimnis zwischen ihm und ihr. Jede Nacht kam er sie an ihrem Fenster besuchen, seit dem Abend, an dem Mama ihr die Geschichte von der Erde und ihrer unsichtbaren Freundin erzählt hatte. Am Anfang hatte sie sich noch vor ihm gefürchtet. Aber dann hatte er so traurig ausgesehen, als er ihr sagte, dass er ganz alleine sei, ohne einen einzigen Freund auf der Welt. Aljana hatte sogar eine Träne über seine blasse Haut laufen sehen. Das lange schwarze Haar war ihm dabei weit ins Gesicht gefallen. Er hatte Aljana leidgetan. Trotzdem hatte sie ihn nicht hereingelassen. Zum Glück hatte er das auch gar nicht verlangt.

»Ich darf die Steine nicht vom Fensterbrett entfernen. Das hat mir meine Mami verboten«, hatte Aljana erklärt.

»Da hat deine Mami vollkommen recht. Ich suche nur jemanden, mit dem ich mich unterhalten kann, jemanden, der gut Geschichten erzählen kann. Kennst du eine gute Geschichte?«

Aljana hatte genickt. Geschichten kannte sie viele. Was konnte es denn schaden, ihm eine zu erzählen, solange er draußen blieb? »Aber nur eine, dann muss ich schlafen gehen.«

Ihr neuer Freund hatte genickt und ihrer Geschichte gelauscht. Als sie geendet hatte, war ein Lächeln auf seinem Gesicht zu sehen gewesen. Da hatte Aljana zum ersten Mal seine Fangzähne gesehen. Aber so spitz und gefährlich hatten die gar nicht ausgesehen.

»Gute Nacht, Aljana. Und vielen Dank für die Geschichte.«

Er hatte sich von der kleinen Mauerbrüstung vor ihrem Fenster fallen lassen und war in der Dunkelheit verschwunden.

Den ganzen nächsten Tag über hatte Aljana sich gefragt, ob sie vielleicht alles nur geträumt hatte. Aber in der Nacht darauf war er wiedergekommen und Aljana hatte ihm eine andere Geschichte erzählt. Er war geblieben, bis Lupinia erschienen war.

»Deine Geschichten sind so schön. Ich würde gerne jede Nacht eine hören. Aber das geht nur, wenn du niemandem verrätst, dass wir Freunde sind.« Er hatte den Kopf zur Seite geneigt und sie aus seinen schwarzen Augen treuherzig angeblickt. »Wir sind doch Freunde, nicht wahr?«

Aljana hatte genickt, auch wenn sie ein schlechtes Gewissen hatte, ein bisschen zumindest. Sie hatte noch nie zuvor ein Geheimnis gehabt. Und trotzdem würde sie schweigen. Es war aufregend, ein Geheimnis zu haben.

Erst in der dritten Nacht hatte sie ihn nach seinem Namen gefragt.

Da hatte er wieder traurig ausgesehen, ihr geheimer Freund. »Ich mag meinen Namen nicht besonders.«

»Warum nicht?«

»Die meisten, die ihn erfahren, haben danach Angst vor mir …« Niedergeschlagen senkte er seinen Blick.

»Vielleicht solltest du dir dann einfach einen anderen Namen aussuchen?«

»Das ist eine gute Idee!« Ihr geheimer Freund hatte plötzlich wieder gestrahlt. »Möchtest du mir nicht einen Namen aussuchen?«

»Soll ich wirklich?«

»Das wäre sehr nett von dir.«

So hatte Aljana einen ganzen Tag lang nichts anderes getan, als sich über einen passenden Namen für ihren geheimen Freund Gedanken zu machen. Er war ein Vampir. Da sollte er auch einen passenden Namen haben. Sie erinnerte sich an die Geschichte vom kleinen Vampir. Der lebte in einem Gedankenstrom Jandamers. Ihre Mama hatte ihr die Geschichte einmal erzählt. Das war auch ein netter Vampir. In der darauffolgenden Nacht hatte sie bereits ungeduldig am Fenster gewartet. Ein ganz kleines Stück hatte sie den leuchtenden Diamantstein zur Seite gerückt, um sich aus dem Fenster lehnen zu können. Ihr geheimnisvoller Freund hatte sie nicht angegriffen, ganz im Gegenteil. Er hatte sich sehr über den neuen Namen gefreut, den sie ihm gegeben hatte. Rüdiger.

»Du hast mir einen Herzenswunsch erfüllt, kleine Prinzessin«, hatte er gesagt. Und dann hatte er gefragt: »Hast du auch einen Herzenswunsch?«

Aljana hatte die Lippen geschürzt. Ja, sie hatte einen. Aber sie war nicht sicher, ob sie den mit ihrem geheimnisvollen Freund teilen wollte.

»Verrat ihn mir doch, bitte! Du hast mir geholfen, vielleicht kann ich dir ja auch helfen?«

Aljana hatte sich einen Ruck gegeben und hatte Rüdiger von ihrem Herzenswunsch erzählt. »Ich möchte, dass mein Papa nach Hause kommt.«

»Ist er denn nicht da?« Rüdiger hatte ziemlich verdutzt ausgesehen.

»Nein. Mama hat gesagt, er hat einen sehr wichtigen und geheimen Auftrag. Und deshalb kann er nicht heimkommen.«

»Hast du ihn denn noch nie gesehen?«

Aljana hatte den Kopf geschüttelt. Da war ein Lächeln über Rüdigers Gesicht gehuscht. Aber nur ganz kurz. Dann hatte er gefragt: »Weißt du denn gar nichts von deinem Papa?«

»Doch. Er ist ein Dunkelelf. Und einer der besten Schwertkämpfer, die es in Menduria gibt.«

»Na, das ist doch ein Anfang. Ich kenne ein paar Dunkelelfen. Vielleicht wissen die ja, wo wir deinen Papa finden können.«

Nun war es Aljana, die gestrahlt hatte. Sie hatte in ihrem Leben bis jetzt nur einen Dunkelelfen getroffen. Darian. Und der war immer ganz besonders nett zu ihr gewesen.

Rüdiger hatte versprochen, nach ihrem Papa zu suchen. »Dafür werde ich aber ein bisschen Zeit brauchen. Das verstehst du doch?«

Ja, das hatte Aljana verstanden. Sie wusste, dass es in der Nähe von Kathmarin keine Dunkelelfen gab. Wenn ihr geheimer Freund sich solche Mühe gab, ihren Herzenswunsch zu erfüllen, so müsste sie doch wenigstens ein bisschen Geduld haben.

Seither wartete sie jeden Abend auf seine Rückkehr. Und mit jeder Nacht, in der Rüdiger nicht zurückkehrte, wurde es schwerer, das Geheimnis ihrer Freundschaft für sich zu behalten.

Und dann endlich, Mama war bereits mehr als einen halben Blutmondumlauf wieder aus dem Zwergenreich zurückgekehrt, war es endlich so weit. Mama hatte sie bereits zu Bett gebracht, und auch Aljana hatte schon geschlafen.

»Wach auf, Prinzessin.«

Aljana rieb sich die Augen, als sie zum Fenster ging. Rüdiger saß auf dem Sims und lächelte sie an.

»Du warst aber lange fort.« Aljana klang ein bisschen vorwurfsvoll, obwohl sie lächelte.

»Entschuldige, Prinzessin. Aber dafür habe ich gute Neuigkeiten: Ich habe deinen Papa gefunden!«

»Wirklich?!« Aljana machte einen Freudensprung.

Rüdiger legte einen Finger auf seine roten Lippen. »Schscht. Sonst entdeckt mich noch jemand.«

»Oh, entschuldige.« Aljana schlug sich die Hand vor den Mund. Aber vor lauter Aufregung konnte sie nicht mehr still sitzen.

»Er würde dich gerne sehen. Aber leider kann er nicht zu dir kommen. Es ist so, wie deine Mama gesagt hat: Er hat einen sehr geheimen Auftrag.«

»Ich verstehe.« Aljanas Gesicht wurde immer länger. Enttäuschung breitete sich in ihr aus. »Da kann man nichts machen.«

»Na ja, es gäbe da einen Weg. Aber ich bin nicht sicher, ob du mutig genug dafür bist.« Rüdiger kratzte sich an der Schläfe.

»Ich bin mutig!« Aljana hatte die Hände in die Hüften gestemmt.

»Du könntest zu deinem Papa kommen. Ich könnte dich dorthin bringen.«

Aljana stutzte. »Ich weiß nicht.«

Rüdiger zuckte bedauernd die Schultern. »Sag ich doch, dazu gehört schon viel Mut. Du müsstest mit einem Vampir durch die Nacht reisen, obwohl es deine Mama verboten hat.«

Genau das ging Aljana durch den Kopf. Mama würde es nicht erlauben. Vampire waren böse Kreaturen. Andererseits war es Rüdiger, der sie mitnehmen würde. Er war niemals böse.

»Wie lange würde es denn dauern?«

Rüdiger überlegte kurz. »Wenn ich mich beeile, könnten wir vor Sonnenaufgang wieder da sein.« Er legte den Kopf schief.

»Vielleicht merkt es ja niemand. Dann könnte es unser Geheimnis bleiben.«

Noch ein Geheimnis. Aber wenn es tatsächlich so schnell gehen würde … Sie könnte Mama alles erzählen, wenn sie wieder da wäre, und dann könnte sie ihr auch erzählen, dass es Papa gut geht. Mama machte sich oft Sorgen. Aljana konnte sie manchmal in der Nacht weinen hören. Das würde Mama bestimmt freuen, wenn sie hörte, dass es Papa gut ging.

»Gut, ich komm mit.« Sie hatte den Diamantstein bereits zur Seite geschoben und war auf den Fenstersims geklettert. Da zog Rüdiger einen Umschlag aus der Tasche.

»Weißt du was, Prinzessin, wir sollten deiner Mama eine Nachricht hinterlassen. Nur für den Fall, dass sie es doch bemerkt. Wir wollen ja nicht, dass sie sich Sorgen macht, nicht wahr?«

»Aber ich kann doch noch gar nicht schreiben«, entgegnete Aljana beschämt.

»Das musst du gar nicht. Ich hab es bereits aufgeschrieben. Ich habe damit gerechnet, dass du tatsächlich mutig genug bist, mit mir zu kommen. Leg den Umschlag einfach auf dein Bett.«

Blitzschnell kletterte Aljana zurück, warf den Umschlag auf ihr Bett und kehrte dann zum Fenster zurück. Jetzt musste sie schnell machen, ehe sie noch der Mut verließ. Sie kletterte auf Rüdigers Rücken und hielt sich fest. Der Ledermantel, den er trug, verströmte einen ekelhaft süßlichen Geruch, aber die kühle Brise milderte ihn etwas.

»Bist du bereit, Prinzessin?«

»Bin ich«, sagte Aljana, obwohl sie sich auf einmal gar nicht mehr so sicher war.

Die Morgendämmerung war noch nicht angebrochen, als Lina plötzlich aus dem Schlaf hochschreckte. Mit klopfendem Herzen saß sie aufrecht in ihrem Bett und lauschte. Irgendetwas stimmte nicht. Das Zirpen der Grillen, das leise Pfeifen des Gebirgswindes, der um den Palast der Hohen Festung strich, alles war wie sonst auch. Ob es ein Albtraum gewesen war oder gar eine Vision? Nein, die letzte Vision hatte sie vor Aljanas Geburt gehabt. Seither schien sie von diesen Zukunftsbildern befreit zu sein. Und daran, schlecht geträumt zu haben, konnte sie sich nicht erinnern. Vielleicht war es Aljana, die einen Albtraum gehabt hatte. Durch die enge Verbindung, die sie immer noch zu ihrer Tochter hatte, hätte sie das gespürt. Lina lauschte in sich hinein, und versuchte, Aljanas Gemütszustand zu erspüren. Es ging nicht. Ob die Kleine so tief schlief? Sie stand auf, warf sich einen Umhang über die nackten Schultern und ging ins Nebenzimmer. Ganz leise öffnete sie die Tür. Das Bett lag in tiefe Schatten gehüllt. Linas Blick fiel zum geöffneten Fenster, wo der Wind die Vorhänge bauschte. Der mittlere der drei Diamantsteine war zur Seite geschoben worden. Je weiter Lina ins Zimmer trat, umso mulmiger wurde ihr zumute.

»Aljana? Ist alles in Ordnung?« Lina eilte zum Bett, dessen Decken zerwühlt waren.

Leer.

»Aljana!« Panisch blickte sie sich im Zimmer um. Da fiel ihr Blick auf den Umschlag, der auf der Bettdecke lag. Lina riss den Umschlag an sich, öffnete ihn und las.

Luft! Sie versuchte, nach Luft zu schnappen, aber es ging nicht. Ihre Hände begannen so stark zu zittern, dass ihr der Umschlag aus den Fingern glitt. Und dann versagten ihre Knie den Dienst und sie stürzte aufs Bett.

»Aljana … nein!« Ein gequältes Schluchzen stieg aus ihrer Kehle auf, als sie von einer Welle aus Angst mitgerissen wurde. Sie brüllte ihre Verzweiflung in die Tiefen der Kissen, auf denen sie kopfüber gelandet war, bis sie keine Luft mehr in ihren Lungen hatte.

Er hatte sie geholt! Lugathus hatte ihr kleines Mädchen

geholt. Die Vorstellung raubte ihr fast den Verstand. Sie solle kommen und Xedoc das Gezeitenbuch mitbringen, wenn sie Aljana lebend wiedersehen wollte. Verfluchter Vampir, verfluchter Xedoc, und dreimal verfluchtes Gezeitenbuch! Lina würde gehen. Sie würde alles tun, um Aljana wiederzubekommen, um ihr das Schicksal zu ersparen, das sie in der Calahadin erwartete. Diesmal würde sie, ohne zu zögern, das Gezeitenbuch für Xedoc lesen, wenn es nur noch in ihrem Besitz gewesen wäre.

Es dauerte eine gefühlte Ewigkeit, bis Lina fähig war, einen klaren Gedanken zu fassen. Das Morgenlicht hatte die Schatten der Nacht vertrieben, als sie sich erhob. Die ersten Sonnenstrahlen kündigten einen strahlend schönen Tag an. Lina sah es nicht. Sie eilte in ihr Zimmer, um sich anzuziehen, legte das Andavyanschwert an, griff nach einem Umhang und lief hinunter zu den Stallungen. Ohne die Hilfe der Kobolde anzunehmen, sattelte sie ihr Pferd alleine.

»Es wird eine gefährliche Reise, Camra. Ich hoffe, du hältst mir trotzdem die Treue.« Lina strich der Fuchsstute zärtlich über die Nüstern, während sie ihr tief in die Augen sah und versuchte, die Antwort des Elfenpferdes zu erspüren.

Die Fuchsstute legte ihren Kopf auf Linas Schulter und schnaubte leise. Ja, sie würde Lina begleiten.

»Ich danke dir.«

Lina stopfte ein paar Diamantsteine und etwas Proviant in die Satteltasche und stieg auf. »Zum Trolltor«, gab sie Camra in Gedanken die Richtung vor.

Sie hatte das Tor der Hohen Festung noch nicht passiert, als ihr Endorven plötzlich den Weg vertrat. »Guten Morgen, Lina.«

»Guten Morgen.«

»Du reitest aus?« Endorvens Miene zeigte Verwirrung. »So früh?«

Lina nickte nur.

»Soll ich dich begleiten?«

»Nein, ich möchte alleine sein.« Lina musste sich zusammenreißen. Endorven durfte keinen Verdacht schöpfen. Er hätte sie niemals alleine reiten lassen, wenn er gewusst hätte, was sie vorhatte. Aber die Anweisung war deutlich gewesen. Sie solle alleine kommen. Lina zwang sich zu einem Lächeln. »Ich möchte ein bisschen nachdenken. Das verstehst du doch?«

»Natürlich.«

»Soll ich mich um Aljana kümmern, bis Lupinia wieder da ist?«

»Nein, sie ist …« Lina versagte die Stimme. Sie räusperte sich und begann erneut. »Sie schläft noch. Die Kobolde kümmern sich um sie. Aber vielen Dank.«

»Wie du meinst.«

Als sie das Tor passierte, war sie sich Endorvens Blick in ihrem Rücken nur allzu bewusst. Kathmarin war bereits zum Leben erwacht. Sosehr Lina das bunte Treiben in den engen Gassen liebte, so unerträglich war ihr heute das Gedränge, in dem sie nicht so schnell vorankam, wie sie es gerne gewollt hätte. Als sie endlich das Trolltor passierte, war sie kurz davor, die Nerven zu verlieren. Auch die Elfenstute unter ihr spürte das. Nervös tänzelte sie mit angelegten Ohren an einer Kutsche vorbei, die Fürst Laudrins Wappen trug. Lina beachtete sie nicht. In gestrecktem Galopp jagte sie nur Augenblicke später über die Ebene vor der Stadt davon.

Er hätte sich schon längst wieder auf den Weg machen müssen. Aber zuvor wollte er noch einmal bei Helengar vorbeisehen. Sie hatte sich nach seinem unrühmlichen Abgang bei Gwindras Schöpfungsfeier um ihn gekümmert. Nicht gerade zärtlich hatte sie ihm ein Stück rohes Stück Wildschwein aufs Auge gelegt, während sie die Platzwunde darüber genäht hatte.

Ihre Worte hatten ihn beinahe so hart getroffen wie Endorvens Schläge.

»Wenn ich sie wäre, würde ich dich in diesem Zustand auch nicht haben wollen.«

Darian hatte genau gewusst, was sie gemeint hatte. Ohne es zu bemerken, war er immer tiefer in die Abhängigkeit des süßen Zwergengesöffs geraten. Dass ihn der Lichtelf derart zurichten konnte, war eine Sache, aber dass er die Kontrolle über sich vollkommen verloren hatte, ängstigte ihn selbst. Nie zuvor war sein Reaktionsvermögen so sehr beeinträchtigt gewesen, wie in diesen Tagen. Das durfte so nicht weitergehen. Er hatte sich in die tiefste Grotte Darsheims zurückgezogen und nichts weiter zu sich genommen als eiskaltes Felsquellwasser. Dort unten war er seinen schlimmsten Dämonen begegnet. Schüttelfrost und Fieberschübe hatten in seinem Körper einen Reigen getanzt, während ihn ein Albtraum nach dem anderen gejagt hatte. Nachtmahre hatte er gesehen, die ihn aus der Dunkelheit heraus verspottet hatten, Xedoc, der mit seinen Energiekugeln auf ihn gezielt hatte. Lugathus' Fangzähne hatte er ganz nah an seiner Kehle gespürt. Und dann waren plötzlich Bilder aufgetaucht, die nicht seinen Erinnerungen entsprungen sein konnten. Wesen, blaufluoreszierend, von der dreifachen Größe der Geisterdämonen. Aber ihre Körper hatten noch weniger Struktur. Nebelhafte Gestalten waren sie. »Haegoth« – wie ein entsetzliches Echo war der Widerhall in seinem Kopf gewesen. »Nicht deine Erinnerungen. Nicht deine Angst«, hatte ihm seine innere Stimme gesagt. Und immer wenn er gedacht hatte, es nicht mehr länger aushalten zu können, wenn er knapp davor gewesen war, aufzugeben und die Grotte zu verlassen, um sich irgendwo einen Krug Zwergenmet zu besorgen, war Lina dagewesen. Seine Gedanken hatten ein Trugbild von ihr erzeugt, in dem sie neben ihm gelegen und ihm Geschichten aus ihrer Kindheit erzählt hatte. Nicht auf dem kalten Steinboden der

Grotte, in der er lag, sondern in einem bequemen Bett in den Osthöhlen der Dunkelwälder. Sein Quartier, damals, als sein Clan noch dort gelebt hatte. Ihr Lachen hatte sich wie Balsam auf seine Seele gelegt und ihn durchhalten lassen, bis die Wahnvorstellungen langsam abgeklungen waren, er nicht mehr schwitzte, obwohl es eiskalt in der tiefen Grotte war.

Irgendwann war Helengar gekommen und hatte ihm etwas zu essen gebracht. Honigkuchen und Beerenmus. Und er hatte es bei sich behalten.

»Gratuliere, mein Freund. Du hast es geschafft.« Helengar hatte ihn breit angegrinst. »Und während du hier faul herumgelegen hast, haben Grimpfnik und ich ein bisschen an dem Diamantschwert weitergearbeitet.« Sie hatte ihm das Schwert gezeigt, und er war beeindruckt gewesen.

Viele Tage waren seither vergangen. Darian war so klar im Kopf wie schon seit langer Zeit nicht mehr.

»Wirst du es mitnehmen?« Helengars Armringe klimperten, als sie nach dem Schwert griff, das auf Darians Knien lag.

»Ja, das werde ich.«

»Hoffentlich hält die Verbindung zwischen dem Eisen und dem Diamantkern.«

»Ganz bestimmt.« Darian hatte noch nie zuvor ein solches Schwert gesehen. Ausgewogen wie ein Elfenschwert war die Diamantklinge mit dem härtesten Zwergenstahl überzogen. Nur in der Mitte war ein zwei Finger breiter Diamantstreifen zu sehen, der das im Kern gespeicherte Tageslicht reflektierte. Er hatte das Schwert an Grimpfniks härtester Axt getestet. Diese Waffe würde ihm gute Dienste im Kampf gegen die Blutsauger leisten.

»Hast du etwas über den Ring herausgefunden?« Darian versuchte, die Frage so beiläufig wie möglich klingen zu lassen.

»Ja, aber ich fürchte, das wird dir auch nicht weiterhelfen.«

Helengar griff in ihre Gürteltasche, zog den Ring heraus, und gab ihn Darian zurück.

Er hielt ihn so ins Licht, dass er die eingravierten Elfenrunen besser lesen konnte. ›Bis ans Ende der Zeit‹, stand da.

Er konnte ihr diesen Ring nicht geschenkt haben. Auch wenn es ein ganz eigenartiges Gefühl in ihm auslöste, diese Worte zu lesen.

»Ich habe ihn einem unserer besten Goldschmiede gezeigt. Er sagt, dass der Ring an die tausend Blutmondjahre alt sein muss.«

Darian blickte überrascht hoch. »Wie kommt er darauf?«

»Siehst du dieses kleine Zeichen im Inneren. Das ist Jasnicks Zeichen. Erinnerst du dich an Jasnick?«

Darian nickte. Er war einer der berühmtesten Kunstschmiede Darsheims, Gwindras persönlicher Goldschmied. Aber der Zwerg war seit beinahe neunhundert Blutmondjahren tot. Er schmiedete jetzt in den Hallen der Ahnen.

Darian verstand das nicht. Wie kam Lina zu einem Zwergenring, dessen Inschrift in der alten Schrift der Dunkelelfen graviert war? Einer Schrift, die sie seit ihrem Aufbruch in die Calahadin nicht mehr benutzten. Das herauszufinden würde bis zu seiner Rückkehr warten müssen.

Er hatte Darsheim noch nicht verlassen, als ihn Lupinias Ruf erreichte. Darian ignorierte ihn. Bestimmt wollte sie ihn nur daran erinnern, dass er schon längst hätte aufbrechen sollen. Aber irgendetwas an ihrem Ruf war anders diesmal. Nicht mit ruhiger Überlegenheit, wie sie es sonst immer tat, rief sie ihn, sondern flehend.

»Darian, wenn du mich hörst, bitte antworte!«

Ein bisschen unwillig gab er schließlich doch Antwort. »Ich höre dich.«

»Lugathus hat Aljana geraubt! Und Lina ist auf dem Weg in die Calahadin, alleine.«

»Sag das noch mal!«

»Komm nach Kathmarin, so schnell du kannst. Ich weiß nicht, wen ich sonst um Hilfe bitten könnte.«

In halsbrecherischem Tempo jagte Darian die Zwergentreppe, die in den Drachenhorst führte, hinauf. Immer noch konnte er nicht glauben, was ihm die weiße Magierin mitgeteilt hatte. Lugathus hatte den kleinen Kobold in die Finger bekommen! Dieser verfluchte Dreckskerl! Lupinia hatte ihm von dem Umschlag berichtet, den sie gefunden hatte. Wenn Lina tatsächlich im Morgengrauen aufgebrochen war, konnte sie es auf einem Elfenpferd ohne Weiteres schaffen, die Grenze zur Calahadin noch vor Einbruch der Nacht zu überschreiten.

Im Drachenhorst angekommen, hielt er sich erst gar nicht mit langen Vorreden auf. Er ging davon aus, dass Lupinia den Drachenfürsten schon informiert hatte.

Tatsächlich erwartete ihn Tek-Dragon bereits am Höhleneingang. »Komm mit, wir haben gehört, was geschehen ist.«

»Was sieht die Drachenmagierin?«

»Die Kleine ist bereits über der Grenze. Sie lebt noch. Aber ihr Schicksal ist ungewiss.«

»Und Lina? Was sieht sie für Lina voraus?«

»Wenn sie die Krallenfestung betritt, werden sie beide sterben.«

Mit geschlossenen Augen versuchte er, sich wieder zu fassen. Sein Blick war eindringlich, als er sich schließlich dem Drachenfürsten zuwandte.

»Ich kenne deinen Befehl, die Barriere nicht zu überfliegen. Ich brauche trotzdem einen von euch, der es tut.«

Einen Augenblick, der für Darian zur Ewigkeit wurde, blickte ihn der Drachenfürst aus seinen gelben Augen nur an. Schließlich war ein Schnauben aus seiner Drachenkehle zu vernehmen. »Du weißt, wie gering die Chancen für einen

Drachen sind, lebend aus der Calahadin zurückzukehren. Das kann ich keinem von ihnen befehlen.«

»Das musst du auch nicht. Ich werde freiwillig gehen.«

Darian und Tek-Dragon wandten sich gleichzeitig um, beide gleichermaßen erstaunt.

Ark-Dragon stand hinter dem Drachenfürsten. Er war nicht ganz so massig wie sein Drachenvater, und er wäre ganz bestimmt nicht Darians erste Wahl gewesen. Aber die Überzeugung, mit der er gesprochen hatte, ließ sie beide aufhorchen.

»Das ist Selbstmord, Junge! Wieso tust du das?« Es war dem Drachenfürsten anzusehen, dass er mit dem Entschluss Ark-Dragons nicht einverstanden war. Darian konnte ihn sogar verstehen. Umso mehr bewunderte er die Entschlossenheit des jüngeren Drachen.

»Du weißt genau, weshalb ich das tue, Vater. Das bin ich ihr schuldig.« Ohne auf die Antwort des Drachenfürsten zu warten, wandte sich Ark-Dragon an Darian: »Ich bin bereit, wenn du es bist.«

»Danke, Ark-Dragon.« Darian schwang sich auf den Rücken des Drachen. Er konnte nur hoffen, dass er Lina vor Einbruch der Nacht abfangen konnte, denn die Eldorinwälder an der Barriere waren so vampirverseucht wie kaum ein anderer Ort Mendurias.

Nacht der Erkenntnis

Lina musste davon ausgehen, dass Galan ihr Kommen sehen würde. Die Seherin musste glauben, dass sie das Gezeitenbuch bei sich trug. Da sie das Buch aber nicht mehr hatte, blieb ihr nichts anderes übrig, als zu bluffen. So führte ihr Weg nicht direkt an die Grenze, sondern nach Jandamer. Im ›Hexenkeller‹ griff sie sich ein Buch, das zumindest außerlich eine gewisse Ähnlichkeit mit dem Gezeitenbuch aufwies, schlug es in ein Tuch ein, das sie mit dicken Lederbändern verschnürte, und machte sich wieder auf den Weg. Serendras Einladung, doch noch zu bleiben, schlug sie dankend aus. Sie hatte sowieso schon viel zu viel Zeit verloren.

Nur einmal rastete sie, um Camra und sich selbst ein paar Schlucke Wasser zu gönnen, ehe sie weiterritt. Trotzdem arbeitete die Zeit gegen sie. Bald musste Lina erkennen, dass sie es nicht vor Einbruch der Nacht über die Grenze schaffen würden. So paradox es auch war, jenseits der Barriere wäre sie sicherer gewesen als hier in den Wäldern. Denn dort wurde sie erwartet. Xedoc würde dafür Sorge tragen, dass sie die Krallenfestung ungeschoren erreichte. Hier aber hatte er keine Macht über die Kobold-, Elfen- oder Zwergenvampire, die im Unterholz auf das Heranbrechen der Nacht warteten. Es wurde höchste Zeit, einen Unterschlupf zu suchen. Sie musste eine Höhle finden, die sie sichern konnte. Viel Zeit blieb ihr nicht mehr, denn auch das Wetter schien sich gegen sie verschworen zu haben. Dunkle Gewitterwolken hatten sich schon am Nachmittag gebildet und die Sonne verdunkelt. Tiefe Schatten lagen bereits über dem Wald, als Lina eine Höhle fand, die sie für geeignet hielt. Sie hatte nur einen Zugang und war nicht tief. Camra ließ sich ohne zu scheuen hineinführen. Also gab es in der Höhle auch keine schlafenden Vampire. Wie Endorven es ihr gezeigt hatte, sicherte sie den Eingang mit den mitgebrachten Diamantsteinen. Auch im rückwärtigen Teil der Höhle legte sie die Steine aus, sodass sie einen Schutzkreis aus Licht bildeten. Sie war gerade damit fertig geworden, als die ersten Regentropfen fielen. Der Wind heulte, Blitze zuckten über den Himmel, Donner grollte. Obwohl Lina Gewitter mochte, verfluchte sie dieses hier. Jeder Donnerschlag war eine Tortur für ihre ohnehin schon blank liegenden Nerven. Sie sollte etwas essen, aber sie brachte keinen Bissen hinunter. Den ganzen Tag über war sie damit beschäftigt gewesen, auf den Weg zu achten, die Richtung zu prüfen, und ihre Gedanken vor Lupinia abzuschirmen, die sie unentwegt rief. Die weiße Magierin wollte, dass sie umkehrte. Aber das kam nicht infrage. Ihr war mittlerweile vollkommen egal, was Xedoc oder auch Lugathus mit ihr anstellten. Nur Aljana sollten sie gehen lassen. Irgendwie musste sie diesen Punkt herausverhandeln. Wie sie das anstellen sollte, wusste sie noch nicht. In diesen Gedanken vertieft saß Lina auf der Satteldecke und starrte ins Leere, als sie plötzlich durch das unruhige Scharren ihrer Elfenstute aufgeschreckt wurde. Irgendetwas war da draußen. Lina erhob sich. Das Andavyanschwert blankgezogen, richtete sie ihre Aufmerksamkeit auf den Höhleneingang. »Du befindest dich im Schutzkreis der Diamantsteine. Er wird halten«, versuchte sie sich selbst zu beruhigen.

»Und wenn es keine Vampire sind, die dort draußen lauern?«, warf die Stimme des Zweifels ein. Wölfe oder Bären gab es in diesen Wäldern ebenfalls zur Genüge. Vielleicht waren es auch nur ihre überreizten Nerven, die ihr einen Streich gespielt hatten, und da draußen war gar nichts. Sie ließ das Schwert bereits wieder ein wenig sinken, als sie einen markerschütternden Schrei durch den strömenden Regen hindurch vernahm, der keiner Tierkehle entstammen konnte. So einen Laut hatte sie noch nie zuvor gehört. Hinter ihr stieg Camra wiehernd auf und preschte dann in heilloser Panik an ihr vorbei.

»Camra, nein! Bleib hier!«, schrie Lina und wusste doch, dass ihr Ruf zwecklos war.

Nun war sie ganz alleine. Im grellen Lichtschein eines Blitzes sah sie eine Gestalt, die sich dem Höhleneingang näherte, unglaublich schnell.

Linas Herz raste. Mit beiden Händen hielt sie ihr Schwert fest umklammert, bereit, sich zu stellen. Sie würde sich verteidigen, egal gegen wen oder was. Sie war Aljanas einzige Chance. An diesen Gedanken geklammert, versuchte sie, sich an das zu erinnern, was ihr in ihren Lektionen beigebracht worden war. Aber nichts wollte ihr einfallen. Nackte Angst lähmte ihre Gedanken.

Da stürzte der Angreifer durch den Eingang. Wassertropfen wurden von seinem Umhang in ihre Richtung geschleudert, als er sich im Sprung nicht ihr, sondern dem Höhleneingang zuwandte. Es schien, als wäre er selbst verfolgt worden. Und tatsächlich war jetzt ein weiterer Schatten vor der Höhle zu erkennen. Wie gebannt starrte Lina auf die Kreatur, die sich in geduckter Haltung dem Lichtkreis näherte. Dass sie einmal ein Lichtelf gewesen sein musste, konnte sie nur anhand der Größe und der spitzen Ohren erkennen. Nichts war von der Anmut und den fein geschnittenen Gesichtszügen geblieben, die für Lichtelfen so typisch waren. Haarlos, schmutzig und mit gebleckten Zähnen stürzte die Kreatur auf den Höhleneingang zu. Lina sah ein Schwert aufblitzen, dessen Mittelteil leuchtete, ebenso wie die Steine, die ihren Schutzkreis bildeten. Von oben fuhr es auf den Vampirelf nieder und traf ihn an der Schulter. Mit einem entsetzlich spitzen Schrei fuhr der Vampir zurück. Von der Stelle aus, wo ihn das Lichtschwert getroffen hatte, begann er sich regelrecht aufzulösen. Er floh in die Nacht hinaus, wo seine Schreie verhallten. Erst jetzt richtete Lina ihre ganze Aufmerksamkeit auf den Schwertkämpfer vor ihr. Und erst jetzt sah sie, dass zwei weitere Schwerter in seinen Rückengurten steckten. Schwarze Elfenschwerter, wie es sie nur einmal in Menduria gab.

Lina machte einen taumelnden Schritt zurück. »Darian?!«

Er schlug die Kapuze zurück und wandte sich zu ihr um, das Lichtschwert immer noch in der Hand. Lina sah ein wütendes Funkeln in seinen Augen, das beängstigend war. Er sah aus, als würde er gleich auf sie losstürmen. Lina riss ihr Schwert wieder hoch. Diese Abwehrreaktion ließ ihn innehalten.

»Kannst du mir erklären, was das hier soll? Du stürmst einfach drauflos, ohne nachzudenken! Was hast du dir bloß dabei gedacht?«, herrschte er sie an.

»Er hat Aljana! Ich hatte keine andere Wahl!« Gab Lina nicht weniger laut zurück.

»Doch, die hattest du! Du hättest mich um Hilfe bitten können.«

»Ich hätte nicht gedacht, dass du kommen würdest.«

Ihre Worte schienen ihn noch härter zu treffen als ihr Tonfall. Darian ließ das Schwert sinken. Seine Worte klangen resignierend. »Lina, was soll denn das? War ich nicht immer für dich da, wenn du mich gebraucht hast?«

Auch Lina senkte ihr Schwert, viel zu kraftlos, um es jetzt noch hochzuhalten. »Als Aljana geboren wurde, warst du nicht da. Da hätte ich dich gebraucht.«

Darian lachte bitter. »Ach, sollte ich mich nicht zum Teufel scheren?«

Es klirrte, als ihr das Schwert aus der Hand fiel. Sie starrte ihn an, ihre Augen schreckgeweitet. Er musste tatsächlich dort gewesen sein! Wie sonst hätte er davon wissen können? Sie hatte sich damals in einem absoluten Ausnahmezustand befunden. Trotzdem hätte sie so etwas niemals sagen dürfen. Beschämt senkte sie den Blick. »Das war der dümmste Satz, den ich je von mir gegeben habe. Und ich schwöre bei allem, was mir heilig ist, dass ich es nicht so gemeint habe. Ich war …« Lina stockte der Atem. »Ich war so verletzt, dass du mich zurückgewiesen hast, dass du uns zurückgewiesen hast. Ich dachte, ich hätte dich verloren, und alles, was mir geblieben ist, war Aljana. Und jetzt hat dieser Dreckskerl mir auch noch sie genommen. Ich konnte nicht einfach in Kathmarin bleiben und warten. Verstehst du das?« Als Lina hochblickte, sah sie ihn lächeln. Wie lange hatte sie sich nach diesem Lächeln gesehnt. Ganz sanft griff er nach ihren Schultern und zog sie in seine Arme. Seine Wärme und sein Duft umfingen sie wie ein schützender Mantel. Das Regenwasser aus seinem Haar vermischte sich mit den Tränen, die ihr über die Wangen liefen, als sie sich ganz fest an ihn schmiegte. Seine Stimme klang samtweich, als er zu sprechen begann: »Du hast mich niemals verloren. Und du wirst auch Aljana nicht verlieren. Das werde ich nicht zulassen. Weißt du, ich liebe diesen kleinen Kobold, so wie ich ihre Mutter liebe.«

Worte, die Lina noch mehr Tränen in die Augen trieben. Tränen der Freude und des Glücks in dieser schlimmen Stunde.

Erst als seine Worte sich tief in ihrem Geist verankert hatten, kam Lina ein weiterer Gedanke. »Woher kennst du Aljana?«

»Ich hab sie in Kathmarin getroffen. Hat sie dir das nie erzählt?«

Lina schüttelte den Kopf.

»Sie hat mir gesagt, ich solle mir die Haare frisieren, dieser kleine Kobold. Kannst du dir das vorstellen? Sie hat mir sogar ihren Kamm geschenkt. Obwohl sie ihn selbst mehr als nötig hätte.« Darian schmunzelte. Er hatte Lina jetzt ein kleines Stück von sich geschoben, um ihr in die Augen sehen zu können.

»Tja, wie der Vater, so die Tochter. Weißt du, diese Haare hättest du ihr wirklich nicht vererben müssen.«

Noch ehe sie den Satz beendet hatte, wusste Lina, dass es nicht klug gewesen war, das zu sagen. Es rührte an alten Wunden. Darians Lächeln verschwand, so schnell, wie es gekommen war.

»Bitte hör auf, mir das immer wieder einreden zu wollen. Ich bin nicht ihr Vater. Aber das spielt auch überhaupt keine Rolle. Ich liebe sie auch so.«

»Mag sein, dass es für dich keine Rolle spielt! Aber für mich tut es das. Weißt du, das bin ich dem Mann, der du einmal gewesen bist, schuldig. Und ich bin es Aljana schuldig.« Sie würde es ihm beweisen, hier und jetzt. Entschlossen trat sie einen Schritt zurück, zog sich den Umhang von ihren Schultern und begann, ihre Tunika aufzuschnüren.

Was bei allen Waldgeistern tat sie denn jetzt wieder? Er hatte gehofft, dass sie dieses Thema einfach auf sich beruhen lassen würde. Er würde Aljana behandeln, als wäre sie sein eigenes Kind. Was wollte sie denn noch? Mit einer abwehrenden Geste bedeutete er ihr aufzuhören. »Lina, nicht …«

Ihr angedeutetes Lächeln gab ihm den Rest. »Halt einfach den Mund und sieh dir an, was ich dir zeigen will!« Die Tunika fiel und Darian schnappte nach Luft.

»Ich nehme an, du weißt, was eine Dunkelelfenlegende ist?«

Ihre Frage brachte ihn vollkommen aus der Fassung. »Eine …? Natürlich weiß ich das.«

Ganz langsam drehte sie ihm ihren Rücken zu: »Gut, dann sag mir bitte, was diese hier zu bedeuten hat.«

Darian glaubte seinen Augen nicht zu trauen. Sie trug tatsächlich eine Dunkelelfenlegende.

»Würdest du mir bitte vorlesen, was da steht?«, bat sie.

»›Lina von den Schöpfern und Andavyan. Kleine Magierin. Gefährtin von Darian, Clanführer der Dunkelelfen.‹« In seinem Kopf überschlugen sich die Gedanken. Er hatte Linas nackten Rücken damals in der Oase Sindwa gesehen, als sie vor ihm aus dem Wasser gestiegen war. Damals war ihr Rücken noch unberührt gewesen.

»Wer hat diese Legende eingebrannt?« Daran, dass sie mit einem magischen Drachenstein eingebrannt worden war, bestand kein Zweifel. Die leichte Vernarbung sprach dafür.

»Yatlyn hat das gemacht.«

Yatlyn? Das war unmöglich! Die Heilerin der Dunkelelfen weilte in der Calahadin, so wie es der Rest seines Clans tat. Darian glaubte, den Verstand zu verlieren. Er fasste Lina an den Schultern und drehte sie zu sich herum.

»Wann wurde sie eingebrannt?«

Ihr Blick war jetzt so fest, wie es ihre Stimme war. »Kurz bevor du den Schwur im magischen Drachenfeuer abgelegt hast.«

Taumelnd trat Darian einen Schritt zurück. Er hatte das Gefühl, den Boden unter den Füßen zu verlieren. »Das ist vor knapp eintausend Blutmondjahren geschehen.«

»Ich weiß.«

»Wieso erinnere ich mich nicht daran? Wieso habe ich deinen Namen nicht in meiner Legende?«

Lina griff nach seinen Händen und blickte zu ihm hoch. »Das hattest du. Aber Anta-Dragona hat ihn dir genommen, gemeinsam mit den Erinnerungen an die Zeit, die ich damals mit dir und deinem Clan verbracht habe.«

Was sie sagte, klang so absurd, dass es ihm unmöglich gewesen wäre, es zu glauben, wenn da nicht der Beweis tief in ihre Haut eingebrannt gewesen wäre. Runen, die tief in ihm eine

Saite zum Klingen brachten, die ihm sagten, dass es wahr sein musste. Ob das der Grund war, weshalb er sich vom ersten Augenblick, in dem er ihr begegnet war, zu ihr hingezogen gefühlt hatte? Es musste so sein.

Immer noch hielt sie seine Hände, immer noch sah sie ihn an, liebevoll und zärtlich. Sie rührte sich nicht von der Stelle, obwohl sie vor Kälte zu zittern begonnen hatte. Darian löste seinen Umhang, von den Schultern, und hüllte sie darin ein. »Erzähl mir von damals«, bat er. Jetzt wollte er alles wissen.

»Ich kann es dir zeigen. Es sind meine Erinnerungen, nicht deine. Aber ich teile sie gerne mit dir, wenn du das möchtest.«

Ja, das wollte er.

Wieder griff Lina nach Darians Hand und führte ihn zu der Satteldecke, die immer noch neben der Höhlenwand hinter ihnen lag.

»Setz dich.« Lina ließ ihn nicht aus den Augen, während sie auf seinen Oberschenkeln Platz nahm. »Es tut nicht weh.«

Er lächelte verschmitzt. »Das habe ich auch gar nicht gedacht. Ich kann mich noch gut an deine Art zu heilen erinnern. Ich nehme an, das hier funktioniert ähnlich?«

Lina erwiderte sein Lächeln. »Ja, in gewisser Weise. Schließ deine Augen«, bat sie ihn, nahm seine Hände und führte sie an ihre Schläfen, während sie ihre Finger an seine legte. Und dann nahm sie Verbindung zu ihm auf. Ein Gefühl von Vertrautheit, das sie schon so lange nicht mehr gespürt hatte, durchflutete ihren Körper und brachte sie für einen Augenblick aus der Konzentration. Sie ließ alle geistigen Schranken fallen. Das Bild vor ihrem inneren Auge zeigte Drogonn, wie er in der Küche im Hause der Wittmars saß. »Kannst du es sehen?«, erkundigte sie sich ein bisschen unsicher. Lina hatte diese Andavyantechnik nur mit Lupinia geübt. Sie wusste nicht, ob es Darian möglich war, sich in ihren Geist einzuklinken. Aber er nickte.

»Was muss ich tun?«

»Ich werde dir nichts schicken. Aber es steht dir frei, dir anzusehen, was immer du möchtest.« Lina würde versuchen, die Ereignisse in der richtigen zeitlichen Reihenfolge abzurufen. Was sich Darian davon ansehen wollte, und ob er es in seinem Gedächtnis abspeichern würde, blieb ihm überlassen. Sie würde ihm nichts aufzwingen. So sah sich Lina wieder an der Seite der Lichtelfenkundschafterin in die Dunkelwälder gehen, sah Darian sie aus seinem Quartier werfen, nachdem sie ihn mitten in der Nacht geweckt hatte. Sie sah sich wieder von Aswan schikaniert, sah Darian sie verspotten und belächeln, sah sich beinahe resigniert aufgeben, nur um dann doch in seinen Armen zu versinken. Lina verbarg nichts. Weder die Angst noch die Zweifel, nicht die Eifersucht, nicht die Sehnsucht und schon gar nicht die Liebe, die sie für ihn empfand. Jedes Gefühl, das sie durchlebt hatte in der Zeit, in der sie an seiner Seite in den Dunkelwäldern gelebt hatte, ließ sie erneut in sich aufsteigen, um ihn daran teilhaben zu lassen. Darian sog an diesen Erinnerungen, als wären sie die Luft zum Atmen. Lina konnte spüren, dass er nicht genug davon sehen konnte. Sie ließ ihn gewähren, bis sie an die Stelle kam, an der er im magischen Drachenfeuer den Schwur leistete. Ihr eigener Schrei hallte in ihren Ohren wider. »Das darfst du nicht tun, Darian! Ich bin schwanger.« Die Worte, die im Gebrüll der Drachenmagierin untergegangen waren, ungehört. Mit Drogonns unsanftem Schlag gegen ihre Schläfe und der Finsternis, die darauf folgte, ließ Lina auch den Erinnerungsstrom versiegen. Ganz sanft löste sie Darians Finger von ihren Schläfen und öffnete die Augen. Erst da sah sie, dass er weinte. Seine Stimme klang gebrochen: »Bei Danaàn, wieso habe ich nicht zugehört? Was hätte ich uns beiden dadurch erspart?«

»Es war nicht deine Schuld und es war nicht die meine.« Lina strich zärtlich über seine Wangen, versuchte, den Tränenfluss, der ungehindert weiterlief, zu stoppen. »Wir werden lernen müssen, damit zu leben. Weißt du, ich liebe dich. Heute noch genau so sehr wie damals. Das ist das Einzige, was für mich zählt.« Ihr Lächeln war ein bisschen schelmisch, als sie hinzufügte: »Auch wenn du in der Zwischenzeit beinahe eintausend Jahre mehr auf dem Buckel hast.«

»Das ist wie mit gutem Drachenblutwein, der wird auch mit jedem Jahr besser.« Ein vielsagendes Lächeln lag auf seinen Lippen, das Lina nur noch mehr zum Strahlen brachte. Ja, das war ihr Darian, dem sie noch nie hatte widerstehen können.

Noch ehe sie etwas erwidern konnte, griff er in seine Tasche und zog den Ring heraus, den sie ihm in Darsheim zurückgegeben hatte.

»Ich erinnere mich zwar selbst nicht, dir diesen Ring geschenkt zu haben, aber es ist ein gutes Versprechen, und ich werde es einlösen, wenn du das immer noch möchtest.«

Als Antwort streckte sie ihm ihre Hand entgegen und ließ sich den Ring wieder anstecken, genau dorthin, wo er ihn ihr schon einmal angesteckt hatte. An den Mittefinger der linken Hand.

Darian zog sie seufzend in seine Arme und küsste sie zärtlich. Irgendwann entließ er sie aus seinem Kuss, nicht aber aus dem Bann seines Blickes. Nun musste sie nur noch Aljana heil zurückbekommen, dann wäre ihr Glück perfekt. Als ob er diesen Gedanken mit ihr geteilt hätte, sagte er: »Dann ist der kleine Kobold also tatsächlich mein kleiner Kobold.«

»Unser kleiner Kobold.« Lina lächelte, aber es war ein sorgenvolles Lächeln.

»Ich habe so viel verpasst, nur weil ich dir damals nicht geglaubt habe.« Beinahe schüchtern bat er: »Würdest du mir zeigen, was ich versäumt habe? Zeigst du mir deine Erinnerungen an sie?«

Lina erfüllte ihm diesen Wunsch gerne. Sie zeigte ihm die

ersten Augenblicke im Leben seiner Tochter. Sie zeigte ihm Aljana, wie sie sich aus dem Sitzen am weißen Fell einer Wölfin hochzog, und ihre ersten unbeholfenen Schritte tat. Lina zeigte ihm Aljana lachend, weinend, aufgeregt und vergnügt. Sie zeigte ihm all die Szenen aus dem Leben seiner Tochter, die er versäumt hatte, bis sie der kleine Kobold geworden war, der sie nun war. Und da konnte Lina plötzlich nicht mehr weiter. Die Bilder verblassten und gingen in ihrem verzweifelten Schluchzen unter. Sie vergrub das Gesicht in ihren Händen und zog das Kinn an die Brust, so als ob sie sich in sich selbst verkriechen wollte. »Ich will mein Kind zurück! Ich hab solche Angst, dass er ihr etwas antut.«

Darian zog Lina in seine Arme und hielt sie fest, strich sanft über ihren Rücken, während er versuchte, sie mit Worten zu beruhigen. »Ich hol sie dir zurück, ich verspreche es dir. Es wird ihr nichts geschehen.«

»Woher willst du das wissen?« Lina ließ sich einfach nicht beruhigen.

»Du bist mit ihr verbunden, nicht wahr? Kannst du fühlen, wie es ihr geht?«

Lina nickte, während sie immer noch an seiner Brust weinte.

»Das ist es ja gerade, was mir solche Sorgen bereitet. Sie ist auf der Dämonenklippe. Ich kann die Kälte fühlen. Ich habe ihre Angst gespürt, als es dunkel wurde. Aber jetzt spüre ich nichts mehr. Es ist, als ob sie schlafen würde.« Sie hob ihr tränennasses Gesicht. Empörung klang in ihrer Stimme mit: »Niemand schläft auf der Dämonenklippe!«

»Du hast es getan.« Darian konnte sich ein Schmunzeln nicht verkneifen.

»Das war etwas anderes. Du warst dort. Aber sie ist ganz alleine. Und sie ist doch noch so klein.«

»Sie ist stärker, als du denkst. Sie ist deine Tochter, und sie ist eine halbe Dunkelelfe. Du wirst sehen, sie schafft das.«

Wen wollte er mit diesen Worten mehr beruhigen, Lina oder sich selbst? Er konnte nur hoffen, dass er recht behielt. Dass Aljana auf der Dämonenklippe war, überraschte Darian. Er hatte angenommen, dass Lugathus sie im Krallenturm festhalten würde. Aber die Dämonenklippe war um nichts besser. Sehr schwierig, sie dort herauszuholen. Er würde es alleine tun müssen. Lina durfte ihn unter keinen Umständen begleiten. Die Warnung der Drachenmagierin klang ihm noch in den Ohren: »Wenn sie die Grenze überschreitet, sterben sie beide.« Das würde er verhindern. Aber darüber würde er erst morgen mit ihr sprechen. Ihr Schluchzen wurde leiser und verebbte schließlich ganz. Die Angst und die Anstrengung der letzten Stunden zehrten an ihren Kräften. Er bemerkte, wie die Spannung in ihrem Körper nachließ, die Arme, die sie um seinen Nacken geschlungen hatte, sich entspannten. Lina hatte sich in den Schlaf geweint. Darian hüllte sie noch fester in den Umhang und ließ sie für den Rest der Nacht auf seiner Brust schlafen. Für ihn war nicht an Schlaf zu denken. Er musste darüber nachdenken, wie er Aljana unversehrt von der Dämonenklippe holen konnte. Und bei den Schöpfern, das würde er. Er hatte eine Gefährtin und er hatte ein Kind! Was konnte es Schöneres auf dieser Welt geben? Noch einmal würde er sich um dieses Glück nicht betrügen lassen, nicht von Lugathus, nicht von Xedoc und auch nicht von den Haegoth. Er hatte bereits eine ungefähre Idee, wie er es anstellen konnte. Doch es würde nicht ohne Hilfe gehen. Es war an der Zeit, die weiße Magierin zu rufen. Dann versank er in den Erinnerungen, die Lina mit ihm geteilt hatte. Unglaubliche Bilder und Gefühle, die ihm immer noch den Atem raubten, Nächte voller Liebe und Leidenschaft. Aber es waren ihre Erinnerungen und ihre Gefühle. Er fühlte sich um das Geschenk seiner eigenen Erinnerungen betrogen, die er unbedingt zurückwollte.

Klippengeflüster

Als Lina erwachte, war sie für einen kurzen Augenblick wunschlos glücklich. Sie lag immer noch an Darian geschmiegt. Aber dann fiel ihr schlagartig wieder ein, was sie hier in diese Höhle inmitten der vampirverseuchten Grenzwälder geführt hatte.

Aljana.

»Hast du halbwegs gut geschlafen?« Darians Stimme klang samtweich.

Lina drückte ihm einen flüchtigen Kuss aufs Kinn. »Ja, dank dir.« Ein letztes Mal strich sie ihm durchs Haar, ehe sie aufstand und ihre Sachen zusammenpackte. Der Morgen dämmerte bereits. Das Licht der Diamantsteine leuchtete nur noch schwach. »Wir sollten aufbrechen.«

Darian blickte sie nur an, rührte sich aber nicht von der Stelle. Eine gefühlte Ewigkeit, so schien es ihr. »Ich werde alleine gehen«, sagte er schließlich.

»Das kommt überhaupt nicht infrage! Ich komme mit.« Was dachte er sich denn? Sie würde doch nicht hier herumsitzen und Däumchen drehen, während ihr Kind in Gefahr war!

In aller Ruhe erhob er sich, sein Blick eindringlich, sein

Tonfall hatte etwas Endgültiges. »Du wirst keinen Fuß in die Calahadin setzen, hörst du?«

Erneut wollte Lina protestieren. Aber mit einer knappen Geste seiner Hand schnitt er ihr das Wort ab. »Lina bitte, hör mir zu. Ich muss alleine gehen. Es wird schwierig genug, Aljana von dort fortzuholen. Du kennst die Dämonenklippe. Ich kann euch nicht beide dort herausbringen.«

»Ich könnte dir helfen. Ich habe dazugelernt.« Lina wusste, dass es unvernünftig war, doch die Vorstellung zurückzubleiben war ihr unerträglich.

»Du würdest mich nur aufhalten. Und selbst wenn nicht. Es wäre dein und Aljanas Tod. Das hat Esra-Dragona gesehen.«

Lina blickte ihn entsetzt an. Auch wenn sie ihren eigenen Tod riskieren würde. Aljana durfte sie durch ihr Handeln nicht gefährden. Sie seufzte tief. »Es ist nur … ich kann nicht untätig abwarten.«

»Das sollst du ja auch nicht. Wenn mein Plan gelingen soll, brauche ich deine Hilfe und die der weißen Magierin. Ich habe sie bereits gerufen.«

Und während sie auf Lupinia warteten, erklärte ihr Darian, was er vorhatte.

Er hatte kaum ausgesprochen, als der weiße Falke durch den Höhleneingang flog und sich verwandelte. Lupinia hatte sie gefunden.

Es war nicht die Art der weißen Magierin, Vorwürfe auszusprechen. Lupinia benötigte dazu nur einen Blick, und Lina verstand.

»Ich habe mir Sorgen gemacht«, war alles, was sie sagte.

»Ich weiß, bitte entschuldige.«

Lupinia nickte aufmunternd und wandte sich dann an Darian. »Was du verlangst, ist nicht einfach. Ich bin nicht sicher, ob es so funktioniert, wie du dir das vorstellst.«

Darian wirkte unbeeindruckt. »Ich habe vollstes Vertrauen zu dir.«

Lupinia schnaubte. »Na, das ist ja mal was ganz Neues. Aber lassen wir das jetzt. Ich habe gesehen, dass es Ark-Dragon ist, der dich begleitet. Hältst du ihn für eine gute Wahl?«

»Es war seine Entscheidung. Er sagte, er sei es Lina schuldig.«

»Er ist nicht gerade der hellste aller Drachen, oder wie siehst du das?«, hielt Lupinia dagegen.

»Mag sein. Aber er hat den Mut seines Vaters. Er ist der Richtige.« Darians Tonfall ließ keinen Zweifel offen.

Obwohl Lupinia nickte, war ihr anzusehen, dass ihre Bedenken nicht zerstreut waren. »Gut, dann viel Glück Darian. Du wirst es brauchen.«

»Vielen Dank.«

Dann kam der Moment des Abschieds. Als Darian sie in den Arm nahm, war Lina knapp davor, ihn anzuflehen, sie doch mitzunehmen. Sobald er diese Höhle verließ, würde sie nicht nur um ihre Tochter bangen müssen. Die Angst, sie beide zu verlieren, raubte ihr beinahe den Verstand.

»Wie lange wirst du fort sein?« Sie versuchte, den bangen Unterton aus ihrer Stimme zu vertreiben.

»Drei Tage, vermute ich. Es wird funktionieren, Lina. Vertrau mir.«

Das hatte sie immer getan. Sie vergrub ihre Hände in seinen dunklen Haaren und küsste ihn. »Ich liebe dich«, flüsterte sie. »Vergiss das nicht.«

»So wie ich dich liebe. Bis ans Ende der Zeit. Und das ist noch lange nicht gekommen.« Ein letztes Mal strich er ihr mit dem Handrücken über die Wange. Dann wandte er sich ab und verließ die Höhle, ohne sich noch einmal umzublicken.

Und damit begann das Hoffen und Bangen. Lupinia gewährte ihr nur wenige Augenblicke, ehe sie ihre Aufmerksamkeit forderte. »Ich weiß, dass es viel verlangt ist, aber du musst dich konzentrieren. Galan ist keine Närrin. Sie wird es durchschauen, wenn wir einen Fehler machen.«

Lina nickte. »Was muss ich tun?«

Jeder Atemzug schmerzte Lina in den Lungen. Die Luft war heiß und trocken. Schweiß stand ihr auf der Stirn und ihre Füße brannten. Sie hätte gerne einen Schluck Wasser getrunken, aber das ging nicht. Entschlossen setzte sie einen Fuß vor den anderen, ihr Blick starr in die Richtung, in der sie die Krallenfestung vermutete. Zu Fuß würde es Tage dauern, Xedocs Festung zu erreichen. Doch sie würde nicht mehr lange zu Fuß gehen. Bereits als sie die Grenze überschritten hatte, war sie sich darüber im Klaren gewesen, dass sie beobachtet wurde. Stiernackenkrieger lungerten am Wegesrand, behelligten sie aber nicht. Zwei Vampire streiften wie hungrige Wölfe in einem Kreis um sie herum, den sie immer enger zogen, bis sie nur noch wenige Schritte von ihr entfernt waren. Lina blieb stehen. »Xedoc erwartet mich«, sagte sie mit einer Selbstsicherheit, die sie nicht verspürte.

»So, tut er das?«

Erst jetzt erkannte Lina die blonde Vampirfrau, die gesprochen hatte. Sie war damals mit Lugathus zusammen auf dem Balkon gewesen, als er Lina in seine Gewalt gebracht hatte.

Die blonde Vampirin hatte Lina beinahe erreicht, als sich eine blaue Quallengestalt aus der diffusen Wolkendecke löste und in ihre Richtung geschwebt kam. Lina schluckte. Irrte sie sich, oder waren die Haegoth, die sie auf der Dämonenklippe gesehen hatte, kleiner gewesen?

Eine Stimme wie zerreißendes Papier war plötzlich in Linas Kopf. »Sie hat freies Geleit.«

Auch die Vampirfrau musste die Stimme gehört haben, denn sie zog sich mit einem letzten Fauchen zurück. Lina erinnerte sich daran, was sie über die Haegoth gelesen hatte. Sie verständigten sich ausschließlich kraft ihrer Gedanken, waren ähnlich einem Bienenvolk, das eine Königin hatte, bei der alle Fäden zusammenliefen. Kollektives Wissen, das im Bruchteil eines Augenblicks weitergegeben werden konnte. Augenblicklich verstärkte Lina den Schutzwall um ihre eigenen Gedanken. Sie konnte spüren, wie der Haegoth nach ihren Gedanken tastete.

»Schutzwall, sehr schlau.«

Lina lief es eiskalt über den Rücken. Die Kälte, die der Haegoth ausstrahlte, ließ sie selbst bei dieser Hitze zittern. Sie setzte sich wieder in Bewegung. Der Haegoth zog sich ein Stück zurück, blieb aber immer in ihrer Reichweite. Wie ein stummer Wächter schwebte er neben ihr, während seine Tentakel über den Erdboden tasteten. Dort saugte er die Lebensenergie von allem auf, das nicht schnell genug vor ihm flüchten konnte. Kakerlaken, Schlangen, oder einfach nur ein ohnehin halb verdorrtes Büschel Gras. Nichts war vor dem Energieräuber sicher. So sah Lina mit eigenen Augen, was sie bis jetzt nur aus Erzählungen oder Büchern wusste. Sie versuchte, sich zu konzentrieren. Wie Lupinia es ihr eingeschärft hatte, holte sie sich Aljanas Bild vor ihr geistiges Auge. So würde der Haegoth lediglich das Bild ihrer Tochter sehen, sollte es ihm doch gelingen, ihre Gedankenbarriere zu überwinden. Unermüdlich setzte sie einen Schritt vor den anderen. Es dämmerte bereits, als sie am Horizont einen Vogelschwarm entdeckte. Bald erkannte Lina, dass es keine gewöhnlichen Vögel waren, sondern vier Harpyien, die ein sänftenartiges Gestell durch die Luft schleppten, das sie schließlich unweit von ihr auf dem steinigen Boden abstellten. Gichtverkrümmte Finger zogen einen Vorhang zur Seite und gaben den Blick auf die gebeugte Gestalt der Seherin frei. Wäre die Situation nicht so ernst gewesen, Lina hätte über den Auftritt Galans geschmunzelt. Auch wenn sich die Andavyan redlich bemühte, erhaben zu wirken, war sie doch nichts als ein altes Weib, das sich mühsam aus einer Sänfte quälte.

»Ich freue mich, dich wiederzusehen, Lina.« Allein ihre Stimme erinnerte an die schöne junge Frau, die Lina damals bei der Ernennung der Hüter gesehen hatte.

Lina würdigte sie keiner Antwort. Stattdessen, fragte sie: »Wo ist meine Tochter?«

»Auf der Dämonenklippe, aber ich bin sicher, das weißt du bereits. Ich konnte die Verbindung spüren, die zwischen euch besteht.« Galans Blick war unverwandt auf das in Tücher eingeschlagene Buch gerichtet, das Lina immer noch vor der Brust hielt. »Gib mir das Buch«, forderte sie.

»Erst, wenn ich Aljana gesehen habe.«

Galan streckte die Finger nach Lina aus und versuchte, sie am Arm zu packen. Blitzschnell hob Lina die Hand zu einer Abwehrgeste und trat einen Schritt zurück. »Fass mich an, und du bist tot.«

Galan hielt in der Bewegung inne. »Ah, die dunkle Gabe der Heilkraft. Du kennst ihre Macht also bereits. Aber du wirst sie nicht gegen mich einsetzen. Denk an deine Tochter.«

Trotz der Zuversicht ihrer Worte versuchte Galan nicht noch einmal, sie zu berühren. Sie zog sich in die Sänfte zurück und bedeutete Lina, ihr zu folgen. »Wir wollen den Fürsten doch nicht warten lassen, nicht wahr? Steig ein!«, befahl Galan. Die gespielte Freundlichkeit war aus ihrer Stimme verschwunden.

Der Schatten des Drachen huschte über den zerklüfteten Felsboden, ein geisterhafter Schemen. Nichts kündigte das Kommen des Himmelsgiganten an. Ark-Dragon flog so niedrig, dass Darian das Gefühl hatte, den Boden mit ausgestreckten Händen berühren zu können. Die seltenen Flügelschläge waren beinahe lautlos. Darian lag flach auf dem Rücken des Drachen. Auch er hielt Arme und Beine weit abgespreizt, um sein Gewicht besser zu verteilen und den Drachen damit nicht noch weiter zu belasten. Nichts war von der übermütigen Art geblieben, die der junge Drache sonst an den Tag legte. Er flog hoch konzentriert. Darian war angenehm überrascht.

Sie hatten die Barriere am äußersten Rand überquert, dort wo die Ausläufer des schwarzen Gebirges steil ins ewige Dunkel des leeren Raumes abfielen, dort wo Menduria endete. Beide hatten sie für einen Augenblick die kalte Hand des Todes gespürt, der dort draußen lauerte. Irgendetwas musste sich im Gestein des schwarzen Gebirges befinden, das die Haegoth fernhielt. Das hatte Darian bereits bei seinen Besuchen dort bemerkt. Dieses Wissen hatten sie sich zunutze gemacht. Sie folgten dem Gebirgszug, der sich wie ein schützender Halbmond um die Calahadin schloss, bis sie das ehemalige Reich der dort lebenden Zwerge erreichten. Seit Kelnig seinen Clan zurück ins Titanengebirge geführt hatte, waren es hauptsächlich Stiernackenkrieger, die sich in den verlassenen Hallen der Zwerge breitgemacht hatten. Aber auch sie mieden das Gebiet der zerklüfteten Gebirgsspitzen. Dorthin dirigierte Darian den Drachen. In einer von schroffen Felsen umgebenen Senke sollte es für Ark-Dragon relativ ungefährlich sein zu warten. Im Zwielicht der Dämmerung begann Darian den Abstieg in die Schlucht, von wo aus er ins Tunnelsystem einsteigen konnte, das ihn unter die Krallenfestung führen sollte. Er musste sich beeilen. Aljana sollte nicht noch eine Nacht alleine auf der Dämonenklippe verbringen müssen und bald schon würden die Haegoth erwachen. Er folgte einem schmalen Tunnel, der direkt am Nest der Riesenquallen vorbeiführte. Je näher er dem Tunnelausgang kam, umso kälter wurde es. Sein Atem bildete bereits eisige Rauchwölkchen. Blaufluoreszierendes Licht wies ihm den Weg, bis er schließlich das Ende des Tunnels erreichte. Er blickte auf ein Meer aus schlafenden Geisterdämonen. »Haegoth« klang ihr wahrer Name in seinem Kopf, der ferne Feind. Es war Drogonns Wissen, das sich bei diesem Anblick rührte. Bilder aus seinen Albträumen stiegen in ihm auf. Darian versuchte, diese Bilder zu verscheuchen. Er hatte jetzt andere Probleme. Der Aufstieg an der steilen Klippenwand war anstrengend und gefährlich. Ein Fehltritt, und er würde direkt in das Haegothnest stürzen. Hoch konzentriert begann er zu klettern. Bald hatte er die unterste Kerkerebene erreicht. Ob Xedoc Aljana hier gefangen hielt? Zuzutrauen war es dieser Bestie. Es war der Teil des Kerkers, in dem Xedoc einst Linas Vater gefangen gehalten hatte. Bange Augenblicke vergingen, in denen Darian die vergitterten Felsnischen kontrollierte. Aber außer ein paar ausgedörrten Skeletten, nur noch von grauer vereister Haut überspannt, fand er nichts. Erleichtert stellte er fest, dass Aljana nicht unter ihnen war. Er begann wieder zu klettern, während unter ihm erste blaue Lichtreflexe über die schwarze Felswand huschten. Die Haegoth erwachten. Seine Finger suchten nach Spalten und Vertiefungen im Lavagestein, in denen er sich festkrallen konnte. Kaum hatte er Halt gefunden, zog er sich hoch und setzte mit den Füßen nach.

Eine gefühlte Ewigkeit verging, bis er endlich die größte der Felsnischen erreichte. Sie lag nur knapp unter der Klippe, auf der er Lina damals begegnet war. Wie eine Speerspitze ragte diese Felskante aus der massiven Wand. Hier fanden Darians Füße keinen Halt mehr. Nur noch seine Finger hielten jetzt sein ganzes Gewicht. Die Muskeln und Sehnen seiner Arme waren zum Zerreißen gespannt und brannten wie Feuer. Immer wieder löste er eine Hand, um sich ein Stück weiterhangeln zu können. Schließlich hatte er es bis zur Spitze geschafft. Er hätte schreien können, so sehr schmerzten seine Muskeln bereits. Mit letzter Kraft schaffte er es, sich über die Kante zu ziehen. Keuchend lag er auf dem Bauch und atmete flach. Plötzlich hatte er das Gefühl, beobachtet zu werden. Augenblicklich sprang er hoch, verteidigungsbereit. Da sah er sie. Aljana. Doch sie war nicht alleine.

»Du?« Darian war entsetzt. Damit hatte er nicht gerechnet.

»Ich sehe, du hast mir gebracht, wonach ich verlangt habe.«

Wieder stand Lina vor Xedoc. Er blickte begehrlich auf das Buch in ihren Händen. Dunkle Ringe lagen unter seinen Augen. Er wirkte wie ein Schatten seiner selbst.

»Wo ist meine Tochter?«

»Alles zu seiner Zeit.« Xedoc klang gereizt.

»Nein, jetzt! Ich möchte Aljana sehen. Vorher bekommst du von mir gar nichts.«

»Gut gemacht.« Lupinia war beeindruckt. Sie hätte nicht gedacht, dass sie so weit kommen würden. Was Lina in den letzten Stunden vollbracht hatte, war wirklich außergewöhnlich. Nicht einmal Galan hatte bis jetzt Verdacht geschöpft. Dabei hatte Lupinia ärgste Bedenken gehabt, als sie von Darians Plan erfahren hatte. Ihr war sofort klar gewesen, dass er das Wissen darüber aus Drogonns Erinnerungen geschöpft hatte. Eine Zwillingsgestalt zu erschaffen, war eine Sache, aber sie dem Willen des Originals zu unterwerfen eine ganz andere. Das letzte Mal, als sie das getan hatte, war es ein Abbild Arianas gewesen, das sie erschaffen hatte. Sie hatten damals einen äußerst überheblichen Landlord hinters Licht geführt. Immer noch stahl sich bei der Erinnerung daran ein Lächeln auf ihre Lippen. Der Ärmste hatte einen ganzen Abend lang geglaubt, ein Rendezvous mit der echten Ariana zu haben. Damals war es ein Heidenspaß gewesen. Aber das hier war bitterer Ernst.

Trotzdem musste Lupinia zugeben, dass Darians Plan gut war. Was er allerdings nicht wusste, war, dass es nicht so ungefährlich war, wie er dachte. Lina musste eine geistige Verbindung mit ihrer Zwillingsgestalt eingehen. Würde diese verletzt oder gar getötet, ehe sie die Verbindung lösen konnte, wären die Folgen katastrophal. Der Schlüssel zu ihrem Erfolg lag in Linas Konzentrationsfähigkeit. Verlor sie auch nur für einen kurzen Augenblick die Kontrolle über die Zwillingsgestalt, war das Spiel vorbei. Lupinia war nicht sicher gewesen, ob Linas magische Kräfte bereits ausreichend trainiert waren. Ebenso wenig, wie sie sicher war, ob sie selbst noch in der Lage war, eine einwandfreie Zwillingsgestalt zu kreieren.

Lupinia hatte die Hand auf Linas Brust gelegt, während sie mit der anderen nach den Kräften der Elemente griff. Mit geschlossenen Augen intonierte sie die Worte der Magie auf eine Weise, wie sie es lange nicht mehr gemacht hatte. Sie hatte die alte Sprache der Andavyan gesprochen, die Ursprache der Magie. In diesem Augenblick war sie zur Herrscherin der Elemente geworden. Die Atmosphäre in der Höhle war zäh und schwer geworden, als sie die Materie allein durch die Kraft ihres Willens gezwungen hatte, sich zu verdichten, bis eine Gestalt entstand, die Lina aufs Haar glich. Nicht flüchtig wie die Nebelgestalt, die sie einst von ihr geschaffen hatte. Diese Gestalt glich Lina tatsächlich aufs Haar. Nur ihr Blick war leer und ausdruckslos. Lupinia war zufrieden gewesen. »Nun bist du an der Reihe, Lina.«

Wie sie es ihr zuvor erklärt hatte, war Lina vor die Zwillingsgestalt getreten, hatte ihre Hände an deren Schläfen gelegt und ihren Geist fließen lassen.

»Das fühlt sich seltsam an, so als würde man in ein Kostüm schlüpfen.« Probeweise hatte Lina Arme und Beine der Zwillingsgestalt bewegt, ihren Kopf gerollt und sich umgesehen. Ihr eigener Körper aber hatte reglos verharrt. Das würde er so lange tun, bis Linas Geist zurückkehrte.

»Bist du bereit?«

Lina hatte genickt und sich auf den Weg gemacht. Lupinia war bei ihrem Körper in der Höhle zurückgeblieben, ihre

Hände auf Linas Schultern und hatte sie auf dem ersten Teil des Weges mit ihrer Magie unterstützt. Aber dann war Galan erschienen und Lupinia hatte sich zurückziehen müssen. »Sie darf die Zwillingsgestalt auf keinen Fall berühren«, hatte die weiße Magierin noch gewarnt. Danach war sie nur noch stiller Beobachter gewesen auf der Reise, die Linas Zwillingsgestalt bis in die Fürstenhalle der Krallenfestung geführt hatte.

Jetzt sprach sie zum ersten Mal wieder in Linas Gedanken zu ihr. »Es wird Zeit zurückzukehren.«

»Noch nicht.«

Lupinia sah jetzt, was Linas Geist durch die Augen der Zwillingsgestalt sah. Xedoc, der vor ihr stand, und Galan, die neben den Fürsten getreten war. Die Augen der Seherin fixierten Lina, ihr Kopf war zur Seite geneigt. Sie musste Verdacht geschöpft haben.

»Du bist nicht in der Position, Forderungen zu stellen.« Xedoc klang gereizt. »Du wirst tun, was ich verlange, oder deine Tochter stirbt.«

»Lina, verschwinde dort. Galan ahnt etwas, ich bin sicher.« Lupinia verstärkte den Druck ihrer Hände auf Linas Schultern, so als ob sie sie damit zur Rückkehr bewegen könnte. Ihr war bewusst, dass Lina um jeden Augenblick kämpfte, der Darian mehr Zeit verschaffen würde.

»Das Buch, sie soll dir das Buch zeigen«, raunte Galan dem Fürsten zu, ohne Lina dabei aus den Augen zu lassen.

»Du hast es gehört, zeig mir das Gezeitenbuch«, forderte Xedoc.

Ganz langsam dirigierte Lina ihre Zwillingsgestalt einen Schritt zurück und begann, die Knoten der Lederriemen zu lösen, umständlich und ungeschickt.

»Probleme, Schätzchen? Soll ich die Knoten für dich durchbeißen?« Lugathus tauchte wie aus dem Nichts neben ihr auf. Witternd kam seine hakenförmige Nase immer näher. Lupinia konnte Linas Ekel spüren, den Versuch, sich ihm zu entziehen, selbst wenn es nicht ihr eigener Körper war, den er beschnupperte.

»Du riechst nicht, wie du riechen solltest. Irgendwie blutleer«, stellte der Vampir fest.

»Lös die Verbindung, schnell!«, drängte Lupinia.

Galan griff nach Linas Zwilling, das Buch fiel zu Boden.

»Das ist eine Täuschung, Xedoc. Das ist nicht die Schöpferin!« Die Stimme der Seherin klang schrill.

»Lugathus, töte sie! Und dann hol dir das Kind!«, brüllte Xedoc wütend.

Die Zähne des Vampirs bohrten sich im selben Augenblick in den Hals der Zwillingsgestalt, als Lina die Verbindung löste. Lina fiel schreiend zu Boden.

Ganz langsam trat Darian näher, seine Nerven zum Zerreißen gespannt. Er wusste nicht, was er von dem Bild halten sollte, das sich ihm bot. Solvay saß im Schneidersitz, den Rücken an die Wand gelehnt, seine beiden Schwerter blankgezogen neben sich. In seinem Arm schlief Aljana.

»Ich habe auf dich gewartet, Darian. Ich wusste, dass du kommen würdest.« Ganz vorsichtig strich er Aljana eine Haarsträhne aus dem Gesicht, ehe er seine Hand an den Griff seines Schwertes legte.

Darian schluckte schwer. Würde Aljana jetzt den Preis für seinen Verrat am Clan der Dunkelelfen bezahlen müssen? Er wusste, wie schnell Solvay mit der Klinge war.

»Ist das deine Art, Rache an mir zu nehmen?« Darian hatte Mühe, die Angst aus seiner Stimme zu verbannen, die ihn jäh überfallen hatte.

Solvay hob das Schwert und ließ es in den Rückengurt gleiten. Irritiert blickte er zu Darian hoch. »Wofür hältst du mich, Mann?«

Nun war Darian vollends verwirrt. In einer hilflosen Geste hob er die Arme. »Sag du es mir! Du hast versucht, mich zu töten.«

»Ich hab dir den Arsch gerettet! Wäre ich nicht gekommen, hätten dich die beiden Kopfgeldjäger erledigt.«

So gesehen hatte Solvay recht. Trotzdem … »Du hast mich am Ohr getroffen! Nicht irgendwo, am Ohr, verstehst du?« Darian deutete auf die Narbe, die sein linkes Ohr seither zierte.

Solvays Gesichtszüge entgleisten zu einer belustigten Grimasse. »Wie es scheint, bin ich wohl doch kein so guter Schütze. Ich dachte, ich hätte dich verfehlt. Aber mal ehrlich«, jetzt grinste Solvay schadenfroh. »Du hast es verdient. So wie du uns provoziert hast, hätte ich dir noch ganz was anderes wegschießen sollen. Was hast du dir dabei gedacht? Wolltest du draufgehen?«

Ja, das hatte Darian tatsächlich eine Zeit lang gewollt. Aber das würde er nicht einmal Solvay anvertrauen. Zu viel Zeit war vergangen. Darian war sich nicht sicher, wie viel von ihrer alten Freundschaft noch übrig war. Langsam ließ er sich Solvay gegenüber in die Hocke sinken. »Ich wollte mit dir sprechen. Die halbe Calahadin hat sich blicken lassen, nur du nicht.«

»Was wolltest du denn?«

»Ich wollte wissen, weshalb du die Dunkelelfen nicht zurück ins Titanengebirge geführt hast, so wie ich es dir durch Andor habe ausrichten lassen.«

Solvay neigte den Kopf zur Seite und blickte Darian herausfordernd an. Eine Geste, die Darian durchaus verstand. »Du hast mir nichts zu befehlen. Du bist nicht mehr der Clanführer«, hatte sie wohl zu bedeuten. Was er allerdings tatsächlich sagte, erstaunte Darian über alle Maßen. »Das ging nicht. Als du deinen Schwur im magischen Drachenfeuer geleistet hast, wurde auch mir ein Schwur abverlangt. Ich musste auf den Elfencodex schwören, dass ich hier warten würde, bis du zurückkehrst, nachdem du Lina in Sicherheit gebracht hast. Ehrlich gesagt habe ich bis gestern nicht verstanden, was Anta-Dragona damals damit gemeint hatte. Aber dann hat Lugathus dieses kleine Mädchen angeschleppt.« Solvay deutete auf das schlafende Kind in seinen Armen. »Und da war mir alles klar.«

»Anta-Dragona? Bedeutet das, du hast von Anfang an gewusst, dass ich den Clan verraten würde?« Das konnte Darian nicht glauben.

Doch Solvay nickte.

»Du wusstest von meiner Vergangenheit mit Lina und hast die ganze Zeit nichts gesagt? Das hat Lina mir überhaupt nicht erzählt.«

»Sie wusste es nicht.« Solvays Blick trübte sich. »Glaub mir, Darian, seither ist kein einziger Tag vergangen, an dem ich nicht bereut habe, der Einzige zu sein, der wusste, was tatsächlich geschehen war. Du weißt es nicht mehr, aber du selbst hast damals darauf bestanden, dass meine Erinnerungen an sie nicht gelöscht werden. Und ganz abgesehen davon, was, denkst du, habe ich mit all den kleinen Hinweisen gemeint, die ich dir die Jahre über gegeben habe?«

Darian seufzte. Das hatte Solvay also gemeint, als er ihm immer wieder einzureden versucht hatte, dass eines Tages etwas wirklich Gutes geschehen würde, für das es sich lohnte durchzuhalten. Er hatte jedes Mal von Lina gesprochen. Wenn Solvay tatsächlich Verschwiegenheit geschworen hatte, dann waren diese Hinweise bereits mehr gewesen, als er jemals hätte sagen dürfen. Im Grunde hatte Darian kein Recht, Solvay irgendwelche Vorwürfe zu machen. Und trotzdem. »Du hättest doch wenigstens …«

Aljana begann sich zu regen und lenkte somit die Aufmerksamkeit der beiden Männer auf sich.

»Du musst aufwachen, kleine Kämpferin. Dein Vater ist hier.« Solvay kniff ihr sanft in die Wange.

»Auch das weißt du?«

Nun klang Solvay empört. »Also bitte. Sie sieht dir so ähnlich, jeder Schwachsinnige würde erkennen, dass sie deine Tochter ist! Nur die Augen hat sie von ihrer Mutter.«

›Ja‹, dachte Darian. ›Jeder Volltrottel würde das sehen.‹ Nur er hatte es so lange nicht erkannt.

Aljana rieb sich die Augen und blickte sich verängstigt um. Solvay hob sie hoch und stellte sie auf ihre Füße. »Nun lauf zu deinem Vater. Er wird dich nach Hause bringen.«

Erst jetzt schien sie Darian zu erkennen. Schüchtern fragte sie: »Du bist mein Papa?«

Darian nickte. »Ja, kleiner Kobold.« Ein bisschen unsicher streckte er ihr die Arme entgegen.

»Papa.« Mit einem Seufzer der Erleichterung fiel Aljana ihm um den Hals und schmiegte sich an ihn. »Ich habe mir immer gewünscht, dass du mein Papa bist.«

Nie zuvor hatten Worte schöner geklungen in seinen Ohren. Es war ein Moment, der für die Ewigkeit bestimmt war, in der er seine Tochter in den Armen hielt und einfach nicht wieder loslassen wollte. Nur allzu gerne hätte Darian das blaue Licht ignoriert, das sich aus der Tiefe näherte. Die Haegoth begannen ihren allnächtlichen Beutestreifzug.

Aljana hob den Kopf. Auch sie hatte es bemerkt. Fragend blickte sie in Solvays Richtung. Ihrer Stimme war die Furcht anzuhören, die das blaue Licht auslöste. »Kommen sie wieder?«

»Ja, sie kommen.« Solvay trat an den Rand der Klippe. »Aber keine Angst, diesmal werden wir weg sein, ehe sie uns erreichen.« An Darian gewandt fügte er hinzu: »Du kannst dir nicht vorstellen, wie tapfer sie gestern war. Kein Mucks ist über ihre Lippen gekommen. Sie ist die mutigste kleine Dunkelelfe, die ich je gesehen habe.«

»Das glaube ich gerne«, bestätigte Darian, ehe er seine ganze Aufmerksamkeit Aljana widmete. »Du musst jetzt auf meinen Rücken klettern und du musst dich wirklich gut festhalten. Wir werden diesen blauen Quallenviechern jetzt ein bisschen auf dem Kopf herumtanzen.«

»So wie du das damals mit Mama gemacht hast?«

Darian blickte sie überrascht an. »Das hat sie dir erzählt?«

Aljana nickte eifrig. »Sie hat gesagt, dass du ihr das Leben gerettet hast und dass du seit damals ihr Held bist.«

Die Begeisterung, mit der Aljana das erzählte, zauberte ihm ein Lächeln ins Gesicht. Er konnte sich noch genau daran erinnern, wie wütend Lina damals auf ihn gewesen war. Einen blöden Mistkerl hatte sie ihn genannt, als er sie ohne Vorwarnung in die Tiefe geschubst hatte. Aber das hatte sie ihm wohl mittlerweile verziehen …

Solvay hatte Aljana in der Zwischenzeit hochgehoben und ihr in die Gurte geholfen. Darian zog die Ledergurte fest, und Aljana schlang die Arme um seinen Hals.

Solvay stand neben ihm, als er sich zum Sprung bereit machte. Die beiden wechselten einen letzten Verschwörerblick.

»Wie in alten Zeiten?«

Darian nickte. »Wer als Erster drüben ist, gibt einen aus.«

Sie versuchten, Aljana diese Flucht als ein Spiel zu verkaufen. Die ersten Haegoth hatten sie beinahe erreicht, als sie der Schrei eines Nachtfalken innehalten ließ. Es war der Warnruf der Dunkelelfen. Kaum war der Schrei verklungen, löste sich auf der anderen Seite der Schlucht eine Dunkelelfe aus einem der Gänge. Es war Thirá, Solvays Gefährtin. Sie betätigte den Hebel der schmalen Zugbrücke, über die man die Klippe erreichen konnte. Immer wieder blickte sie gehetzt in den Gang, der hinter ihr lag. Die Zugbrücke hatte sich noch nicht ganz gesenkt, da sprang Darian bereits auf das schmale Holz und lief los, Solvay folgte dicht hinter ihm.

»Schön, dich zu sehen, Thirá«, begrüßte Darian sein einstiges Findelkind.

Die Elfe nickte kurz. »Schnell, Lugathus ist auf dem Weg hierher und er hat die Erlaubnis, die Kleine zu töten.« Ihr Blick wanderte weiter zu Solvay. »Und du, Clanführer, hast mir einiges zu erklären.«

»Später ganz bestimmt«, meinte Solvay ungerührt. »Aber jetzt müssen wir zusehen, dass wir hier verschwinden.«

Thirá drängte sich an Darian vorbei und übernahm die Führung in dem dunklen Gang, in dem es gleich von Guhlen wimmeln würde. Sie hatte ihre beiden Schwerter gezogen und begann bereits ihr tödliches Klingenspiel. Der Tunnel verästelte sich mehrmals, aber Thirá schien vollkommen sicher, welchen Weg sie nehmen mussten, ehe sie schließlich langsamer wurde und vor einer weiteren Weggabelung stehen blieb. Darian wusste, warum.

»Hier trennen sich unsere Wege«, sagte Solvay. »Nimm den Weg ins schwarze Gebirge und beeil dich. Lugathus ist nicht dumm. Er wird wissen, dass es der einzige Weg ist, der dich ungesehen aus der Festung bringt.«

Solvay wollte sich abwenden, als Darian ihn am Arm festhielt. »Vielen Dank. Ich stehe in deiner Schuld. Trotzdem muss ich dich fragen: Wirst du den Clan jetzt zurück in die Dunkelwälder führen?«

Solvay blickte Darian eindringlich an. »Ja, das werde ich. Aber du weißt, was das für dich bedeutet?«

Das wusste Darian. »Ja. Ich werde mich dem Rat der Ältesten stellen, und ich werde ihr Urteil akzeptieren, egal wie es ausfällt. Sobald ihr zurück in den Dunkelwäldern seid, werde ich mich stellen, das verspreche ich dir.«

Solvay umarmte Darian freundschaftlich. »Wir sehen einander in den Dunkelwäldern.« Und an Aljana gerichtet fügte er hinzu: »Pass mir gut auf deinen Papa auf. Weißt du, manchmal macht er ziemlich dumme Sachen.«

»Mach ich.« Aljana klang entschlossen.

»Na dann los«, sagte Darian. »Wir müssen einen Drachen erreichen.«

»Wir reiten auf einem Drachen?« Augenblicklich war Begeisterung in Aljanas Stimme.

»Ja, das tun wir.« Darian war fasziniert, wie schnell man ein Kind ablenken konnte. Er klopfte Aljana aufmunternd auf die Handrücken und begann zu laufen. Es war, wie Solvay gesagt hatte. Dies war der einzige Weg, auf dem sie ungesehen ins schwarze Gebirge gelangten. Ohne auch nur einmal anhalten zu müssen, erreichten sie so die Stelle, an der Ark-Dragon auf sie warten sollte. Doch der Drache war nicht da. Stattdessen erwartete sie ein Haufen Stiernackenkrieger.

Wie ein überdehntes, berstendes Gummiband schnellte Linas Geist zurück. Die Wucht riss sie von den Füßen und ließ sie samt der weißen Magierin gegen die Felswand der Höhle prallen. Zusammengekrümmt lag Lina auf der Seite und kämpfte gegen die Übelkeit, die sie jäh überfallen hatte. Ihre Hand auf den Hals gepresst, blickte sie sich mit schreckgeweiteten Augen um. Obwohl die Zähne des Vampirs sich in den Hals der Zwillingsgestalt gebohrt hatten, konnte sie den brennenden Schmerz an ihrem eigenen fühlen. »Er hat mich gebissen.« Panik überfiel sie. Lina würgte.

»Das hat er nicht. Es ist nur die Erinnerung.« Lupinias Stimme dicht an ihrem Ohr klang beruhigend. »Versuch, ruhig zu atmen. Gleich wird es besser.«

Lina klammerte sich an diese Worte, während Lupinia weiter auf sie einredete. Trotzdem wollten die Bilder nur langsam weichen. Der Biss des Vampirs hatte sie so sehr geschockt, dass sie für ein paar Herzschläge zu lange im Körper ihrer Zwillingsgestalt geblieben war. Die Hülle, die ihren Geist in die Caladhin getragen hatte, war zu Staub zerfallen. So musste es sich anfühlen, wenn man starb. Lugathus war zurückgeschreckt und hatte angewidert ausgespuckt. Es war das erste Mal, dass sie in den Augen dieser Kreatur so etwas wie Entsetzen gesehen hatte. Xedocs Worte hallten immer noch in ihren Ohren. Wie schleichendes Gift fraßen sie an ihren Nerven und nährten die Angst, dass alles umsonst gewesen war. Er würde sich an Aljana rächen. Hätte sie doch nur ein kleines bisschen länger durchgehalten!

Lina erhob sich taumelnd, versuchte gegen den Schwindel anzukämpfen und sich zu konzentrieren.

»Was tust du?« Lupinia war aufgesprungen und blickte sie entsetzt an.

»Ich versuche, Aljana zu erspüren. Ich muss wissen, wie es ihr geht.«

»Nein!« Die Schärfe, mit der die weiße Magierin das sagte, ließ Lina zusammenzucken. Sehr viel ruhiger, aber dennoch überaus eindringlich fuhr Lupinia fort: »Das darfst du auf keinen Fall tun. Genau darauf wartet Galan. Die Verbindung, die zwischen dir und Aljana besteht, gibt ihr die Möglichkeit, sie aufzuspüren. Wenn du nach Aljana rufst, wird Galan wissen, wo sie ist. Damit gefährdest du sie mehr, als du ihr hilfst. Wir müssen darauf vertrauen, dass Darian bei ihr war, ehe der Schwindel aufgeflogen ist.« Lupinia fasste Lina an den Schultern und blickte ihr fest in die Augen. »Deine Aufgabe ist erfüllt, und du hast sie weit besser gemeistert, als ich es je für möglich gehalten hätte. Jetzt können wir nur noch warten.«

Lina hatte nicht einmal mehr die Kraft zu nicken. Sie fühlte sich so unendlich müde, ausgelaugt und hilflos.

Lupinia schloss sie in die Arme, so wie es ihre Mutter getan hätte. »Wir kehren nach Kathmarin zurück. Darian hat gesagt, du sollst dort auf ihn warten. Wenn jemand Aljana aus Xedocs Reich heil herausbringen kann, dann ist er es. Du wirst sehen, es wird alles gut.«

Lupinias Zuversicht tat Lina gut, auch wenn sie die Zweifel damit nicht ganz vertreiben konnte.

Als sich der Pegasus auf den Weg nach Kathmarin machte, war es bereits dunkel. Die drei Monde Mendurias bildeten eine seltsame Konstellation am Himmel. Der Blutmond war eine schmale zunehmende Sichel, während sein ständiger Begleiter auf gleicher Höhe voll daneben stand. Der dritte Mond wanderte auf einer darunterliegenden Bahn über den Himmel. Genau in der Mitte der beiden Monde lag er auf dem Rücken wie eine Schildkröte. Mit ein bisschen Fantasie konnte man sie für ein lachendes Gesicht halten. Lina beschloss, es als ein gutes Omen zu sehen. Sie umschlang den Hals des weißen Pferdes und dachte an Aljana und Darian. Sie durfte nicht nach ihnen rufen, nach keinem von beiden. Aber sie konnte beten. Lina hatte die Macht Danaàns gespürt, ja sie hatte die alte Blutmondgöttin sogar gesehen, als Aljana ihren Kuss empfangen hatte. Sie war so mächtig wie jede Gottheit ihrer Welt oder einer anderen, selbst die Schriften der Andavyan besagten das. Alle waren sie nur Teil eines größeren Ganzen, das über allen Schöpfungen im Weltenmeer stand. Trotzdem schien es ihr, dass es Danaàn war, die sie um Hilfe bitten musste. Wer sonst konnte ihre Hand besser schützend über zwei Dunkelelfen legen als die alte Blutmondgöttin?

Es war nicht die Überzahl an Stiernacken, die Darian so beunruhigte. Es war ihr Verhalten. Irgendetwas an Xedocs beschränktesten Kriegern stimmte nicht, und das lag nicht nur an ihrem Aussehen. Es dauerte nicht lange, bis er herausfand, was es war. Sie waren in Blutsauger verwandelt worden. Ihre Hauerzähne hatten sich zurückgebildet. Dafür hatten sie messerscharfe Reißzähne, die nach Blut gierten. Bei seinen letzten Begegnungen mit Verwandelten, egal welcher Spezies sie davor angehört hatten, hatte Darian die Erfahrung gemacht, dass ihre Reaktionsfähigkeit enorm gestiegen war. Und das war es, was diese Stiernacken so gefährlich machte.

Aljanas Griff um seinen Hals verstärkte sich, aber sie gab keinen Mucks von sich, tapferes kleines Mädchen.

»Siehst du die Felsen dort?«, flüsterte Darian.

Aljana nickte.

»Versuch dir vorzustellen, wie sie riechen.«

Es funktionierte. Sie hatte also die Fähigkeit, ihren eigenen Geruch zu tarnen, von ihm geerbt.

»Sehr gut. Das machst du jetzt, bis wir an ihnen vorbei sind«, lobte er, während er den Umhang löste und verkehrt herum wieder anlegte. So getarnt würden sie versuchen, die Senke zu durchqueren. Nur von dort aus konnten sie ihren Weg fortsetzen, wenn sie ihn denn zu Fuß antreten mussten.

Quälend langsam kamen sie voran, denn Darian musste höllisch aufpassen, wo er hintrat. Vor ihm lag ein abschüssiges Geröllfeld aus schwarzem Lavagestein. Ein falscher Schritt konnte das ganze Feld ins Rutschen bringen. Wo war bloß Ark-Dragon? Was war geschehen? Darian war sich sicher, dass mittlerweile Lugathus' gesamtes Rudel hinter ihnen her war. Ohne den Drachen standen ihre Chancen überaus schlecht. Immer wieder hielt er nach Ark-Dragon Ausschau. Er konnte keine Kampfspuren erkennen. Was aber, wenn er von den Haegoth entdeckt worden war? Darian dachte mit Grauen an das Schicksal der Drachen, die an der Barriere gefallen waren.

Mittlerweile hatten sie den Pfad fast erreicht, als Aljana plötzlich den Griff um seinen Hals löste, sich die Hand vor den Mund presste und nieste. Wie angewurzelt blieb Darian stehen und starrte in die Senke. Ein normaler Trupp Stiernacken hätte das niemals gehört, bei dem Lärm, den sie selbst verursachten. Aber das da unten waren nun einmal keine normalen Stiernacken. Die ersten der Kreaturen blickten bereits mit zusammengekniffenen Augen in ihre Richtung. Wieder schnappte Aljana nach Luft. Darian hielt den Atem an, so als ob er damit das Geräusch verschlucken könnte. Das zweite Niesen klang wie ein Donnerschlag in der Stille, die sich über die Senke gelegt hatte.

»Entschuldige.« Aljanas Flüstern klang kläglich.

»Nicht so schlimm«, log Darian und begann zu laufen. Keinen Augenblick zu früh, denn die ersten Stiernacken hatten bereits die Verfolgung aufgenommen. Unter seinen Füßen löste sich eine Geröllawine, die donnernd in die Senke stürzte und einige der Verfolger unter sich begrub. Darian schlug den Umhang zurück und zog das Lichtschwert. Ein Blick über die Schulter sagte ihm, dass seine Verfolger rasend schnell aufholten. Sie würden nicht entkommen. Verzweifelt sah er sich nach einem Ausweg um. Vor ihm erhob sich ein zerklüfteter Felsen. Von dort oben hätten sie vielleicht einen kleinen Vorteil. Er legte noch einmal an Tempo zu, um einen Vorsprung herauszuholen. Mit zwei schnellen Griffen löste er die Schwertgurte und hob Aljana auf den Felsvorsprung.

»Du musst da hochklettern, kleiner Kobold. Und nimm das hier mit. Ich weiß, dass du damit umgehen kannst.« Er reichte ihr einen der beiden Schwertgurte, den sie ohne zu zögern ergriff und sich über die Schulter schnallte. »Klettere voraus, ich komm gleich nach.«

»Ja, Papa.« Angst war Aljana ins Gesicht geschrieben, aber sie tat, was er verlangte.

Darian schaffte es gerade noch, selbst auf den Felsvorsprung zu springen und Aljana noch ein kleines Stück höher zu heben, ehe die ersten Stiernacken-Blutsauger ihn erreichten. Das Lichtschwert fuhr mit einer Gewalt nieder, die all seinen Zorn und seine Verzweiflung widerspiegelte. Er würde kämpfen bis zum Schluss. Aber es waren einfach zu viele. Hier an diesem Felsen war ihre Flucht zu Ende.

Der Morgen war bereits angebrochen, als sie Kathmarin erreichten. Die Stadt lag unter einer Dunstdecke, die einen heißen Tag ankündigte. Selbst die angenehme Brise, die normalerweise aus dem Titanengebirge herunterwehte, war zum Erliegen gekommen. Zäh zog sich der Vormittag dahin und ging in einen drückend heißen Nachmittag über. Und dann schien die Zeit vollkommen stillzustehen. Das Warten zehrte an Linas Nerven, die ohnehin zum Zerreißen gespannt waren.

»Du solltest etwas essen«, meinte Lupinia, die Lina nicht aus den Augen gelassen hatte.

Lina lehnte ab. »Danke, ich habe keinen Hunger.«

»Leg dich etwas hin, ich werde für dich nach ihnen Ausschau halten«, schlug die weiße Magierin schließlich vor.

Wieder lehnte Lina ab. »Nein, ich kann jetzt nicht schlafen.«

»Lina, das ist äußerst …«

»Unvernünftig, ich weiß.« Lina seufzte. Sie wusste ja, dass Lupinia es gut meinte, dass auch sie sich Sorgen machte, auch wenn sie das hinter einer Maske aus Gelassenheit versteckte. Aber gerade diese Gelassenheit machte Lina noch viel nervöser. »Sei mir nicht böse, aber ich wäre jetzt gerne ein bisschen alleine.«

Lupinia nickte. Sie schien nicht beleidigt zu sein. »Selbstverständlich. Ruf einfach, wenn du etwas brauchst.«

Kaum hatte Lupinia den Raum verlassen, brach Linas Beherrschung zusammen, die sie bis jetzt an den Tag gelegt hatte. An der Außenwand des Balkons rutschte sie in die Hocke und gab sich ihrer Verzweiflung hin. Irgendetwas war schiefgegangen. Darian hätte längst hier sein müssen.

Als der Abend dämmerte, saß Lina immer noch genauso da und starrte ins Nichts. Die ersten Sterne blitzten bereits vom klaren Nachthimmel, als sie sich endlich erhob und in Aljanas Zimmer ging. Die Fenster waren vergittert worden. Die Diamantsteine in schwere Eisenhalter eingelassen. Das war bestimmt auf Karrons Anweisung geschehen. Auch wenn es zu spät kam, wusste sie die Geste zu schätzen. Sie hatte gehört, dass Endorven mit einer kleinen Truppe von freiwilligen Jägern der Lichtelfen auf dem Weg zur Grenze war. Sie würden versuchen, über die Grenze zu gelangen. Auch das wusste Lina zu schätzen. Alle waren sie so bemüht, alle waren sie in Sorge um Aljana und um sie. Lina hatte ein schlechtes Gewissen, dass sie sich vor denen versteckte, die ihr helfen wollten. Aber sie hätte das Mitleid in ihren Gesichtern nicht ertragen. Eine kleine Gestalt tauchte unvermittelt neben ihr auf. Es war nicht Aljana, wie sie für einen Augenblick gehofft hatte. ›Närrin‹, schalt sie sich.

»Ich habe dir ein Bad eingelassen. Das wird dir bestimmt guttun.« Irgendetwas an dem fürsorglichen Blick der Koboldfrau rührte Lina zutiefst.

»Vielen Dank, Mirim.«

Die Koboldfrau hatte recht. Ein wenig linderte das warme Wasser Linas Nervosität. Das lag ganz bestimmt an den Kräutern, die dem Wasser beigemengt waren. Lina schaffte es sogar, ein paar Trauben zu essen, die Mirim ihr an den Rand des Beckens gestellt hatte. Und dann begann die Müdigkeit, nach ihr zu greifen. Nur für einen Moment würde sie ihre Augen schließen, die so furchtbar brannten …

Lina wusste nicht, wie lange sie so gedöst hatte, als sie plötzlich von einem Ruf geweckt wurde, der sie augenblicklich aus ihrem Dämmerzustand riss.

»Drache! Ein Drache wurde gesichtet!«

Augenblicklich sprang sie aus der Wanne, riss die seidene Wickeltunika vom Haken und schlang sie sich im Laufen über, ehe sie, immer noch triefnass, auf dem Balkon ankam. Neben ihr stand Karron und starrte in die Nacht.

»Siehst du den Drachen?« Linas Stimme zitterte.

»Nein. Noch nicht.«

»Woher weißt du es dann?«

»Das Lichtsignal dort, siehst du es?«

Lina nickte. Ein Fackelsignal.

Immer noch starrte Karron angestrengt in die Richtung, aus der das Signal kam. Es musste von der östlichen Stadtmauer her kommen. »Drache hat Barriere überquert«, übersetzte der Hauptmann der Wache das flackernde Lichtsignal.

»Wann war das?« Linas Stimme überschlug sich fast vor Aufregung.

»Das kann noch nicht lange her sein«, meinte Karron. »Es dauert nicht allzu lange, die Nachricht über die Beobachtungsposten bis hierher weiterzugeben. Ich laufe zur Stadtmauer und sehe zu, ob ich dort etwas erfahre.« Mit diesen Worten lief der Kobold in einem Tempo los, das sie noch nie bei ihm gesehen hatte.

Lina blieb alleine auf dem Balkon zurück und suchte den Nachthimmel nach einem Zeichen des Drachen ab. Das Lichtsignal hatte nur von einem Drachen gesprochen. Nicht von einem Reiter. War da ein Unterschied? Was, wenn er seine wertvolle Fracht unterwegs verloren hatte? Sie hatte Lupinias Zweifel gehört, als sie von Ark-Dragon gesprochen hatte. Das Bild des kleinen Drachenjungen tauchte wieder vor ihr auf, tapsig und unbeholfen. Lina wurde immer nervöser.

»Nun reiß dich aber mal zusammen«, schalt sie sich selbst. »Es wird gut gehen. Es muss einfach.«

Da löste sich der Umriss eines Drachen aus der Dunkelheit. Das war Ark-Dragon. Die silbergrauen Schuppen blitzen bei jedem Flügelschlag im Mondlicht. Lina hielt den Atem an, während der Himmelsgigant immer näher kam.

Schließlich landete Ark-Dragon auf der Brüstung des Balkons. Erst dann senkte er den Kopf und spreizte den Flügel ab. Dahinter kam eine Gestalt zum Vorschein. Darian rutschte über den Flügel des Drachen und kam lächelnd auf Lina zu. In seinen Armen schlief Aljana, den Daumen im Mund. All ihre

Ängste lösten sich in diesem Augenblick in Wohlgefallen auf. Lina stürzte auf die beiden zu und überhäufte sie abwechselnd mit Küssen.

»Ich danke dir«, flüsterte sie immer wieder unter Freudentränen, bis sich hinter ihnen der Drache räusperte.

»Braucht ihr mich heute noch?«

Lina löste sich von den beiden und sagte zu ihm: »Nein, Ark-Dragon. Vielen Dank auch dir. Ich weiß gar nicht, wie ich das je wieder gut machen soll!«

»Das brauchst du nicht. Es hat Spaß gemacht.« Der Drache schnaubte belustigt. »Wenn ihr mich dann entschuldigen wollt. Ich muss in den Drachenhorst. Ich habe eine Geschichte zu erzählen!«

»Diese Geschichte wird selbst Set-Dragons Drachenreigen vom Walkürenplateau in den Schatten stellen«, sagte Darian.

»Meinst du wirklich?« Ark-Dragon war begeistert.

»Ganz bestimmt, mein Freund. Ich bin niemals mit einem mutigeren Drachen geflogen.«

Der graugeschuppte Drache ließ ein wonniges Gurgeln vernehmen. »Es war mir eine Ehre.« Mit einem kräftigen Satz stieß er sich vom Geländer ab und stürzte in die Tiefe, wo er sich nach einer eleganten Seitwärtsdrehung mit ein paar kräftigen Flügelschlägen wieder in die Höhe arbeitete.

Der Luftwirbel der Drachenflügel weckte Aljana. Darian übergab die Kleine an Lina, die sich sofort an ihre Mutter schmiegte. Ein wenig unsicher fragte sie: »Bist du mir böse, Mami?«

»Nein, kleiner Schatz. Ich habe mir nur wahnsinnige Sorgen gemacht.«

»Entschuldige, Mami. Ich werd's nie wieder tun. Ich versprech es.« Die Reue, die in Aljanas Stimme gewesen war, hatte sich auf einen Schlag verflüchtigt, als sie voller Begeisterung zu erzählen begann: »Stell dir vor, Mami, ich bin mit einem echten Drachen geflogen! Und ich hab meinen Papa gefunden! Bist du nicht froh darüber?«

Linas Blick suchte Darians, der immer noch neben ihnen stand und dem Redefluss Aljanas lauschte. »Und ob ich froh bin.«

Lina griff nach seiner Hand und zog ihn mit sich ins Zimmer. Mit dem Fuß schob sie die Diamantsteine so vor die Tür, dass sie den ganzen Durchgang mit Licht ausfüllten, ehe sie die Tür schloss.

Aljana redete immer noch ohne Unterlass. »… und dann hat er die Vampire getötet und Ark-Dragon ist gekommen und hat sie gebraten. Das war ja so aufregend!« Aljana gähnte herzhaft.

»Sie ist erst knapp vor Kathmarin eingeschlafen.« Darians belustigter Blick bestätigte Linas Verdacht, dass Aljana sich in den Schlaf geredet hatte.

»Dann sollten wir dich jetzt wohl besser ins Bett bringen.«

Aljana wollte widersprechen, aber die Augen fielen ihr bereits wieder zu.

»Du kannst mir ja auch morgen noch erzählen, was du erlebt hast.« Lina deckte die Kleine zu und strich ihr eine Haarsträhne aus dem Gesicht, unendlich dankbar dafür, dass sie dazu die Möglichkeit hatte.

Aljana war beinahe eingeschlafen, als sie unvermittelt noch einmal die Augen aufschlug und Darians Blick suchte. »Bleibst du jetzt bei uns, Papa?«

»Das würde ich sehr gerne tun.«

Er hatte nur einen Augenblick mit der Antwort gezögert. Lange genug, um Lina hellhörig werden zu lassen. Aber was immer auch dahintersteckte, es musste bis morgen warten.

Erst als sie sicher war, dass Aljana tief und fest schlief, erhob sie sich schließlich. Darian stand immer noch hinter ihr und beobachtete sie. Wortlos ergriff sie seine Hand, und gemeinsam verließen sie Aljanas Zimmer. In der Mitte ihres Raumes blieb sie stehen und wandte sich ihm zu. Er sah mitgenommen aus. Wenn auch nur die Hälfte von dem stimmte, was Aljana erzählt hatte, war es ein harter Kampf gewesen, aus der Caladin zu entkommen. Hatte er ihre Flucht in Aljanas Gegenwart noch als ein Kinderspiel bezeichnet, so schien es ihm nun immer schwerer zu fallen, diese Fassade aufrechtzuerhalten.

»Was ist wirklich passiert?« Lina musste es wissen.

Darian schluckte schwer. Nur zögerlich begann er zu erzählen. »Zu Beginn lief alles wie geplant. Ich habe Aljana auf der Dämonenklippe unversehrt vorgefunden. Solvay war bei ihr. Mit seiner und Thirás Hilfe konnten wir ungesehen entkommen. Doch dann war Ark-Dragon nicht am vereinbarten Treffpunkt. Er musste sich verstecken und wir wurden von einer Horde verwandelter Stiernacken entdeckt und eingekreist. Wir saßen in der Falle. Oh Lina, es war so knapp! Ich dachte wirklich, dass wir es nicht schaffen. Ich kann mich nicht erinnern, jemals solche Angst gehabt zu haben. Ich … ich dachte ich würde sie verlieren.« Der Gedanke schien ihm unerträglich. »Ich kann gar nicht daran denken, was geschehen wäre, wenn Ark-Dragon nicht im letzen Augenblick aufgetaucht und uns zu Hilfe gekommen wäre.«

Zärtlich nahm Lina sein Gesicht in beide Hände und küsste ihn. »Du hast es geschafft, nur das zählt. Du hast unser kleines Mädchen gerettet.« Wieder küsste sie ihn, lange und innig. Schließlich schien er sich zu entspannen, schien die Erinnerung zu weichen. Lina beendete den Kuss und sah ihn an. Lange Augenblicke vergingen, in denen sie sich in den Tiefen seiner dunklen Augen verlor. An ihnen würde sie sich niemals sattsehen können. Vorsichtig begann sie, ihm die Schwertgurte zu öffnen, während seine Finger mit ihren Locken spielten. Er zuckte nur unmerklich zusammen, als sie den linken Gurt von seiner Schulter streifte. Lina nickte wissend. Bereits als er vom Rücken des Drachen gestiegen war, hatte sie bemerkt, dass er verletzt sein musste. Lina öffnete seine Jacke, löste die Bänder seiner Tunika und streifte ihm beides von den Schultern. Im Licht der Kerzen wirkte der blaue Fleck beinahe schwarz, der sich unter seiner Brust bis zum Rücken zog. Sie selbst schmerzte alleine schon der Anblick.

»Ich möchte mir das genauer ansehen«, sagte sie und legte ihre Hand flach darauf. Die Haut fühlte sich heiß an.

»Lass nur, das ist nicht so schlimm«, meinte er leichthin. Aber sein Gesichtsausdruck strafte seine Worte Lügen.

Ohne weiter darauf zu achten, schloss Lina die Augen und suchte die Verbindung zu ihm. Sofort erkannte sie, dass es sehr wohl schlimm war. Drei Rippen waren gebrochen. Eine davon hatte sich verschoben und drückte gefährlich auf seine Lunge. Dass er überhaupt noch vernünftig atmen konnte, war ein Wunder. Lina griff nach der Heilkraft, die ihr augenblicklich gehorchte und ließ sie durch ihre Handflächen fließen. Alleine durch ihre Vorstellungskraft wuchsen die Bruchstellen wieder zusammen, wurde der Bluterguss gemildert, die entzündete Haut wieder beruhigt. So wie sie es sich zur Gewohnheit gemacht hatte, suchte sie nach weiteren Verletzungen. Doch außer ein paar Abschürfungen fand sie nichts. Die heilte sie sozusagen im Vorbeistreifen. Obwohl es danach nichts mehr zu heilen gab, war sie diesmal nicht fähig, die Verbindung zu ihm zu lösen. Im Gegenteil. Sie vertiefte sie sogar noch, auf eine Art, wie sie es nie zuvor getan hatte. Seelenverbindung.

Ihre Hand ruhte immer noch auf seinen Rippen, als sie die Augen öffnete und zu ihm hochsah. In seinem Blick lag ein Verlangen, das ihr den Atem raubte. Ganz vorsichtig tastete sie nach seinen Gedanken. Er ließ es zu. Sie durfte darin lesen wie in einem offenen Buch. All seine Gedanken drehten sich in diesem Augenblick nur um sie. Er wollte, was er in ihren Erinnerungen gesehen hatte, wollte sie, hier und jetzt.

Lina nickte langsam. Auch sie wollte das, wollte ihn endlich wieder spüren, überall. Bereits sein erster Kuss ließ sie in Flammen aufgehen. Sie hatte beinahe vergessen, wie gut sich das anfühlte.

Wie lange hatte er auf diesen Augenblick gewartet? Aber jetzt würde ihn nichts und niemand mehr daran hindern, jetzt würde sie ihm gehören. Darian löste das Band, das ihre Wickeltunika hielt, streifte sie über ihre Schultern und ließ sie achtlos zu Boden fallen. Bei Danaàn, war sie schön! Sie war seine Gefährtin, die bereits viele Nächte an seiner Seite verbracht hatte. Und trotzdem würde dies die erste Liebesnacht mit ihr werden, an die er sich auch tatsächlich erinnern konnte. Das war seltsam, hatte aber auch einen gewissen Reiz. Darian hob sie hoch, trug sie zum Bett und begrub sie unter sich, ohne den Kuss zu beenden. Auch er konnte in ihren Gedanken lesen, ihre Wünsche und Sehnsüchte blieben ihm nicht verborgen, seit sie das Band zwischen ihrer beider Seelen geflochten hatte. Er hatte Drogonn einmal davon schwärmen hören. Es war die höchste Form der Liebe bei den Andavyan. Alleine die Magierinnen der Andavyan waren dazu fähig. Danach war es nicht mehr möglich, die Seelen vollständig voneinander zu trennen. Er hatte ja keine Ahnung gehabt, dass es sich so anfühlte! Ihre Lust jagte durch seinen Körper, seine durch ihren. Lina genoss es in vollen Zügen, von ihm erobert zu werden. Sie war nicht mehr das schüchterne Mädchen, das er auf der Dämonenklippe kennengelernt hatte. Diese Frau war ein Vulkan, der ihn zu verbrennen drohte. Sie wusste genau, was sie wollte. Und sie wusste, was er wollte, was ihn jede Selbstbeherrschung verlieren ließ. Jede Berührung, jede Liebkosung gab sie ihm tausendfach zurück. Wie sehr sie ihn liebte, wie sehr sie ihn begehrte und vermisst hatte, sagte sie ihm in der alten Sprache der Dunkelelfen, von der er nicht einmal gewusst hatte, dass sie sie beherrschte. Hatte tatsächlich er sie so lieben gelehrt, fragte sich

Darian, als er danach versuchte, wieder zu Atem zu kommen. In seinen Armen liegend blickte sie ihn an. Der Glanz in ihren Augen, die Art wie sie lächelte, sagte ihm, dass sie noch lange nicht genug hatte. Immer noch hielt sie die Seelenverbindung zu ihm aufrecht. Er konnte ihr nichts vormachen. Sie wusste, dass es ihm genauso erging.

»Gib mir einen Augenblick, ich bin mittlerweile ein verflucht alter Elf«, bat er in gespielter Verzweiflung.

Mit einem Lachen, das so befreit und sorglos klang, wie er es von ihr noch nie gehört hatte, stürzte sie sich auf ihn und begann, ihn erneut mit Küssen zu überschütten. »Auch zwei, wenn du möchtest, mein dunkler Prinz. Wir haben die ganze Nacht Zeit.«

Lina war so glücklich, sie wollte lachen und weinen zugleich. Die absolute Zufriedenheit, die sie verspürte, jetzt, da sie an seine Brust geschmiegt in den Schlaf dämmerte, war ein Geschenk der Götter. Nein, sie war ein Geschenk von ihm. Darian hatte ihr Aljana zurückgebracht. Er war selbst zurückgekehrt, hatte die Leere in ihrem Herzen hinweggefegt und sie zu neuem Leben erweckt. Wie hatte sie nur die letzten drei Jahre ohne die Liebe, die er ihr schenkte, leben können? Wie Lina jetzt wusste, hatte sie seine Liebe all die Zeit über niemals verloren. So wie er die ihre gehabt hatte. Nun gab es keine Zweifel mehr und keine Missverständnisse. Obwohl Lina das Band, das ihre beiden Seelen auf so magische Weise verflochten hatte, wieder gelöst hatte, konnte sie einen Nachhall seiner Präsenz noch immer in ihrem Innersten spüren. Lupinia hatte ihr erzählt, dass es so sein würde. Eingehüllt in seine Wärme und immer noch berauscht von seinem Duft schlief sie schließlich ein.

Sie hatte bestimmt noch nicht lange geschlafen, als sie eine Ahnung weckte. Auch Darian musste es gespürt haben. Er hatte sich aufgerichtet und blickte ins Halbdunkel. Es dauerte nur einen Augenblick, bis Lina den Grund erkannte. Aljana stand am Fußende des Bettes und knetete verlegen ihre Kuscheldecke. Ihre großen Augen blickten ängstlich, so wie Lina das von ihr gar nicht kannte.

»Was ist denn los, kleiner Schatz? Kannst du nicht schlafen?«

Aljana schüttelte heftig den Kopf. »Ich hab schlecht geträumt.«

»Ich kenne einen Ort, wo Albträume keine Chance haben«, sagte Darian. »Möchtest du wissen, wo das ist?«

Aljana nickte schüchtern. Auch das kannte Lina nicht von ihr.

»Genau hier.« Darian klopfte mit der flachen Hand auf die Lücke, die zwischen ihm und ihr entstanden war. »Möchtest du es ausprobieren?«

Ohne zu zögern, nahm Aljana die Einladung an und kletterte ins Bett. Mit einem Seufzer der Erleichterung schmiegte sie sich ganz dicht an Lina, ihre Hand aber legte sie in Darians, der sie vorsichtig drückte.

»Die beiden schönsten Frauen Mendurias in meinem Bett. Wenn ich kein Glückspilz bin, dann weiß ich es auch nicht.«

Obwohl es dunkel war, konnte Lina sein schalkhaftes Lächeln sehen. Über Aljanas Kopf hinweg warf sie ihm eine Kusshand zu, ehe sie sich wieder dem Schlaf überließ.

Als sie das nächste Mal aufwachte, lag sie alleine im Bett. Ein wenig benommen richtete sie sich auf und blickte sich suchend im Raum um. Der Anblick, der sich ihr bot, war einfach zu köstlich.

Aljana saß auf Darians Schoß und fütterte ihn mit Honigkuchen. Sein Blick wanderte Hilfe suchend zum Bett. »Wenn du mich nicht bald rettest, platze ich noch.«

Lina stand auf und trat neben die beiden. »Ich glaube, das ist genug, Aljana.«

Die Kleine zog einen Schmollmund.

»Weißt du was, du solltest bei Lupinia vorbeischauen! Sie hat bestimmt noch nicht gefrühstückt und sie wartet sicher schon auf dich. Sicher will sie wissen, was du erlebt hast.«

»Oh ja!« Aljana griff sich zwei Stücke Honigkuchen und lief aus dem Zimmer.

Kaum fiel die Tür hinter ihr ins Schloss, griff Darian nach Linas Hüften und platzierte sie dort, wo Aljana bis eben gesessen hatte. Er zog sie ganz fest an sich und presste seine Lippen auf ihren Hals. »Guten Morgen, Kleines. Hast du gut geschlafen?«

»Unglaublich gut«, schnurrte Lina, vergrub die Hände in seinen dunklen Haaren und spielte eine Weile mit seinen Haarwirbeln, während sie seine Liebkosungen genoss. Schließlich sagte sie: »Und, bleibst du jetzt bei uns?« Sie versuchte, diese für sie so wichtige Frage so beiläufig wie möglich klingen zu lassen.

Darian schwieg.

Linas Griff wurde fester. Sanft, aber bestimmt, zog sie ihn an den Haaren und zwang ihn somit, sie anzusehen. Sein ernster Blick alarmierte sie zutiefst.

»Du gehst wieder?« Lina war entsetzt.

»Ich möchte nicht, aber ich muss in die Dunkelwälder. Solvay kehrt mit dem Clan zurück. Ich muss mich vor dem Rat der Ältesten verantworten.«

»Wann?« Linas Stimme klang tonlos. Sie wusste, was das zu bedeuten hatte. Sie hatte das Urteil, das gegen Aswan gesprochen worden war, nicht vergessen.

»Zum nächsten vollen Blutmond. So lange werde ich hierbleiben.«

»Du musst nicht gehen. Du kannst hier in Kathmarin bleiben. Hier können sie dich nicht belangen. Ich spreche mit Lupinia. Sie wird dafür sorgen, dass …«

»Nein, Lina. Hör mir zu.« Darian verschloss ihre Lippen mit seinem Zeigefinger und brachte sie so zum Schweigen. »Ich muss das tun. Ich habe es Solvay versprochen. Und es ist nun einmal eine Tatsache, dass ich den Clan im Stich gelassen habe. Auftrag hin oder her. Dafür muss ich mich verantworten. Sich nicht zu stellen, wäre feige. Und damit könnte ich nicht leben. Sie kehren zurück in die Dunkelwälder. Das bedeutet, dass ich als Ausgestoßener dieses Gebiet nicht mehr betreten darf.«

Lina rang nach Worten. »Was ist mit mir, was ist mit Aljana? Was sollen wir tun, wenn sie dich verurteilen?« Lina wollte das Wort ›töten‹ nicht in den Mund nehmen. Aber sie wussten beide, dass es das im schlimmsten Fall bedeuten konnte.

Darian seufzte tief. »Ich möchte nicht, dass Aljana in dem Wissen aufwächst, dass ihr Vater ein Feigling ist, der sich seiner Verantwortung nicht stellt.«

Jetzt wurde Lina wütend. »Zum Teufel mit deiner blöden Ehre! Du hast eine Verantwortung deiner Familie gegenüber! Das ist etwas, das ihr auch hier in Menduria noch lernen müsst, jetzt, wo es auch hier wieder Familien gibt.«

»Bitte, tu das nicht«, bat Darian und strich Lina beschwichtigend mit dem Handrücken über die Wange. »Sei nicht wütend auf mich. Versuch wenigstens, mich zu verstehen.«

Die Tonlage, in der er gesprochen hatte, die Intensität, mit der er sie anblickte, ließ ihre Wut verrauchen. Schließlich sagte sie seufzend: »Ich werde dich begleiten. Und darüber«, sie hob drohend den Finger, »wird nicht verhandelt. Daran wirst du mich nicht hindern. Nicht dieses Mal.«

Darian nickte. »Aber nur unter der Bedingung, dass du das Urteil akzeptieren wirst. Versprichst du das?«

Zähneknirschend nickte Lina. Auch sie hatte sich dem Elfencodex unterworfen. Sie hatte gar keine andere Wahl. Aber somit hatte sie auch das Recht, vor dem Rat zu sprechen.

Darian drehte ihre Handflächen nach außen und küsste sie. Mehr geraunt als gesprochen sagte er zwischen den Küssen: »Da ist noch etwas.«

»Was denn noch?« Linas Stöhnen klang verzweifelt. Hatte er ihr denn nicht schon genug schlechte Nachrichten für einen Tag übermittelt?

»Ich muss zuvor noch in den Drachenhorst. Ich will meine Erinnerungen zurück. Ich möchte mich an das erinnern können, was zwischen uns war, damals in den Dunkelwäldern.«

Lina seufzte. Sie konnte ihn verstehen. Wäre sie an seiner Stelle gewesen, sie würde genauso denken. Trotzdem fragte sie: »Reichen meine Erinnerungen nicht für uns beide?«

Darian schüttelte den Kopf. »Nein, Kleines. Es ist nicht dasselbe.«

»Esra-Dragona sagte mir, du könntest nicht noch einmal ins Drachenfeuer. Es würde dich umbringen.«

Nun grinste Darian frech. »Das hätte einen Vorteil. Ich müsste mich nicht mehr vor dem Rat der Ältesten verantworten.«

»Sehr witzig.« Lina schnaubte.

In den nächsten Tagen wich Aljana nicht von Darians Seite. Lina genoss es zu sehen, wie die beiden von Tag zu Tag vertrauter miteinander wurden. So aufgekratzt hatte sie Aljana selten erlebt. Lina saß meistens still in einer Ecke des Übungsplatzes und beobachtete, wie Darian Aljana bei ihren Schwertkampfübungen unterstützte. Mit einer Engelsgeduld erklärte er ihr die Bewegungsabläufe, korrigierte ihren Stand und zeigte ihr, wie man Finten antäuschte. Aljana sog das Wissen in sich auf wie ein Schwamm.

›Seltsam‹, dachte Lina. ›Wäre Aljana in der Schöpferwelt aufgewachsen, so würde sie vermutlich mit Puppen anstatt mit Schwertern spielen.‹ So aber begann sie bereits jetzt, das Erbe der Dunkelelfen anzunehmen, das unübersehbar stark in ihr war. Darian hatte auch begonnen, ihr den Umgang mit dem Bogen beizubringen. Dazu waren die beiden vor zwei Tagen ganz früh am Morgen in die Eldorinwälder aufgebrochen, um für Aljana das geeignete Bogenholz zu beschaffen. Aljana schien überglücklich, ihren Vater endlich bei sich zu haben. Sie konnte ja nicht ahnen, wie kurz dieses Glück möglicherweise währen würde.

Nur in den Nächten ging es Aljana nicht so gut. Jede Nacht, seit sie aus der Calahadin zurückgekehrt war, wurde sie von Albträumen geweckt und suchte Schutz im Bett ihrer Eltern. Lina begann, sich bereits große Sorgen zu machen.

Darian wusste, dass sie auf dem Weg war, noch ehe sie die Zimmertür geöffnet hatte. Tapsig waren ihre Schritte in der Nacht, nicht so wie tagsüber. Mittlerweile stand sie vor dem Bett. Er gab vor, zu schlafen.

»Schon wieder ein Albtraum?«, murmelte Lina besorgt.

»Ja, wieder ganz schlimm. Die blauen Quallen waren wieder da.« Weinerlich schniefte sie auf.

Wie schon in den Nächten zuvor hob Lina die Decke und gab dem kleinen Kobold somit das Zeichen, sich zu ihnen zu legen. Aljana kletterte ins Bett und legte sich zu Lina, das Gesicht in Darians Richtung gewandt. Er öffnete die Augen und konnte nicht glauben, was er sah. Ein siegessicheres Grinsen lag auf Aljanas Gesicht. Von Angst keine Spur. Das war doch …!

Darian richtete sich halb auf und blickte Aljana streng an. Ihr Grinsen wurde immer schwächer. So streng hatte sie ihren Vater noch nie gucken gesehen. Mit festem Griff zog er Aljana aus Linas Umarmung ganz nah zu sich heran. »Du kleiner, hinterhältiger Kobold«, sagte er grinsend, während er unter ihre Achseln griff und sie zu kitzeln begann.

Aljana wand sich strampelnd und quietschte vor Vergnügen.

»Was treibt ihr denn da?« Lina blickte die beiden fragend an.

»Wir haben Aljanas Albträume eben vertrieben«, meinte Darian leichthin. »Ich glaube, die kommen nicht so schnell wieder.« Er blickte zu seiner Tochter hinunter. »Stimmt doch?«

»Nein, die kommen nicht wieder«, bestätigte sie. »Ich glaube, ich kann jetzt wieder in mein Bett gehen.«

»Gut, dann schlaf gut, kleiner Kobold.« Darian drückte ihr noch einen schnellen Kuss auf die Wange, ehe er sie entließ.

»Gute Nacht, Mami, gute Nacht, Papa.« Leichtfüßig lief Aljana zurück in ihr Zimmer.

»Muss ich verstehen, was hier gerade passiert ist?« Lina schmiegte sich an Darians Schulter und blickte zu ihm hoch.

»Nein, musst du nicht. Aber ich denke, du brauchst dir um ihre Albträume keine Sorgen mehr zu machen.«

Lina nickte. »Denkst du, du könntest auch etwas gegen meine Albträume unternehmen?«

Darian seufzte. Er wusste natürlich, wovon Lina sprach. In zwei Tagen würden sie zum Drachenhorst aufbrechen. Er hatte bereits einen Boten zu Esra-Dragona geschickt und ihr Kommen angekündigt. Und danach würden sie in die Dunkelwälder weiterreisen. Auch wenn er es Lina gegenüber niemals zugeben würde, aber er fürchtete sich davor. Darian hatte immer gewusst, dass er die Verantwortung für sein Handeln übernehmen musste. Immer wieder war er in Gedanken die möglichen Urteile durchgegangen, die der Rat der Ältesten über ihn verhängen konnte. Einen Clanführer, der seinen Clan im Stich gelassen hatte, das hatte es in der Geschichte der Dunkelelfen noch nicht gegeben. Den Bannspruch hatten sie bereits über ihn verhängt, ihn damit für vogelfrei erklärt. Aber für seinen Verrat konnte es nur eine Strafe geben: Tod durch die Schwerter des Clanführers. Er selbst würde Solvay die Schwerter übergeben, mit denen ihn sein einst bester Freund würde richten müssen. Was Darian daran am meisten schmerzte, war, dass er nicht miterleben würde, wie seine Tochter aufwuchs. Bestimmt würde sie eine großartige Schwertkämpferin werden. Leider würde sie nicht von Dunkelelfen ausgebildet werden. Er hatte in einer ruhigen Minute mit Endorven gesprochen. Der Lichtelf hatte sich bereit erklärt, Aljana zu unterrichten.

Darian schluckte schwer. Ob er sich auch um Lina kümmern würde? Bestimmt. Lina empfand nicht mehr als Freundschaft für Endorven, das wusste Darian, seit sie die Seelenverbindung eingegangen waren. Aber das konnte sich ändern. Selbst für Schöpferverhältnisse war sie noch sehr jung. Ihre Andavyanabstammung würde ihr Leben weit über das der Schöpfer hinaus verlängern. Vielleicht könnte Endorven ihr über den Verlust, den sein Tod ohne Frage für sie bedeuten würde, hinweghelfen. Der Gedanke lag ihm wie ein heißer Stein im Magen. Verflucht noch mal! Es lag an ihm, dieses Szenario zu verhindern. Wenn er sich dem Rat nicht stellte, würde all das nicht geschehen. Aber das konnte er nicht. »Lass uns einfach nicht daran denken«, murmelte er und küsste sie zärtlich. Für diese Nacht ließ er sie alle Sorgen vergessen.

Vergangenheit und Zukunft

Ark-Dragon hatte es sich nicht nehmen lassen, an der Seite Set-Dragons nach Kathmarin zu kommen. Er wollte sehen, wie es Aljana ging. Auf dem Rückflug aus der Calahadin hatte sie die ganze Zeit über geredet. Ob alle Kinder so waren? Er hatte ihr gerne zugehört, bis sie schließlich vor Erschöpfung eingeschlafen war. Ark-Dragon mochte sie, nicht nur, weil sie ihn ›den mutigsten Drachen aller Zeiten‹ genannt hatte.

Jetzt kam sie auf ihn zugelaufen und streckte ihm ihre kleinen Hände entgegen.

»Ich hab schon auf dich gewartet. Ich möchte dir etwas schenken.« Stolz hielt sie eine Lederschnur hoch, an der ein silberner, etwa handtellergroßer Anhänger baumelte.

Ark-Dragon wusste nicht, was er damit anfangen sollte. »Was ist das?«

»Das ist ein Orden. Meine Mama sagt, in ihrer Welt bekommen besonders tapfere Soldaten so etwas. Da steht: ›Für den allermutigsten Drachen aller Zeiten‹. Das hab ich selbst geschrieben.« Der Stolz in ihrer Stimme war unüberhörbar.

»Sie hat zwei Tage lang daran gearbeitet«, erklärte Lina.

»Darf ich ihn dir umhängen?« Aljana zappelte aufgeregt.

»Es wäre mir eine Ehre«, meinte Ark-Dragon.

Aljana trat an die Brüstung des Balkons und versuchte, ihm das Lederband ums Beingelenk zu binden. Aber sie war nicht groß genug. Darian hob sie so weit hoch, dass sie die Lederschnur aus eigener Kraft an Ark-Dragons Gelenk binden konnte.

»Ich danke dir«, sagte Ark-Dragon feierlich.

»Darf ich wieder einmal mit dir fliegen?« Der Gedanke schien ihr Freude zu bereiten.

»Jederzeit. Du musst mich nur rufen.«

Aljana blickte flehentlich zu Darian. »Jetzt gleich. Ich könnte doch mitkommen. Bitte, Papa!«

Darian seufzte. »Das geht leider nicht, kleiner Kobold. Du kannst ein andermal mit Ark-Dragon fliegen.«

»Och.« Aljana zog eine Schnute.

»Wir sollten jetzt aufbrechen«, meinte Set-Dragon, der die ganze Zeit über still auf dem Balkon neben Ark-Dragon gesessen und die Szene beobachtet hatte.

Darian schloss Aljana in die Arme und küsste mit geschlossenen Augen ihre Stirn. So verharrte er einige Momente lang, ehe er sagte: »Leb wohl, Aljana.«

Dann wandte er sich abrupt ab und stieg über den grünen Flügel, den ihm Set-Dragon entgegengestreckt hatte.

›Was für eine seltsame Verabschiedung‹, dachte Ark-Dragon. Er kannte sich im Umgang mit den jungen Völkern nicht besonders gut aus. Aber ein Drache hätte ›Auf Wiedersehen‹ oder ›bis bald‹ gesagt. So wie Darian sich von dem Mädchen verabschiedet hatte, klang es endgültig, so, als wäre es für immer.

Jetzt hob Lina ihre Tochter hoch und übergab sie an die weiße Magierin, die auf dem Balkon erschienen war. »Wir sehen uns in ein paar Tagen, kleiner Engel. Sei artig und stell keinen Unfug an.«

Die weiße Magierin nickte zuerst Lina und dann Darian zu, ehe sie sich wortlos mit dem Kind auf dem Arm abwandte und den Balkon verließ.

Ark-Dragon konnte ein verdächtiges Schimmern in den Augen der kleinen Magierin sehen, als sie ihn darum bat, aufsteigen zu dürfen.

Die seltsame Szene auf dem Balkon beschäftigte ihn immer noch, als sie bereits hoch im Gebirge waren.

Es war nicht die Höhle, in der Darian einst den Schwur im magischen Drachenfeuer geleistet und mit seinen Erinnerungen dafür bezahlt hatte. Es war auch nicht mehr dieselbe Drachenmagierin. Trotzdem hatte Lina das Gefühl, kaum atmen zu können.

»Ich habe euch erwartet.« Esra-Dragona löste sich aus dem Schatten einer Felsnische. Ihr smaragdgrünes Schuppenkleid reflektierte das Licht der Diamantader und ließ es über den Felsboden tanzen. Vor Darian blieb sie stehen und musterte ihn eine Weile. »Du willst also erneut ins magische Drachenfeuer?«

Darians Augen funkelten. »Von wollen kann keine Rede sein. Aber mir wurde gesagt, dass es der einzige Weg ist, meine Erinnerungen wiederzubekommen, die Anta-Dragona mir gestohlen hat.«

Missbilligend schnalzte die Drachenmagierin mit der Zunge. »Nicht gestohlen. Sie sind immer noch in dir und zwar genau hier.« Mit der Flügelspitze, die zu einer Kralle geformt war, deutete sie auf Darians Herz. »Und soviel ich weiß, hast du deine Einwilligung gegeben.«

»Darüber lässt sich streiten. Ich kannte nicht alle Fakten.« Darian schien es einfach nicht zu schaffen, einer Drachenmagierin gegenüber einen respektvollen Tonfall anzuschlagen.

»Auch das stimmt«, räumte Esra-Dragona ein. »Und nur deshalb bin ich bereit, den Versuch zu unternehmen, dir deine

Erinnerungen wiederzugeben. Aber es wird nicht ohne die Hilfe deiner Gefährtin gelingen.« Esra-Dragona wandte sich Lina zu. »Du weißt, wovon ich spreche?«

Lina nickte.

»Wovon sprichst du?«, wollte Darian wissen.

»Sie wird dich ins magische Drachenfeuer begleiten.«

»Auf keinen Fall! Das kann ich ihr nicht antun«, wehrte Darian entschieden ab.

Esra-Dragona seufzte bedauernd. »Dann kann ich dir leider nicht helfen.«

Darian zog eine Augenbraue hoch. »Was soll das nun wieder heißen?«

»Das soll heißen, ich werde es nur tun, wenn du durch ihre Heilkräfte geschützt bist. Du warst bereits einmal zu oft im magischen Drachenfeuer. Ein weiteres Mal würde deine Nervenbahnen in Asche verwandeln. Im besten Fall wärst du tot, im schlimmsten ein sabbernder Idiot. Das willst du doch nicht, oder?«

Darian hatte den Mund bereits zu einem Gegenargument geöffnet, da griff Lina nach seiner Hand und drückte sie. »Das ist in Ordnung. Ich habe gewusst, dass es, wenn überhaupt, nur so funktionieren wird. Es ist mein Geschenk an dich.« Beinahe hätte sie gesagt: mein letztes Geschenk. Aber daran durfte sie jetzt nicht denken. Was morgen geschehen würde, konnte heute noch niemand sagen. Jetzt galt es erst einmal, ihm das wiederzugeben, was ihm gehörte. Seit sie die Höhle betreten hatte, konnte Lina die unglaubliche Energie spüren, die diesem Ort innewohnte. Sie würde genügend Kraft aus der Umgebung ziehen können, um Darian zu schützen.

»Gut, dann lasst uns anfangen.« Esra-Dragona wandte sich an Darian. »Würdest du bitte deinen Rücken frei machen. Ich nehme an, du willst den Namen deiner Gefährtin wieder in deiner Elfenlegende tragen.«

Wortlos legte Darian Jacke und Tunika ab, dann trat er zu Lina, die ihm die Arme offen entgegenhielt, die Handflächen nach oben gerichtet.

»Bist du sicher, dass du das tun willst?« Er schien immer noch Zweifel zu haben.

»Ja.« Lächelnd griff sie unter seinen Armen hindurch und legte ihre Hände auf seine Schulterblätter. Darian bettete ihren Kopf an seiner Brust und schloss seine Arme ebenfalls hinter ihrem Rücken. Genauso hatten sie auch den Elfenschwur geleistet.

Mit geschlossenen Augen suchte Lina die Verbindung zu ihm und konzentrierte sich auf die Energie der Umgebung. »Wir sind bereit«, gab sie Esra-Dragona Bescheid.

Zischend sog die Drachenmagierin Luft durch ihre Nüstern und verwandelte sie in magisches Drachenfeuer, das dem Farbenspiel der Nordlichter glich. Es war wie flüssiges Eis, das in jede Pore des Körpers eindrang, sich einen Weg in die Blutbahn suchte und dort zu pulsieren begann. Lina dachte an Wärme. Wie in einen schützenden Mantel hüllte sie Darian darin ein. Sie roch verbrannte Haut, als Esra-Dragona die Elfenlegende wiederherstellte. Vorsichtig ließ Lina ihre Hand an seinem Rückgrat hinabgleiten. Ihre Finger zitterten, als sie den Schmerz der Verbrennung aufnahm und durch ihren eigenen Körper ableitete. Das war der einfachere Teil gewesen. Denn nun widmete sich die Drachenmagierin ihrer eigentlichen Aufgabe. Sie verband Darians Gedächtnis mit seinem Herzen und öffnete den Teil, in dem all seine gelöschten Erinnerungen sicher verwahrt waren. Darian verzog schmerzhaft das Gesicht. Denn obwohl Lina das magische Drachenfeuer kontrollierte, das als Katalysator diente, durfte sie in den Gedankenfluss nicht eingreifen. Es war kein körperlicher Schmerz, den Darian verspürte. Es war die Flut der Gefühle, die mit diesen Erinnerungen über ihn hereinbrach. Zu viel auf einmal, zu intensiv. Lina merkte, wie seine Knie nachgaben. Er stützte sich schwer auf sie, nicht fähig, dem Druck weiter standzuhalten. Lina konnte sein Gewicht nicht halten und ging mit ihm gemeinsam zu Boden, wo sie nach wie vor versuchte, die Verbindung zur Erde zu halten, um die Wucht des Drachenfeuers zu dämpfen. Langsam geriet auch sie an die Grenze ihrer Fähigkeiten. Da endete der Feuerstoß mit einem Mal.

Einen Moment lang schien die Zeit stillzustehen, dann näherte sich Esra-Dragona Darian und stupste ihm vorsichtig mit der Drachenschnauze an der Schulter an, so wie sie es einst bei ihrem im Sterben liegenden Jungen gemacht hatte.

»Sag der liebesbedürftigen Eidechse, dass ich schon vergeben bin«, murmelte Darian.

Ein belustigtes Schnauben erklang aus der Drachenkehle. »Ich fürchte, es ist doch ein sabbernder Idiot aus ihm geworden.« Sie hob Darian hoch und brachte ihn zu der Felsnische, aus der sie gekommen war, und legte ihn im weichen Moos ab. Schwaches, grünes Licht schimmerte hier durch eine Smaragdader. Wasser lief an der Wand herunter und versickerte im Boden. Auch Lina hatte diese Prozedur mehr geschwächt, als sie gedacht hatte. Froh, nicht länger stehen zu müssen, ließ sie sich neben Darian sinken, der das Bewusstsein verloren hatte.

»Er wird eine Weile brauchen, um die Erinnerungen in die richtige Reihenfolge zu bringen. Bleibt hier, bis es ihm wieder besser geht.«

Esra-Dragona hatte die Höhle beinahe verlassen, als Lina sie zurückhielt.

»Hab vielen Dank, alte Freundin.«

Die Drachenmagierin lächelte. »Das war das Mindeste, was ich tun konnte.« Eine Weile lang blickte sie Lina schweigend an. Schließlich sagte sie: »Ich weiß, wohin ihr morgen geht. Ich wünsche euch viel Glück.«

Nachdenklich blickte Lina der Drachenmagierin hinterher.

Sie konnte spüren, dass Esra-Dragona etwas verschwieg. Ob sie wusste, was morgen geschehen würde?

Neben ihr seufzte Darian und riss Lina aus ihren Gedanken. Langsam kam er zu sich. Seine Pupillen wanderten unruhig von einer Seite zur anderen. »Du hast … und, oh nein. Bitte sag, dass ich das nicht getan habe!« Eine neue Erinnerung schien die erste abgelöst zu haben. Darian schlug die Hand vor den Mund. Sein Blick wurde klar, und so intensiv, dass Lina ein Schauer über den Rücken lief. Lange Augenblicke sagte er kein Wort. Schließlich umarmte er sie und küsste sie, leidenschaftlich wie selten zuvor. »Ich hatte ja keine Ahnung«, flüsterte er ihr anschließend ins Ohr. »Könntest du mir helfen, ein bisschen Ordnung in dieses Chaos zu bringen?«

»Gerne.« Sie machte es sich neben ihm bequem und begann zu erzählen. Immer wieder unterbrach er sie und stellte Fragen. So brachten sie seine Erinnerungen wieder in die richtige Reihenfolge. Obwohl Lina die Augen kaum noch offen halten konnte, weigerte sie sich, in dieser Nacht zu schlafen. Zu kostbar erschien ihr jeder Moment, den sie mit ihm teilen konnte. In dieser Nacht wachte sie über seinen Schlaf, während ihre Finger mit seinen dunklen Haaren spielten, sie ihm über Wange und Hals strich und jede Berührung ganz bewusst in ihrem Gedächtnis speicherte. Als sich das Licht veränderte und ihr sagte, dass draußen der nächste Morgen heraufdämmerte, ließ sie ihn nicht mehr los. Und da fasste sie einen Entschluss: Sie würde nicht zulassen, dass der Rat der Ältesten ihn ihr wegnahm. Sie würde nicht akzeptieren, was nicht akzeptabel war. Und wenn sie ihre dunkelste Kraft dazu einsetzen musste.

Gemeinsam verließen Lina und Darian den Drachenhorst. Seit er neben ihr erwacht war, hatte sie kaum ein Wort gesprochen. Sie wirkte gefasst. Zu gefasst, für sein Gefühl. Seine zurückgewonnenen Erinnerungen sagten ihm, dass sie bereits einmal einem Urteil des Ältestenrates beigewohnt hatte. Damals war er es gewesen, der Aswan hätte richten sollen. Dieses Urteil hatte Lina verhindert. Heute würde sie dazu nicht in der Lage sein. Ob sie sich damit abgefunden hatte? Nun stand sie neben ihm im ersten Morgenlicht und blickte den drei Drachen entgegen, die am Eingang des Drachenhorstes auf sie warteten.

Set-Dragon, Tek-Dragon und Esra-Dragona.

Ein wenig verwundert blickte Darian dem Trio entgegen. Ein Drache hätte doch vollkommen genügt, um sie in die Dunkelwälder zu fliegen. Aber dann erinnerte er sich an den Tag seiner Ernennung zum Clanführer. Auch damals waren es drei Drachen gewesen, die in die Dunkelwälder gekommen waren. Wie dumm von ihm. Heute würde nicht nur sein Urteil gesprochen werden. Auch ein neuer Clanführer würde heute im Drachenfeuer geboren werden. Solvay.

Darian griff nach Linas Hand und trat vor den Drachenfürsten, der ihm in einer unmissverständlichen Geste den Flügel zum Aufstieg entgegenstreckte.

»Gibst du mir also noch ein letztes Mal die Ehre?« Darian schaffte es, ein verwegenes Grinsen zustande zu bringen, obwohl ihm ganz und gar nicht danach war.

»Sei gewiss, dass es mir eine Ehre ist.« Tek-Dragons Blick war unergründlich.

Lina ergriff gerade Darians Hand, als Esra-Dragona sagte: »Es wäre mir eine große Ehre, wenn die kleine Magierin mit mir fliegen würde.«

Darian glaubte seinen Ohren nicht zu trauen. Noch nie zuvor hatte eine Drachenmagierin jemandem gestattet, auf ihren Rücken zu steigen. Wobei, das stimmte nur bedingt, dämmerte ihm. Lina war bereits einmal mit ihr geflogen, als sie noch die oberste Drachenamazone gewesen war.

Es fiel ihm überaus schwer, die Erinnerungen, die so lange verschüttet waren, in sein Gedächtnis zu integrieren, dabei zählten sie zu den besten.

Linas Blick war Hilfe suchend auf ihn gerichtet, während sich ihr Händedruck verstärkte. »Ich möchte mit dir fliegen«, flüsterte sie.

Es musste einen guten Grund geben, wenn Esra-Dragona ein solches Angebot machte. Vermutlich wollte sie damit Linas Position als eine der Drachenmagierin Gleichgestellten deutlich machen. Und obwohl er nicht glaubte, dass Lina in Gefahr war, würde er diesen Gunstbeweis der Drachen sicher nicht ungenutzt verstreichen lassen.

»Flieg mit ihr. Das ist das Beste«, sagte er daher, während er ihr zärtlich mit dem Handrücken über die Wange strich.

Lina wollte widersprechen, aber er brachte sie mit einem Blick zum Schweigen. »Bitte, tu es für mich.«

Lina gab sich einen Ruck und nickte. »Wenn du das willst.«

›Vielleicht ist es besser so‹, dachte Lina, als sie in die weichen Schuppen der Drachenmagierin griff, die im Nacken mehr smaragdgrünen Federn glichen. Sie würde den Flug nutzen, um sich zu sammeln. Das Letzte, was sie wollte, war, eine verängstigte, heulende Jammerfigur vor den versammelten Dunkelelfen abzugeben. Damit würde sie Darian bestimmt nicht helfen.

Esra-Dragona schoss pfeilgerade in den Himmel, so wie Lina es von ihr gewohnt war. Drachenmagierin hin oder her, das hatte ihr Temperament nicht gezügelt. Wieder hatte Lina das Gefühl, mit dem Drachen unter ihr zu verschmelzen. Dass es tatsächlich so war, bestätigte ihr Esra-Dragona, als sie sich in ihren Gedanken meldete. »Du bist keine Schöpferin mehr, du bist eine Magierin der Andavyan.«

Es war eine einfache Feststellung, deren Bedeutung aber riesengroß war. Die Drachenmagierin erkannte sie als Ihresgleichen an. Die Bilder, die sie nun in Linas Geist projizierte, zeigten Szenen aus längst vergangenen Zeiten, in denen die Magier der Andavyan und die Drachenmagier Seite an Seite gekämpft hatten.

»Ich weiß, was du vorhast. Ich habe es gesehen. Aber das ist keine Lösung. Lass diese Zukunftsvision nicht Wirklichkeit werden! Deine dunkle Gabe ist nicht für diesen Kampf bestimmt. Wenn du Vertrauen in das Erbe der Andavyan hast, wird alles gut.«

Lina senkte beschämt den Blick. Sie wusste, dass die Drachenmagierin die verschiedenen Zukunftsstränge sehen konnte, besser noch als Galan das in ihrem Gezeitenbrunnen konnte. Es musste also einer der möglichen Zukunftsstränge sein, in dem sie tatsächlich ihre dunkle Gabe einsetzen würde, um Darian zu retten. Ob sie damit Erfolg haben würde oder nicht, das hatte Esra-Dragona nicht gesagt. Aber die Warnung war deutlich gewesen. Dass Esra-Dragona die Verbindung zu ihr getrennt hatte, sagte Lina, dass sie ihr nichts weiter darüber verraten würde, vermutlich auch nicht verraten durfte. So versank Lina in Schweigen. Noch einmal ging sie in Gedanken jedes Argument durch, dass sie zu Darians Verteidigung vorbringen konnte. Der Rat der Ältesten würde sie anhören müssen. Auch sie hatte sich dem Elfencodex unterworfen. Somit stand ihr auch das Recht zu, vor ihnen zu sprechen. Auf diesem Recht würde sie bestehen. Schon sehr bald, denn sie hatten die Dunkelwälder erreicht. Vertraute Felsformationen tauchten zwischen den Bäumen auf, als sie das Gebiet der Osthöhlen erreichten. Der Versammlungsplatz war zum Bersten voll. Hunderte Augenpaare waren in den Himmel gerichtet, als die Drachen landeten. Set-Dragon landete als Erster. Lina schien es, der grüngeschuppte Himmelspfeil wirbelte mehr Staub auf, als nötig gewesen wäre. Dann setzten der Drachenfürst und Esra-Dragona in perfektem Gleichklang die Krallen auf die Erde. Ein Raunen ging durch die Menge. Lina bemerkte, dass ein Großteil der Aufmerksamkeit ihr selbst galt. Sie straffte die Schultern und stieg hoch erhobenen Hauptes den ausgestreckten Drachenflügel hinab. Darian erwartete sie bereits.

»Bereit?« Seine Lippen formten das Wort tonlos.

»Nein«, flüsterte Lina. »Aber lass uns trotzdem gehen.«

Ohne auf die Menge zu achten, zog er Lina für einen Augenblick in seine Arme und hauchte ihr einen Kuss auf die Stirn. Danach ergriff er ihre Hand und führte sie über den Versammlungsplatz, auf dem sich eine Gasse gebildet hatte.

Lina bewunderte seine Haltung. Er wich keinem Blick aus. Nickte dem einen oder anderen zu, und Lina stellte erstaunt fest, dass sie sich nicht einer einheitlichen Mauer aus Ablehnung gegenübersahen. Und dann erblickte sie Solvay, der ihnen über den Platz entgegenkam. Vor Darian blieb er stehen. Sein Blick war ernst, aber seine Augen lächelten.

»Hier bin ich, Clanführer«, sagte Darian, wobei er das Wort »Clanführer« besonders betonte.

»Ich habe nichts anderes erwartet.« Solvay nickte anerkennend, ehe er sich an Lina wandte.

»Kleine Magierin«, er deutete eine Verbeugung an. »Ich wünschte, die Voraussetzungen unseres Wiedersehens wären bessere.«

»Das wünschte ich auch.« Lina konnte nicht umhin, das ehrliche Lächeln ihres einstigen Schwertkampflehrers und guten Freundes zu erwidern.

Mit tausendfach eingeübten, fließenden Bewegungen öffnete Darian die Schnallen der Schwertgurte, und überreichte Solvay die beiden schwarzen Elfenschwerter des Clanführers. »Ich schätze, sie werden heute um einen neuen Namen erweitert werden.«

»Wir werden sehen«, meinte Solvay und fügte dann sehr leise hinzu: »Ich bin auf deiner Seite, Mann. Ich werde tun, was in meiner Macht steht.«

Darian nickte lächelnd. »Ich danke dir, alter Freund.«

Und dann war es mit der Freundlichkeit vorbei. Die sieben Dunkelelfen des Ältestenrates betraten den Platz. Vier Männer und drei Frauen. Ihre Mienen waren wie versteinert. Lina erkannte nur drei von ihnen wieder. Einer davon war Eladorn. Er war es auch, der als Einziger vortrat. Auf Armeslänge blieb er vor Darian stehen, während es auf dem Platz totenstill geworden war. Eladorns Stimme war weittragend.

»Du bist also gekommen, um dich für den Verrat an deinem Volk zu verantworten?«

»So ist es.« Darian hatte eine Augenbraue hochgezogen, die Kieferknochen fest aufeinandergepresst. In einem Blickduell hatte er die Herausforderung des alten Elfen angenommen. Das war der Darian, vor dem sich Lina einst gefürchtet hatte. Sie konnte die Aura der Macht spüren, die ihn umgab. Selbst Eladorn schien das zu bemerken. Sein Tonfall war weit weniger provokant, als er fortfuhr: »Gut, dann folge mir.«

Kaum hatte sich Darian in Bewegung gesetzt, hielt ihn die Stimme Esra-Dragonas zurück.

»Ehe diese Anhörung beginnt, habe ich noch etwas zu sagen.«

»Es ist dir natürlich gestattet, vor dem Rat zu sprechen. Aber dies ist eine Angelegenheit der Dunkelelfen«, sagte Eladorn herablassend.

»Wenn du denkst, es sei alleine eine Sache der Dunkelelfen, irrst du dich. Die Umstände und Beweggründe, die zu diesem, wie ihr es nennt, ›Verrat‹ geführt haben, liegen weit in der Vergangenheit und betreffen auch die Drachen, die Andavyan und jedes Volk Mendurias.« Ganz langsam war die Drachenmagierin näher gekommen, bis sie schließlich vor Eladorn und den anderen Ratsmitgliedern stand.

Der alte Elf musste den Kopf in den Nacken legen, um Esra-Dragona in die Augen sehen zu können. »Wie gesagt, es ist dir natürlich gestattet, vor dem Rat zu sprechen.«

Obwohl Lina den alten Elfen noch nie besonders hatte leiden können, musste sie doch dessen Mut bewundern, der Drachenmagierin auf solch herablassende Weise zu begegnen. Wieso nur provozierte er sie mit einem derart respektlosen Tonfall?

Esra-Dragona ging nicht darauf ein. »Was ich zu sagen habe, werde ich hier tun.« Sie wandte dem Rat der Ältesten den Rücken zu und richtete das Wort an die auf dem Platz Versammelten. »Volk der Dunkelelfen. Ohne es zu wissen, ist euch in der Geschichte Mendurias eine sehr bedeutende Rolle zuteil geworden. Ihr seid eurem Clanführer in die Calahadin gefolgt und habt dort weit länger ausgeharrt, als jedes Elfenleben währt. Dafür habt ihr die Unsterblichkeit von den Drachen verliehen bekommen. All das geschah auf Wunsch der einstigen Drachenmagierin Anta-Dragona. Darian hat ihr und dem letzten Kriegsherrn der Andavyan im magischen Drachenfeuer einen Schwur geleistet, der ihn zu dem verpflichtete, was er getan hat. Viele Dunkelelfen haben in der Calahadin ihr Leben gelassen, viele von euch ihre Werte verloren, das sehe ich wohl. Aber bedenkt eines: keiner von euch wäre heute ohne diesen Schwur noch am Leben. Das Volk der Dunkelelfen, dem, wie ihr wohl wisst, von den Schöpfern keine Neuschöpfungen mehr gewährt wurden, hätte aufgehört zu existieren. Durch euer Opfer war es möglich, den Schöpferfluch zu brechen. Die Unsterblichkeit, der viele von euch überdrüssig geworden sind, hebe ich hiermit auf und ich hebe den Schleier, der über euren Erinnerungen liegt. Diejenigen von euch, die sie gekannt haben, sollen sich an die junge Frau erinnern, die einst mitten unter euch gelebt hat und eine von euch war und ist.« Mit der Kralle ihres rechten Flügels wies Esra-Dragona auf Lina, der augenblicklich alle Aufmerksamkeit galt. »Auch sie hat Opfer gebracht. Und sie hat Menduria das Kind geschenkt, das den Schöpferfluch gebrochen hat. Schon bald wird es auch in eurem Volk wieder Kinder geben. Das Volk der Dunkelelfen hat seinen Auftrag erfüllt. Von nun an sollt ihr wieder ein Leben führen, wie es von der Schöpfung für euch vorgesehen wurde, in einem Zyklus von Tod und Wiedergeburt, so wie alle anderen Völker.«

Auf dem Versammlungsplatz herrschte plötzlich Totenstille, während Esra-Dragona geräuschvoll Luft holte. Lina konnte die Magie spüren, die sie wirkte. Eine Veränderung in der Atmosphäre, die ihr einen Schauer über den Rücken jagte. Dann stieß die Drachenmagierin mit in den Himmel gerecktem Kopf den Atem aus. Eine Fontäne aus weißem Licht schoss vollkommen lautlos aus ihrem Rachen und stieg pfeilgerade in den Himmel, wo sie sich ausbreitete und in einer spiralförmigen Bewegung wieder hinabsank. Mehr ehrfürchtiges Staunen denn Furcht zeichnete die Gesichter der Dunkelelfen, als sie das Licht einhüllte. Wie eine Liebkosung strich es über die Haut und drang in jede Pore. Für einen Moment herrschte erneut absolute Stille. Dann, als hätte die Erde selbst ein erleichtertes Seufzen vernehmen lassen, löste sich das Licht auf und mit ihr der Zauber des Augenblicks. Lina war immer noch wie in den Bann geschlagen, als sie plötzlich spürte, wie jemand nach ihren Händen griff. Sie wandte den Kopf und blickte in das Gesicht einer Elfe, die ihr vertraut war wie keine andere.

»Yatlyn!« Lina erwiderte den Händedruck mit einem freudigen Lächeln.

»Ich kann mich wieder erinnern! Alles, was du mir in Danaàns Grotte erzählt hast, stimmt. Und trotzdem haben wir uns noch so viel zu erzählen. Am besten sollten wir das bei einem Becher Drachenblutwein tun.«

Lina nickte glücklich. Für einen Augenblick hatte sie vergessen, weshalb sie hierhergekommen waren. Aber Eladorn erinnerte sie erbarmungslos daran.

»Wir danken dir, ehrenwerte Drachenmagierin, dass du uns aufgeklärt hast. Sei versichert, dass wir die uns nun bekannten Tatsachen in unsere Überlegungen mit einbeziehen. Nichtsdestotrotz bleibt die Tatsache bestehen, dass Darian sein Volk im Stich gelassen hat, als er aus der Calahadin geflohen ist. Mit seinem Verrat hat er gegen den Elfencodex verstoßen. Und dafür wird er sich verantworten.«

Darian hatte nichts anderes erwartet. Eladorn war immer ein Mann mit Prinzipien gewesen. Auch früher schon hatte er auf der strikten Einhaltung des Elfencodex bestanden. Trotzdem war er Darian ein guter Berater gewesen, vor allem in den Nachtmahrkriegen. Aber die Calahadin hatte ihn verändert, hatte ihn bitter gemacht. Überall sah er nun Verrat und Intrigen. Und vermutlich hatte Esra-Dragona bei ihm das Gegenteil von dem erreicht, was sie hatte erreichen wollen. Für Eladorn, der den Drachen sowie jedem anderen Volk immer schon misstraut hatte, würde es sich als eine Verschwörung darstellen, die Darian gemeinsam mit den Drachen gegen sein eigenes Volk geplant hatte. Darian wusste, dass es für einen Großteil seines Volkes eine Erlösung sein würde, nun nicht mehr an die Unsterblichkeit gebunden zu sein. Auch ihm ging es so. Aber er traute Eladorn ohne Weiteres zu, auch dies als Raub darzustellen. Nun galt es abzuwarten, wie die anderen Mitglieder des Rates reagierten. Sie waren schwer einzuschätzen, die Ältesten der Dunkelelfen.

Die Anhörung fand im größten Raum der Osthöhlen statt, der einst ein gemütlicher Versammlungsraum gewesen war. Halbkreisförmig zogen sich hier Sitzstufen bis nach oben an die Höhlendecke. Außer dem Ältestenrat und Darian selbst waren nur Elfen zugelassen, die unmittelbar mit dem Fall zu tun hatten und somit das Recht hatten, angehört zu werden.

Wie erwartet hatte Eladorn den Vorsitz. Der alte Elf hatte einst der Kriegerkaste angehört, ebenso wie Fandwin, eine weißhaarige Elfe. Kayfin und Tollven waren früher Attanar gewesen. Die beiden Elfenmänner unterhielten sich in gedämpftem Tonfall miteinander. Zu Eladorns Rechten saßen Mynjan und Arndwin, beides seit Langem angesehene Frauen des Dunkelelfenvolkes. Arndwin war in der Calahadin für die Versorgung des Clans zuständig gewesen. Ganz rechts außen saß Jandrol, der älteste Schmied der Dunkelelfen. Mit ihm verband Darian eine Freundschaft, die über die Jahre in unzähligen Nächten, zwischen Zwergenmet und tiefsinnigen Gesprächen gefestigt worden war. Er war der Einzige, von dem er sich vorstellen konnte, dass er sich auf Darians Seite schlagen würde.

Eladorn erhob sich und richtete das Wort an Darian, der nun in der Mitte des Halbkreises stand. »Ehe wir beginnen, muss ich dich bitten, deine restlichen Waffen abzugeben. Wie du bestimmt noch weißt, tritt niemand bewaffnet vor den Rat.«

Ganz langsam zog Darian das Jagdmesser aus dem Gürtel, und legte es samt dem Lichtschwert vor Eladorn auf den Boden. Dabei ließ er den Ratselfen nicht aus den Augen. Ohne auf Eladorn zu achten, angelte Jandrol sich das Lichtschwert und begutachtete es von allen Seiten. Anerkennend pfiff er durch die Lippen. »Das ist also das berühmte Lichtschwert, vor dem das verdammte Vampirpack einen solchen Respekt hat.«

Eladorn bedachte Jandrol mit einem tadelnden Blick. Achselzuckend kehrte der Elfenschmied auf seinen Platz zurück und Eladorn fuhr fort.

»Aus Rücksicht auf deinen früheren Rang haben wir darauf verzichtet, dir die Hände zu binden.«

Darian schenkte ihm ein mitleidiges Lächeln und streckte ihm die überkreuzten Hände entgegen. »Wenn du dich dann sicherer fühlst, tu dir bitte keinen Zwang an.« Er konnte sich denken, worauf das hinauslaufen sollte. Eladorn würde keine Gelegenheit auslassen, um ihn zu demütigen, und versuchen, ihn so lange zu provozieren, bis Darian etwas tat, das man als Angriff auf den Rat werten konnte. Vier Attanarjäger, die wohl zum Schutz des Rates ebenfalls anwesend waren, ließen darauf schließen.

»Bevor wir näher auf deinen Verrat zu sprechen kommen, möchte ich noch eine formelle Sache klären. Wie du ja weißt, ist es die Aufgabe des Clanführers, seinen Nachfolger zu ernennen, wenn er dazu noch in der Lage ist. Du bist zwar seit dem Bannspruch nicht mehr Führer der Dunkelelfen, aber das warst du. Deshalb muss ich dich dem Elfencodex nach fragen, wen du für die beste Wahl hältst.«

Eladorn sah aus, als hätte er in einen sauren Apfel gebissen. Es war ihm sichtlich nicht recht, dass er Darian vier Jahre nach der Ratsentscheidung um seine Meinung fragen musste.

»Solvay zu wählen, war eine gute Entscheidung. Er wäre auch meine Wahl gewesen.« Darian wusste, dass er seinen Freund mit dieser Bestätigung in eine schwierige Lage brachte. Denn die Aufgabe, das Urteil des Rates zu vollstrecken, fiel dem Clanführer zu. Solvay würde das nicht tun wollen.

Wie aufs Stichwort erhob sich Solvay und trat neben Darian. »Wie ich dem Rat bereits erklärt habe, trage ich durch mein Mitwissen ebenso viel Schuld an dem, was geschehen ist, wie Darian, und kann diese verantwortungsvolle Aufgabe daher nicht übernehmen.«

»Und wie dir der Rat versichert hat, sehen wir im Wissen alleine keine Mitschuld, da du dem Clan nicht in einer derart heiklen Lage den Rücken gekehrt hast«, meldete sich Fandwin erstmals zu Wort.

Solvay wollte etwas erwidern, aber Eladorn schnitt ihm das Wort ab. »Wir anerkennen deine Bemühungen, deinem einstigen Clanführer zur Seite zu stehen. Aber du hast vor diesem Rat bereits alles gesagt, was es zu dieser Angelegenheit zu sagen gibt.« Damit richtete er das Wort wieder an Darian. »Möchtest du etwas zu deiner Verteidigung sagen?«

Darian schüttelte den Kopf. »Ich denke, dass es dazu nicht mehr zu sagen gibt.«

»Gut, dann werden wir uns jetzt zu unserer Beratung zurückziehen.« Eladorn hatte sich bereits abgewandt, als Lina sich zu Wort meldete.

»Ich habe noch etwas zu sagen.«

Eladorn lächelte herablassend. »Zum einen bist du keine Dunkelelfe und zum anderen bist du der Grund für den Verrat des Clanführers. Es ist daher nicht …«

»Ich habe mich euren Regeln unterworfen. Und als seine Gefährtin habe ich das Recht zu sprechen, so besagt es der Elfencodex.« Lina war aufgestanden und hatte den Platz an Darians Seite eingenommen, den Solvay für sie geräumt hatte. Sie sprach mit einer Schärfe, die Darian bei ihr noch nie zuvor gehört hatte.

Eladorn zog eine Augenbraue hoch. Mit zur Seite geneigtem Kopf sagte er: »Das bedeutet also, du hast den Elfencodex gelesen. Wie lobenswert, noch dazu wo er in der alten Sprache der Dunkelelfen verfasst ist.«

Darian spürte, wie der Knoten in seinem Magen immer dicker wurde. Es machte ihn wütend, mitansehen zu müssen, wie dieser alte verbohrte Trottel versuchte, Lina als Lügnerin hinzustellen. Beschwichtigend legte er ihr daher die Hand auf die Schulter. »Lass gut sein. Egal was du sagst, es wird nichts ändern.«

»Nein.« Linas Augen funkelten vor Zorn, als sie sich wieder an Eladorn wandte. »Dieser Rat wird mich anhören.« Als sie fortfuhr, sprach sie die alte Sprache der Dunkelelfen. Darian stellte beeindruckt fest, dass sie begann, die einleitenden Worte des Elfencodex zu zitieren. »Codex der Elfen von den Dunklen Wäldern. Verfasst von den Allerersten und bezeugt von Drogonn, oberster Kriegsherr der Andavyan, und Tek-Dragon, Fürst der Drachen vom Hohen Gebirge der Titanen. Möge dies Regelwerk Frieden, Recht und Ordnung in die Wälder des Nordens bringen und von allen neugeschöpften Mitgliedern des Volkes der Elfen vom Dunklen Wald anerkannt werden.« Lina hatte beinahe akzentfrei gesprochen. Trotzdem hatte ihre Stimme vollkommen anders geklungen. Rau und viel tiefer, als das sonst der Fall war. Vollkommen in ihren Bann geschlagen, lauschte er ihren Worten weiter, die sie zu seinem Bedauern nun wieder in einer allgemein verständlichen Sprache und in ihrer gewohnten Tonart sprach. »Ich habe den Elfencodex in der Tat studiert. Es gibt eine Abschrift davon in Jandamer.«

Mit einem Gesichtsausdruck, der eine Mischung aus Anerkennung und Unwillen war, gab ihr Eladorn durch einen Wink zu verstehen, dass sie fortfahren durfte.

»Wie euch bekannt ist, stamme ich aus dem Volk der Schöpfer. In Menduria hält man uns für sehr mächtige Wesen. Ich weiß«, Lina hob beschwichtigend die Hand, um Eladorns Einwand zuvorzukommen, »viele der Dunkelelfen halten nicht sehr viel von uns. Auch Darian gehört zu ihnen. Trotzdem hätte ich in Menduria nicht lange überlebt, wenn Darian nicht gewesen wäre und mich heil nach Kathmarin gebracht hätte. Ohne ihn hätte ich meine Aufgabe niemals erfüllen können. Ohne ihn wäre Menduria bereits vor vier Jahren in Xedocs Hand gefallen, schlimmer noch, in die Hand der Haegoth. Ich habe gesehen, was aus einer Welt wird, wenn diese Energieräuber über sie herfallen. Kein einziger Baum dieser fantastischen Wälder würde mehr existieren. Nichts, wofür es sich zu kämpfen lohnt. Und ebenso wäre es meiner Welt ergangen. Wie hoch der Preis war, den Darian und das Volk der Dunkelelfen dafür bezahlt haben, ist mir erst klar geworden, als Drogonn mich durch die Zeit geführt hat und ich die Ehre hatte, eine Weile mit euch hier zu leben. Ich war tief beeindruckt vom Zusammenhalt und der Integrität der Dunkelelfen. Ich habe mich hier zu Hause gefühlt, geborgen und geliebt und ich hätte alles dafür gegeben, hier bei euch bleiben zu dürfen und meine Tochter – unsere Tochter«, verbesserte sich Lina selbst und griff nach Darians Hand, »hier in eurer Mitte aufwachsen zu sehen. Aber das hat nicht sein sollen. Und während für mich nur wenige Jahre vergangen sind, habt ihr eine halbe Ewigkeit fern eurer wahren Heimat verbracht. Das bedaure ich zutiefst. Und doch hat es mich hierhergeführt, an die Seite meines geliebten Gefährten. Dorthin, wohin ich gehöre. Ich kenne den Elfencodex und ich weiß, dass der Verrat eines Clanführers mit der höchsten Strafe belegt werden muss. Und trotzdem bitte ich euch, davon abzusehen. Alles, was ich im Gegenzug dafür anbieten kann, ist mein Leben. Ich …«

»Nein! Das kommt nicht infrage!« Darians Stimme überschlug sich fast vor Entsetzen, als er ihr das Wort abschnitt. »Lass dir ja nicht einfallen, auf dieses Angebot einzugehen, Eladorn!« Ganz automatisch war Darian einen Schritt näher an den alten Elfen herangetreten. Seine Körperhaltung war bereits bedrohlich, während er versuchte, Eladorn alleine mit Blicken einzuschüchtern.

»Darf ich das als Drohung auffassen?« Eladorn sprach langsam, beinahe genüsslich.

»Ja, das darfst du! Wenn du darauf eingehst, schwöre ich dir auf den Elfencodex, dass ich dich ins tiefste Loch auf der Dämonenklippe werfen, und nicht eher ruhen werde, bis dir die Haegoth auch noch den letzten Funken Lebensenergie ausgesaugt haben.« Darian hätte sich ohrfeigen können. Er hätte wissen müssen, dass Lina so etwas versuchen würde. Ein Blick in Eladorns Gesicht sagte ihm, dass der Elf mit dem Gedanken spielte, Linas Angebot zu akzeptieren. Ein Leben für ein anderes. Der Elfencodex ließ diese Möglichkeit offen. Eiskaltes Entsetzen stand in seinen Augen. Eladorn hatte endlich einen Weg gefunden, ihn in die Knie zu zwingen. Der alte Elf hatte bereits den Mund zu einer Antwort geöffnet, als sich Andwin erhob und das Wort an Lina richtete.

»Ich erinnere mich wieder daran, wie oft du deine Kräfte für unser Volk eingesetzt hast, Lina von den Schöpfern und Andavyan. Ich war anwesend, als du versucht hast, Isnar zu retten, ohne Rücksicht auf dein eigenes Leben. Was mich betrifft, warst und bist du eine von uns. Schon alleine deshalb werde ich meine Zustimmung zu einem solchen Handel nicht geben. Und da du den Elfencodex gelesen hast, weißt du, dass es für einen Vorschlag, wie du ihn unterbreitet hast, der Zustimmung aller Ratsmitglieder bedarf.«

Auch Mynjan erhob sich nun. Sie bedachte Lina mit einem milden Lächeln. »Aus deinem Angebot spricht Liebe, nicht Vernunft. Auch meine Zustimmung würdest du nicht bekommen.«

Darian fiel ein Stein vom Herzen. Eladorn dagegen bedachte die beiden Elfenfrauen mit einem überaus finsteren Blick. »Gut, dann wäre das geklärt. Ich denke, wir haben alles gehört, was es zu diesem Fall zu sagen gibt. Wir werden uns jetzt zu unserer Beratung zurückziehen.«

›Er will verhindern, dass die Stimmung im Rat umschlägt‹, ging es Darian durch den Kopf.

Eladorn hatte seinen Platz bereits verlassen, als Tollven ihn aufhielt. »Ich hätte noch eine Frage.«

Eladorn machte auf dem Absatz kehrt und Tollven richtete das Wort an Darian. »Angenommen, du stündest erneut vor der Entscheidung, die du getroffen hast. Würdest du wieder so handeln?«

Darian konnte sehen, dass der Rat uneins war. Ein einfaches »Nein«, hätte die Entscheidung zu seinen Gunsten bringen können. Aber es wäre nicht die Wahrheit gewesen. Auch Lina musste das gesehen haben. Sie blickte ihn an, ihre Gedanken tasteten nach seinen. »Sag, dass du es bereust!«, konnte er ihre Stimme in seinen Gedanken flüstern hören.

Darian entzog sich ihrem Bann und blickte Tollven an. »Ja, das hätte ich. Jeder Gefährte hätte das.«

Tollven nickte langsam. Seine Miene ließ nicht erkennen, was er dachte. Schweigend folgte er den anderen Ratsmitgliedern.

Und so begann das Warten. Solvay hatte sich zurückgezogen und die Wächter der Attanar mitgenommen. Darian blieb mit Lina alleine zurück. Er sah davon ab, sie zu fragen, was in aller Welt sie sich dabei gedacht hatte, einen für ihn so inakzeptablen Tauschhandel vorzuschlagen. Er wollte diese letzten Augenblicke nicht mit Streiten verbringen. Sie schien ebenso zu denken. Wortlos schmiegte sie sich in seine Umarmung.

»Soso, du sprichst die alte Elfensprache also fließend?«, raunte er ihr ins Ohr. »Würdest du mir den Gefallen tun und noch ein bisschen für mich aus dem Elfencodex zitieren?«

Lina hob den Kopf. Ein hinreißendes Lächeln lag auf ihren Lippen. »Ich weiß etwas Besseres als dieses langweilige Regelzeugs.« Und dann begann sie den Elfenschwur zu wiederholen, den sie einst geleistet hatte. Augenblicklich kehrte die Erinnerung zurück. Ähnlich wie jetzt hatte sie einst in seiner Umarmung unter der uralten Linde gestanden, ähnlich wie jetzt hatte sie ihn einst angeblickt. Darian verlor sich im dunklen Bernstein ihrer Augen. Er fühlte sich befreit und losgelöst von allen Sorgen. Alles, was jetzt noch zählte, war sie. Er liebte diese Frau abgöttisch. Auch sein Tod würde daran nichts ändern. Sie war die zweite Hälfte seiner Seele.

Gesetze der alten Zeit

Stille hatte sich über den Versammlungsplatz gelegt. Gefolgt von den anderen Ratsmitgliedern schritt Eladorn die Gasse entlang, die die versammelten Dunkelelfen gebildet hatten. Die Miene der Ratselfen war ausdruckslos. Solvay hielt die Spannung kaum noch aus. Wie musste es erst Darian ergehen, wie Lina? Darian wirkte gefasst. Lina dagegen zitterte wie Espenlaub. Es schien eine Ewigkeit zu vergehen, ehe der Rat der Ältesten sie endlich erreichte.

»Der Rat hat ein Urteil gefällt«, hob Eladorn mit weittragender Stimme an. »Wir haben diese Entscheidung nicht leichtfertig getroffen. Aber der Elfencodex ist in dieser Sache eindeutig. Verrat bleibt Verrat, egal welche Umstände dazu geführt haben.« Er machte eine Pause und ließ seinen Blick über die Menge schweifen. »Daher verurteilen wir Darian zum Tode durch die Schwerter des Clanführers.«

Linas unterdrückter Verzweiflungsschrei klang markerschütternd in jeder Faser seines Körpers wider, während ein Raunen durch die Menge ging. In diesem Augenblick verfluchte Solvay sein Leben.

»Du verfluchter Heuchler!«, hätte er dem Ratselfen am

liebsten ins Gesicht geschrien. Solvay ballte die Hände zu Fäusten. Dabei hatte er gehofft, dass Linas Worte die Herzen der Ratsmitglieder erweicht und sie ein milderes Urteil gefunden hätten. Egal welches, er hätte jedes akzeptiert. Solvay wagte nicht, Lina anzublicken. Er würde ihr nach der Vollstreckung dieses Urteils nie wieder unter die Augen treten können. Erst jetzt konnte er nachvollziehen, wie Darian sich gefühlt haben musste, wenn er die Urteile des Rates hatte vollstrecken müssen. Nein, so elend konnte sich Darian niemals gefühlt haben. Er hatte niemals seinen besten Freund richten müssen.

»Komm schon, lass es uns hinter uns bringen«, sagte Darian. Er küsste Lina kurz und kniete dann vor Solvay nieder. Verzweifelt blickte Solvay zu ihm hinab. Er konnte keinen Vorwurf in den Augen seines Freundes sehen. Linas Blick dagegen konnte er im Nacken fühlen. Seine Instinkte sagten ihm, dass Gefahr von ihr ausging. Oder war es nur sein schlechtes Gewissen, das ihn so fühlen ließ? Die schwarzen Elfenschwerter lagen wie heiße Kohlen in seiner Hand.

»Walte deines Amtes, Clanführer.« Die Stimme Eladorns klang ungeduldig und ließ Zorn in ihm aufsteigen. Konnte es der alte Bastard denn nicht erwarten?

»Keine Angst, ich werde schon nicht zurückkehren und dich heimsuchen.« Darian versuchte, gelassen zu wirken, doch das war er nicht, dafür kannte Solvay ihn zu gut.

Er umfasste die Elfenschwerter fester. Jede Faser seines Körpers sträubte sich gegen diese Tat. Die Schwerter sträubten sich. Es war einfach nicht richtig. Das einzige Geräusch, das er außer dem Rauschen seines Blutes in den Ohren jetzt noch wahrnahm, war das geräuschvolle Atmen der Drachenmagierin.

›Der Schwur im magischen Drachenfeuer!‹, schoss es Solvay durch den Kopf. Er fehlte. Ohne ihn war er nicht berechtigt, diese Schwerter zu führen. Solvay ließ Indis und Rumil sinken. Obwohl keiner der anwesenden Elfen ein Wort sagte, konnte er die Unruhe spüren. Er wusste, dass viele der Anwesenden mit diesem Urteil nicht einverstanden waren. Darian blickte ihn fragend an.

»Worauf wartest du?«, forderte Eladorn zu wissen. »Widersetzt du dich dem Rat?«

»Ich bin nicht berechtigt, dieses Urteil zu vollstrecken.« Solvay konnte die Genugtuung nicht aus seiner Stimme verbannen. »Das bin ich erst, wenn ich durch das magische Drachenfeuer gegangen bin, so wie jeder andere Clanführer vor mir auch. Erst dann darf ich ein solches Urteil vollstrecken.«

»Das ist nicht akzeptabel! Ein Urteilsspruch muss sofort vollzogen werden. So sieht es der Elfencodex vor.« Eladorns Stimme überschlug sich beinahe vor Empörung. Sie wussten beide, wie lange ein Clanführer brauchte, um sich von den Auswirkungen des magischen Drachenfeuers zu erholen. Selbst Darian hatte dazu mehr als drei Tage gebraucht. Bis dahin hatte das Urteil seine Gültigkeit verloren. Eladorn selbst hatte diese Situation durch sein voreiliges Handeln geschaffen.

Alle Augen waren auf den Ältesten der Ratsmitglieder gerichtet. Solvay dachte schon, nun endgültig den Sieg davongetragen zu haben, als Kayfin zu Eladorn trat und im Flüsterton auf ihn einsprach, während er immer wieder mit einem Finger auf die Pergamentrolle in seiner Hand klopfte. Eladorn nickte ein paar Mal, ehe ein siegessicheres Lächeln in seinem Gesicht aufging, das Solvay Böses erahnen ließ.

»Würdest du mir den Elfencodex reichen«, bat er Kayfin, ehe er sich wieder an Solvay wandte.

»Du hast vollkommen recht mit deiner Behauptung. Aber wie Kayfin mir eben ins Gedächtnis gerufen hat, gibt es für den unwahrscheinlichen Fall, dass es einem Clanführer nicht möglich ist, ein Urteil zu vollstrecken, einen Ausweg. Dann nämlich sieht der Elfencodex vor, dass ein Mitglied des Ältestenrates den Clanführer vertritt.«

Solvay schnaubte. »Davon habe ich noch nie gehört!«

»Was nur beweist, dass du die Gesetze der Dunkelelfen besser studieren solltest.« Eladorn lächelte unverbindlich. »Aber um jeden Zweifel auszuräumen, werde ich dir die Stelle zeigen.«

Eilfertig begann er die Pergamentrolle zu drehen, bis er gefunden hatte, wonach er suchte. »Siehst du, hier steht es.«

Es war nicht nötig, es Wort für Wort zu lesen. Gehässigkeit konnte man dem alten Elfen vielleicht vorwerfen, aber ein Lügner war er nicht. Solvay fluchte still. Es war ihm kein Trost, dass er es nun doch nicht sein würde, der die Schwerter führte. Eladorn selbst würde das Urteil vollstrecken, dessen war sich Solvay sicher. Wie um seinen Verdacht zu bestätigen, streckte ihm Eladorn in einer eindeutigen Aufforderung die Hände entgegen. Der alte Elf scheute also nicht davor zurück, die Schwerter des Clanführers zu benutzen. Bestürzt stellte Solvay fest, dass er Sadismus in Eladorns Augen sah, und Machtgier. Die Jahre in der Calahadin hatten mehr Schaden angerichtet, als Solvay sich bis jetzt hatte eingestehen wollen. Solvay zögerte die Herausgabe der Schwerter immer noch hinaus.

»Wenn ihr euch jetzt noch lange um die Schwerter streitet, erledige ich meine Hinrichtung selbst!« Darians Worte rissen Solvay aus seinen Gedanken. Es war unglaublich. Wie konnte er in seiner Lage nur scherzen?

Widerstrebend übergab Solvay dem alten Elfen die Schwerter und trat zurück. Dabei fiel sein Blick auf Lina. Obwohl sie den Blick starr auf Eladorn gerichtet hatte, schien sie in sich gekehrt, so als würde sie etwas suchen. Ihre Hände, die sie eng an den Körper gepresst hatte, öffneten und schlossen sich unaufhörlich. Sie wirkte Magie. Solvay hatte sich also nicht geirrt, als er die von ihr ausgehende Gefahr gespürt hatte. Sie würde versuchen, Eladorn aufzuhalten. Und Solvay würde sie nicht daran hindern. Elfencodex hin oder her.

Aber plötzlich wirkte sie in ihrer Konzentration gestört. Suchend blickte sie sich um. Zeitgleich mit den anderen Elfen sah Solvay, wonach sie Ausschau gehalten hatte. Die weiße Magierin erschien in der Gestalt des geflügelten Pferdes über den Wipfeln der Schwarzfichten. Auf ihrem Rücken saß ein Kind.

Noch ehe sie sie sah, konnte Lina die Stimme Lupinias in ihren Gedanken hören. »Lina, hör auf! Das ist keine Lösung.«

Irritiert blickte sie sich um. So aus der Konzentration gerissen, entglitt ihr die dunkle Kraft wieder, die sie mit so viel Anstrengung heraufbeschworen hatte. Wieso konnte sie Lupinia so deutlich hören? Und woher wusste die weiße Magierin, was sie gerade im Begriff war, zu tun, wenn sie doch in Kathmarin war. Es sei denn …

Der Anblick des Pegasus ließ Lina erstarren. Es war nicht das Erscheinen der weißen Magierin, das sie so erschreckte. Es war der Anblick ihrer Tochter. Was immer hier geschehen würde, Aljana durfte das auf keinen Fall sehen!

Die Verwandlung der weißen Magierin ging blitzschnell vonstatten. Kaum hatte sie die Hufe auf den Boden gesetzt, verwandelte sie sich in ihre menschliche Gestalt. Mit einem Griff fing sie Aljanas Sturz ab, ehe die Kleine auf dem Boden aufschlug. Und dann überreichte sie Aljana an Lina, die auf sie zugestürzt kam. Auf Darians entsetztes Aufkeuchen ging sie ebenso wenig ein.

Nun waren Lina die Hände gebunden. Mit ihrem Kind auf dem Arm war es ihr unmöglich, die dunkle Kraft erneut heraufzubeschwören. Lupinia hatte sie in die Rolle der hilflosen Zuschauerin gezwungen.

»Du wirst dieses Urteil nicht vollstrecken, Eladorn von den Dunkelelfen!« Lupinias Worte waren weittragend und so schneidend, dass Eladorn zusammenzuckte, wenn auch nur unmerklich.

Nur ein leichtes Vibrieren seiner Stimme verriet seinen Zorn. »Darian wurde nach unseren Gesetzen rechtmäßig für schuldig befunden. Wer sollte mich also daran hindern?«

»Der Elfencodex.«

»Der Elfencodex?« Eladorn schien nicht zu verstehen.

Ohne auf die entrüstete Miene des Elfen einzugehen, fuhr Lupinia fort. »Der Elfencodex gilt nur für Dunkelelfen. Mitglieder eines anderen Volkes müssen nach deren Gesetzen gerichtet werden.«

Eladorns Blick zeigte Unverständnis. Und er war nicht der Einzige.

»Aber Darian ist ein Dunkelelf.«

»Nur noch zum Teil«, gab Lupinia zurück, ihren Blick nun auf Darian gerichtet. Dann richtete sie ihre volle Aufmerksamkeit wieder auf den Rat.

»Darian ist Drogonns Erbträger. Der große Kriegsherr der Andavyan hat sein Wissen und seine Erinnerungen auf ihn übertragen, ehe er starb. Somit ist Darian zu einem nicht unbeträchtlichen Teil Andavyan. Und im Namen meines Volkes verlange ich, ihn nach unseren Gesetzen zu richten.«

Ein Raunen ging durch die Menge, bis Eladorn die Hand hob und sie zum Schweigen brachte. »Und wer sagt uns, dass stimmt, was du behauptest? Ich habe nie zuvor von so etwas gehört.«

Lina stockte der Atem. Eladorn hatte eine Grenze überschritten, indem er Lupinia der Lüge bezichtigt hatte. Ob er wusste, wie knapp er davorstand, den Zorn der weißen Magierin zu spüren zu bekommen? Und zornig war sie, das konnte Lina deutlich fühlen, obwohl sie nach außen hin vollkommen gelassen wirkte. »Ich nehme an, das liegt daran, dass du noch niemals zuvor einen Andavyan hast sterben sehen. Ich habe keinen Grund zu lügen. Und es ist auch nicht Darian, den ich damit schützen will. Mein Interesse gilt dem Überleben Mendurias. Drogonns Wissen ist dafür unverzichtbar. Er hat Darian für fähig gehalten, seinen Platz einzunehmen. Und genau das wird er für mich tun.«

»Das ist keine Strafe, das ist eine Ehre«, antwortete Eladorn erbost.

Langsam wurde die weiße Magierin ungeduldig, ihr Tonfall schneidend. »Nicht für jemanden, der nicht führen will. Soviel ich weiß, wollte Darian auch die Führung über den Clan der Dunkelelfen nicht. Genauso, wie er die Führung der vereinten Streitkräfte nicht will. Aber er wird es tun, so wie ich es ihm prophezeit habe. Zu einem mir angemessenen Zeitpunkt wird er mich darum bitten und diese Führung übernehmen. Bis dahin aber wird er den Auftrag erfüllen, mit dem ich ihn betraut habe und zwar in der Calahadin.«

Lina sah, wie Darian schwer schluckte. Lupinia hatte vollkommen recht, Drogonns Erbe anzutreten, war für Darian eine überaus harte Strafe. Sie wusste, wie sehr er sich gegen diesen Vorschlag Lupinias gewehrt hatte. Lina kannte die Pläne bezüglich einer hinter den feindlichen Linien agierenden Einheit aus den Ratsversammlungen. Was Lupinia ihr nicht gesagt hatte, war, dass Darian mit dieser Aufgabe betraut worden war. Jeder Grenzübertritt könnte ihn das Leben kosten. Und trotzdem hätte sie die weiße Magierin umarmen können. Lupinia hatte ihnen einen Ausweg gezeigt, der nicht in Tod und Blutvergießen enden würde.

Hoch erhobenen Hauptes stand Lupinia vor Darian. »Du wirst mich jetzt darum bitten, Drogonns Erbe antreten zu dürfen, so wie ich es dir einst prophezeit habe. Und du wirst dich meinem Befehl unterwerfen!«

Darians Augen weiteten sich unmerklich. »Sie geht zu weit«, konnte Lina seinen Gedankenaufschrei empfangen.

»Bitte tu, was sie verlangt.« Linas Gedanken waren flehend.

Darian blickte Lina nun direkt an, während er ihr seine Gedanken sandte. »Ich werde kein Dunkelelf mehr sein, wenn sie mit mir fertig ist.«

Lina wusste, dass er sich davor fürchtete, vermutlich mehr, als er zugeben wollte. War seine Angst so groß, dass er eher den Tod riskierte, als zum Teil Andavyan zu werden? Das konnte Lina nicht glauben. Sie lächelte aufmunternd, als sie ihm die Antwort sandte. »Vielleicht nicht, aber du wirst am Leben sein, und nur das zählt für mich.« Und weil er immer noch zögerte, griff Lina zu einem Druckmittel, dem er nicht widerstehen können würde. Sie stellte Aljana auf ihre Füße und flüsterte: »Lauf zu deinem Vater und sag ihm, er soll gefälligst tun, was Lupinia verlangt.«

Hunderte Augen waren auf Aljana gerichtet, als sie zu ihrem Vater lief und nach seiner Hand griff. Sie musste gar nichts sagen. »Schon gut, kleiner Kobold. Ich mach es.«

Sein Widerwille war ihm deutlich anzuhören, als er Lupinia zähneknirschend bat: »Ich möchte Drogonns Erbe antreten.«

»Und weiter?« Lina konnte nicht sagen, ob die Genugtuung in Lupinias Stimme nur gespielt war, oder ob sie diese Szene tatsächlich genoss. Dass sie Darian damit öffentlich demütigte, war gewiss und genau so gewollt. Anderenfalls hätte es für den Rat der Dunkelelfen wie eine Farce ausgesehen. Lina verstand auch, dass es für Darian selbst wichtig war. Denn er fühlte sich seinem Volk gegenüber schuldig.

»Und ich bitte dich darum, mir dabei zu helfen.« Darian hatte das Gefühl, bittere Galle zu schlucken. Mit dieser Bitte lieferte er sich Lupinias Willkür aus. Sie würde in seinem Geist herumpfuschen und dort Dinge mit ihm anstellen, die vermutlich schlimmer waren als der Tod. Nur allzu gut stand ihm jetzt wieder die Szene vor Augen, in der er von Anta-Dragona seiner Erinnerungen beraubt wurde. Für den Bruchteil eines Augenblicks überlegte er, ob er nicht doch die schwarzen Elfenschwerter und somit einen schnellen Tod wählen sollte. Aber dann fiel sein Blick auf Lina, und er spürte Aljanas kleine Hand in seiner. Und da waren mit einem Mal alle Zweifel ausgeräumt. Ganz egal, was Lupinia mit ihm anstellen würde, er würde es ertragen. Darian wählte das Leben, fürs Erste zumindest. »Und ich werde tun, was du verlangst«, fügte er daher hinzu.

»Gut so.« Die weiße Magierin nickte zufrieden, ehe sie sich wieder an Eladorn wandte. »Da dies nun geklärt wäre, werde ich euch nun verlassen, damit ihr euren neuen Clanführer ins Drachenfeuer schicken könnt.« Sie hatte ihm bereits den Rücken zugekehrt, als Eladorn sich zu Wort meldete. »Ich akzeptiere diese Vorgehensweise nicht!«

Ganz langsam wandte sich Lupinia erneut zu dem alten Elfen um. Ihre sonst so weich wirkenden Gesichtszüge wurden hart, jeder Muskel war gespannt. Selbst Darian musste zugeben, dass er die Magierin in diesem Moment fürchtete. Doch es war nicht Lupinia, die sprach. Tek-Dragon war hinter die Magierin getreten und wirkte nun wie ihr überdimensionaler bedrohlicher Schatten. »Seit jeher hat das Volk der Dunkelelfen das Wohlwollen der Drachen genossen wie kein anderes in dieser Welt. Wir unterstützen das Vorgehen der weißen Magierin und wir sehen das Urteil als gerecht an. Trotzdem erkennen wir an, dass auch euer Standpunkt nicht von der Hand zu weisen ist. Solltest du also darauf bestehen, Darian nach euren Gesetzen zu richten, werden wir nicht einschreiten. Allerdings solltest du wissen, dass du damit auch das Band zwischen den Drachen und den Dunkelelfen unwiderruflich durchtrennst.«

Darian schluckte schwer. Er wusste, dass der Drachenfürst nicht bluffte. Das Band zwischen den Himmelsgiganten und seinem Volk bestand seit der Schöpfung der ersten Dunkelelfen in diesen Wäldern, seit dem ersten Zeitalter. Selbst in der

Calahadin hatten die Drachen die Magie der Drachensteine nicht erlöschen lassen, und das, obwohl sie auf Seiten Xedocs gestanden hatten. Darian hoffte inständig, dass Eladorn Vernunft annehmen würde, nicht nur um seinetwillen. Die Gunst der Drachen zu verlieren, wäre ein Schlag, den sein Volk nicht leicht verkraften würde, nun da es endlich heimgekehrt war.

Eladorn straffte die Schultern, aber noch ehe er Tek-Dragon eine Antwort geben konnte, ergriff Tollven das Wort. »Das wird nicht nötig sein. Ich erkenne den Anspruch auf Gerichtsbarkeit der Andavyan hiermit an.«

Wäre es Eladorn möglich gewesen, mit Blicken zu töten, der einstige Attanarjäger wäre auf der Stelle tot umgefallen. Doch es half nichts. Ein Ratsmitglied nach dem anderen schloss sich Tollven an. Einzig Fandwin war Eladorns Meinung. Demonstrativ verließen die beiden den Versammlungsplatz mit weit ausladenden Schritten.

Lina hätte vor Freude laut aufjubeln wollen. Das Wunder, um das sie gebeten hatte, war geschehen!

»Siehst du, ich habe dir doch gesagt, du sollst vertrauen.« Nur sie konnte die Stimme der Drachenmagierin hören. »Aber da du nur einen Lidschlag davon entfernt warst, ungeschult deine dunklen Kräfte einzusetzen, möchte ich dir zeigen, was geschehen wäre, wenn du es tatsächlich getan hättest.«

Ungebeten schickte Esra-Dragona die Bilder der Vision in Linas Geist. Bilder, die schrecklicher nicht hätten sein können. Lina sah sich hinter Eladorn stehen, der die schwarzen Elfenschwerter zum Schlag erhoben hatte, bereit Darian zu richten. Ähnlich wie Xedoc es vermochte, feuerte sie eine Energieladung auf den Ratselfen, der tödlich getroffen zu Boden ging. Doch Lina entglitt die Kontrolle über diese Macht. So, als ob sie unter Strom stehen würde, konnte sie einfach nicht mehr aufhören. Sie stand mit abgespreizten Fingern im Zentrum, während rund um sie die Erde zu beben begann, Bäume in Flammen aufgingen und Panik auf dem Versammlungsplatz ausbrach. Die Atmosphäre veränderte sich, weil Lina ihr die Energie entzog. Sie begann zu zittern, versuchte zu stoppen, was sie begonnen hatte. Aber sie war eine Gefangene ihrer eigenen Kräfte, die sich selbstständig gemacht hatten. Und dann explodierte die Welt um sie herum wie in einem nuklearen Inferno. Sie löschte alles Leben im weiten Umkreis um sie herum aus. Sie tötete die Ratsmitglieder. Viele unschuldige Leben, unter ihnen auch Solvay und Yatlyn, fielen ihr zum Opfer. Ihr Gefährte starb durch ihre Hand. Selbst die Drachen vergingen in diesem Inferno. Nicht einmal die weiße Magierin, und ihr eigenes Kind überlebten ihr unkontrollierbares Wüten. Keine Traumkugel, die Xedoc je abgefeuert hatte, war so vernichtend. Nur sie selbst blieb am Leben. Alleine und am ganzen Leib zitternd, sah sich Lina zu Boden stürzen. In nur einem Moment hatte sie alles vernichtet, was ihr lieb und teuer war. Als die Vision verblasste, fiel Lina tatsächlich zitternd zu Boden, während Tränen ungehindert ihre Wangen hinabliefen.

»Mami, wieso weinst du?« Aljana stand plötzlich vor ihr.

So als ob sie sich davon überzeugen musste, dass Aljana nichts geschehen war, tastete sie den Körper ihrer Tochter ab. Die Stimme Esra-Dragonas war jetzt wieder in ihrem Kopf, sanft, wie selten zuvor. »Es war nur eine mögliche Zukunft, es ist nicht geschehen.«

Ja, es war nicht geschehen, und trotzdem jagte der Nachhall dieser Bilder weiterhin eiskalte Schauer durch Linas Körper. Ein Gedanke drängte sich auf, den sie an die Drachenmagierin sandte: »Du hast gewusst, dass es passieren könnte, und bist trotzdem gekommen? Du hättest heute sterben können, der Drachenfürst hätte sterben können und du hast das gewusst.«

»Ja. Das ist der Preis, den man bezahlt, wenn man Einblick in die Stränge der Gezeiten hat. Sich dem zu entziehen, würde unkontrollierbare Folgen haben. Aber ich habe darauf vertraut, dass du nicht so weit gehen würdest.«

Lina wusste nicht, was geschehen wäre, wenn Lupinia nicht mit Aljana aufgetaucht wäre. Sie wusste nicht, ob sie es tatsächlich fertiggebracht hätte, auf den Ratselfen zu feuern. Das würde eine Frage bleiben, die sich wohl niemals beantworten ließ.

»Es ist nicht wichtig, eine Antwort darauf zu finden. Aber es war wichtig, dass ich dir gezeigt habe, was hätte geschehen können. Wieso das so ist, kann ich dir nicht beantworten. Wichtig aber ist, dass du lernst, diese Kräfte zu beherrschen. Wir werden sie im Kampf gegen die Haegoth brauchen.«

»Ich will diese Kräfte aber gar nicht beherrschen können.« Sie hatte nicht vor, von diesen Kräften jemals Gebrauch zu machen, komme, was wolle.

»Du willst das genauso wenig, wie Darian Drogonns Erbe antreten will. Und doch werdet ihr beide es tun, weil es eure Bestimmung ist.« Damit verabschiedete sich Esra-Dragona aus Linas Gedanken und wandte sich an die versammelten Dunkelelfen.

»Ich bin heute gekommen, um den neuen Clanführer der Dunkelelfen im magischen Drachenfeuer zu ernennen. Bist du bereit, Solvay?«

Lina war froh, dass sich die Aufmerksamkeit der versammelten Dunkelelfen von ihr abwandte. Und obwohl immer noch ein Nachhall der erschreckenden Bilder in ihrem Kopf war, zog sie die Szene, die sich nun vor ihren Augen abspielte, doch wie magisch in ihren Bann. So, als wäre es das Selbstverständlichste der Welt, trat Darian an die Seite der Drachenmagierin, während sich Lupinia dezent im Hintergrund hielt.

»Bevor wir beginnen, würde ich gerne wissen, welchen Namen du für dich gewählt hast?«, erkundigte sich Esra-Dragona.

Lina erinnerte sich, dass auch Darian vor seiner Clanführerernennung einen anderen Namen getragen hatte. Yatlyn hatte ihr davon erzählt. Von ihr wusste sie auch, wie sich Darian gegen seinen jetzigen Namen gesträubt hatte. Sie war gespannt, welchen Namen Solvay wählen würde.

Ehe er antwortete, wechselte Solvay einen kurzen Blick mit Darian. »Ich möchte diesen Namen weiterhin tragen. Unter diesem Namen habe ich den Clan in der Calahadin geführt und so soll es auch weiterhin sein.«

Esra-Dragona nickte zustimmend. »Nun. Das ist ungewöhnlich, aber wenn du es wünschst.«

Lina sah Darian verschmitzt grinsen. Sie wusste, dass Solvay eben mit einer Tradition gebrochen hatte.

Obwohl es das erste Mal war, dass Lina einer Clanführerernennung beiwohnte, kam ihr die Szene sehr vertraut vor. So wie Solvay jetzt vor der Drachenmagierin kauerte, hatte auch Darian einst vor Anta-Dragona gekauert. Aber es war nicht mehr die gleiche Drachenmagierin und auch das Drachenfeuer war ein anderes, obwohl es die gleiche Farbe des Nordlichts hatte, das Anta-Dragona einst gespien hatte. Es war sanfter, aber nicht minder kraftvoll.

»Das liegt an Esra-Dragonas Wesenszügen«, flüsterte Lupinia, die so wie Lina selbst die Essenz des Feuers erfühlen konnte. »Solvay hat Glück, er wird sich sehr rasch erholen.«

Lupinia sollte recht behalten. Denn als die Drachenmagierin die Prozedur beendet hatte, erhob sich Solvay, zwar etwas benommen und auf Darian gestützt, aber durchaus fähig, auf seinen eigenen Beinen zu stehen. Er hatte die Aufmerksamkeit des gesamten Clans, als er zu sprechen begann. »Volk der Dunkelelfen, wir haben einen weiten Weg zurückgelegt. Er war steinig und schwer. Viele Hundert Jahre haben wir fern dieser geliebten Wälder und fern der Vorangegangenen gelebt. Ich bin stolz, den Clan genau in dieser Zeit des Neubeginns zu führen. Und weil es eine neue Zeit ist, werde ich auch dieser Zeit entsprechend handeln. Ich löse hiermit den Rat der

Ältesten in seiner jetzigen Form auf.« Ohne auf das Raunen der Menge einzugehen, fuhr er fort: »Außerdem wird es keine Hinrichtungen mehr geben. Diese Art der Bestrafung passt nicht in die neue Zeit.«

»Aber wie stellst du dir das vor? Wer soll Recht sprechen?« Yatlyn klang nicht empört, nur zweifelnd.

»Es wird so funktionieren, wie es das auch in der Welt der Schöpfer tut.« Er bedachte Lina mit einem wissenden Lächeln. »Der Rat der Ältesten hatte seine Berechtigung, als sie noch die Weisesten und Ältesten unter uns waren. Nach den vielen Jahrhunderten, die wir alle bereits gelebt haben, würde jeder Einzelne von euch in diesem Rat sitzen können, wenn er das wollte. Und genau das wird auch geschehen. Es wird einen Rat geben, aber er wird aus gewählten Elfen bestehen.«

Wieder prasselte ein Schwall von Fragen auf ihn ein. Doch Solvay wehrte ab. »Wenn ihr mich jetzt entschuldigt. Ich würde mich doch gerne ein wenig ausruhen.« Auf Darian gestützt verließ er den Versammlungsplatz, auf dem noch lange über die erste Entscheidung ihres Clanführers diskutiert wurde.

Blutmondwende

Lina wusste, dass es geborgte Zeit war, die sie lebten. Aber das war im Moment nicht wichtig. Sie hatte vor, jeden Augenblick davon zu nutzen. Lupinia hatte ihnen diesen Aufschub gewährt, der bis nach der nächsten Blutmondwende dauern sollte. Danach würden sie sich wieder auf den Weg nach Kathmarin machen. Zweimal musste der Blutmond noch bis zum Wendefest voll werden. Nach vielen Jahrhunderten sollte es das erste Mal wieder in den Dunkelwäldern gefeiert werden. Lina empfand es als eine besondere Ehre, daran teilnehmen zu dürfen. Sie hatte das Gefühl, endlich heimgekehrt zu sein. Stundenlang saß sie mit Yatlyn in ihrer Kammer, so wie sie es früher getan hatte. Von Yatlyn erfuhr sie auch viel darüber, wie es den Dunkelelfen in der Calahadin ergangen war. Die Heilerin sprach an, worüber Darian geschwiegen hatte. Sie erzählte vom täglichen Kampf gegen die Calahadin und ihrem dunklen Einfluss auf jeden Einzelnen ihres Volkes, von Dunkelelfen, die Xedoc und seinem Einfluss erlegen waren, und von Darians Kampf um jeden Einzelnen von ihnen. Erst in der Calahadin hatte sie anerkennen können, wie richtig Finrods Entscheidung damals gewesen war, Darian zum

Clanführer zu ernennen. Kein anderer hätte ihr Volk in diesen schweren Zeiten so zusammenhalten können, wie er es getan hatte. Aber die Zeit und der schlechte Einfluss hatte selbst vor ihm nicht haltgemacht. Yatlyn erzählte von unzähligen Auseinandersetzungen, die sie mit ihm gehabt hatte. Schließlich hatte Darian nur noch Schwertkämpfern und den Attanarjägern gestattet, die Höhlen zu verlassen. Und er hatte jedem den Zutritt ins Reich der Dunkelelfen und in den Heiligen Hain untersagt, der nicht seinem eigenen Volk angehörte. »Mit den Nachwehen dieser Zeit werden wir noch lange zu kämpfen haben«, sagte Yatlyn und blickte nachdenklich in ihren Becher Drachenblutwein.

Lina nickte. Auch für sie war die Veränderung spürbar. »Der Wald wird viele Wunden heilen, nicht wahr?«

»Ja, der Wald und die Zeit.« Die Heilerin zwinkerte Lina zu. »Und solch kleine Wunder, wie deine Tochter eines ist. Die Kinder werden unser Volk heilen wie nichts anderes es vermag.«

»Das hoffe ich.« Lina hatte gesehen, wie Aljana in den Herzen der Dunkelelfen etwas berührt hatte. So skeptisch manche von ihnen Darian gegenüber standen, so offen wurde Aljana aufgenommen. Sie war das lebende Beispiel dafür, wie die Zukunft hier in den Wäldern aussehen würde. Wenn Lina alleine hinaus in den Wald ging, konnte sie die Euphorie spüren, die in der Luft lag. Es war wie ein Wispern in den Blättern, ein Raunen, das mit dem Wind tanzte. Die Seelen der Vorangegangenen waren in Aufruhr.

Während Lina einen großen Teil ihrer Zeit mit Yatlyn verbrachte und ihre Freundschaft wieder auffrischte, nahm sich Darian so viel Zeit, wie er erübrigen konnte, um sich Aljana zu widmen. Mit seiner Tochter streifte er durch den Wald und erklärte ihr, was immer sie wissen wollte. Und hatte Aljana erst einmal angefangen zu fragen, konnte sie gar nicht mehr aufhören. Am Abend erzählte sie Lina dann ausführlich und mit geschäftiger Miene von den Erlebnissen des Tages. Es schien Darian nichts auszumachen, nicht mehr Clanführer zu sein, aber trotzdem stand er Solvay mit Ratschlägen zur Seite, wenn dieser ihn brauchte. So vergingen die letzten Wochen vor der Blutmondwende wie im Flug. Schließlich begann die Dreinacht, in der Lina und Yatlyn wie damals gemeinsam in die Wälder gingen. Es war Lina, als würde sich ein Kreis damit schließen. Der einzige Unterschied zu damals war Aljana, die zu Tode betrübt war, dass sie ihre Mutter nicht begleiten durfte. Als die Feuer entzündet wurden und der volle Blutmond aufging, schlenderten Lina und Darian Seite an Seite zum Festplatz, während Aljana bereits wartete und an Yatlyns Hand vor Aufregung zappelte. Lina konnte ihre kleine Tochter gut verstehen. Auch sie war aufgeregt. Die farbenfrohen Gewänder, der Bratenduft, der sich verführerisch über den Platz verteilte, das Flackern der Feuer, alles erinnerte sie an früher und daran, wie aufgeregt sie bei ihrer ersten Blutmondwendefeier gewesen war. Damals wie heute war es Darian, der sie mit nur einem Blick fesseln konnte. Damals allerdings war sie sich seiner Liebe nicht sicher gewesen, hatte sogar schwer daran gezweifelt. Das war heute anders.

»Willst du tanzen?« Seine Stimme hatte einen verführerischen Unterton angenommen.

»Klar will ich.« Lina erwiderte sein Lächeln. »Du schuldest mir ohnehin noch einen Tanz.«

»Ich erinnere mich.« Für einen Moment war ein Schatten auf seinem Lächeln zu sehen. Ob auch er an die Umstände dieses Versprechens dachte, das er ihr in einer der schwärzesten Nächte gab, die die Dunkelwälder je gesehen hatten? Aber als er ihr die Hand reichte, war seine Aufmerksamkeit wieder auf die Gegenwart gerichtet. »Das ist ein ganz besonderer Tanz«, erklärte er. »Er wird nur von Gefährten getanzt.«

Das war Lina bereits aufgefallen, als sie ihren Blick über die Tanzfläche hatte schweifen lassen. Er wurde auch nicht getanzt wie alle anderen Tänze. Darian trat hinter sie, so wie es auch die anderen Elfenmänner hinter ihren Gefährtinnen taten. Mit der Linken ergriff er Linas linke Hand und streckte sie zur Seite aus, während seine Rechte auf ihrem Herzen ruhte. Instinktiv legte Lina ihre rechte Hand auf seine. Bereits die ersten Takte der Lauten verzauberten sie, auch wenn sie die Schrittfolge nicht kannte. Ganz nah an ihrem Ohr flüsterte Darian: »Du erinnerst dich an die Seelenreise, auf die ich dich einmal mitgenommen habe?«

Lina nickte verträumt. Und ob sie sich erinnerte.

»Das hier funktioniert ähnlich. Lass los und vertrau mir.«

Und schon spürte sie den Boden unter ihren Füßen nicht mehr. Ganz sanft schob er sie vorwärts, in einer Schrittfolge, die Lina vollkommen unbekannt war. Trotzdem taten ihre Beine, was er wollte. Wie eine Marionette seines Willens bewegte sich Lina über die Tanzfläche. Seit sie begonnen hatte, sich mit der Magie der Andavyan zu beschäftigen, hatte sie schon vieles erlebt, das sie nicht für möglich gehalten hatte. Aber das hier war anders. Die Magie dieses Tanzes war, wie es die Dunkelelfen selbst waren, erdverbunden und ursprünglich und auf eine Weise stimulierend, die Linas Körper in Wallung versetzte. Kein Wunder also, dass es ein Tanz für Gefährten war. Als dieser Tanz endete, Darian die Verbindung zu ihr löste und ihr tief in die Augen sah, wusste Lina, dass es der Auftakt zu einer ganz besonderen Nacht mit ihm war.

Die Einzige, die diesen magischen Moment zerstören durfte, war Aljana, und das tat sie mit der Aufforderung, nun auch endlich mit ihrem Vater tanzen zu dürfen. Lina räumte freiwillig das Feld und gesellte sich zu Thirá, die mit ernster Miene am Rande der Tanzfläche stand. Lina hatte sich in den letzten Wochen öfter mit ihr unterhalten. Langsam senkte Thirá den

Schutzschild aus aufgesetzter Härte, den sie sich wohl mit den Jahren in der Calahadin zugelegt hatte. Von der kleinen Elfe, die Darian damals im Wald gefunden hatte, war nur noch die Kurzhaarfrisur geblieben.

»Hallo, Thirá, das Kleid steht dir wirklich gut.« Lina schenkte ihr ein ehrliches Lächeln.

»Danke, aber ich mag keine Kleider.« Thirá klang mürrisch.

»Ich eigentlich auch nicht«, gab Lina immer noch lächelnd zurück.

»Tatsächlich? Das hätte ich nicht von dir gedacht.« Thirá ließ sich zu einem ansatzweisen Lächeln hinreißen. Doch dann wurde ihr Gesicht wieder ernst.

Irgendetwas an der Art, wie Thirá versuchte, Haltung zu bewahren, ließ Lina stutzig werden.

»Du siehst blass aus. Ist alles in Ordnung mit dir?« Lina wusste, dass dies eine gewagte Frage war, vor allem an Thirá gerichtet.

»Ich hasse Übelkeit. Ausgerechnet heute kann ich das nicht gebrauchen.«

»Du meinst den Wendetanz?« Jetzt, da Solvay den Clan führte, war es Thirá, die den Wendetanz mit ihm tanzen und damit das neue Blutmondjahr einleiten würde. Thirá schien zu befürchten, sich vor aller Augen zu blamieren. Doch das ließ sich abwenden. Sie brauchte doch nur zu fragen! Lina würde ihr liebend gerne helfen. Aber wie es schien, war die Elfe zu stolz dazu. Wenn irgendetwas an ihr um Hilfe bat, dann waren es ihre Augen. Lina beschloss, ihr entgegenzukommen.

»Darf ich dir helfen? Wir wollen doch, dass der Wendetanz gelingt. Das ist wichtig für die Moral.«

Die grünen Augen der Elfe blickten forschend. Schließlich rang sie sich zu einer Antwort durch. »Das wäre nett von dir.«

Ganz vorsichtig legte Lina ihre Hand auf Thirás Magen.

Die Magie dieser Nacht war stark, die Heilkräfte sofort präsent. Lina beruhigte den rebellierenden Magen der Elfe und zog das Schwindelgefühl aus ihrem Körper. Sie wollte die Verbindung zu Thirás Körper bereits lösen, als sie aufgehalten wurde. Jemand nahm Kontakt zu ihr auf. Lina lauschte und je länger sie das tat, umso weniger konnte sie ihre ernste Miene aufrechterhalten. Als sie die Verbindung schließlich doch löste, sah sie sich dem irritierten Blick der Elfe ausgesetzt.

»Wieso lächelst du?« Thirá klang argwöhnisch, aber Lina ging nicht darauf ein.

»Fühlst du dich besser?«, erkundigte sie sich stattdessen.

Zögernd nickte Thirá.

»Gut, das wird leider nicht so bleiben, aber ein paar Stunden wirst du die Übelkeit und den Schwindel nicht spüren.«

»Das versteh ich nicht.« Thirás Argwohn wurde immer größer.

Langsam hatte Lina das Theater satt. Sie neigte den Kopf zur Seite und setzte einen Blick auf, der Thirá vermitteln sollte, dass sie Bescheid wusste. »Tust du doch. Ich soll dir etwas ausrichten: Dein Sohn wünscht ›Finrod‹ genannt zu werden, so wie einst, als er das erste Mal in den Dunkelwäldern gelebt hat.«

»Du hast …« Es war das erste Mal, dass Lina Thirá für einen Moment sprachlos erlebte. Und dann sah Lina die Elfe das erste Mal herzlich lächeln. Nun klang sie beinahe schüchtern. »Ich war nicht sicher.«

Lina erwiderte das Lächeln, das ein unsichtbares Band zwischen den beiden Frauen knüpfte. »Ich gratuliere dir. Weiß Solvay schon davon?«

»Nein, aber nun, da du es bestätigt hast, werde ich mit ihm sprechen.«

»Er freut sich bestimmt.«

»Na, das will ich doch schwer für ihn hoffen.« Thirá war wieder ganz die Alte.

Den Wendetanz nicht mehr selbst tanzen zu müssen, war für Darian eine Erleichterung. Nur einmal hatte er ihn gerne getanzt. Das war, als Lina seine Mondgöttin gewesen war. Aber auch Solvay und Thirá waren ein Paar, das schön anzusehen war. Solvay war die Ruhe, so wie es Menduria sein sollte, und Thirá war das Feuer, kraftvoll, wie es die Strahlen des Blutmondes tatsächlich waren, eine Ergänzung wie sie der Realität entsprach. Als die Musik verklang und mit ihr der Zauber des Augenblicks, der in tiefrotes Licht gehüllt war, fiel Darians Blick auf Aljana. Der kleine Kobold war auf seinen Armen eingeschlafen. Darian schmunzelte. Morgen würde sie sich furchtbar ärgern.

»Und dabei hatte sie sich so auf diesen Augenblick gefreut«, sagte Lina bedauernd. »Ich werde sie ins Bett bringen.« Auch Lina schmunzelte.

»Das kann ich doch machen. Und wenn ihr noch bleiben wollt, kann sie gerne auch bei mir schlafen«, bot Yatlyn an.

Darian wusste, dass Yatlyns Angebot nicht ganz selbstlos war. Er hatte bemerkt, wie sehr Aljana es der sonst oft griesgrämigen Heilerin angetan hatte. Seit sie Zeit mit Aljana verbrachte, hatte Yatlyn beinahe zu ihrem alten Wesen zurückgefunden, das zwar niemals überschwänglich, aber doch immer freundlich gewesen war. Die Heilerin war für Darian der beste Beweis, wie sehr die Dunkelwälder die Seelen seines Volkes heilten. Vorsichtig, um sein schlafendes Kind nicht zu wecken, übergab er Aljana in Yatlyns Hände. Der kleine Kobold seufzte. Erst als er Yatlyn und Aljana aus den Augen verloren hatte, widmete er seine ganze Aufmerksamkeit Lina.

»Magiasenke?«, fragte er mit raunender Stimme.

»Magiasenke«, antwortete Lina nicht weniger verführerisch.

Hand in Hand verließen sie die Wendefeier und machten sich auf den Weg zu den warmen Wasserfällen.

Lina trat vor ihm in den Wasserfall, wie damals. Sie schmiegte sich in seine Umarmung wie damals, als er sie gefragt hatte, ob sie seine Gefährtin werden wollte. Wie damals erwiderte sie seinen Kuss, lustvoll und voller Begierde. Aber dann versteifte sie sich plötzlich in seinen Armen. Auch das hatte er bei ihr schon erlebt, aber das hatte andere Gründe gehabt.

»Was hast du?« Linas Blick gab ihm Anlass zur Sorge.

»Aljana, irgendetwas stimmt nicht. Sie hat Schmerzen. Wir müssen zurück, schnell!«

Nur Augenblicke später waren sie auf dem Rückweg in die östliche Höhlenstadt. Lina rannte, als wäre ein Nachtmahr hinter ihr her. In den Osthöhlen angekommen, eilte sie direkt in Yatlyns Kammer. Das Bild, das sich ihnen bot, war mehr als besorgniserregend. Aljana kauerte würgend über einer Schüssel, in die sie sich bereits mehrmals übergeben haben musste, während Yatlyn sie in den Armen hielt und beruhigend auf sie einredete.

»Was ist passiert?«, fragte Lina besorgt.

»Sie hat Atropabeeren gegessen.«

»Wie viele davon hat sie erwischt?« Darian kniete sich neben Yatlyn und nahm ihr Aljana ab.

»Sie hat die halbe Schüssel aufgegessen«, presste Yatlyn hervor.

»Wie konnte das geschehen?« Darians Stimme klang vorwurfsvoll.

Yatlyn zuckte hilflos die Achseln. »Sie hat bereits geschlafen. Ich hab sie nur für einen Augenblick alleine gelassen. Sie muss da hinaufgeklettert sein und sich die Schüssel geholt haben.« Yatlyn deutete auf das oberste Regal, das sich selbst für sie nur mithilfe einer Leiter erreichen ließ.

»Verstehe.« Darian nickte knapp. Das sah Aljana ähnlich. Auch in dieser Hinsicht war sie seine Tochter. Er selbst hatte einst versucht, Atropabeeren zu essen, damals, als er als junger Elf ganz alleine im Wald erwacht war. Ein Troll hatte ihn daran gehindert und mit in seine Höhle genommen. Tagelang hatte er seine Umgebung doppelt gesehen, obwohl er nur ganz wenige Beeren gegessen hatte. Aljana dagegen hatte die halbe Schüssel aufgegessen. Das wäre selbst für einen erwachsenen Elf eine tödliche Menge. Zum Glück war Lina anwesend. Sie würde helfen können. Daran glaubte Darian ganz fest. Vor Aljana kniend hatte sie bereits ihre Hände auf die kleine Kinderbrust gelegt und die Augen geschlossen.

»Blaues Licht«, murmelte Aljana.

Zuallererst musste Lina ihre eigene Panik niederkämpfen. Von Bauchschmerzen hatte sie Aljana schon oft befreit. Aber mit einer Vergiftung hatte sie es noch nie zu tun gehabt. Kaum hatte sie Kontakt aufgenommen, konnte sie das Gift im Körper ihrer Tochter toben spüren. Die Lebensgeister der Kleinen schwanden. Lina sog das Gift aus Aljanas Körper und leitete es über ihren eigenen ab. Schwindel, Übelkeit und der eiskalte Griff des Todes ließen sie erschaudern. Aber sie behielt die Kontrolle. Langsam fand Aljanas Herzschlag wieder zu seinem normalen Rhythmus zurück, setzte der Atem nicht mehr aus. Lina wollte ihre Hände wieder lösen, als sie ein Gefühl überkam, das sie selbst schon lange nicht mehr empfunden hatte. Der Boden unter ihren Füßen schwand, sie wurde aus der Realität gezogen und fand sich schließlich an einem ganz anderen Ort wieder. Sie stand am Rande einer Klippe und blickte in die Dunkelheit. Aber es waren nicht ihre Augen, durch die sie blickte.

»Blaues Licht.« Aljanas Worte klangen wie ein Donnerschlag in ihren Ohren. Lina blickte auf ein Meer von Haegoth, die aus der Finsternis auftauchten. Es war ein ihr vertrautes Schreckensbild. Als sie sich schließlich aus dem Körper ihrer Tochter zurückzog, war sie schweißgebadet. Der Fluch der Visionen, dem sie gedacht hatte, entronnen zu sein, war auf Aljana übergegangen.

Der Weg durch das schwarze Gebirge schien kein Ende zu nehmen. Die Seherin war alt und gebrechlich, und jeder ihrer Schritte war qualvoll langsam. Es wäre Lugathus ein Leichtes gewesen, sie zu tragen. Aber das kam nicht infrage. Als sie schließlich die letzte Klippe erreicht hatten, die wie ein anklagender Finger in den leeren Raum hinausragte, war Galan am Ende ihrer Kräfte. Lugathus wagte zu bezweifeln, dass sie den Weg zurück schaffen würde. Wie sie es ihm erklärt hatte, trat er an den Rand des Felsens. Nur ein Schritt trennte ihn jetzt von der kalten unendlichen tiefschwarzen Weite, die dort draußen war. Und dann kam das Licht und mit ihm noch mehr Kälte. Selbst für Lugathus war ihr Anblick faszinierend, als sie so aus der Tiefe auftauchten, Haegoth. Er konnte ihre Essenz spüren, weder gut noch böse, sondern einfach nur getrieben von der Gier nach Lebensenergie. Eine Stimme, die aus vielen zu bestehen schien, flüsterte plötzlich in seinem Kopf. Es war das erste Mal, dass sie zu ihm sprachen, und Lugathus durchlief ein eiskalter Schauer, so als hätte er schon tagelang kein Blut getrunken. »Du bist derjenige, der das Mutterkollektiv rufen wird?«

Lugathus nickte langsam, als sich die Kälte in Angst verwandelte, ein Gefühl, das er so nicht kannte. Und gesehen hatte er es bis jetzt nur in den Augen seiner Opfer.

»Dann tu, wozu du gekommen bist, und danach herrsche, wenn es dir beliebt.«

Lugathus nickte erneut und tat, was von ihm verlangt wurde. Er rief die Haegoth-Antaris.

Übelkeit durchflutete Galans Körper. Schmerz durchdrang jede einzelne Faser ihres Seins. Sie hatte den Schritt gewagt, war über die Klippe getreten und hatte sich in das Meer von Haegoth fallen lassen, das sich dort versammelt hatte. Sie hatte sich in die Hände des Feindes begeben, obwohl sie ihm nicht vertraute. Reine Verzweiflung war es gewesen, die sie diesen Schritt hatte tun lassen. Aber tief in ihrem Inneren wusste sie genau, dass nur diejenigen ihr jetzt noch helfen konnten, die einst ihre alte Welt zerstört hatten. Und sie halfen. Schmerzvolle Hilfe war es, als sich ihr Körper wieder in das verwandelte, was er einmal gewesen war. Der ferne Feind hatte ihr einst Unsterblichkeit gegeben, nun nahm er sie ihr wieder, aber dafür gab er ihr ihre Jugend zurück. Das war Galan vorerst genug. Als die Quallententakel sie auf der Klippe absetzten, war ihr Gang wieder aufrecht, ihre Haut gestrafft, ihr Haar tiefschwarz und ihre Augen hatten wieder den grünen Glanz, den sie früher gehabt hatten. Ihre Schritte setzte sie selbstsicher und leichtfüßig, als sie den Rückweg antrat. Lugathus' Blick war unergründlich, sie ignorierte ihn. Doch sie würden einander brauchen. Daher brach sie schließlich doch das Schweigen. »Wie wirst du vorgehen?«, erkundigte sie sich.

Lehrjahre

Aljana setzte ihren verächtlichsten Blick auf. Finrod wollte Streit provozieren. Konnte er gerne haben, aber erst nachdem sie ihr Ziel getroffen hatte. Sie spannte den Bogen und zielte auf die am weitesten entfernte Wildschweinborstenscheibe. Finrod hatte ebenfalls auf diese Scheibe gezielt und den zweiten Ring getroffen. Aljana wusste, dass sie das Zentrum dieser Scheibe treffen konnte. Ein paar Mal war ihr das bereits gelungen. Allerdings immer nur dann, wenn sie alleine geübt hatte. Nun sah ein halbes Dutzend halbstarker Dunkelelfen zu, von dem die Hälfte nur darauf wartete, dass sie versagte. Sie hielt die Luft an, zielte und traf. Leider nur den dritten Ring. Ein Windstoß hatte den Pfeil erfasst und für eine Abweichung der Flugbahn gesorgt. Aljana fluchte still. Das hätte sie mit einberechnen müssen.

»Nicht übel«, lobte Jardrin. Seit Aljana zu den Dunkelelfen gekommen war, trainierte der Attanarjäger sie gemeinsam mit dem Nachwuchs der Dunkelelfen.

»Nicht übel? Päh, das war ja meilenweit daneben.« Finrod sprach gerade so laut, dass Aljana ihn hören konnte, nicht aber Jardrin. Dass keiner der anderen die Scheibe überhaupt getroffen hatte, ließ er unkommentiert. »Vielleicht solltest du wieder zurück nach Kathmarin gehen. Dort kannst du ja von deiner Mutter den Hokuspokus lernen, den sie so drauf hat, anstatt hier einen auf Dunkelelfe zu machen, denn das wirst du sowieso nie sein. Du bist und bleibst eine Mischgöre.«

Finrod hatte eine Grenze überschritten. Ob es sein überhebliches Grinsen oder der spöttische Unterton war, konnte Aljana nicht sagen, aber sie würde sich nicht länger beherrschen, egal ob er der Sohn des Clanführers war oder nicht.

»Ohne den Hokuspokus meiner Mutter wärst du gar nicht hier. Und ganz ehrlich gesagt, ich würde dich nicht vermissen.« Aljana wusste, dass sie ihrerseits eben eine Grenze überschritten hatte. Das konnte Finrod sich nicht gefallen lassen, schon gar nicht im Beisein der anderen Dunkelelfen. Aljana selbst war damals noch recht klein gewesen, trotzdem konnte sie sich noch gut an die dramatischen Umstände von Finrods Geburt erinnern. Mitten in der Nacht war sie damals in ihrem Bett in Kathmarin aufgewacht und hatte am ganzen Leib gezittert. Sie hatte Schmerz gespürt und Angst und sie hatte gewusst, dass es Thirá war, die litt. Sie hatte den Kampf, den ihre Mutter um das Leben der Elfe und ihres Kindes führen würde, gesehen, noch bevor er stattfinden würde.

»Sie wird sterben, wenn du nicht hilfst«, hatte Aljana damals zu ihrer Mutter gesagt, nicht ängstlich, sondern einfach nur die Tatsachen wiedergebend. Ihre Mutter hatte sofort nach einem Drachen gerufen und war gemeinsam mit ihr in die Dunkelwälder aufgebrochen. So war Aljana eine der Ersten gewesen, die den neugeborenen Finrod zu Gesicht bekommen hatten. Damals hatte sie ihn auf dem Arm halten dürfen. Wie eine stolze große Schwester war sie sich vorgekommen. Aber das hatte sich mit den Jahren geändert. So wie all die nach ihm geborenen Dunkelelfen war auch Finrod weit schneller gewachsen, als Aljana es tat. Immer wenn sie gemeinsam mit ihren Eltern die Dunkelwälder besuchte, trieb sie sich mit Finrod und den anderen Elfenkindern in den Höhlen herum. Bis ins Niemandsland vor dem Zwergenreich hatten sie die Gänge bereits erobert. Und Aljana hatte das Gefühl gehabt, dazuzugehören. So blutete ihr Herz auch jedes Mal, wenn sie die Dunkelwälder wieder verließ. In diesen Momenten verstand sie niemand so gut wie ihr Vater. In seinen Augen sah Aljana ihre eigene Traurigkeit widergespiegelt. So war es auch nicht verwunderlich gewesen, dass er sie unterstützt hatte, als sie den Wunsch äußerte, für eine Zeit in den Dunkelwäldern zu leben. Obwohl Endorven ein guter Lehrer war, wollte Aljana nicht die Schwertkampftechnik der Lichtelfen erlernen. Sie wollte sein wie die anderen Dunkelelfen. Sie wollte lernen, mit zwei Schwertern zu kämpfen, so wie ihr Vater das tat. Wann immer er sich in Kathmarin aufhielt, widmete er ihr so viel Zeit, wie möglich. Aber das kam leider viel zu selten vor. Immer war er unterwegs. Oft hörten sie ganze Blutmondzyklen nichts von ihm. Ihrer Mutter machte dieser Umstand sehr zu schaffen. So hatte Aljana vor allem ihr gegenüber ein schlechtes Gewissen gehabt, als sie ihren Eltern eines Tages erklärt hatte, dass sie in die Dunkelwälder wolle, um dort zu leben und zu lernen. Obwohl sie am Anfang nicht begeistert gewesen war, hatte ihre Mutter schließlich eingewilligt.

Seit nunmehr einem Blutmondjahr lebte Aljana bei den Dunkelelfen unter Yatlyns Obhut. Nur die Elfenheilerin wusste, wie oft Aljana gerade zu Beginn knapp davor gewesen war, die Dunkelwälder wieder zu verlassen. Vom Tag ihrer Ankunft an war Finrod wie ausgewechselt. Ständig suchte er Streit, ständig musste er sich mit ihr messen, ständig forderte er sie heraus. Und immer wenn Aljana verzweifelt und wie ein geprügelter Hund zurück in Yatlyns Quartier gekommen war, hatte die Elfe ihr von ihrer Mutter erzählt und davon, dass auch sie hier eine harte Zeit erlebt hatte. Sie hatte Aljana von Aswan erzählt, der Attanarjägerin, die es sich zu ihrer Lebensaufgabe gemacht hatte, Lina aus den Dunkelwäldern zu vertreiben. Sie hatte von der Ausdauer und dem Mut ihrer Mutter erzählt, die sich von Aswan nicht hatte in die Knie zwingen lassen, und das, obwohl in ihren Adern nicht das Blut der Dunkelelfen floss. Und sie hatte von dem Respekt erzählt, den Lina sich mit der Zeit verschafft hatte. Diese Geschichten waren es, die Aljana zum Bleiben bewogen hatten. Sie wollte ihrer Mutter in nichts nachstehen und sie wollte, dass ihr Vater stolz auf sie war. Und so stellte sie sich Finrod, wann immer er sie provozierte, auch wenn sie das mit so manch blauem Fleck bezahlte. Mittlerweile schaffte sie es sogar, ihm den einen oder anderen Sieg abzuringen. Ein berauschendes Gefühl. Manchmal glaubte sie sogar, so etwas wie Respekt in den Augen des Jungen zu sehen, der sie mittlerweile um einen ganzen Kopf überragte.

Jetzt allerdings sah sie dort nur Überheblichkeit. »Mag sein, dass mich deine Mutter gerettet hat, aber das war das Mindeste, was sie tun musste, nachdem sie den Elfenschwur mit einem dreckigen Verräter geleistet hat.«

Mit einem Wutschrei stürzte Aljana sich auf den Elfenjungen und schlug zu.

Es kostete Darian einige Mühe, seine Tochter zu finden. Wenn sie nicht gefunden werden wollte, war es beinahe unmöglich, sie aufzuspüren. Zum Glück kannte er ihre Gewohnheiten. In dieser Hinsicht war Aljana wie ihre Mutter. Für jede ihrer Gemütsverfassungen hatte sie einen Lieblingsplatz. Und Solvays Erzählungen zufolge konnte Darian sich denken, wo er den kleinen Kobold finden würde.

Zufrieden stellte er fest, dass er sich nicht getäuscht hatte. Hoch oben im Geäst einer der wenigen uralten Eichen, die hier zwischen den Schwarzfichten wuchsen, saß sie auf einem Ast, der weit über die Magiasenke hinausragte, und starrte in die Tiefe. Unter ihr ergossen sich die Kaskaden des warmen Wasserfalles und verloren sich im mystischen Farbenspiel des Nebels. Darian verband andere Erinnerungen mit diesem Ort. Am Fuße dieses Wasserfalls hatte er Lina gebeten, seine Gefährtin zu werden. Hier war Aljana gezeugt worden. Zumindest behauptete Lina das.

Ob das der Grund war, warum es den kleinen Kobold immer hierher zog, wenn sie nicht mehr weiterwusste?

Beinahe spielerisch erklomm er die alte Eiche, deren Äste mit weichem Moos überzogen waren. Darian war sich darüber im Klaren, dass Aljana ihn bereits bemerkt hatte. Aber sie ignorierte ihn. Auf einem kräftigen Ast, knapp unter ihr, ging er in die Hocke und blickte zu ihr hoch. »Hier steckst du also, kleiner Kobold.«

Sie hatte den Mund bereits zu einer Erwiderung geöffnet, überlegte es sich aber dann doch anders. In ihren geröteten Augen lag ein rebellisches Funkeln.

Darian beobachtete sie eine Weile schweigend. Ihre Gesten sagten ihm mehr, als Worte es gekonnt hätten. In seiner Tochter tobte ein Sturm der Gefühle, so heftig, dass es für ihn körperlich spürbar war.

»Willst du mir nicht sagen, was los ist, kleiner Kobold?«

»Ich bin nicht mehr klein. Und ein Kobold bin ich auch nicht!«, platzte es aus ihr heraus. Tränen, geboren aus Wut und hilfloser Enttäuschung schossen ihr in die Augen und verschlimmerten die Situation nur noch mehr. »Ich weiß überhaupt nicht, wer ich bin und du und Mama, ihr seid schuld daran.«

Darum ging es also. Es war nicht die Prügelei mit Finrod, die ihr so zusetzte. So wie Finrods zugeschwollenes Auge aussah, hatte Aljana ordentlich ausgeteilt. Sie dagegen schien keinen Kratzer abbekommen zu haben. Dann mussten es also Finrods Worte gewesen sein, die sie verletzt hatten.

»Du hast vollkommen recht, Aljana. Du bist nicht mehr klein. Du bist ungefähr so groß, wie ich es war, als mich die Schöpfer in diese Welt gesetzt haben.«

So viele Jahrhunderte waren seither ins Land gezogen, und trotzdem konnte Darian sich noch genau erinnern, wie es sich angefühlt hatte, wie verwirrend und beängstigend es gewesen war. Wie einsam er sich in den ersten Tagen gefühlt hatte, die er alleine im Wald zugebracht hatte.

Er bemerkte, wie Aljana ihn plötzlich aufmerksam beobachtete. Vielleicht würde er ihr davon erzählen, eines Tages. Nun aber war ihm etwas anderes viel wichtiger. »Trotzdem wirst du immer mein kleiner Kobold bleiben. Und ich werde mich ganz bestimmt nicht dafür entschuldigen, dass ich dein Vater bin. Du und deine Mutter, ihr seid nämlich das Beste, was mir je passieren konnte.«

Aljanas störrischer Gesichtsausdruck wurde weicher. Kleinlaut klang sie, als sie fast unhörbar murmelte: »Entschuldige, Papa. Ich wollte nicht …«

»Schon gut, ich weiß«, unterbrach sie Darian. »Komm mit, ich möchte dir etwas zeigen.«

Er hatte bereits den halben Weg zum Waldboden hinter sich gebracht, als er erneut hochblickte. Aljana rührte sich immer noch nicht. »Nun komm schon. Es wird dir gefallen.« Diesmal lag schon etwas mehr Nachdruck in seiner Stimme.

Endlich folgte Aljana seiner Aufforderung. Flink, als wäre sie ein Eichhörnchen, sprang sie von einem Ast zum nächsten, kletterte an ihm vorbei und erreichte den Boden mit einem federnden Sprung aus nicht unbeträchtlicher Höhe noch vor ihm.

Das war die Dunkelelfe in ihr, stellte Darian nicht ohne Stolz fest.

Den Weg durch den Wald legten sie schweigend zurück. Nach einer Weile erreichten sie die Waldgrenze und folgten einem steinigen schmalen Pfad, der ins Hochgebirge führte. Erst als sie die Waldgrenze schon lange hinter sich gelassen hatten, meldete sich Aljana erstmals zu Wort.

»Wohin gehen wir?«

»Zum Trollhintern.«

»Wohin?« Obwohl sie sehr um eine ernste Miene bemüht war, konnte sie sich ein belustigtes Prusten nicht verkneifen.

Darian grinste spitzbübisch. »Du hast schon richtig gehört. Es ist eine Steinformation, die von Weitem aussieht wie ein verrunzelter, nackter Trollhintern. Solvay und ich nennen sie deshalb so.«

»Davon hat er mir noch nie etwas erzählt«, meinte Aljana skeptisch.

»Das ist auch ein Geheimnis zwischen ihm und mir. Du kannst doch Geheimnisse bewahren, nicht wahr?«, erkundigte sich Darian mit so viel Ernst in der Stimme, wie er aufbringen konnte.

»Natürlich!« Aljana blickte ihn aus großen Augen an. Ein Schauer überlief ihn. Es war ihm, als würde er in Linas Augen sehen.

Darian verspürte ein schmerzliches Gefühl der Leere, das ihn immer ergriff, wenn er von Lina getrennt war. Er nahm sich vor, noch einmal in Kathmarin vorbeizusehen, ehe er wieder ins Grenzland zurückkehrte. Vorher aber musste er zusehen, dass er die Gefühlswelt seiner Tochter wieder ins Gleichgewicht brachte.

Auf dem Trollhintern angekommen nahm er Aljanas Hand und trat mit ihr auf den vordersten Felsvorsprung, von wo aus sie einen atemberaubenden Blick auf das unter ihnen steil abfallende Tal hatten.

»Einen Trollhintern hab ich mir aber anders vorgestellt«, sagte Aljana enttäuscht.

»Du siehst es auch nur vom Rücken eines Drachen. Bitte

doch Ark-Dragon, dass er bei Gelegenheit mit dir hier herauffliegt.«

Aljana nickte. »Das mache ich.«

Darian ließ sich auf dem Felsvorsprung nieder, die Beine frei über dem Abgrund baumelnd. Dann rutschte er ein Stück zurück und spreizte die Beine, um seiner Tochter vor sich Platz zu machen. Aljana kletterte über sein rechtes Bein und nahm dann vor ihm Platz, die Beine ebenfalls frei über dem Abgrund baumelnd. Mit einem Seufzer ließ sie sich gegen ihn sinken und Darian schloss die Arme vor ihrer Brust. Aljana griff nach seinen Armen, so als würde sie aus dieser Geste Mut schöpfen.

»Was hat Finrod zu dir gesagt?«, fragte er schließlich.

Wieder seufzte Aljana tief. Die Erinnerung schien sie immer noch zu quälen. »Dass ich gar keine richtige Dunkelelfe bin und auch niemals eine sein werde. Er hat mich eine Mischgöre genannt.«

»Und da hast du ihm eine verpasst?« Es war nur eine Frage. Nicht der leiseste Vorwurf klang in Darians Stimme mit.

»Nein, das hab ich erst, als er dich einen Verräter genannt hat.«

»Verstehe.«

Darian hatte sich schon gefragt, wie lange es wohl dauern würde, bis sie sich diesem Thema stellen mussten. Dass es ausgerechnet Solvays Sohn war, der es vorbrachte, schmerzte ihn.

»Er hat recht«, sagte Aljana leise.

»Womit? Dass ich ein Verräter bin?«

»Nein!«, erwiderte sie empört. »Damit, dass ich keine richtige Dunkelelfe bin.«

»Nein, das hat er nicht.« Nun klang Darians Stimme scharf. Viel schärfer, als er es beabsichtigt hatte. »Du bist sehr wohl eine Dunkelelfe. Aber du bist noch viel mehr als das. Du trägst Schöpferblut in dir und das Erbe der Andavyan. Du bist einzigartig, so, wie es deine Mutter ist.«

Er sah ihr an, dass sie ihm gerne geglaubt hätte. Trotzdem entgegnete sie: »Aber ich wachse nicht so schnell wie die Kinder der Dunkelelfen, ich laufe nicht so schnell wie sie, und meine Schwerthand wird viel schneller müde.«

Darian nickte langsam, sein Blick nachdenklich über die Schulter seiner Tochter in die Tiefe gerichtet. Er konnte sich noch gut erinnern, wie Lina sich abgemüht hatte, und trotzdem niemals so schnell war wie die Attanarjäger, wie sie das Schwert trotz eisernem Willen nicht so führen konnte wie eine Dunkelelfe. Aber Lina hatte andere Qualitäten, die keiner seines Volkes je erreichen würde. Und so war es auch bei Aljana.

»Keiner von ihnen hat die Sehergabe«, sagte er daher, wobei er Aljana zärtlich über die Wange strich. Er war sich immer noch nicht sicher, ob das eine Gabe oder ein Fluch für sie war. »Und keiner von ihnen kann mit seinen Händen heilen. Ganz abgesehen davon, so langsam kannst du ja wohl nicht sein, sonst hätte Finrod jetzt kein blaues Auge.«

Zum ersten Mal huschte ein kleines Lächeln über Aljanas spitzes Gesicht. So gefiel sie ihm schon besser.

»Siehst du den Schatten dort unten?« Darian deutete auf die steile Grasböschung tief unter ihnen. Es war ihrer beider Schatten der mit dem des Felsens verschmolzen war, auf dem sie saßen.

»Ja.«

»So wie unsere Schatten mit dem des Felsens verbunden sind, so sind wir mit dem Wald und dieser Welt verbunden. Kannst du es fühlen, wenn du durch die Dunkelwälder streifst?«

Aljana nickte.

»Siehst du, das können nur Dunkelelfen. Und wie fühlt es sich an?«

Aljana überlegte kurz. »Es ist, als würden die Bäume zu mir sprechen. Nur verstehe ich oft nicht, was sie sagen.«

Darian schmunzelte. Selbst ihm ging es manchmal noch so. »Das ist ganz normal. Und es ist ganz normal, wenn du dich manchmal so fühlst, als würdest du zwischen den Flügeln zweier Drachen stehen und nicht wissen, auf welchem du reiten sollst.«

Über ihre Schulter hinweg blickte Aljana zu ihm hoch. »Wird das irgendwann besser, Papa?« Hoffnung und Bangen sprachen zu gleichen Teilen aus ihr.

»Ja, Aljana, es wird besser. Du wirst deinen Weg erkennen. Da bin ich ganz sicher.«

Sie seufzte leise, während ihr Blick den Himmel absuchte, um herauszufinden, wo sich der Bussard befand, dessen Schrei über das Tal hallte.

»Papa.«

»Hmm?«

»Du darfst mich weiterhin ›kleiner Kobold‹ nennen. Aber nur, wenn wir alleine sind.«

Darian grinste und drückte ihr einen Kuss auf die von der Sonne gewärmte Wange. »Abgemacht.«

Nachdem sie eine Weile lang schweigend dagesessen und die Schatten der vorbeiziehenden Wolken beobachtet hatten, fragte Darian schließlich: »Möchtest du wieder zurück nach Kathmarin? Möchtest du deine Ausbildung hier abbrechen und wieder zurück zu deiner Mutter?«

Aljana schüttelte energisch den Kopf. »Nein, ich werde das hier beenden. Ich laufe nicht davon. Und wenn Finrod das nächste Mal etwas so Gemeines sagt, blüht ihm viel Schlimmeres als ein blaues Auge.«

Darian nickte, während er voll Stolz dachte: ›Du bist sehr viel mehr Dunkelelfe als du ahnst, kleiner Kobold.‹

Täuschung

Kathmarin hatte nicht auf seinem Weg gelegen und trotzdem hatte er dort vorbeigesehen. Vernünftig konnte man sein Handeln nicht nennen, denn es kostete ihn Zeit. Zeit, die er eigentlich nicht hatte. Und trotzdem hätte ihn keine Macht der Welt davon abhalten können. Er wollte Lina endlich wiedersehen, auch wenn es nur für eine Nacht war. Die kleine Magierin hatte nichts von dem Zauber verloren, den sie auf ihn ausübte, ganz im Gegenteil. Ob die lange Zeit, die er immer wieder von ihr getrennt war, daran schuld war, konnte er nicht sagen. Aber es war eine Tatsache, dass er, je länger er von ihr getrennt war, umso unkonzentrierter wurde. Und wenn man Andor glauben durfte, auch umso unleidlicher.

Wie immer, wenn er Kathmarin verließ, fragte er sich, wie ihr Leben wohl aussehen würde, wenn er sich damals in den Dunkelwäldern nicht dieses Versprechen von Lupinia hätte abpressen lassen. Nur unwillig ließ er die Stimme in seinem Inneren dann gewähren: »Dann hättest du kein Leben mehr, dann wärst du bereits tot.«

Ja, das stimmte. Lupinia hatte ihm damals durch ihr Einschreiten das Leben gerettet. Und trotzdem fragte er sich manchmal, was für ein Leben es war, das er jetzt führte. Im Grunde genommen tat er ja nichts anderes als das, was er schon immer getan hatte. Er war ein Jäger der Dunkelelfen, der Angst und Schrecken verbreitete. Allerdings war es nun nicht mehr die Eldorin, in der das Wort ›Dunkelelf‹ mit Schrecken ausgesprochen wurde. Dort hatte man sich mit der Zeit sogar daran gewöhnt, Solvay oder einen seiner Vertreter bei den Ratsversammlungen anzutreffen. Nein, es war die Calahadin, in der man sich nun vor den Dunkelelfen fürchtete. Der einst beste Jäger in Xedocs Diensten hatte sich gegen den einstigen Herrn der Calahadin gewandt. Wie ein Schatten in der Nacht schlugen er und die Attanarjäger zu, die sich ihm angeschlossen hatten. Nur das Aufleuchten ihrer diamantbewehrten Lichtpfeilspitzen war für einen Augenblick in der Dunkelheit zu sehen, ehe sie ihre Ziele fanden.

Wie er es Lupinia versprochen hatte, hatte Darian Drogonns Erbe angenommen. Die weiße Magierin hatte ihm dabei geholfen. Sie war sehr behutsam vorgegangen, als sie Drogonns Wissen und seinen Erfahrungsschatz in sein eigenes Gedächtnis integriert hatte. Doch es hatte erneut der Hilfe der Drachenmagierin bedurft, Drogonns ganz persönliche Erinnerungen aus Darians Gedächtnis zu entfernen. Dass er von da an oft Antworten auf Fragen hatte, auf die er eigentlich keine haben dürfte, daran hatte sich Darian bis heute nicht gewöhnt. Aber sein Verständnis für die Andavyan und für deren Kultur war ein anderes geworden. Drogonn hatte seine Heimat mit der gleichen Leidenschaft geliebt, mit der er selbst die Dunkelwälder liebte. Kein Wunder, dass es dem Kriegsherrn der Andavyan beinahe das Herz zerrissen hatte, als er hatte zusehen müssen, wie seine geliebte Heimat von den Haegoth zerstört worden war. Darian empfand auch die Freude, die Drogonn empfunden hatte, als die Andavyan Menduria entdeckt und zu ihrer neuen Heimat gemacht hatten. Die Erinnerung des

Andavyan an den Schwur, diese Welt unter allen Umständen zu schützen, war nun in Darians Gedächtnis gespeichert und gab ihm die Möglichkeit, ein gewisses Maß an Verständnis für Drogonns Handlungsweise aufzubringen.

Mit der Zeit hatte Darian gelernt, das Wissen, das sein eigenes war, von dem Drogonns zu unterscheiden. In Momenten, in denen er es nicht gebrauchen konnte, war es ihm sogar möglich, es ganz zu unterdrücken. Diese Art der Gedankenkontrolle hatte ihn die weiße Magierin gelehrt.

Nun aber aktivierte er Drogonns Wissen ganz bewusst und vertiefte sich darin. Es war eine Möglichkeit, sich abzulenken. Andernfalls wäre er vielleicht auf die Idee gekommen, seine Gedanken auszusenden und zu versuchen, mit Lina Kontakt aufzunehmen. So wie es für jeden Andavyan möglich war, stand auch ihm nun dieser Weg der Kommunikation offen. Darian empfand es als Segen und Fluch zugleich. Der Segen bestand darin, mit Lina Kontakt halten zu können, auch wenn er weit weg war. Der Fluch daran war, dass er es auf keinen Fall tun durfte, wenn er sich jenseits der magischen Barriere befand, egal wie groß die Versuchung war. Denn es war eine Möglichkeit für Galan, ihn aufzuspüren. Die Gefahr entdeckt zu werden, war auch so schon groß genug.

Mittlerweile war er der Barriere bereits zu nahe, um eine Kontaktaufnahme riskieren zu können. Trotzdem konnte er Linas Bild nicht ganz aus seinen Gedanken verdrängen. Sie hatte auf dem Balkon gestanden und ihm nachgesehen, als er auf dem Rücken Set-Dragons in den Abendhimmel aufgestiegen war. Ihr blondes Haar hatte im Wind geweht, und die letzten Strahlen der untergehenden Sonne eingefangen. Wie immer hatte sie versucht, sich ihre Angst nicht anmerken zu lassen, wie immer war es ihr nicht gelungen.

»Komm heil zurück.« Der Gedanke hatte etwas Flehendes gehabt.

»Das mache ich, so wie immer.« Darian hatte Selbstsicherheit vorgetäuscht.

Ob er dieses Versprechen wohl immer würde einlösen können?

Ärgerlich wischte er die Gedanken zur Seite. Er durfte sich jetzt nicht ablenken lassen. Set-Dragon hatte ihn im Grenzland abgesetzt und war ins Titanengebirge zurückgekehrt. Schon seit einiger Zeit patrouillierten an der magischen Barriere keine Drachen mehr. Und auch Fürst Laudrin hatte nicht mehr so viele Lichtelfen an der Barriere stationiert wie noch vor drei Blutmondjahren. Überhaupt war es im Grenzland sehr ruhig geworden. Viel zu ruhig für Darians Geschmack. Im Rat waren sogar Stimmen laut geworden, die Verhandlungen mit Xedoc über einen dauerhaften Frieden verlangten.

»So einen Kuhmist konnte sich wirklich nur Laudrin ausdenken«, dachte Darian immer noch ärgerlich. Der Elfenfürst hatte ihn einen Kriegstreiber genannt, als Darian vehement gegen diese Idee gestimmt hatte. Selbst ohne das Wissen Drogonns hätte Darian mit Sicherheit sagen können, dass es dazu niemals kommen würde. Dazu kannte er Xedoc viel zu gut. Auch wenn der Fürst der Calahadin, Darians Informationen zufolge, die Krallenfestung nicht mehr verließ, würde er seine Pläne, Menduria und die Welt der Schöpfer zu erobern, nicht aufgeben. »Selbst wenn er dazu bereit wäre, die Haegoth würden das nicht zulassen«, hatte die Stimme des Andavyan in ihm hinzugefügt und Lupinia hatte ihm beigepflichtet. Es würde derselbe Kampf sein, den die Andavyan einst um ihre alte Heimat geführt hatten. Ihn zu verlieren, würde bedeuten, eine weitere Welt an die Haegoth zu verlieren, seine Welt.

Darian schüttelte die Wassertropfen aus dem Haar, die sich beim Durchqueren der magischen Barriere dort gesammelt hatten. Das Prickeln auf der Haut, das die elektrisch aufgeladenen Wasserpartikel der Barriere hinterließen, verebbte bereits.

Nur er und seine Jäger konnten die Barriere auf diese Weise durchqueren. Dafür hatte die Drachenmagierin gesorgt. Ohne ihren Schutz, das wusste Darian nur zu gut, wäre der Versuch tödlich gewesen. Er versuchte, das Kratzen im Hals zu unterdrücken, das ihn immer quälte, sobald er die Barriere überquert hatte, und ließ seinen Blick über das Land schweifen, das einst ein Teil der Eldorinebene gewesen war. Der Anblick schmerzte ihn bis ins Mark. Wo einst der Wind saftig grüne Wiesen zum Wogen gebracht hatte, trieb er heute nur staubige Erde vor sich her. Die ehemals dichten Laubwälder waren heute nur noch verdorrte Stämme, die anklagend in den fahlen Himmel reichten, ausgesaugt von den Haegoth. Ein Nachhall des Todeskampfes, den die Natur hier ausgefochten hatte, lag immer noch in der Luft, beinahe greifbar für Darian. Er erwiderte den Ruf des Falken, der so fremdartig in dieser kargen Ödnis klang.

»Immer wieder schön, dich zu sehen«, sagte Andor, als er sich neben ihm aus dem Schatten eines toten Buchenstammes löste.

Darian nickte geistesabwesend.

»Du hast dir Zeit gelassen.« Andors Bemerkung war nichts weiter als eine Feststellung, die Darian ebenfalls mit einem Nicken quittierte.

»Und wie immer bist du nicht sehr gesprächig.«

Ein flüchtiges Lächeln huschte über Darians Gesicht. »Entschuldige.«

»Wir haben in deiner Abwesenheit ein wenig die Vampire tanzen lassen, du hattest doch nichts dagegen?« Andor grinste böse. »Die Ausbeute war nicht schlecht.«

»Wie viele haben ihren letzten Tanz getanzt?«, erkundigte sich Darian. Eigentlich mochte er es nicht besonders, wenn seine Jäger den Todeskampf der Vampire so bezeichneten, aber er hatte gelernt, dass es im Umgang mit den Blutsaugern keine Gnade geben durfte. Schon einige seiner Jäger hatten in den letzten Jahren dafür mit dem Leben bezahlt. Darian war bemüht, den Verlust der Attanar so gering wie möglich zu halten. Deshalb wählte er nur Jäger aus, die keinen Gefährten und keine Kinder hatten. Der Einzige, der dieser Regel nicht folgte, war er selbst, aber das war nun einmal nicht zu ändern.

»Sieben«, sagte Andor nicht ohne einen gewissen Stolz in der Stimme. »Wir haben einen Trupp gestellt, der sich in die Nähe der Grenze gewagt hat.«

»Habt ihr etwas über die Lage in der Krallenfestung in Erfahrung bringen können?« Darians Frage klang nicht besonders hoffnungsvoll. Wäre es so gewesen, Andor hätte damit nicht hinter dem Berg gehalten.

»Nein, leider.« Der Attanar schüttelte bedauernd den Kopf.

Darian wusste, dass er es nun nicht mehr länger hinauszögern konnte. Er musste erneut zur Krallenfestung, und herausfinden, was dort vor sich ging, so war es mit Lupinia vereinbart. Aber ganz bestimmt würde er keinen seiner Jäger schicken. Das war eine Aufgabe, die er selbst übernehmen musste. Wenn er dem Rat das nächste Mal Bericht erstattete, musste er Antworten haben, ehe dieser hirnverbrannte Laudrin mit seinem Waffenstillstandsgerede noch mehr Ratsmitglieder auf seine Seite brachte und die Liga der freien Völker damit schwächte. Wenn er auf den Teil der Eldorin verzichten konnte, der hinter der Barriere lag, war das Sache der Lichtelfen, soweit hatte Laudrin schon recht. Nur war diese Schutzbarriere nicht für alle Ewigkeit gedacht. Darian wusste, wie viel Kraft es die Drachenmagierin kostete, sie aufrechtzuerhalten. Und er wusste, wie oft Lina sie dabei mit ihren Heilkräften unterstützte. Nicht erst ein Mal war er dabei gewesen, wenn Lina die geschwächten Stellen der Barriere alleine kraft ihrer Gedanken geheilt hatte, als wäre sie ein lebendiges Wesen. Es war dieselbe Art von Heilung, die sie auch den Barrieren innerhalb der Gedankenströme Jandamers zuteilwerden ließ. Aber die Barriere in der Eldorin war, wie Lina es zu nennen pflegte, ein sterbender Patient. Sie konnte ihr Leben nur verlängern. Eines Tages würde sie fallen und dann würde nichts die Haegoth aufhalten können. Das wussten die Ratsmitglieder. Doch selbst im Rat wusste niemand, dass Aljana in einer ihrer ersten Visionen gesehen hatte, das Lugathus die Haegoth-Antaris gerufen hatte. Sie würden kommen. Es war nur eine Frage der Zeit. Überhaupt war Zeit der entscheidende Schlüssel in diesem Kampf. Die Haegoth hatten alle Zeit der Welt. Wesen, die bereits seit Äonen existierten, hatten es nicht eilig. Die freien Völker Mendurias allerdings hatten zu wenig davon. Zwar hatten die Kinder des neuen Zeitalters den Völkern wieder Hoffnung gegeben, aber es würde Zeit brauchen, bis sie zu Kämpfern heranwuchsen. Und keinem gefiel die Vorstellung, seine Kinder in dieser bevorstehenden Schlacht kämpfen zu sehen.

»Ich möchte, dass du dich mit den Attanar hinter die Barriere zurückziehst«, sagte Darian und begegnete dem misstrauischen Blick seines besten Jägers mit Gelassenheit. »Ihr habt euch eine Pause verdient. Besucht die Dunkelwälder. Einige von euch waren schon viel zu lange nicht mehr dort.«

»Das stimmt«, meinte Andor nachdenklich. »Und was hast du vor?«

»Ich werde versuchen, etwas über die Machtverhältnisse in der Krallenfestung herauszufinden.«

Andor legte die Stirn so sehr in Falten, dass sich seine Augenbrauen beinahe berührten. »Du willst in die Festung?«

Darian nickte.

»Hältst du das für eine gute Idee?«

»Nein.« Darian lachte heiser. »Aber wenn wir so nichts herausfinden, bleibt uns keine andere Wahl.«

»Gut, dann komme ich mit.« Andors Blick zeigte Entschlossenheit.

»Das wiederum halte ich für keine gute Idee.« Darian lächelte grimmig. Andor erwiderte das Lächeln. »Dann hätten wir das geklärt. Gib mir einen Augenblick Zeit, ich setze die anderen von deinen Wünschen in Kenntnis und kehre dann zurück.«

So machten sich die beiden Dunkelelfen nur kurze Zeit später auf den Weg. Keiner von ihnen sprach ein Wort. Beide waren sie hoch konzentriert, beide darauf bedacht, ihren eigenen Geruch dem der Umgebung anzupassen. Je tiefer sie in die Calahadin vordrangen, umso mühsamer wurde das Vorwärtskommen. Immer wieder querten herumstreunende Vampire oder einfache Stiernackengruppen ihren Weg. Darian hätte es in den Fingern gejuckt, den einen oder anderen mit einem Lichtpfeil zu erledigen. Andor schien es ähnlich zu ergehen. Doch damit hätten sie riskiert, entdeckt zu werden. So kauerten sie gemeinsam unter Darians Tarnumhang und beobachteten einen Trupp Zwerge, dessen Anführer das rote Leuchten seiner Augen als Vampir auswies.

›So hat sich Hardfar das bestimmt nicht vorgestellt‹, dachte Darian. Es war ihm bereits aufgefallen, dass so gut wie jeder Trupp, dem sie begegnet waren, von einem Vampir aus Lugathus' Rudel oder zumindest von einem verwandelten Vampir angeführt wurde. Das diffuse Licht verblasste merklich und zeigte an, dass der Tag zu Ende ging. »Wir müssen zusehen, dass wir ein Versteck für die Nacht finden«, flüsterte Darian.

Andor nickte. Wimmelte es tagsüber bereits von Vampiren, so würde es bei Nacht noch schlimmer werden. Bereits jetzt war an ein Weiterkommen kaum noch zu denken. So wählte Darian das nächstbeste Versteck. Es war nur ein sehr schmaler Spalt im Felsen, der kaum Platz für sie beide bot, doch es würde genügen. Keiner von ihnen machte ein Auge zu. Darian überlegte, auf welcher Route sie weitergehen sollten, als er ihren Ruf vernahm. Mit zusammengezogenen Augenbrauen horchte er in sich hinein. Er musste sich irren. Lina wusste, dass er sich jenseits der Barriere befand. Sie würde nicht versuchen, Kontakt aufzunehmen. Erneut versuchte er sich auf den bevorstehenden Weg zu konzentrieren. Sie hatten es an den Grenzfestungen vorbeigeschafft, in die Xedoc die südlichen Städte der ehemaligen Eldorin hatte verwandeln lassen. Nichts war dort von der Schönheit der Lichtelfenarchitektur geblieben. Die Städte wirkten tot wie das Land selbst. Nun befanden sie sich bereits auf dem ursprünglichen Gebiet der Calahadin. Als er noch in Xedocs Diensten gestanden und sich ungehindert in der Calahadin hatte bewegen können, hätte er die Krallenfestung in zwei Tagen erreicht. Mithilfe einer Harpyie wäre es noch schneller gegangen. So aber würden sie weit mehr als die doppelte Zeit benötigen. Darian hatte vor, noch weiter nach Süden zu gehen und sich im Karstgebiet, das an die Noriatwüste grenzte, einen Weg zu suchen. Dieser Teil der Calahadin war immer schon am dünnsten besiedelt gewesen. Dort, so hoffte er, würden sie am leichtesten vorankommen. Dazu mussten sie allerdings … wieder stutzte er. Erneut war Linas Ruf in seinem Geist. Keine Einbildung, sie rief ihn tatsächlich. Wieso nur tat sie das? Sie wusste doch, dass er ihr nicht antworten durfte. Alleine schon, dass ihn ihre Gedanken erreichten, setzte ihn der Gefahr aus, entdeckt zu werden. »Bitte antworte. Es ist dringend.« Dann sandte sie ein Wort, das ihm das Blut in den Adern gefrieren ließ. »Lugathus!«

Darian fluchte. Hatte der Vampir Kathmarin erneut angegriffen? Er musste wissen, was geschehen war. Leise schob er sich an Andor vorbei und bedeutete ihm, hier zu warten, ehe er sich im fahlen Mondlicht davonschlich. Zumindest seinen Jäger wollte er nicht auch noch in Gefahr bringen. Für einen Moment überlegte er, die Mission abzubrechen und, ohne zu antworten, einfach umzukehren. Aber sie waren bereits so weit gekommen. Ein seltsames Gefühl von Ruhe überkam ihn, als er seinen Geist öffnete, um Linas Ruf zu erwidern.

Wie die Dunkelelfen, so liebte auch Lina das Licht des Blutmondes. Unzählige Nächte hatte sie in den letzten Jahren im Licht des roten Mondes hier auf dem Balkon der hohen Festung von Kathmarin verbracht. Lina hatte gelernt, mit der Angst zu leben. Sie war der Preis für Darians Leben gewesen. Doch ein Teil von ihr wollte bis heute nicht verstehen, wieso Darian immer wieder in die Calahadin zurückkehren musste, um in der Ödnis ein paar Vampire zu erlegen. Was machte das schon für einen Unterschied? Es war der Teil in ihr, der am liebsten die Augen vor der Wahrheit verschlossen hätte. Doch tief in ihrem Innersten wusste und verstand sie, dass er es tun musste. Jeder tote Vampir war einer weniger, dem sie sich irgendwann stellen müssten. Darian hatte Lupinia versprochen, die Führung der vereinigten freien Völker zu übernehmen, sollte es zu einer erneuten Schlacht kommen. Lina wusste, dass er sein Wort halten würde. Doch bis dahin würde er nicht hier in Kathmarin herumsitzen und sich im Rat über Nichtigkeiten streiten. Überhaupt fühlte sich Darian in Kathmarin nicht besonders wohl, das wusste Lina, auch wenn er es mit keinem Wort erwähnte. Sooft es ging, kehrte er in die Dunkelwälder zurück oder nutzte die Gelegenheit, um in Darsheim mit den Waffenschmieden der Zwerge an den Lichtschwertern und anderen Lichtwaffen zu arbeiten, die Grimpfnik immer weiter verbesserte. Manchmal begleitete Lina ihn dorthin, um Gwindra zu besuchen. Die Zwergenkönigin hatte Helengar mittlerweile offiziell zu ihrer Nachfolgerin ernannt. Doch die junge Zwergin würde es bestimmt nicht leicht haben, in die Fußstapfen der alten Königin zu treten. Inwieweit die Führer der Unterclans Helengar akzeptierten, ließ sich noch nicht sagen. Die Zwergenkönigin selbst war mittlerweile nicht mehr fähig, ihr Lager zu verlassen. Wie lange würde Gwindra wohl noch durchhalten? Lina seufzte tief. So viel hatte sich in den letzten sieben Blutmondjahren verändert. Auch Lina selbst hatte sich verändert. Sooft es ihre Verpflichtungen in Kathmarin zuließen, zog sie sich in den Wächterturm Jandamers zurück, um in der Abgeschiedenheit der Andavyanbibliothek ihre Kräfte zu verbessern. Ihre Heilkräfte beherrschte sie mittlerweile problemlos. Selbst die Barriere mit neuer Energie zu versorgen, fiel ihr nicht mehr allzu schwer. Es war ein Spiel mit den Elementen, das, wenn man es erst einmal verstanden hatte und zuließ, mehr einem Handwerk glich als Magie. Das Einzige, wovor sie sich immer noch fürchtete, war, die dunkle Seite dieser Gabe anzunehmen. Bis jetzt hatte sie sich damit begnügt, theoretisches Wissen darüber aus der Andavyanbibliothek in Erfahrung zu bringen.

Wieder einmal schob sie den Gedanken beiseite. Viel vordringlicher war für sie das bange Gefühl, das sie seit Darians Aufbruch hatte. Mulmig war ihr immer zumute, wenn sie ihn in der Calahadin wusste. Aber diesmal hatte sie, kaum dass er gegangen war, das Gefühl gehabt, ihn aufhalten zu müssen. Irgendetwas stimmte nicht. Lina blickte hinauf zum Blutmond, der im Begriff war, den Zenit zu überschreiten. Sie sollte schlafen gehen. Bestimmt waren es nur ihre überreizten Nerven, die der Schlafmangel der letzten Tage mit sich brachte. Seufzend kehrte sie ins Zimmer zurück. Sie legte ihren Umhang ab. Der Duft des Blauregens umfing sie. Liebevoll strich sie über einen jungen Trieb, der sich noch grün an die Steinsäule schmiegte. Schwer hingen die Blütentrauben aus dem Blätterdach und vermittelten ihr ein Gefühl von Geborgenheit. Lina ließ sich erschöpft in die Kissen sinken und atmete tief durch. Sie versuchte, eins zu werden mit der Umgebung, die so friedlich schien in dieser Nacht. Doch es wollte ihr einfach nicht gelingen. Aus den Tiefen ihres Unterbewusstseins drang eine warnende Stimme immer lauter zu ihr empor. Sie sprach von Gefahr und Manipulation. Der Drang, Kontakt mit Darian aufzunehmen, wurde immer stärker. Sie musste etwas unternehmen. Lina erhob sich, warf den Umhang über ihre Schultern und eilte hinaus auf den Balkon. Dort öffnete sie ihren Geist und sandte einen Ruf aus.

Unruhe hatte Aljana bereits in den Abendstunden erfasst. Gemeinsam waren sie in die Osthöhlen zurückgekehrt, um die Nacht dort zu verbringen. Nur Aljana hielt es in den Höhlen nicht länger aus. Sie wollte die Nacht in den Wäldern verbringen.

»Das darfst du nicht! Du kennst die Befehle meines Vaters.« Finrod stellte sich ihr in den Weg. Er hatte bemerkt, dass sie im Begriff war, die Höhle nach Einbruch der Dunkelheit zu verlassen.

Aljanas Blick war gehetzt. Natürlich wusste sie, dass Solvay es den jungen Elfen strikt untersagt hatte, während der Nacht in den Wäldern zu bleiben. Aber sie musste alleine sein. Sie hätte in die Gänge des Niemandslandes zwischen den Höhlen und dem Zwergenreich fliehen können. Still wäre es dort auch gewesen. Aber sie zog es vor, offenen Himmel über sich zu haben, wenn sie eine Vision überfiel. Danach würde ihr der Mond helfen, sich zu orientieren, und die Bäume würden sie beschützen. Mittlerweile kannte Aljana die Anzeichen. Ihre Mutter war von den Visionen ohne Vorwarnung überfallen worden. Bei Aljana war das anders. Pochender Kopfschmerz ging dem voraus. Lichtpunkte flimmerten vor ihren Augen und ließen sie ihre Umgebung nur noch schemenhaft wahrnehmen, bis sie schließlich von den Bildern einer möglichen Zukunft heimgesucht wurde. Zumeist sah Aljana ein und dasselbe Bild. Eine Schlacht, die das Ende Mendurias besiegeln würde. Fluoreszierendes Blau und den Sprung ihrer Mutter über den Rand der letzten Klippe Mendurias. Immer riss die Vision dort ab, und Aljana fand sich schweißgebadet in der Realität wieder. So wollte sie weder von Finrod noch von einem der anderen Dunkelelfen gesehen werden.

Aljana wusste, dass ihr nicht mehr viel Zeit blieb. Sie hatte Schwierigkeiten, Finrods schlaksige Gestalt überhaupt noch klar zu erkennen. Unter anderen Umständen hätte sie sich einem Streitgespräch mit ihm furchtlos gestellt. So aber schlug sie ohne Vorwarnung einen Haken und lief an Finrod vorbei, noch ehe dieser reagieren konnte. Sollte er doch zu seinem Vater laufen und sie verpetzen. Leider tat er genau das nicht. Stattdessen folgte er ihr hinaus in den Wald. Aljana versuchte, ihr Tempo noch zu steigern. Aber das war schwierig. Mittlerweile sah sie kaum noch, wo sie hinlief, sie erspürte ihren Weg mehr, als dass sie ihn sah. Die mächtigen Schwarzfichten erkannte sie nur noch als schattenhafte Riesen. Trotzdem wusste sie immer ganz genau, wo sie ihren Fuß hinsetzen musste. Es war ihr, als ob sie von den Baumgiganten geleitet würde.

»Aljana, bleib stehen!« Finrods Stimme klang energisch. Er hielt sich knapp hinter ihr.

»Lass mich in Ruhe!« Aljana keuchte. Wieso nur tat er das? Aber ehe sie sich mit dieser Frage weiter beschäftigen konnte, wurde ihr plötzlich schwarz vor Augen. »Er wird es sehen«, dachte sie, ehe die Bilder der Zukunft die Realität zerrissen.

Finrod wusste nicht, was er tun sollte. Für einen kurzen Moment hatte er bereut, ihr gefolgt zu sein. Eigentlich hätte er sie melden müssen. Die Attanar hätten sie schon zurückgeholt. Aber das hätte er als unehrenhaft empfunden. Er hatte seine Meinungsverschiedenheiten mit Aljana. Aber sie war eine Attanar in Ausbildung, so wie er selbst auch. Man verriet seine Kameraden nicht. Wieso nur war sie so leichtsinnig und lief bei Dunkelheit alleine in den Wald hinaus? Er hatte ihren gehetzten Blick bemerkt, als sie an ihm vorbeigesprintet war. Verflucht, war diese Halbelfe schnell! Er würde sie an ihrer Strubbelmähne packen und zurückschleifen, wenn es sein musste. Aber dazu musste er sie erst einmal erwischen. Finrod fluchte. Wenn sie so weiterlief, würde er sie niemals einholen. Aber dann schien sie plötzlich das Gleichgewicht zu verlieren und stürzte der Länge nach hin. Leblos lag sie für einen Augenblick vor ihm, ehe sie sich zusammenrollte, einem Igel gleich, und zu wimmern begann. Unverständlich waren die Worte, die sie am Anfang herauspresste. Es hatte etwas mit ihrem Vater zu tun. Darian, der einstige Clanführer der Dunkelelfen, von dem Finrod nicht wusste, ob er ihn verachten oder bewundern sollte.

»Das darfst du nicht!«, schrie Aljana plötzlich wie im Fieberwahn. Ihre Augen waren geöffnet, doch Finrod war sich sicher, dass sie ihn nicht erkannte. »Nein, Papa, du darfst nicht antworten!« Aljana gebärdete sich wie eine Wilde.

So sah das also aus, wenn sie eine Vision hatte. Finrod ging neben ihr in die Hocke, umfasste ihre Schultern und schüttelte sie sanft. »Schon gut, das wird schon wieder«, sagte er unsicher. Er hatte kein Talent für so etwas.

Nur langsam fand Aljana wieder in die Realität zurück. Sie spürte Finrods Hände an ihren Schultern. Er hatte es also mit angesehen. Und wenn schon. Es war ihr in diesem Moment egal. Sein Spott konnte nicht schlimmer sein als die Bilder, die sich in ihre Netzhaut eingebrannt zu haben schienen. Nicht ihre Mutter war es diesmal, die sie hatte springen sehen, es war ihr Vater, den sie gesehen hatte. Aljana konnte den Schmerz fühlen, den das Gift des Vampirs in seinem Körper verursachte, und Aljana spürte die Angst, die die Verwandlung mit sich brachte. Widerstandslos ließ sie sich von Finrod zurück zur Höhlenstadt geleiten. Erst der Ruf ihrer Mutter durchbrach diesen Bann.

Darian wusste augenblicklich, dass er einen Fehler gemacht hatte. Nicht Lina war es, die ihn gerufen hatte. Kaum hatte er den Ruf beantwortet, veränderte sich die Stimme und ging in volltönendes Gelächter über. Galans Gelächter. Nicht das der alten, greisen Galan. Es war die Stimme der Seherin, wie er sie aus den frühen Tagen in der Calahadin in Erinnerung hatte. Kaum war das Lachen verklungen, stand sie auch schon vor ihm, wie ein Geist aus der Vergangenheit. Wie war das möglich? Und wie zur Hölle hatte sie ihn so täuschen können? Sie war nicht alleine gekommen, wie er für den Bruchteil eines Augenblicks gehofft hatte. Mit Galan alleine wäre er fertiggeworden. Nicht aber mit Lugathus und seinem gesamten Rudel. Alles, was er angesichts dieser Übermacht an Vampiren tun konnte, war, möglichst viele von ihnen mitzunehmen. Darian musste reagieren, ehe die Angst vor der bevorstehenden Verwandlung ihn zur Gänze lähmte. Der erste Pfeil traf den ihn am nächsten stehenden Vampir, noch ehe dieser auf zehn Schritte an ihn herangekommen war. Doch es war nicht sein eigener Pfeil gewesen. Ein Blick über seine Schulter zeigte ihm Andor, der auf dem Hügelkamm zu seiner Rechten aufgetaucht war. Obwohl Darians Gesicht ein Lächeln trug, fluchte er innerlich. Sie würden alle beide hier sterben und das war seine Schuld. Er hätte wissen müssen, dass Andor nicht zurückbleiben würde.

»Du denkst wohl, du kannst dir den Spaß hier alleine gönnen?« Andor lächelte grimmig.

»Ja, so hatte ich mir das gedacht«, gab Darian zurück. Der Rest der Unterhaltung ging im Angriffsgebrüll der Vampire unter. Darian zog das Schwert erst, als sämtliche Lichtpfeile verschossen waren. Andor hatte es geschafft, sich an seine Seite durchzukämpfen. Auch seine Pfeile richteten verheerende Schäden an. Doch beiden gelang es nicht, Lugathus zu treffen, der sein Rudel als Schutzschild zwischen sich und die beiden Dunkelelfen platziert hatte. Und dann schaffte es einer der Vampire, Andors Abwehr zu durchbrechen und ihn zu Boden zu reißen. Darian setzte sofort nach und durchbohrte den Vampir mit seinem Lichtschwert. Für einen Moment schien die Zeit stillzustehen, während sich der Vampir aufzulösen begann. Schwarze Asche, das war alles, was von der blutrünstigen Bestie übrig blieb und wie ein letzter Angriff über Andor niederregnete. Darian sah die Wunde, die der Vampir in den Arm seines Freundes geschlagen hatte, und wusste, dass Andors Schicksal nun in seinen Händen lag. Seinem Freund das Schicksal zu ersparen, das ihn gleich erwartete, war der letzte Akt der Gnade, den er ihm erweisen konnte. Darian ließ eines der Schwerter fallen, um Andor die Hand reichen zu können. »Grüß mir Isnar, mein Freund.«

Andor nickte. »Das werde ich.«

Seine Klinge durchbohrte Andors Herz in dem Augenblick, als ein harter Schlag seinen Hinterkopf traf. Der Griff um sein Schwert lockerte sich, er sackte über Andors leblosem Körper zusammen, und die Welt versank in Dunkelheit.

Ein Wimmern drang an sein Ohr, das sich mit jedem Atemzug, die die Kreatur von sich gab, mehr und mehr in ein Fauchen verwandelte. Darian schärfte seine Sinne und versuchte, die Dunkelheit zu vertreiben, die ihn immer noch gefangen hielt. Es fühlte sich an, als würde sein Kopf auf einem der Ambosse Darsheims liegen. Kopfschmerzen jagten im Rhythmus seines Pulsschlages seine Schädeldecke auf und ab. Ihm war speiübel. Er konnte sich nicht bewegen. Waren das die ersten Anzeichen der Verwandlung? Mit aller Willenskraft kämpfte er die Panik nieder, die mit Feuerzungen an seinen Gedanken leckte. Er atmete tief und regelmäßig. Es dauerte eine Weile, bis er erkannte, dass es Fesseln waren, die ihn an jeglicher Bewegung hinderten. Er nahm einen Geruch wahr, den er nur von einem Ort dieser Welt kannte. Die Dämonenklippe. Der Gestank des Guhldungs stach ihm beißend in die Nase. Obwohl seine Augen verbunden waren, sagten ihm seine Instinkte, dass die Kreatur kein Guhl war, obwohl sie nicht minder stank. Das

Fauchen verwandelte sich in ein schrilles meckerndes Lachen, das Lachen eines Wahnsinnigen. Vorsichtig fuhr sich Darian mit der Zunge über die trockenen Lippen, danach die Zahnreihe seines Oberkiefers entlang. Fangzähne waren nicht zu ertasten. Alles in allem befand er sich in einer höchst unbequemen Lage, aber eine durchzechte Nacht im Lager der Zentauren hatte schon schlimmere Folgen gehabt. Darian dachte daran, seine Gedanken auszusenden, um Lina zu erreichen, verwarf den Gedanken aber gleich wieder. Zum einen wusste er, dass die Dämonenklippe abgeschirmt war, ein Werk der Haegoth. Zum anderen wollte er sie nicht hierherlocken. Das, so vermutete er, wäre in Galans Sinn gewesen. Denn so gut kannte er Lina mittlerweile. Sie würde kommen. Er erinnerte sich an das einzige Gespräch, das sie zu diesem Thema je geführt hatten.

»Sollte ich jemals in der Calahadin gefangen genommen werden, versprich mir, dass du nicht kommen wirst, egal was sie dir dafür in Aussicht stellen.«

Lina hatte ihn lange schweigend angesehen und es schließlich versprochen.

Es war eine Lüge gewesen. Darian hatte es nicht in ihren Gedanken gelesen, die waren perfekt abgeschirmt. Wie so oft hatten sie ihre Augen verraten, diese wunderschönen Augen in der Farbe dunklen Bernsteins, die er wohl nie wieder sehen würde. Nein, was immer jetzt geschehen würde, Lina durfte nicht wissen, wo er war! Er versuchte, die Augenbinde zu lockern, indem er den Kopf an der Steinplatte rieb. Die Kreatur näherte sich, er konnte es deutlich hören.

»Wer bist du?«, fragte er, darauf bedacht, seiner Stimme genügend Autorität zu verleihen und trotzdem nicht unhöflich zu klingen.

Ein Fauchen war die Antwort, das verflucht nahe klang, dann aber in kläglichem Gewimmer endete. Darian konnte bereits fauligen Atem riechen.

»Kannst du mir die Augenbinde abnehmen?«

Die Frage alleine schon ließ das Wesen aufjaulend zurückspringen, eine angstvolle Reaktion.

»Komm schon, ich tu dir nichts.« Er konnte nicht glauben, dass er das eben gesagt hatte. Er war angekettet, blind und halb wahnsinnig vor Kopfschmerzen. In diesem Zustand war er nicht einmal für einen Guhlfloh eine Bedrohung. Zu seiner großen Verwunderung, schien sich die Kreatur wieder zu nähern. Wer immer das auch war, er musste ein einfältiges Gemüt haben. Ungeschickte Finger zerrten an seiner Augenbinde, während ihm irgendetwas ins Gesicht tropfte. Die dazugehörigen Geräusche ließen keinen Zweifel aufkommen. Diese Kreatur sabberte ihn an. »Auch das noch«, dachte Darian und versuchte, den Ekel zu verdrängen.

Dann war die Augenbinde ab. Die Kreatur flüchtete mit ihrer Beute in die dunkelste Ecke des Kerkers. Darian blinzelte. Es dauerte eine Weile, bis sich seine Augen an das bläuliche Dämmerlicht gewöhnt hatten, das in dieser Intensität für die untersten Kerker der Dämonenklippe typisch war. Darian versuchte, sich einen Überblick zu verschaffen. Leider war sein Sichtfeld durch die Spange, die ihn am Hals an die Steinplatte fesselte, sehr eingeschränkt. Nun wusste er auch, woher die Übelkeit kam. Es waren die Eisenspangen, die seine Haut an Hals, Becken und Armen berührten. Lugathus wusste genau, wie allergisch Dunkelelfen auf Eisen reagierten. Der Rudelführer der Vampire wollte also seine Rache für all die Schmach, die er im Laufe der Jahre von Darian hatte einstecken müssen. Anderenfalls hätte er ihn bereits getötet oder verwandelt. Dass beides noch nicht geschehen war, ließ Darian Schlimmes erahnen. Er kannte Lugathus' sadistische Ader aus früheren Zeiten. Er konnte nicht davon ausgehen, dass Lugathus die Lust am Quälen in der Zwischenzeit verloren hatte. Und schon gar nicht, wenn es sich um ihn handelte. Dafür hatte Lugathus zu lange auf seine Rache warten müssen. Darians einzige Chance war, die Dämonenklippe zu verlassen, ehe der Vampir zurückkehrte.

Obwohl er mit dieser Bewegung seinen Hals streckte und so noch mehr dem Eisen aussetzte, verdrehte er den Kopf, so weit es ging, um die Kreatur in Augenschein zu nehmen. Doch außer einem verfilzten blonden Haarschopf war nicht viel zu erkennen. Die Kreatur hockte in der Ecke und hatte ihm den Rücken zugewandt. War das ein Lichtelf?

»Vielen Dank für deine Hilfe«, sagte Darian. »Verrätst du mir deinen Namen?«

Sabbern und Grunzen war die Antwort. Fraß der Elf etwa gerade die Augenbinde auf? Darian bezweifelte, dass er ihm helfen konnte. Aber er war seine einzige Hoffnung. Also startete er einen erneuten Versuch.

»Ich bin Darian, und wer bist du?« Dabei betonte er jedes Wort, als ob er es mit einem schwachsinnigen Kobold zu tun hätte.

Es schien eine Weile zu dauern, bis die Worte ihren Weg in das Gehirn des Lichtelfen fanden. Doch dann kam die Antwort als ein quiekender Aufschrei, der in einem Röcheln endete. Der Elf schoss hoch, als hätte ihn ein Peitschenhieb getroffen. Er umfasste die Gitterstäbe, durch die blaufluoreszierendes Licht pulsierte, rüttelte wie verrückt daran und schrie ein Wort in die Dunkelheit jenseits der Klippe. »Daaarian!«

›Vollkommen verrückt‹, dachte Darian, während sein Name als ein grausam verzerrtes Echo in seinen Ohren hallte.

Ganz langsam löste der Lichtelf seine Finger von den Gitterstäben. Mit einer ruckartigen Bewegung wandte er sich um und kam auf Darian zu. Verfilztes blondes Haar verdeckte einen Großteil des mit Schmutz verkrusteten Gesichts. In gebückter Haltung torkelte er auf Darian zu, die gekrümmten Finger mit blutig gekauten Fingernägeln anklagend auf ihn gerichtet. Darians Instinkte waren bis aufs Äußerste geschärft.

Gefahr ging nun von diesem Verrückten aus, und er war nicht in der Lage, sich zu wehren. Und dann, als der Lichtelf sein von Wahnsinn gezeichnetes Gesicht ganz nahe an Darian herangeschoben hatte, traf ihn eine Erkenntnis, die ihm das Blut in den Adern gefrieren ließ.

»Xedoc?!« Heiliger Schöpferfluch. War das möglich? Er betrachtete die vor ihm im Kreis hüpfende Gestalt, die immer wieder den Namen aussprach, den Darian genannt hatte. »Xedoc, Xeeeeedoc, Xedooooc.« Das verfilzte Haar fiel ihm in den Nacken. Darian erkannte, dass er nicht die spitzen Ohren eines Lichtelfen hatte. Die eisblauen Augen, die dem Fürsten der Calahadin einst sein charismatisches Aussehen verliehen hatten, schwammen in glasigem Fieberwahn. Darian war entsetzt. Was war bloß mit dem Fürsten geschehen? Und wieso war er ein Gefangener auf der Dämonenklippe?

»Ich bin Xedoc! Ich bin der wahre Herrscher!« Mit einem Schlag war der einstige Fürst der Calahadin stehen geblieben und hatte sich zu seiner vollen Größe aufgerichtet. Als sich ihre Blicke trafen, erkannte Darian, dass sein Gegenüber wohl einen klaren Moment erlebte, einen, in dem er sich an ihn erinnerte und an den Verrat, den Darian in Xedocs Augen begangen hatte. Wie einen Giftpfeil schleuderte er ihm auch genau dieses Wort entgegen. »Verräter.«

Eiskalt legten sich Xedocs Hände um Darians Hals und drückten ihm unerbittlich die Luft ab. Darian war wehrlos. Besser so, als verwandelt zu werden, dachte er. Und dabei hatte er immer gedacht, er würde irgendwo in den Tiefen des leeren Raumes sterben, so wie Lina es in ihren Visionen einst gesehen hatte. Dass es hier auf der Dämonenklippe geschehen würde, unter so erbärmlichen Umständen, hatte sie nicht gesehen, zum Glück. Darian kämpfte gegen die aufsteigende Panik, die der Luftmangel mit sich brachte. Er ballte die Hände zu Fäusten, schloss die Augen und versuchte, Linas Gesicht vor sein inneres Auge zu holen. Sie wollte er sehen, wenn er diese Welt verließ, nicht Xedocs wutverzerrte Fratze. Seine Sinne schwanden bereits, als er wie aus weiter Ferne eine Stimme vernahm, gebieterisch und bestimmend. »Das reicht, Xedoc, du hattest deinen Spaß!«

Xedoc schnaubte unwillig, dachte aber anscheinend nicht daran, zu gehorchen. Eine Peitsche knallte. Lugathus erhob die Stimme erneut. Der drohende Unterton war nicht zu überhören. »Ich sagte, du sollst ihn loslassen.«

Der Griff um Darians Hals lockerte sich. Mit einem Quieken zog sich Xedoc in die hinterste Ecke des Kerkers zurück und versank wieder in seinen Wahnzustand. Darian hustete, während die Luft, die er in seine Lungen sog, wie Feuer in seiner Kehle brannte. Ohne es verhindern zu können, traten ihm Tränen in die Augen.

»Du hast doch wohl nicht gedacht, dass du mir so einfach davonkommst?« Lugathus schlich um die steinerne Liege herum, wie ein Raubtier um seine Beute. Darian presste die Kiefer aufeinander und schwieg.

»Ha, stolz bis in den Tod! Aber das kennen wir ja schon.« Lugathus schien sich nichts daraus zu machen. Er hatte sichtlich vor, diese Situation auszukosten, selbst wenn er einen Monolog führen musste.

Darian stellte fest, dass sich Lugathus Publikum mitgebracht hatte. Aus dem Augenwinkel konnte er erkennen, dass Galan am Eingang des Kerkers stand. Auch Talessa musste hier sein. Sie konnte er nur riechen.

»Beiß ihn!«, verlangte die Vampirfrau. Doch Lugathus wehrte ab. »Nicht so schnell, Schätzchen. Ich bin sicher, dass unser heldenhafter Dunkelelf davor noch erfahren möchte, wie es dazu gekommen ist, dass aus dem bedauernswerten Fürsten das geworden ist, was wir hier sehen.« Lugathus deutete mit einer wegwerfenden Handbewegung auf Xedoc, der wieder in seiner Ecke kauerte und mit gesenktem Kopf wirres Zeug brabbelte. »Nun, das war ein bedauerlicher Unfall. Ja, so könnte man es – glaube ich – nennen.« Lugathus grinste breit. »Es geschah während einer heftigen Diskussion, die ich mit dem Fürsten hatte. Ein Wort ergab das andere, und ehe ich mich versah, war ich ihm an die Gurgel gegangen. Aber beherrscht, wie ich nun einmal bin, habe ich mich natürlich zusammengerissen. Nur einen kleinen Kratzer hat der Fürst abbekommen. Gerade mal ein Tropfen meines Blutes hat sich mit seinem vermischt, und na ja, was soll ich sagen? Es war nicht genug, um ihn zu verwandeln, aber immerhin reichte es, um ihn wahnsinnig werden zu lassen.« Lugathus zeigte eine gespielt wehmütige Miene, die Talessa ein schrilles Lachen entlockte.

»Da der Fürst nach diesem kleinen Unfall immer häufiger solche Anfälle bekam, sahen wir uns gezwungen, ihn zu ersetzen. Du weißt ja, Anführer sollen vorbildhaft sein. Wer will sich schon von einem sabbernden Idioten in eine Schlacht führen lassen, die das Ende dieser Welt bedeutet? Also habe ich mich schweren Herzens dazu bereit erklärt, seinen Platz einzunehmen.«

Sarkasmus, das war ein neuer Zug, den Darian nicht bei Lugathus kannte. Der Vampir war immer grausam und aggressiv gewesen, in Xedocs Anwesenheit sogar unterwürfig und wortkarg. Er hatte Befehle entgegengenommen und ausgeführt. Aber hochtrabende Reden vom Ende der Welt hatte er nie gehalten.

Auch Galan schien diese Seite an ihm nicht zu mögen. In sehr kühlem Tonfall erkundigte sie sich: »Dauert das noch lange, Lugathus? Ich habe noch etwas Wichtiges zu tun.«

Nur Darian sah das wütende Leuchten, das in Lugathus' schwarzen Augen für einen Moment aufblitzte, ehe er sich zur Seherin umwandte. »Wenn du meinst, dass es wichtig ist, den lieben langen Tag in diesen Nebelbrunnen zu glotzen, dann ist das deine Sache. Ich für meinen Teil möchte doch nur, dass mein guter alter Freund weiß, was ihn erwartet. Wenn dich das langweilt, steht es dir frei, zu gehen.« Er wandte sich wieder Darian zu, der verzweifelt versuchte, sich sein Entsetzen nicht anmerken zu lassen.

»Du hast vor, ihn zu infizieren und wie Xedoc in einem Käfig zu halten? Hältst du das für eine kluge Idee?« Galan klang skeptisch.

»Ja, das tue ich. Verwandeln kann ich ihn nicht. Er würde bestimmt versuchen, mir den Platz streitig zu machen. Und hätte ich ihn einfach nur töten wollen, hätte ich mir die ganze Mühe hier doch nicht machen müssen. Weißt du, ich werde ihn nicht nur infizieren, ich werde ihn danach sogar freilassen.«

»Das halte ich für einen Fehler. Er war im Drachenfeuer, und ich spüre einen Teil in ihm, der Andavyan ist.«

Lugathus fauchte unwirsch. »Das weiß ich! Und genau deshalb werde ich es tun. Was denkst du, werden sie tun, wenn ihr Oberbefehlshaber, der angeblich Drogonns Erbe trägt, als sabbernder Idiot zurückkehrt? Er wird eine Gefahr für alle sein, die ihm zu nahe kommen. Für sein süßes Töchterchen ebenso wie für seine Gefährtin. Sie werden ihn also selbst einsperren müssen und das wird ihre Moral zutiefst erschüttern. Und sie werden zu streiten beginnen, wer diese erbärmliche Armee nun anführen soll. Und danach werden sie mich um einen Waffenstillstand bitten.« Der Vampir suchte Darians Blick. »Du scheinst überrascht zu sein, dass ich so viel weiß. Tja, auch ich habe meine Quellen. Aber all das wird euch nichts nützen, wenn die wahren Herrscher des Weltenmeeres kommen, und lass dir gesagt sein. Das werden sie.«

»Lugathus, das reicht jetzt.« Galans Tonfall war schneidend. »Begeh nicht den Fehler und erzähl deinem Feind zu viel, in der sicheren Annahme des Sieges. Diesen Fehler, aus Eitelkeit begangen, hat Xedoc schon vor dir gemacht. Die Haegoth mögen es nicht, wenn man über ihre Pläne spricht.«

»Sie wissen es und sie stimmen zu.« Damit war für Lugathus die Diskussion beendet. Er widmete sich nun wieder ganz seinem Gefangenen. »Also, Xedoc war zwar der Erste, aber nicht der Einzige, den ich in den letzten Jahren infiziert habe. Leider haben die meisten nicht länger als ein paar Tage überlebt, ehe sie der Wahnsinn in den Tod getrieben hat. Besonders hässlich war das bei den eher heißblütigen Zentauren anzusehen.« Lugathus zuckte die Schultern. »Du musst schon zugeben, so gesehen ist das doch eine gute Nachricht. Du wirst den heutigen Tag überleben. Aber danach … Weißt du, es ist wie ein Parasit, der sich in dir ausbreitet und dein edles Elfenblut zerfrisst. Ich bin schon gespannt, was es mit dir macht. Also, bist du bereit?«

Darians Gedanken überschlugen sich. Er geriet in Panik. Alles, woran er denken konnte, war, dass er nicht enden wollte wie Xedoc. Er hätte nicht gedacht, dass es ein schlimmeres Schicksal geben konnte, als verwandelt zu werden. Schon fuhr Lugathus' messerscharfer Fingernagel über Darians Halsschlagader und ritzte sie an. Danach biss er sich selbst genüsslich in den linken Zeigefinger.

»Ein Tropfen meines Blutes genügt, und das Malheur ist geschehen. Du solltest dich geehrt fühlen.«

Für einen Augenblick schien die Zeit stillzustehen, der Blutstropfen an Lugathus zu kleben, während er immer länger wurde und schließlich abriss. Darian verfolgte seinen Fall, solange es ihm möglich war. Den Aufprall spürte er als eine Erschütterung bis ins tiefste Innere seines Wesens. In ihm schrie und tobte es, während er nach außen wie versteinert wirkte.

»Rache wird am besten kalt genossen«, meinte Lugathus und bleckte die Zähne zu einem schaurigen Lächeln, ehe er sich an Talessa wandte. »Wenn du möchtest, kannst du dir den

Fürsten nun zur Brust nehmen. Ich denke, dass wir für ihn nun keine Verwendung mehr haben.«

Ein solches Angebot musste er Talessa nicht zweimal machen. Mit gebleckten Zähnen sprang sie in einem Satz über Darian hinweg, und fiel über Xedoc her, der sich wimmernd wie ein verängstigtes Kind in die Ecke des Kerkers geduckt hatte. Erst als sie ihn vollkommen ausgesaugt hatte, ließ Talessa von ihm ab. Der einst mächtigste Mann der Calahadin fand ein höchst unwürdiges Ende.

Tage der Dunkelheit

Die Morgendämmerung hatte gerade die Bergspitzen des Titanengebirges erobert, die wie graue Wächter aus der Dunkelheit auftauchten. Finrod war entsandt worden, um den Drachen zu erwarten und die kleine Magierin in die Osthöhlen zu begleiten. Zwei weitere Attanarschüler warteten mit ihm.

Finrod hatte mit schweren disziplinarischen Maßnahmen gerechnet, als er Aljana mehr tot als lebendig in die Osthöhlen zurückgeschleppt hatte. Das letzte Stück hatte er sie sogar tragen müssen.

»Schock«, hatte Yatlyn festgestellt, und ihm befohlen, Aljana in ihre Kammer zu bringen.

»Sag mir genau, was da draußen im Wald passiert ist, Junge«, hatte Solvay verlangt. Kein Wort des Tadels war über seine Lippen gekommen. Finrod hatte berichtet, was er sich aus Aljanas unter Tränen gestammelten Worten hatte zusammenreimen können. Und zum ersten Mal in seinem Leben hatte er beobachtet, wie sein Vater, den er immer für furchtlos und unerschrocken gehalten hatte, die Fassung verloren hatte. Angst um seinen besten Freund hatte er in den Augen seines Vaters gesehen.

»Aber es war doch nur eine … wie nennt ihr das? Vision.« Finrod hatte versucht, seinen Vater zu beruhigen.

»Die Erfahrung hat uns gelehrt, dass die Visionen der Andavyan verflucht treffsicher sind. Und in dem Punkt ist Aljana wie ihre Mutter.«

Finrod hatte wortlos genickt. Er hatte sich immer mit diesem frechen Halbblut gemessen, hatte nie verstanden, weshalb sie bei seinem Vater so hoch im Kurs stand. Aber da draußen im Wald, als sie vollkommen hilflos auf dem Boden gelegen und einen Kampf ausgefochten hatte, den er wohl nie verstehen würde, da hatte er sich ihr verbunden gefühlt, hatte sie sogar tröstend in die Arme genommen. Und trotz all der Differenzen, die sie miteinander hatten, war für ihn doch eines klar gewesen: Über diesen Zwischenfall würde er niemals ein Wort verlieren.

Nun wartete er bereits eine gefühlte Ewigkeit auf dem Übungsplatz. Sein Genick war bereits steif vom ständig erhobenen Blick in den Nachthimmel. Aber um einen Drachen landen zu sehen, konnte man sich schon ein bisschen das Genick verrenken. Es kam ja schließlich nicht alle Tage vor, dass sich einer von ihnen die Ehre gab. Manchmal, wenn sie ganz oben im Gebirge jagten, bekamen sie welche zu sehen. Aljana hatte sich gerühmt, als Kind einmal mit einem Drachen geflogen zu sein. Ihr Vater sollte sogar den Drachenreigen beherrschen. Das allerdings hielt Finrod für maßlos übertrieben, auch wenn sein eigener Vater die Geschichte immer wieder erzählte.

Eine Lichtreflexion zog seine Aufmerksamkeit auf sich. Finrod straffte sich und schärfte seinen Blick. Die ersten Sonnenstrahlen schafften es über den Bergrücken und tauchten den Drachen in ihr warmes Licht. Seine grauen Flügel ließen den Sonnenschein durchschimmern und verliehen ihm ein überirdisches Leuchten. Finrods Mund wurde trocken. Tek-

Dragon, der Drachenfürst höchstpersönlich, war gekommen. Ein kurzer Blickwechsel mit seinen Gefährten zeigte Finrod, dass die beiden nicht minder beeindruckt waren.

Höchst elegant setzte der Drachenfürst in der Mitte des Übungsplatzes seine mächtigen Pranken in den Staub. Finrod blickte fasziniert auf das Farbenspiel, das die Schuppen auf Tek-Dragons Brust zeigten. Dann wurde sein Blick von den gelben Augen des Drachenfürsten angezogen. Es war ihm, als würde Tek-Dragon in sein Innerstes blicken, als würde er geprüft. Ohne es bewusst zu tun, ging Finrod Schritt für Schritt auf den Drachenfürsten zu. Er konnte bereits den warmen Atem des Drachen auf der Haut spüren. Als Tek-Dragon zu sprechen begann, glaubte Finrod, den Widerhall der Drachenstimme in sich selbst zu spüren. »Sei gegrüßt, Finrod von den Dunkelelfen.«

Finrod nickte nur tief beeindruckt und sah zu, wie Tek-Dragon den rechten Flügel zur Seite streckte und mit der Spitze den Boden berührte. Erst jetzt fiel Finrods Aufmerksamkeit auf die zierliche Gestalt, die den Drachenflügel herunterlief. Aljanas Mutter stand vor ihm. Finrods Aufmerksamkeit wurde sofort auf das Kurzschwert der Andavyan gelenkt, das sie in einem Hüftgürtel aus grauem Leder trug. Dieses Schwert war beinahe so berühmt wie Indis und Rumil, die beiden Schwerter des Clanführers. Finrod hätte viel darum gegeben, das Kurzschwert ausprobieren zu dürfen. Es war das erste Mal, dass er Aljanas Mutter eine Waffe tragen sah. Überhaupt war sie gekleidet, als würde sie in eine Schlacht ziehen. Ihr Anblick alleine ließ Finrods Herz höherschlagen, das schon seit Langem nach Abenteuern schrie.

»Möchtest du, dass ich auf dich warte, kleine Magierin?«

Der Tonfall des Drachen hatte sich verändert. Freundschaftlich und von größtem Respekt war er geprägt, als er sich Aljanas Mutter zuwandte.

»Ich wäre dir sehr verbunden«, sagte sie und schenkte dem Drachen ein kurzes Lächeln, ehe auch sie Finrod begrüßte. »Bringst du mich bitte zu meiner Tochter?«

Mit angespannter Miene lauschte Lina, während ihr Finrod erzählte, was sich in der letzten Nacht zugetragen hatte. So erfuhr sie von Aljanas Flucht in den Wald und der Vision, die sie dort gehabt hatte. Aus Finrods Worten und dem, was sie über die weite Entfernung gespürt hatte, konnte sich Lina zusammenreimen, dass es schlimm gewesen sein musste, was Aljana gesehen hatte. Sie hatte ihre Tochter gerufen und für einen kurzen Augenblick auch Kontakt zu ihr bekommen. Dann allerdings war dieser Kontakt abgebrochen und sosehr Lina sich auch bemüht hatte, nicht wieder zustande gekommen. Das war der Moment gewesen, in dem sie die Drachen um Hilfe gerufen hatte. Lina hatte die halbe Nacht auf dem Rücken Tek-Dragons verbracht und immer wieder versucht, Aljana zu erreichen, vergeblich.

Nun, da sie in Yatlyns Kammer stand und ihre bewusstlose Tochter vor sich sah, wusste sie auch, warum. Linas Magen krampfte sich zusammen. Was auch immer Aljana gesehen hatte, es musste mit Darian zu tun gehabt haben, so viel konnte sich Lina aus Finrods Erzählungen zusammenreimen. Sie setzte sich zu ihrer Tochter ans Bett und strich ihr zärtlich über die schweißnasse, eiskalte Stirn. Ganz vorsichtig legte sie ihre Hände an Aljanas Schläfen und nahm Kontakt zu ihr auf. Körperlich schien ihr nichts zu fehlen, daher tasteten sich ihre Sinne überaus behutsam in Aljanas Geist voran. Dort musste sie erst einmal die Mauern aus Angst überwinden, hinter der sich Aljana verschanzt hatte. Je tiefer sie in die Psyche eintauchen musste, umso behutsamer musste sie dabei vorgehen. Lina scheute davor zurück, in den tieferen Regionen ihrer Tochter zu forschen. Doch es blieb ihr keine andere Wahl. So gab sie sich einen Ruck und begann den Abstieg in die tieferen Bereiche, in denen Aljanas Ängste lagen. Dort fand sie die Bilder, die Aljana in ihrem schockartigen Albtraum gefangen hielten. Ein Phänomen, das es bei den Seherinnen der Andavyan öfter gab. In den Büchern der Andavyanbibliothek hatte Lina Dutzende Beispiele gefunden, in denen so etwas vorgekommen war. Allesamt hatten sie etwas gesehen, das sie ganz persönlich betroffen hatte. Allesamt fanden sie den Weg zurück nicht mehr ohne fremde Hilfe. Und so sah Lina nun in Bildern, was für sie selbst in der letzten Nacht nicht greifbar war, was nur als böse Vorahnung in der Luft gehangen hatte. Ein Ruf, der nicht der ihre war, eine Falle, aus der es kein Entrinnen gab. Sie sah Andor sterben und Darian einen Kampf verlieren, den er niemals hätte gewinnen können. Das Letzte, was sie sah, war Darians Schwert, das ihm aus der Hand rutschte, ehe er selbst hart auf der roten Erde der Calahadin aufschlug und von einem Rudel Vampire überwältigt wurde. Diesmal war es ihr eigener stummer Entsetzensschrei, der sie aus diesen Tiefen in Aljanas Erinnerungen emporriss und wie einen Eindringling hinausschleuderte. Lina ließ es geschehen, aber nicht ohne Aljana von dort mitzunehmen. Damit durchbrach sie die Erinnerungsspirale, die ihre Tochter gezwungen hatte, diese Bilder wieder und wieder anzusehen, wie in einem nicht enden wollenden Albtraum. Aljana schlug die Augen auf, die sich sofort mit Tränen füllten. Sie hielt sich an ihrer Mutter fest, während sie von Weinkrämpfen geschüttelt wurde und ihren Kopf an Linas Schulter verbarg. Aljana schämte sich ihrer Tränen, das wusste Lina. Sie kannte den Stolz ihrer Tochter, wusste, wie schwer es ihr fiel, diese Tränen zuzulassen. Aber Lina wusste auch, wie wichtig, wie befreiend es war, diese Tränen zu weinen. Sie hätte nichts lieber getan, als es Aljana gleichzutun.

»Sie haben Papa verwandelt. Ich hab es gesehen.« Aljana brachte die Worte nur mühsam hervor.

»Sie haben ihn erwischt, aber eine Verwandlung habe ich nicht gesehen. Weißt du, manchmal stimmen die Visionen nicht. Manchmal verändert sich noch etwas, und es tritt nicht ein, was du gesehen hast.« Lina hörte sich Worte sagen, an die sie selbst nicht so recht glauben konnte. »Aber ich verspreche dir, dass ich es herausfinden werde.«

»Ich werde das herausfinden. Du bleibst hier.« Unbemerkt hatte Solvay die Kammer betreten. Lina wusste nicht, wie lange er schon dort gestanden hatte. Seine Stimme klang ruhig, wie immer. Aber Lina kannte ihn gut genug, um zu wissen, dass er innerlich bebte. Langsam erhob sie sich. »Du denkst doch nicht, dass ich hier untätig herumsitzen werde, während du dich auf die Suche machst?«

»Du hast es ihm versprochen und ich habe den Auftrag, dich an dieses Versprechen zu erinnern.« Solvays Blick war intensiv. Eine stumme Bitte um Verständnis lag darin. »Ich habe zu Danaàn gebetet, dass dieser Tag niemals kommen möge …« Solvay hatte seine Stimme nun so weit gesenkt, dass Lina sich bemühen musste, ihn zu verstehen. »Du möchtest doch bestimmt nicht, dass Aljana dich auch noch verliert.«

»Wer sagt dir, dass ich ihn nicht finden werde? Und wer sagt, dass sie mich erwischen?« Der verletzte Stolz in ihrer Stimme war unüberhörbar, selbst für sie. Solvay musste auch gar nichts dazu sagen. Sein Blick genügte. Ja, sie würden dich erwischen, und ja, du würdest dein Leben in der Calahadin verlieren. Vermutlich schneller, als du denkst, sagte dieser Blick.

Lina seufzte. Solvay hatte recht. Sie war viel zu impulsiv, nach wie vor. Und selbst wenn sich ihre magischen Heilkräfte um ein Vielfaches verstärkt hatten, so würden ihre Erfahrungen als Jägerin der Attanar und das bisschen Training im Schwertkampf, das Endorven ihr regelmäßig angedeihen ließ, doch bei Weitem nicht genügen, um auf dieser Mission von Nutzen zu sein. Tief in ihr wäre zwar eine dunkle Kraft, die sie aber nicht beherrschte, und somit auch nicht als Waffe einsetzen konnte. Sie wäre auf dieser Mission also ein Hindernis. Solvay würde durch sie Zeit verlieren. Und Zeit war ein entscheidender Faktor. »Tek-Dragon hat angeboten, die Barriere zu überfliegen und mich, soweit es geht, in die Calahadin zu bringen.«

Lina nickte dankbar.

»Es wäre hilfreich, wenn du mir so genau wie möglich beschreiben könntest, was du gesehen hast. Vielleicht hilft uns das, die Stelle zu finden, wo es passiert ist«, bat Solvay.

Wieder nickte Lina. Obwohl sie die Bilder am liebsten aus ihrem Gedächtnis gelöscht hätte, schloss sie nun die Augen und beschwor die Erinnerung an das Gesehene wieder vor ihr inneres Auge. Sie versuchte, eine Verbindung zu dem Ort des Geschehens herzustellen. Mit einem Mal war es ihr, als ob sie selbst dort stehen würde. Sie konnte die trockene Hitze spüren, die der Boden abgab. Lina blickte auf eine hügelige Landschaft, auf rote Erde, die von zerklüftetem Felsgestein durchbrochen war. Ein leichter Schwefelgeruch lag in der Luft, herangetragen von heißen Winden, die aus dem Norden kamen. Zu ihrer Rechten konnte sie die Silhouette des schwarzen Gebirges erkennen. In der Senke vor ihr musste vor nicht allzu langer Zeit ein Feuer gewütet haben, das die ohnehin spärliche Vegetation verschlungen hatte. Nur vereinzelt kämpften sich ein paar grüne Grashalme durch die verbrannte Erde ans fahle Tageslicht. So genau es ihr möglich war, beschrieb sie Solvay, was sie sah, bis sie Darians Anwesenheit plötzlich spürte. Leise, wie der Schatten eines Pumas, bewegte er sich an ihr vorbei, so nahe, dass sie ihn beinahe berühren konnte. Lina streckte die Hand aus, flüsterte seinen Namen. Sie war unfähig, sich von den Bildern zu lösen.

Eine Stimme drang an ihr Ohr, die Hand ihrer Tochter lag plötzlich auf ihrem Arm. »Tu das nicht«, bat Aljana.

Die Bilder zerrissen und Lina fand sich in Yatlyns Kammer

in den Dunkelwäldern wieder, dem kummervollen Blick ihrer Tochter ausgesetzt. Lina hätte sich am liebsten in eine Ecke gesetzt und hemmungslos geschluchzt. Aber sie musste stark sein für Aljana.

»Ich werde herausfinden, was geschehen ist«, versprach Solvay, ehe er eiligen Schrittes die Kammer verließ.

Eisige Kälte griff nach ihm, obwohl er schwitzte. Darian kämpfte gegen Übelkeit, Kopfschmerzen und Angst gleichermaßen. Er hatte nicht die geringste Ahnung, wie lange es her war, dass Lugathus ihn infiziert hatte. Waren es Tage oder nur Stunden? Er hatte jedes Zeitgefühl verloren. Die schweren Eisenketten, die ihm Arme und Beine banden, brannten wie Feuer auf seiner Haut, die noch empfindlicher geworden war. Das metallische Klirren, das sie bei jedem Schritt verursachten, war wie Donnerschlag in seinen Ohren. Selbst das fahle Licht, das ihn empfing, als Lugathus ihn wie einen Hund an der Kette ans Tageslicht zerrte, tat ihm in den Augen weh. Würde er je wieder im Sonnenlicht stehen können? Der Jubel war ohrenbetäubend, der unter Lugathus' Anhängern aufbrandete, als dieser Darian durch die Höfe der Krallenfestung schleifte. Spott und Häme waren in den Gesichtern der Kreaturen zu sehen, die diese Armee der Finsternis bildeten. Darians Wahrnehmung war so verzerrt, dass er kaum noch einen Fuß vor den anderen setzen konnte. Die gesamte Szenerie war in grelles Orange getaucht. Ein Kobold, der vor ihm auf die andere Seite der Gasse huschte, schien zur Größe eines Bergtrolls anzuwachsen und machte ihm solche Angst, dass er sich am liebsten verkrochen hätte. Darian wusste, dass er den Verstand verlor.

›Jetzt reiß dich aber mal zusammen, Mann!‹, schalt ihn seine innere Stimme.

›Aber die sehen mich alle so böse an. Ich schaff es niemals, da durchzukommen.‹ Wimmernd sprach die Stimme des kleinen verängstigten Elfenjungen, der er knapp nach seiner Schöpfung gewesen war, zu ihm. ›Können wir uns nicht irgendwo verstecken?‹

›Du gibst ein Bild des Jammers ab. Das ist deiner nicht würdig.‹ Darian war von den Stimmen, die in seinem Inneren stritten, so abgelenkt, dass er sich nicht auf seine Füße konzentrieren konnte und der Länge nach hinfiel. Die Menge quittierte seinen Sturz mit johlendem Gelächter.

Zu seinem eigenen Entsetzen empfand er diese Erniedrigung als so qualvoll, dass er gegen Tränen ankämpfen musste. Wieso nur konnte sein Herz nicht einfach aufhören zu schlagen und diesem Drama ein Ende setzen?

Doch plötzlich war da eine weitere Stimme in seinem Kopf. ›Weißt du, Stolz wird maßlos überschätzt. Und ein sehr weiser Teil in dir weiß das ganz genau.‹ Es war Drogonn, der aus den Tiefen seiner Seele zu ihm sprach. ›Sieh zu, dass du heil hier rauskommst. Wie, ist völlig egal.‹

Darian konnte nicht sagen, wieso, aber die Stimme des Andavyan war die einzige, die zu ihm durchdrang und ihn zumindest so weit stabilisierte, dass er wieder aufstehen konnte. ›So, und jetzt setzt du einfach einen Fuß vor den anderen. Konzentrier dich nur darauf.‹ Darian tat, was Drogonn verlangte. Es funktionierte. So erreichte er schließlich das große Außentor der Krallenfestung. Dort nahm ihm Lugathus die Ketten ab.

»Viel Freude mit deinem neuen Leben, Elfenbastard!«, sagte er und wandte sich dann an die Menge, die er mit einer einzigen energischen Geste seiner Hand zum Schweigen brachte. »Er hat freies Geleit bis an die Grenze. Obwohl ich bezweifle, dass er es überhaupt dorthin schaffen wird.«

Das Gejohle klang immer noch in Darians Ohren, als sich die Tore der Festung bereits hinter ihm geschlossen hatten.

›Siehst du, du hast es überlebt‹, ließ sich Drogonn erneut vernehmen.

›Und was für ein Leben soll das bitte schön sein?‹, dachte Darian bitter. Das jämmerliche Bild, das Xedoc am Ende abgegeben hatte, stand ihm überdeutlich vor Augen und schien ihn zu verhöhnen. ›Bald siehst du aus wie er‹, äffte eine seiner inneren Stimmen den wimmernden Tonfall des einstigen Fürsten der Calahadin nach.

›Nein, das wirst du nicht.‹ Der Kämpfer in ihm widersprach aufs Heftigste. ›Du hast schon ganz anderes überlebt. In deinen Adern fließt Drachenblut. Du trägst Drogonns Erbe in dir.‹

›Und was nützt mir das?‹, erwiderte der verängstigte Teil seines Wesens.

»Haltet die Klappe, allesamt!«, brüllte Darian. Das Echo seiner eigenen Stimme hallte schaurig verzerrt von den Wänden der Schlucht wider, durch die er mehr stolperte als ging. Erstaunlicherweise kehrte daraufhin Ruhe in seinem Kopf ein. Die Stimmen schwiegen. Dafür wurden die rasenden Kopfschmerzen übermächtig. Darian musste rasten. Doch das konnte er nicht hier im freien Gelände. Er musste irgendwo Schutz suchen und die Augen schließen, nur für einen kurzen Moment. So verkroch er sich in eine der zahlreichen Felsspalten, die das einstige Flussbett am Boden der Schlucht säumten. Darian kannte das Gelände von früher und so wählte er eine, die tief in den Karststein führte. Am Ende angekommen, kauerte er sich auf den kalten Fels und schloss die Augen. Die Kälte des Steins tat ihm gut, linderte den Kopfschmerz und beruhigte das Toben in seinem Inneren. Und ehe er sich's versah, war er eingeschlafen.

Immer noch erstaunt darüber, dass er ihn tatsächlich mitgenommen hatte, folgte Finrod seinem Vater. Er hatte sich bereits allerlei Argumente zurechtgelegt, doch dass es so einfach gehen würde, damit hatte er nicht gerechnet. Solvay hatte anscheinend von Anfang an vorgehabt ihn mitzunehmen. Anderenfalls, das wusste Finrod aus Erfahrung, wäre es für ihn unmöglich gewesen, seinen Vater zu überreden, egal wie gut die Argumente waren. Nicht ohne einen gewissen Widerwillen musste er sich eingestehen, dass es nicht nur das Abenteuer war, das ihn lockte. Er tat es Aljanas wegen. All die Gelegenheiten kamen ihm in den Sinn, in denen er sich mit ihr gezankt hatte, sie vor allen anderen lächerlich gemacht hatte. Doch erst im Wald, als sie ihre Vision gehabt hatte, und er nicht gewusst hatte, wie er ihr helfen sollte, hatte er sich eingestanden, dass er sie mochte. Finrod hatte das Gefühl, es ihr schuldig zu sein. So saß er nun zum ersten Mal auf dem Rücken eines Drachen, nicht irgendeines Drachen. Es war Set-Dragon, auf dem er das Titanengebirge neben seinem Vater, der auf Tek-Dragon ritt, überquerte.

»Sitz still, Junge«, grollte der grüngeschuppte Himmelspfeil. »Wenn du so rumhampelst, krieg ich noch ein steifes Genick.«

»'tschuldigung.« Finrod klemmte die Beine noch ein Stück fester unter die Flügel des Drachen und achtete darauf, so still wie möglich zu sitzen. Der Drache ließ einen schnaubenden Laut vernehmen, den man mit viel Fantasie für ein Lachen halten konnte. War es möglich, dass der Drache ihn auslachte? Wenn das jemand ungestraft durfte, dann nur ein Drache, gestand sich Finrod ein. Er konzentrierte sich auf den Rhythmus, in dem die grünen Flügel auf und ab glitten. Jedes Mal wenn die Flügel hinabglitten, streckte der Drache seinen geschmeidigen Körper, wurde der Hals lang, als eile er der Liebkosung des Windes entgegen. Instinktiv wusste Finrod, dass er sich in diesem Moment besonders leicht machen musste, um den Hals des Drachen zu entlasten. Zu Beginn waren seine Bewegungen noch sehr zaghaft, doch schließlich ging ihm dieser Rhythmus ins Blut über. Auch wenn das ein ganz schön vermessener Gedanke war, war es ihm, als ob er eine Einheit mit dem Drachen bilden könnte. Er musste an Aljanas Worte denken, als sie von ihrem Ritt auf einem Drachen erzählt hatte. »Es ist wie ein sanftes Schaukeln.« Er hatte ihr nicht geglaubt, hatte sogar angezweifelt, dass sie tatsächlich auf einem Drachen geritten war. Doch jetzt musste er anerkennen, dass sie recht hatte.

»Das machst du sehr gut«, ließ sich die angenehme Stimme Set-Dragons vernehmen.

»Danke schön.« Finrod war froh, dass der Drache nicht sehen konnte, dass er rot wurde.

»Gefällt dir der Flug?« Der Drache klang amüsiert.

»Ja«, sagte Finrod begeistert. Plötzlich fiel ihm etwas anderes ein, das Aljana erzählt hatte. Die Gelegenheit schien günstig, diese Geschichte auf ihren Wahrheitsgehalt zu überprüfen. Er räusperte sich. »Stimmt es, dass du mit Darian den Drachenreigen in der Schlucht beim Walkürenplateau gewagt hast?«

»Oh ja.« Begeisterung klang in der Stimme Set-Dragons mit. »Möchtest du es auch versuchen?«, erkundigte sich der Drache und setzte zu einem Schwenk an, der Finrods Magen aus seinem Körper zu katapultieren schien.

»Nein!«, schrie Finrod, viel schriller, als er beabsichtigt hatte, räusperte sich dann aber peinlich berührt. »Nicht heute. Ein andermal vielleicht«, fügte er in bemüht lässigem Tonfall hinzu.

Set-Dragon lachte schallend. »Jederzeit, Junge. Brauchst nur Bescheid zu sagen.«

Das Lachen des Drachen war längst verklungen, als Finrod es schließlich schaffte, sich wieder halbwegs zu entspannen. Der Drachenhorst lag bereits hinter ihnen. Die Sonne war vor Kurzem untergegangen. In der Ferne waren die Lichter Kathmarins zu erkennen. Finrod war noch nie zuvor außerhalb der Dunkelwälder gewesen. Egal wo er hinblickte, alles war neu, alles war aufregend. Ein kalter Schauer lief seinen Rücken hinab, der nicht von der Kälte des Abendwindes herrührte. Er flog dem Abenteuer seines Lebens entgegen. Alles in ihm schrie danach, sich zu beweisen. Sie würden Aljanas Vater finden und als Helden in die Dunkelwälder zurückkehren. Aljana würde ihn nie wieder mit der Herablassung behandeln, die sie so gut beherrschte, und die keiner so geballt abbekam wie er.

Ein wenig verdutzt bemerkte er, dass die beiden Drachen nicht wie erwartet die Stadt überflogen, und sich der Eldorin und somit der Barriere näherten, sondern direkt auf die Hohe Festung der Stadt zuhielten, wo sie schließlich landeten.

Die hoch aufragende Festung war beeindruckend und einschüchternd zugleich. Hier also lebte Aljana, wenn sie nicht in den Dunkelwäldern war.

Er versuchte, Haltung zu bewahren, als er, ein wenig wackelig auf den Beinen, über den Flügel des Drachen hinunterkletterte.

»Gut gemacht, Finrod«, lobte Solvay, ehe er sich an die weiße Magierin wandte. In ihrer Begleitung waren ein paar Dunkelelfen, von denen Finrod wusste, dass sie zu Darians Jägern gehörten. Veteranen im Kampf gegen die Blutsauger, Helden, einer wie der andere. Ihre Mienen waren verschlossen, die Spannung in der Luft plötzlich greifbar. Das Abenteuer war im Bruchteil eines Augenblicks zu bitterem Ernst geworden. Finrod straffte die Schultern. Er trat neben seinen Vater und lauschte dem Bericht der Jäger, die Darian zurückgeschickt hatte. Kartvin, der erfahrenste unter ihnen, bestätigte mit seinen Worten Aljanas Vision. Andor war tot. Von Darian fehlte jede Spur.

»Wenn wir dort gewesen wären, hätten wir es vielleicht verhindern können«, schloss Kartvin seinen Bericht. Er klang verbittert.

Solvay schüttelte den Kopf. »Vermutlich wärt ihr jetzt auch alle tot. Darüber nachzudenken, bringt nichts.«

»Wie lauten deine Befehle, Clanführer? Wo beginnen wir

mit der Suche?« Kartvin schien darauf zu brennen, seinen vermeintlichen Fehler wiedergutzumachen.

»Du begleitest mich, Kartvin. Wir beginnen mit der Suche dort, wo ihr Andor gefunden habt. Der Rest von euch kehrt in die Dunkelwälder zurück. Ich möchte, dass Andor dort im Feuer bestattet wird. Finrod wird uns begleiten, aber nur bis zur Barriere. Dort wird er auf unsere Rückkehr warten.« Sein Vater hatte sich ihm nun ganz zugewandt. »Ich weiß, dass du mitkommen wolltest. Aber das war niemals meine Absicht. Ich wollte, dass du die große Barriere mit eigenen Augen siehst, um ein Gespür für die Gefahren zu entwickeln, die dahinter lauern.«

Finrod presste die Kiefer aufeinander. Nur mit allergrößter Mühe schaffte er es, seinem Vater nicht zu widersprechen. Aber die Enttäuschung war ihm ins Gesicht geschrieben. »Ja, Vater, wie du wünschst.«

Schweigend bestieg Finrod den grüngeschuppten Drachen. Während des ganzen Fluges zur Barriere kämpfte er gegen ein Gefühl der Frustration und Enttäuschung an. Doch je näher sie der Barriere kamen, umso mehr mischte sich Angst dazu und schließlich Erleichterung, die Grenze nicht überschreiten zu müssen. Nun frustrierte ihn seine eigene Würdelosigkeit. War er am Ende ein Feigling?

Da sagte Set-Dragon plötzlich: »Mir wird speiübel, wenn ich daran denke, dort hinüber zu müssen. Was würd' ich dafür geben, jetzt in einer der Schlammgruben im Drachenhorst zu liegen und mir die Schuppen weichkochen zu lassen!«

Finrod war überrascht über so viel Offenheit. Von einer Drachenlegende wie Set-Dragon hätte er mehr Vorfreude auf diesen Auftrag erwartet. Immerhin waren sie ausgezogen, um Aljanas Vater zu retten. »Ist die Calahadin denn tatsächlich so schlimm?«, erkundigte er sich daher vorsichtig.

»Die Calahadin selbst ist es nicht«, gab Set-Dragon zurück.

»Die ist totes Land, ein bisschen deprimierend, weil sie so lichtlos ist. Und auch dieses Vampirgesindel ist mir reichlich egal. Es sind die Haegoth, die uns Drachen ängstigen. Wenn du je gesehen hast, wie ein Drache verendet, der ihnen in die ekelhaften Tentakel fällt, vergisst du das nie wieder. Und glaub mir, Junge, ich hab das schon viel zu oft gesehen. Nicht nur hier. Es ist ein Kampf, der älter ist als diese Welt, und er hat uns unsere Heimat gekostet. Junge, du kannst dir gar nicht vorstellen, was für eine schöne Welt Andavyan war! Und dann haben diese Kreaturen sie … ach, lassen wir das.« Der Drache schnaubte ärgerlich. Schließlich sagte er: »Es ist nur so, dass einem diese Viecher schon eine Heidenangst einjagen können.«

Drachen konnten Angst empfinden?! Das hätte Finrod nicht gedacht.

So als würde Set-Dragon seine Gedanken lesen, sagte er: »Oh ja, Angst ist etwas sehr Nützliches. Nur ein Narr empfindet keine. Das hat einer der euren nur zu gut gewusst. Er war mutig, aber kein Narr, und jetzt ist er wahrscheinlich tot oder einer von denen, verflucht noch eins!«

Set-Dragon sprach von Aljanas Vater. Finrod hatte gehört, dass Darian eine ganz besondere Stellung bei den Drachen einnahm. Alleine schon die Tatsache, dass gleich zwei Drachen seinetwegen die Barriere überfliegen würden, sprach dafür. Nur allzu oft hatte Finrod in den letzten Monaten über den einstigen Clanführer nachgedacht, der so furchtlos in die Calahadin ging, wieder und wieder. Finrod hatte begonnen, ihn zu bewundern, obwohl er doch eigentlich in seinen Augen ein Verräter seines Volkes war. Er hoffte, dass sie ihn finden würden, schon Aljanas wegen. Aber er würde nicht dabei sein. Leider. Zum Glück. Finrod fluchte über den Konflikt in seinem Inneren. Da wurde er erneut von den Worten des Drachen aus seinen Gedanken gerissen.

»Siehst du, Junge? Das ist die Barriere.«

Es kostete ihn einige Mühe, sie in der Dunkelheit überhaupt zu erkennen. Nichts weiter als ein pulsierendes Leuchten, das von Zeit zu Zeit quer durch sein Sichtfeld lief, deutete auf diese magische Grenze hin. Ganz deutlich war nun die Gefahr spürbar, die jenseits der Barriere lauerte.

Der Drachenfürst landete mit seinen beiden Reitern unmittelbar vor der Barriere. Set-Dragon folgte. Kaum hatten die beiden Drachen aufgesetzt, lösten sich zwei Gestalten aus der Dunkelheit, weitere Jäger der Dunkelelfen. Mit ihnen sollte Finrod auf die Rückkehr seines Vaters warten.

Ungefähr zur selben Zeit, als die beiden Drachen die Barriere überflogen, landete Ark-Dragon in Kathmarin. Lina hatte es in den Dunkelwäldern nicht mehr ausgehalten und ihre Tochter mitgenommen. Ark-Dragon verabschiedete sich von ihnen und flog zur Barriere. Lina war so müde, dass sie sich kaum noch auf den Beinen halten konnte. Trotzdem blieb sie bei Aljana sitzen, bis sie eingeschlafen war, so wie sie es oft getan hatte, als Aljana noch ein kleines Kind gewesen war. Aber auch danach war für sie an Schlaf nicht zu denken. So stand sie auf dem Balkon der Hohen Festung und blickte in die Richtung, in der die große Barriere lag. Lina hatte den Schutz der leuchtenden Diamantsteine verlassen, die einen Großteil des Balkons absicherten. Nur so konnte sie direkt ans Geländer treten. Es war nur eine lächerliche Handbreite. Doch es war eine Handbreite näher an Darian. Ihre Gedanken hatte sie weit hinaus in die Calahadin gerichtet auf der Suche nach einer Antwort von ihm. Sie kämpfte die Bilder nieder, die immer wieder vor ihr inneres Auge traten. Darian, der gegen die Übermacht der Blutsauger angekämpft hatte, Darian, der Andor durch den Todesstoß erlöste. Darian, der überwältigt wurde. Ein verzweifeltes Wimmern stieg aus ihrer Kehle auf. Die Bilder waren unerträglich. Doch nun war sie es, die in dieser albtraumhaften Bilderschleife festhing, aus der sie ihre Tochter befreit hatte.

»Wo bist du? Was ist mit dir geschehen? Ich flehe dich an, antworte, wenn du mich hörst!« Immer wieder sandte sie diese Worte aus, auf Antwort hoffend. Lina litt Höllenqualen der Ungewissheit, die an ihr nagten wie eine hungrige Ratte an einem hilflosen Gefangenen in den tiefsten Kerkern der Dämonenklippe. Irgendwann schleppte sie sich doch in ihr Bett, fiel auf die Laken nieder und schlief vollkommen erschöpft ein.

Die Stimme war sanft und flehend zugleich. Sie war so vertraut, und sie entfachte dieselbe Sehnsucht in ihm, die sie immer auslöste. Er hätte so gerne geantwortet, hätte ihr so gerne gesagt, dass es ihm gut ginge, und er bald wieder bei ihr sein würde. Doch das würde er nicht. Nie wieder. So verschloss er seine Gedanken vor ihr und stellte sich tot. Er war ja auch so gut wie tot, ein lebendiger Leichnam, der den Verstand verlor. Die Kälte des Felsbodens schien den Wahnsinn zu vertreiben, zumindest für eine gewisse Zeit. Doch kaum wagte er sich an die Oberfläche, überfielen ihn die Wahnvorstellungen, stritten die Stimmen in seinem Kopf und erzeugten dort einen rasenden Schmerz. Darian wollte den klaren Moment, den er gerade erlebte, nutzen, um Abschied zu nehmen. Er würde Lina nie wieder von Angesicht zu Angesicht sehen. Das wäre viel zu gefährlich für sie. Mit Schaudern erinnerte er sich an den Zwerg, der gestern das Pech gehabt hatte, ihm in seinem wahnhaften Zustand in die Quere gekommen zu sein. Nein, er würde Kathmarin nicht mehr betreten! Nur ein letztes Mal wollte er sie noch sehen, ehe er sich dem Dunkelelfen stellte, der bereits nach ihm suchte.

Darian konzentrierte sich auf sein Ziel und richtete seinen Geist darauf aus. Es waren schon lange nicht mehr die Dunkelwälder, die er bei seinen Seelenreisen aufsuchte. Lina war es, gleichgültig, wo sie sich gerade befand. Und so schickte er den Teil seines Selbst, der dazu in der Lage war, nach Kathmarin. Die Gestalt, die sich in Linas Räumen manifestierte, war durchscheinend wie ein zarter Nebel im Morgengrauen. Doch sie enthielt die gesamte Essenz, die Darians Wesen ausmachte. Beinahe andächtig stand er vor ihrem Bett und beobachtete sie. Lina schlief. Wie oft hatte er sie im Schlaf schon beobachtet? So friedlich, so unwiderstehlich, aber nicht so entspannt wie sonst. Sie hatte Kummer und Sorge mit in den Schlaf genommen. Darian fühlte sich schuldig, ihr das angetan zu haben. Wie wäre ihr Leben wohl verlaufen, wenn sie ihm niemals begegnet wäre, wenn sie in ihrer Welt geblieben und dort das Leben einer normalen Schöpferin gelebt hätte? Er konnte es nicht sagen. Sein Leben jedenfalls wäre ohne sie leer gewesen. Sie hatte sein Leben wertvoll gemacht, hatte ihm Sinn gegeben. Dafür war er ihr unendlich dankbar. Er würde nicht den Weg gehen, den Lugathus sich in seiner perversen Fantasie für ihn ausgedacht hatte. Er würde zu den Vorangegangenen gehen und er wusste auch, wie er es anstellen musste. Doch zuvor galt es, sich von ihr zu verabschieden, sie ein letztes Mal zu sehen. Solvay würde es ihr erklären.

Mittlerweile saß er neben ihr auf dem Bett. Seine Hand ruhte auf ihrem Herzen. In diesem Zustand konnte er ihr Innerstes erreichen, konnte zu ihr sprechen, und sie würde verstehen. Vermutlich würde sie sich sogar daran erinnern, wenn sie erwachte.

»Ich liebe dich, kleine Magierin, bis ans Ende der Zeit.« Seine Lippen formten die Worte, die er nicht laut aussprach. »Ich danke dir, dass du mein Leben so wertvoll gemacht hast.«

Lina seufzte im Schlaf und Darian erschauderte.

Ein letztes Mal strich er mit dem Handrücken über ihre Wange, ein letztes Mal beugte er sich zu ihr und hauchte ihr einen Kuss auf die Lippen. »Bitte sag auch Aljana, wie sehr ich sie liebe und wie stolz ich auf sie bin.«

Er wusste, dass der kleine Kobold gleich nebenan schlief. Doch er brachte nicht mehr die Kraft auf, sich auch von ihr zu verabschieden. Es lief ihm die Zeit davon. Er musste jetzt schnell zu Ende bringen, was er sich vorgenommen hatte, denn sein physischer Körper rief ihn zurück. Die Stimmen waren erwacht. Einen Herzschlag später war sein Bild in Kathmarin verblasst. Sein gesamtes Sein befand sich wieder in der Caladin. Es war ihm zuwider, in diesen verseuchten Körper zurückzukehren. Doch nur so konnte er seinen Plan in die Tat umsetzen. Darian mobilisierte all seine Reserven und machte sich auf die Suche nach den beiden Dunkelelfen, die nach ihm Ausschau hielten.

Freundschaftsdienst

Das Vorankommen in der Calahadin war unglaublich schwer dieser Tage. Es kam Solvay vor, als würden sie für zwei Schritte nach vorne einen zurück machen müssen. Seine Nerven lagen blank. Drei Tage waren sie nun hier im lichtlosen Ödland unterwegs. Staub haftete an ihrer Kleidung und schien sich auch in der Kehle breitgemacht zu haben. Aber das alles würde er so lange ertragen, bis er herausgefunden hatte, was mit Darian geschehen war. Sie hatten, knapp nachdem sie von den Drachen abgesetzt worden waren, einen Zwerg gefangen genommen, der einmal Hardfars Clan angehört haben musste. Ihn zum Reden zu bringen, war nicht besonders schwer gewesen. Im Gegenteil, Solvay hatte sogar das Gefühl, dass es dem Zwerg eine Genugtuung gewesen war, ihnen vom Schicksal des einstigen Clanführers der Dunkelelfen zu berichten. So hatten sie erfahren, dass Darian in der Krallenfestung gewesen war und dass Lugathus ihn im Beisein aller freigelassen hatte. Solvay hatte diesen Gnadenakt zu Anfang nicht verstanden. Doch dann hatte ihm der Zwerg von dem Vampirvirus erzählt, mit dem Lugathus Darian infiziert hatte. Alleine die Erwähnung dieser neuartigen Foltermethode hatte dem Zwerg ein schauriges Vergnügen bereitet, das er mit seinem Leben bezahlt hatte. Es war Kartvin gewesen, der den Zwerg für das Grinsen, das er dabei im bärtigen Gesicht gehabt hatte, zu seinen Ahnen beförderte.

Wieder und wieder ließ Solvay das Gespräch mit dem Zwerg in seinem Geist Revue passieren. Die Gerüchte stimmten also. Lugathus hatte Xedoc vom Thron gestürzt. Wenn der Vampir Darian hatte gehen lassen, dann musste Solvay davon ausgehen, dass er ihm damit etwas noch viel Schlimmeres angetan hatte als den Tod oder eine Verwandlung. Doch was konnte schlimmer sein als eine Verwandlung? Solvay erschauderte. Was würde sie erwarten, wenn sie Darian tatsächlich fänden? Bereits zweimal hatte er das Gefühl gehabt, ihm sehr nahe zu sein. Doch entweder spielten ihm seine Nerven einen Streich oder Darian wollte nicht gefunden werden.

Es war der dritte Tag ihrer Suche und sie befanden sich immer noch ganz in der Nähe der Stelle, an der Darian gefangen genommen worden war. Der rote Boden war zerklüftet, so als ob er von riesigen Krallen aufgerissen worden wäre. So manche Felsspalte war so tief, dass sie einen Drachen hätte verschlucken können. Es war ein Teil der Calahadin, in dem kaum Vegetation möglich war. Nur Skorpione und Schlangen lebten in dieser toten Umgebung. Solvay hatte dieses Gebiet immer gemieden. Nun aber zog es ihn wie magisch an. Er konnte nicht erklären, warum, doch er war sicher, dass er Darian, wenn überhaupt, dann nur hier finden würde. Kartvin folgte ihm, in grimmiges Schweigen versunken, aber hoch konzentriert.

Sie waren gerade vor einem Trupp Stiernackenkriegern in Deckung gegangen, als Solvays Instinkte Alarm schlugen. Er sog prüfend die Luft durch die Nase ein. Ein Dunkelelf, der auf der Jagd war, hinterließ keine Geruchsspuren. Aber dieser schon. Er wollte also gefunden werden oder er war nicht mehr in der Lage, sich zu tarnen.

»Bleib hier, ich gehe alleine.« Solvay verständigte sich wortlos mit Kartvin.

Auch der Jäger musste Darian gewittert haben. »Bist du sicher?«, sagte sein fragender Blick.

Solvay war sicher.

Überaus vorsichtig verließ er seine Deckung. Er musste damit rechnen, dass dies eine Falle war. Trotzdem hatte er die beiden Schwerter nicht gezogen. Indis und Rumil steckten nach wie vor in den Ledergurten auf seinem Rücken. Der beinahe volle Blutmond erhellte die Umgebung und verlieh ihr ein gespenstisches Aussehen. Solvays Nerven waren zum Zerreißen gespannt. Da entdeckte er die schattenhafte Gestalt, die vollkommen reglos auf einem Felsen hockte und ihn beobachtete. Darian. Er nickte ihm zu. Doch Solvay konnte eine Aura der Fremdartigkeit spüren, die seinen Freund umgab. Solvay straffte die Schultern und näherte sich vorsichtig. Ganz langsam erhob sich Darian. Er zitterte leicht. Seine Augen waren blutunterlaufen.

»Mann, bin ich froh, dich zu sehen!« Solvay hatte das Gefühl, dass Darian jeden Moment die Flucht ergreifen würde.

»Solvay.« Das Sprechen schien ihm schwerzufallen.

»Bist du in Ordnung?«

»Ich bin so gut wie tot.«

»Das bist du nicht. Wir finden einen Weg. Lina kriegt das bestimmt wieder hin.« Solvay hörte sich Worte sagen, an die er selbst nicht glaubte. Aber zu glauben, dass sein bester Freund verloren war, ließ sein Denken einfach nicht zu. Dabei genügte ein Blick auf ihn. Dieser verdammte Zwerg hatte also die Wahrheit gesagt. Darian selbst berichtete ihm in kurzen, beinahe unverständlichen Worten, was geschehen war. Doch die Worte, mit denen er schloss, rissen Solvay den Boden unter den Füßen weg: »… und deshalb erbitte ich diesen Freundschaftsdienst von dir. Erlöse mich und lass mich zu den Vorangegangenen gehen, ehe das nicht mehr möglich ist.«

»Nein, das kannst du nicht von mir verlangen!« Solvays Magen krampfte sich schmerzhaft zusammen. Darian verlangte denselben Gnadenakt von ihm, den er selbst Drogonn, Andor und so vielen anderen erwiesen hatte. Doch das war etwas anderes gewesen. In all diesen Fällen war es eine Frage von Sekunden gewesen, die zwischen dem erlösenden Tod und der grauenhaften Verwandlung gelegen hatten. Darian war nicht gebissen worden. Er war, Tage nachdem ihn Lugathus infiziert hatte, immer noch der Dunkelelf, der er zuvor gewesen war. Oder etwa doch nicht? Sein Verhalten war eigenartig. Seine Reaktionen die eines verängstigten Tieres. Solvay raufte sich die Haare. Er spürte, dass ihm die Zeit davonlief. Stiernackenkrieger und Vampire waren ganz in der Nähe. Er konnte sie riechen.

Darian deutete auf das Diamantklingenschwert, das Solvay in seinem Schwertgurt an der Hüfte trug.

»Nun komm schon, Solvay. Ich fühle mich wie der Auswurf eines stinkenden Trollarsches. Ich verlier den Verstand, und das rasend schnell. So möchte ich nicht dahinvegetieren. So soll Lina mich niemals sehen. Bitte, das schuldest du mir und ihr!«

›So ist es wohl‹, dachte Solvay bitter. Ganz langsam und mit größtem Widerwillen zog er das Schwert. Er hatte das Gefühl, mit dem Rücken zur Wand zu stehen. Was ihm vor sieben Jahren erspart geblieben war, erbat sein Freund nun doch von ihm.

In einem Akt größter Kraftanstrengung schien Darian die volle Kontrolle über sein Wesen zu erlangen. Plötzlich grinste er frech. »Keine Angst, Mann, ich komm dich nicht in deiner Kammer besuchen, wenn ich bei den Vorangegangenen bin. Außer du erwartest mich mit einem Humpen Zwergenmet.

Und jetzt mach, worum ich dich gebeten habe! Ich hab ja nicht den ganzen Tag Zeit.«

Solvay hatte Tränen in den Augen, als er zum Schlag ausholte.

Der Weg schien endlos zu sein. Mit jedem Schritt, dem er sich Lina näherte, fiel ihm das Gehen schwerer. Solvays Magen brannte, sein Herz schmerzte. Er war es Darian schuldig, jetzt nicht zusammenzubrechen. Nie zuvor in seinem langen Leben war ihm etwas schwerer gefallen als dieser Gang. Er hatte Verrat begangen an seinem besten Freund. Er hätte das nicht tun dürfen. Nun musste er damit leben. Darian hatte ihm verziehen, Lina würde es wohl nicht können. Er konnte sich noch gut daran erinnern, wie sie ihm Verrat vorgeworfen hatte, damals, als sie in den Drachenhorst gekommen war, um Darians Schwur im Drachenfeuer zu verhindern. So viel Zeit war seither vergangen. So vieles hatten Darian und er seither durchgemacht. Stünde es in seiner Macht, er hätte die Zeit zurückgedreht, hätte Lina und Darian damit ein bisschen mehr Zeit verschafft. Seine Gedanken wanderten in die Zeit der Nachtmahrkriege, als eine junge Schöpferin zu ihnen gekommen war und sie alle bezaubert hatte. Damals waren sie glücklicher gewesen, allesamt. Nein, das stimmte nicht ganz. Solvay korrigierte seine Gedanken. Damals war seine erste Gefährtin bei einem Angriff der Nachtmahre gestorben. Er wusste, was es hieß, den Verlust eines geliebten Gefährten hinzunehmen. Ihm wurde die Brust eng bei dem Gedanken, dass Lina nun durch dieses finstere Tal würde gehen müssen. Er selbst würde nicht nur mit dem Verlust, sondern auch mit dem Verrat fertig werden müssen, den er begangen hatte.

Die Zeit der sich überschlagenden Gedanken war vorbei. Er hatte Lina erreicht. Die Botschaft ihres Blickes war eindeutig. ›Bitte sag mir nicht, was ich nicht hören will.‹

Solvay straffte die Schultern und blieb unmittelbar vor ihr stehen. »Es tut mir so unendlich leid.« Mit diesen Worten reichte er ihr Darians schwarzen Nachtmahrumhang. Was nur sollte er ihr antworten, wenn sie wissen wollte, wie es passiert war?

Linas Hände zitterten so sehr, dass sie kaum fähig war, den Umhang entgegenzunehmen. Ein Laut entrang sich ihrer Kehle, der den Schmerz der ganzen Welt in sich trug. Sie musste hier weg. Aljana sollte auf keinen Fall sehen, wie sie zusammenbrach. Niemand sollte das sehen.

»Ich danke dir, Solvay.« Die Worte kamen nur mühsam über ihre Lippen und schienen einer Fremden zu gehören.

Ein Ruck ging durch ihren Körper, als sie sich abrupt umwandte und die Rasenfläche überquerte, so schnell es ging. Aus dem Augenwinkel sah sie, wie Aljana ihr nacheilen wollte, sah, wie die weiße Magierin das Mädchen aufhielt und in ihre Arme schloss. Sie war Lupinia unendlich dankbar dafür. Sie selbst würde sich um Aljana kümmern, später, wenn sie dazu in der Lage war. Jetzt musste sie sich um sich selbst kümmern, musste alleine sein. Sie hatte Solvay nicht danach gefragt, wie es geschehen war. Und das würde sie auch niemals tun. Diese Bilder, das wusste Lina genau, würden sie sonst ihr Leben lang verfolgen.

Kalter Schweiß stand ihr auf der Stirn, als sie endlich in ihren Räumen ankam. Sie schaffte es gerade noch, sich in die hinterste Ecke ihres Bettes zu verkriechen, wo sie sich ihrem Weinkrampf ergab. Darians Umhang an ihr Gesicht gepresst, weinte sie, bis sie keine Luft mehr bekam. Lina stürzte in ein tiefes Loch aus Trauer und Tränen, die sie die ganze Nacht über vergoss. Der Morgen dämmerte bereits, als es ein Gedanke durch die Mauer der Verzweiflung schaffte, die sie um sich herum errichtet hatte. Sie hatte gewusst, dass Darian sterben würde. Das hatte sie in einer Vision gesehen, schon viele Male. Aber es war nicht in der Calahadin gewesen, nicht durch Lugathus' Schuld. In dieser Vision war sie ihm hinterhergesprungen. In dieser Vision waren sie gemeinsam gestorben, an dem Tag, an dem Menduria am Rande des Abgrundes stehen würde, einem Tag in noch ferner Zukunft. Nicht jetzt. Es war eine unveränderliche Vision. So hatte Lina es zumindest immer empfunden. An diesen Gedanken klammerte sie sich mit aller Kraft. Und so wurde diese Vision, vor der Lina sich bisher immer so gefürchtet hatte, zu ihrer größten Hoffnung. Darian war nicht tot, er konnte es nicht sein. Er hatte noch eine Vision zu erfüllen. Das war ihr letzter Gedanke, ehe sie im Morgengrauen vor Erschöpfung einschlief, und es war ihr erster, als sie am späten Vormittag dieses trüben Herbsttages wieder erwachte.

Menduria
Eldorin
Terzina
Steppe von Zadun
Wächterturm
Jandamer
Aratmeer
Wandan
Oase Sindwa
Noriatwüste